5

The Beast 5
야수
유호 장편소설
네오픽션

차례

해적　　　　　　　　7

돈의 전쟁　　　　　49

탈출　　　　　　　89

드러나는 진실　　160

파멸의 서막　　　201

폭주 (1)　　　　　255

폭주 (2)　　　　　306

시리도록 푸른　　355

이야기를 끝내면서　362

햇살을 등진 섬은 신화 속의 괴물처럼 느닷없이 수평선 위로 솟아 올랐다. 얼핏 보기에도 무인도일 수밖에 없는 10여 개의 작은 섬들, 해안은 거의 깎아지른 절벽이고 그 위는 열대 특유의 울창한 숲이었다. 수면 곳곳에서 포말이 하얗게 이는 것으로 보아 수심도 낮고 암초도 많은 것 같았다.

때문에 팔콘의 배처럼 흘수가 깊은 선박은 접근이 불가능할 것 같은데도 배는 노련하게 섬 사이로 들어갔다. 그리고 군도群島의 가운데쯤에 있는 섬의 측면을 관통한 거대한 동굴 접안 시설에 옆구리를 댔다.

길이가 60미터쯤 되는 콘크리트 접안 시설인데 섬에 있는 유일한 인공 구조물처럼 보였다. 절묘한 위치에 시설을 만들어서 외부에서는 관측이 거의 불가능할 것 같았다. 배가 진입한 바다 쪽으로는 동굴 벽을 타고 섬으로 올라가는 계단이 보였고 시설 건너편에는 10여 척의 크고 작은 배들이 접안되어 있었다. 대부분 어선이고 간간히 고속정도 보였는데 갑판 곳곳에 AK소총들이 아무렇지도 않게 놓여 있었다.

'해적?'

배가 해역에 들어올 때부터 뒤꼭지가 근질근질하더니 답이 보이는 것 같았다. 먼저 뛰어내린 선원들이 앵커에 부지런히 밧줄을 묶자 팔콘이 호탕한 웃음을 터트리며 갑판으로 내려왔다.

"내 집에 오신 걸 환영합니다, 내 집까지 손님을 모시는 일은 극히 드문데…… 어쨌든 손님이 왔으니 오늘은 격식을 갖춘 아남바스식 아침 식사를 대접하지. 내립시다."

차승호는 배 안팎의 경비 병력 위치를 확인하면서 계단을 내려갔다. 일단 여기가 아남바스제도 어딘가의 섬이라는 건 확실해진 셈이었다. 먼저 배에서 내린 팔콘은 곧바로 계단을 올라가 섬 정상으로 네 사람을 안내했다.

정상에는 숲을 등진 작은 저택이 아름다운 아침햇살을 고스란히 마주하고 서 있었다. 숲이 저택의 지붕을 덮은 형태로 하늘에서 보면 그냥 숲의 일부일 것 같았다. 저택 앞은 반대편 절벽을 타고 내려가는 위험한 오솔길인데 끝에는 폭이 50미터도 안 될 것 같은 작은 만과 백사장이 보였다. 저택을 제외하면 사람의 손때가 전혀 묻지 않은 깨끗한 자연의 모습 그대로여서 세상이 달라 보일 정도였다.

숲 안쪽으로 허름한 건물 몇 채가 더 보였는데 저택이나 마찬가지로 대공 위장에 신경을 많이 써서 항공기나 위성사진으로 보면 그냥 숲일 것 같았다. 그의 눈이 대공 위장포로 돌아가자 팔콘이 낄낄 웃으며 말했다.

"어쩔 수 없어, 여긴 해적 소굴이거든."

"해적?"

"원래는 캄보디아나 미얀마에서 흘러나온 보트피플이지. 받아주는 나라가 없어서 공해상을 떠돌다가 여기 정착하면서 해적이 된 사람들이야. 내가 제압해서 거둔 거라고 생각하면 맞을 거야. 덕분에 지금도 이 해역은 해적이 출몰한다고 알려져 있지. 아, 야간에는 실제로 해적이 출몰하기도 해, 후후."

뒤늦게 아남바스라는 이름과 해적이라는 단어가 왜 함께 입안에서 맴돌았는지가 생각났다. 아남바스제도는 최근까지도 해적 출몰로 신문지상에 가끔 등장하던 이름이었다. 한희진은 황당하다는 표정으로 그와 눈을 맞췄다. 21세기에 무슨 헛소리냐 싶겠지만 해적이 출몰하는 건 사실이었다. 그리고 그 본거지가 여기였다.

"인도네시아 정부는 그냥 방치하는 겁니까?"

"반군 때문에 여력 없을걸? 어차피 변변한 해군도 없어서 이 먼 무인도까지 쫓아다닐 형편 아니야. 거기다 암초가 너무 많은 해역이라 여기 사람들 아니면 작은 배도 운항이 어렵거든. 어쨌든 말라카해협을 통과한 화물선들은 멀리 북쪽으로 우회하고 말썽꾸러기 중국 어선들도 나타나지 못해. 덕분에 여기 사람들은 물고기만 잡아도 먹고 사는 데는 지장 없지. 남중국해 어디를 가나 중국 어선들의 마구잡이 남획으로 골머리를 앓는 상황인데 그것들이 들어오지 못하니 어장을 망칠 이유가 없어졌거든.”

“재밌군요, 인구가 얼마나 됩니까?”

“인구랄 것도 없어. 내 식구들 빼면 여기 사람들은 한 30명쯤 되나? 가족은 아남바스제도의 본섬이라고 할 수 있는 제마자나 시안탄에 정착시키고 몸만 나와 있어서 상주하는 식구는 얼마 되지 않아. 일단 들어가서 이야기하지. 지금쯤이면 식사 준비 다 됐을 거야.”

숲을 등진 저택 내부는 생각보다 훨씬 더 아늑했다. 얼핏 100평 남짓한 크기인데 통풍에 신경을 많이 쓴 전형적인 열대 주택 구조였다. 밝지만 햇살은 직접 실내로 들어오지 않고 거실 소파에 앉으면 전면 유리를 통해 주변의 아름다운 섬과 바다의 풍광이 고스란히 내려다보였다.

“팔콘!”

일행이 들어서자마자 시원한 비키니 차림의 러시아 여자 두 사람이 팔콘의 양팔에 안겨 거침없이 키스를 퍼부었다. 둘 다 잘해야 20대 초반인데 얼굴을 덮은 주근깨 때문에 미모는 좀 빠지는 느낌이었다. 그러나 몸매 하나는 둘 모두 모델 뺨치게 늘씬했다. 팔콘이 양손으로 둘의 엉덩이를 쓰다듬으면서 껄껄 웃었다.

“하하, 나도 아랫도리 급하기는 한데 손님부터 대접해야지.”

“그래야죠?”

여자들은 연신 눈웃음을 치면서 거실을 가로질러 주방으로 일행을 안내했다. 주방은 지중해풍으로 아담하게 꾸며졌는데 온통 새로 구운 빵의 향긋한 냄새가 진동하고 있었다. 지난밤 독한 술 몇 잔에 마른안주 약간으로 저녁을 때운 형편이라 음식 냄새에 자극을 받은 위장이 사정없이 요동을 쳤다.

먼저 식탁 반대편으로 건너간 팔콘이 여자들 사이에 자리를 잡으며 말했다.

"자, 듭시다. 먹어야 일도 하지 않겠나, 하하."

차승호와 한희진은 빵 몇 조각에 커피로 간단하게 식사를 끝냈다. 그러나 팔콘은 식탁을 모두 비울 기세로 접시들을 해치워나갔다. 어느 정도 접시가 비워지자 그가 포크를 내려놓으며 물었다.

"대장과는 어떻게 아는 사입니까?"

팔콘은 왼손으로 가슴을 움켜쥐는 흉내를 내면서 치열을 모두 내보였다.

"아주 잘 알지, 빵빵한 가슴 사이즈는 물론이고 둔부 아슬아슬한 곳에 권총 문신이 있는 것도 아니까. 내가 한창 활동할 때는 우리 둘 사이가 단순한 비즈니스 파트너가 아니었어, 흐흐. 그때 그 빌어먹을 사건 때문에 틀어져서 지금은 남남이나 마찬가지지만…… 그 시절에는 더 발전할 가능성이 높았어, 크흐흐."

또 킥킥대며 웃은 팔콘은 마지막으로 머그잔에 따른 커피를 물 마시듯 단숨에 들이켜고는 식탁을 툭툭 두드렸다.

"객쩍은 소리는 이제 그만하고…… 배도 찼으니 슬슬 본론으로 들어가볼까? 들 일어나지."

"그러죠."

앞서 걷는 팔콘을 따라 허름한 건물들을 지나 숲 안쪽으로 들어가자 숲 중간에서 직접 땅속으로 들어가는 상당한 규모의 동굴이 나타났다. 내려갈수록 동굴의 크기는 점점 더 커졌고 반대쪽에서 빛이 들

어올 즈음에는 폭만 수십 미터를 간단히 넘기는 거대한 동굴로 변해
갔다. 그리고 해안으로 나가는 비포장도로와 함께 40피트짜리 컨테
이너 세 개가 나타났다. 컨테이너 너머로는 미사일을 떼어낸 대형 트
럭이 한 줄로 주차되어 있었다.

팔콘이 말했다.

"상황이 복잡해져서 일단 분해를 하는 것으로 정리를 했어. 분해
에 시간이 좀 걸리긴 했는데 일단 큰 단위로 분해해서 컨테이너 세
개로 나눴고 검수가 끝나면 비닐로 여러 번 싸서 튼튼하게 고정할
예정이니까 가는 동안 문제가 생기지는 않을 거요."

"대금도 확인해야겠죠."

차승호가 옆에서 토를 달았다. 알리나는 고개만 까딱하더니 손가
방에서 얇은 봉투 하나를 꺼내 그의 손에 올려놓았다. 차승호는 봉투
내용물을 슬쩍 확인하고 채권만 꺼내 한희진에게 넘겼다. 한희진이
스캐너를 꺼내 채권을 하나하나 스캔하고 그의 귀에다 나직하게 말
했다.

"천만 달러짜리 무기명 국채 여덟 장, 진짜예요."

팔콘이 밀을 이었다.

"그중 2천만 달러는 내 몫이야, 들었겠지?"

"처음 듣는 이야기입니다만?"

"그건 그쪽 보스에게 확인해보면 될 거고…… 일단 대금은 확인됐
으니 물건을 볼까?"

팔콘은 알리나를 데리고 컨테이너 안으로 들어갔다. 그도 뒤따라
들어가 어깨너머로 미사일의 상태를 확인했다. 첫번째 컨테이너는 엔

진 부위였는데 상태가 생각보다 괜찮았다. 여기저기 녹도 보이고 도색이 일어난 자리도 많지만 강제로 잘라냈거나 찢어진 흔적 같은 건 보이지 않았다. 해체는 확실히 전문가의 솜씨로 이루어진 것 같았다.

팔콘이 컨테이너 한쪽에 붙여놓은 파일 홀더를 집어 알리나에게 건네며 말했다.

"분리된 부품 리스트요, 커넥터 손상 없이 분해하느라 애들 데리고 며칠 고생했어."

"수고하셨습니다, 래핑은 제가 보는 자리에서 진행됐으면 좋겠군요."

"원하면 그렇게 하쇼, 작업을 지금 시작하면 오후에나 끝날 거요. 그런데 가져갈 배편은 준비됐소?"

"그 대목은 부탁을 해야 할 것 같군요. 편의를 봐주기로 한 것으로 알고 있습니다만?"

"어디까지냐가 문제겠지, 유럽은 너무 멀어."

"브루나이까지만 부탁하겠습니다."

"브루나이라면 그냥 밥값만 좀 받도록 하지, 후후. 내 배에서 크레인 사용할 수 있으니까 브루나이 인근 공해상에서 처리합시다. 기상 상황이 좀 문제이긴 한데 작은 배로 시간 잘 맞추면 가능할 거요."

"감사합니다. 선적하는 대로 바로 출발하시죠. 우리 쪽에도 연락해두겠습니다."

"지금 작업 시작해서…… 컨테이너 태우고 고정하려면 시간이 좀 걸릴 거요. 오후 늦게나 내일 새벽에 출발하는 걸로 합시다."

"대략이라도 시간은 맞춰야겠죠?"

"이동 시간을 고려하면 내일 밤 자정 무렵이 좋을 것 같군. 정확한 경도와 위도는 도착해서 지정하지."

"좋습니다, 전 올라가서 전화를 좀 사용해야 할 것 같군요."

"여긴 파라보나 안테나 없으면 위성 전화라도 통화가 어려울 거야. 내 집에 있는 위성 전화를 사용하지."

"감사합니다."

"그럼 올라가지, 그쪽 둘은 섬 구경이나 할 텐가?"

팔콘의 시선이 차승호와 한희진에게 돌아왔다. 그가 말을 받았다.

"저도 전화 먼저 해야 답이 나옵니다, 빌려도 될까요?"

"물론이야."

팔콘은 주변에 서 있는 현지인 둘에게 알 수 없는 언어로 무언가 지시를 하고 발길을 돌렸다.

일단 저택으로 올라온 차승호는 밖에서 잠시 기다렸다가 알리나가 먼저 전화를 걸고 나온 다음, 장명신에게 전화를 걸었다. 연결에 시간이 좀 걸렸지만 감도는 그런대로 괜찮았다.

―무사히 도착한 모양이네요?

"그런 셈이네."

―축하해요, 그런데…… 돌아올 때는 베트남을 경유하면 안 될 것 같네요. 좀 멀리 돌아서 홍콩으로 들어오세요.

"시끄러운 모양이군."

―현지의 중국과 북한, 일본 첩보부에 비상이 걸렸답니다. 출입국이 자유롭지 않을 거예요.

"참고하지, 그리고 사실 확인 하나 합시다. 팔콘에게 지불하기로 한 금액이 얼마요? 2천만 달러라고 우기던데?"

―이런, 욕심 많은 사람은 역시 어쩔 수가 없네요. 원래 합의는 한 장인데 원하면 그대로 주세요. 지금 칼자루는 그 사람이 쥐고 있으니까요. 프로젝트 전체가 위험해지는 상황은 피하는 게 좋아요.

"재수 없는 놈이로군, 그러지."

―물건 인수인계는 끝난 건가요?

"아직, 일단 분해는 끝냈고 컨테이너로 브루나이 북쪽 공해상에서 전달할 것 같은데 정확한 위치는 현장에서 결정할 것 같더군."

―끝까지 잘 처리하세요, 홍콩에서 뵙죠.

"그럼."

일단 전화를 끊고 거실 쪽 눈치를 살피면서 재빨리 김경필에게 전화를 걸었다.

―여보쇼.

"듣기만 해, 내일 밤 브루나이 북쪽 공해상."

―내일 밤 브루나이 공해상?

반문이 나오자마자 전화를 끊고 김경필의 전화번호 기록을 지웠다. 단말기에 기록이 없다고 확인이 안 되는 건 아니겠지만 이틀만 들키지 않으면 그만이었다. 되짚어 거실로 나온 그는 비키니에 둘러싸여 시시덕거리는 팔콘 앞으로 돌아가 소파 팔걸이에다 엉덩이를 걸쳤다.

"화통한 사람으로 들었는데 그건 아닌 모양인데? 욕심이 과한 거 아닌가?"

퉁명스런 말에 놀란 표정으로 그와 눈을 마주친 팔콘은 곧바로 평정을 회복하고는 너털웃음과 함께 위스키 잔 하나를 내밀었다.

"하하하, 그건 아니지. 욕심은 절대 아니야. 위험부담이 엄청나게 커졌잖아. 더구나 내 집까지 공개했는데 그만한 보상은 있어야 하지 않겠나?"

"날 설득할 필요 없어, 내 생각은 중요한 게 아니니까. 난 불만이지만 그래도 대장이 주라고 하니 주는 수밖에. 드리지."

그가 술잔을 집어 들자 팔콘은 또 낄낄대며 웃었다.

"흐흐, 이거 보기보다 기가 센 친구로군. 많이 당황스러운데? 내 집에서 나한테 대놓고 시비 붙는 사람은 아직 없었어. 자네가 처음이야, 후후. 아니, 아니지, 몇 있었나? 전부 뒈졌지만."

"그래서?"

"아아, 인상 쓰지 말자고. 솔직히 난 그 도전적인 눈빛 마음에 들어. 그래서 말인데…… 나하고 같이 일하고 싶은 생각 없나? 며칠 지내보면 알겠지만 여기선 힘센 놈이 왕이야. 지금 내가 왕이니까 자네가 들어오면 장관쯤 되는 건데…… 언제든 날 제거하면 자네가 왕이 되는 거야. 어때? 내 다른 건 몰라도 페이 하나는 빵빵하게 챙겨주고 보넬 뺨치는 스무 살싸리 러시아 계집들 계절마나 바꿔서 대령해주지. 밖에 있는 계집애가 부담되면 내가 깔끔하게 처리해줄 수도 있고, 후후."

그는 황당한 단어들을 속사포처럼 쏟아내는 팔콘을 물끄러미 쳐다보다가 쓴웃음과 함께 고개를 가로저었다.

"아직은 외딴 섬나라에 갇혀 살고 싶지 않군. 어차피 누구 밑에서 일하는 체질도 아니고…… 그러니 그냥 구경이나 잠깐 하는 걸로 합시다."

"이거 결정적일 때는 재미없는 친구로군, 후후. 뭐 좋아, 한 바퀴 돌아보고 생각 바뀌면 이야기하게. 나가서 남쪽 절벽을 따라 돌면 제법 멋진 그림들 많을 거야, 천천히 돌아봐. 아! 그리고 혹시나 해서 이야기하는 건데…… 엉뚱한 짓은 삼가는 게 좋아. 섬 아래로 내려가는 것도 그렇고 많이 위험할 거야. 우리 아이들이 보기보다 많이 거칠거든, 후후."

"충고 고맙군."

"마실 나가기 전에 계산부터 하지? 배에 타면 바빠져."

"계산?"

"돈 말이야."

팔콘은 양손으로 직사각형 표시를 했다. 그가 심드렁한 표정으로 말을 받았다.

"채권은 알리나가 도로 가져갔어. 사는 놈이 물건 받고 돈 주겠다는데 아니라고 우길 수는 없더군."

"응?"

팔콘은 이해 못 하겠다는 표정으로 한쪽 눈썹을 치켜떴다. 자기 집 뒷마당이나 마찬가지인 무인도에 들어와서 돈을 손에 쥐고 있겠다는 건 사실 의미 없는 짓이었다. 팔콘이 몇 번 입맛을 다시더니 한쪽 입술을 깨물었다.

"못 믿으시겠다? 허, 참. 버릇없는 년 같으니라고. 어쩔 수 없지. 현장에서 채권 진위 확인 다시 해."

"그럴 거요."

"그럼 됐고…… 자넨 어디서 내릴 생각이야? 베트남으로 돌아가 겠나?"

"필리핀 정도면 좋겠소."

"마닐라?"

"근처면 될 거요."

"좋아, 받아먹은 게 있으니 그 정도는 양보하지. 점심 식사는 1시 야. 맞춰서 돌아와."

"그럽시다."

퉁명스럽게 말을 받은 차승호는 바로 저택을 나와 근처 아름드리 나무에 기대선 한희진의 옆에 대충 걸터앉았다. 걱정과 달리 한희진 의 표정은 여전히 씩씩했다.

"괜찮아?"

"당근이지."

"알리나는?"

"아까 거기로 내려간 거 같아, 우린 어떻게 할 거야?"

"아직 유동적인데…… 팔콘에게는 필리핀을 경유하는 걸로 이야 기했다."

"필리핀?"

"일이 예정대로 진행된다면 거기서 홍콩으로 들어갈 방법을 찾아 야 할 것 같다."

"물건은 포기하고?"

"거기까지는 우리 소관이 아니야. 우리 정부가 챙길 수 있도록 손 을 쓰면 좋겠지만 현실적으로 대안이 없어. 우린 할 만큼 했으니까 물건은 그냥 김경필이한테 맡기자. 그리고 김경필이 나타나지 않으면 우린 조용히 사라지는 게 답이다. 마음에 안 들지만 어쩔 수 없어.”

“알았어.”

“그리고 언제든 몸을 뺄 수 있도록 여권이나 돈같이 꼭 필요한 건 항상 지니고 다녀, 무슨 일이 있어도 내 뒤에 붙어 다니고 이따 배에 다시 타게 되면 구명조끼나 튜브 위치부터 눈여겨봐둬라. 안 그래도 호랑이 굴인데 김경필 그 인간 나타나면 그때는 진짜 총칼 난무할 거다.”

“알아, 그쯤은 생각하고 있었어.”

“일단 한 바퀴 돌자, 무기를 만들어야겠다.”

한희진이 내민 손을 맞잡고 일어난 그는 멀리서 지켜보는 팔콘의 수하에게 손짓으로 남쪽 절벽을 가리키고 걷기 시작했다. 산책처럼 섬을 돌다가 기회가 나면 해적들 숙소를 뒤져볼 생각이었다.

*

수면은 원유처럼 새카맣게 반짝였다. 칠흑 같은 어둠 속에서 만월의 달빛을 반사하는 바다는 공포스럽다 못해 기괴하기까지 했다. 밤인데도 날씨는 엄청나게 더웠다. 후덥지근하기만 한 밤바람마저도 거의 사라져서 조타실 옆 복도를 잠깐 걷는데도 숨이 막힐 지경이었다. 조타실 안에 들어서고 나서야 다소나마 열기가 가라앉는 느낌이었다.

조타실로 들어서자 뒤따라 들어오는 한희진까지 한꺼번에 아래

위로 훑어본 팔콘이 입술을 비틀며 물었다.

"어디 전쟁이라도 하러 가나?"

팔콘의 시선은 두 사람의 허리춤에 꽂힌 권총에 고정되어 있었다. 어디서 구했느냐는 뜻일 터였다. 그는 어깨만 들썩였다.

"조심해서 나쁠 건 없잖아?"

팔콘은 피식 웃으면서 갑판으로 눈을 돌렸다. 크레인 도크의 선원들은 바쁘게 움직이고 있었다. 배의 속도는 이미 정지 상태까지 줄어들었고 크레인에 첫번째 컨테이너를 고정하는 작업에 들어간 상태, 너울은 비교적 높았지만 팔콘은 크게 신경 쓰지 않았다. 큰 바다에서 이 정도면 없는 거나 마찬가지라면서 시종 여유로운 모습이었다. 말하는 것으로 봐서는 접선接船하는 배가 대형선만 아니라면 어렵지 않게 작업이 이루어질 것 같았다.

잠시 후, 레이더 담당이 짧게 소리쳤다.

"목표가 접근합니다, 우현!"

차승호는 되짚어 조타실 밖으로 나와 난간 너머에 고개를 내밀었다. 우현 선미 쪽에서 소형 벌크선 한 척이 비교적 빠른 속도로 접근하고 있었다. 얼핏 석탄이나 시멘트 운반선 같았는데 상갑판을 개조해서 컨테이너를 고정할 수 있도록 만든 배였다. 그래도 사이즈가 작아서 40피트 컨테이너 네 개만 올리면 갑판이 꽉 찰 것 같았다. 팔콘이 말했다.

"19A 채널로 확인하고 접선시켜."

"아이아이."

선원 하나가 재빨리 무전기 채널을 돌려 상대를 호출했다. 대답이 돌아오고 선원들만 알아들을 수 있는 전문용어들이 잠시 난무했다. 그리고 벌크선이 서서히 속도를 늦추더니 슬로비디오처럼 아주 느리게 배의 우현으로 접근했다. 불과 몇백 미터 거리를 5분 넘게 소모하면서 우현에 옆구리를 대고 곧바로 고정에 들어갔다.

벌크선 갑판 위로 무장한 선원 여섯 정도가 보였다. 배를 움직이려면 조타실 같은 장소에 몇 사람 더 있겠지만 육안으로는 보이지는 않았다. 고정이 진행되는 동안 팔콘의 배 위로 무장한 용병 세 사람이 올라왔다. 동양인 둘에 흑인 하나인데 셋 모두 건장한 체격에다 방탄복과 자동화기로 무장해 상당한 위압감이 느껴졌다.

가장 먼저 올라온 흑인이 알리나에게 가볍게 거수경례를 했다. 경례를 받고 돌아선 알리나가 팔콘에게 시선을 주며 말했다.

"시작하시죠."

"돈은?"

알리나는 두말없이 봉투를 꺼내 팔콘의 손에 올렸다. 차승호가 봉투를 넘겨받아 스캐너로 확인하고 고개를 끄덕였다.

"좋아, 시작해!"

팔콘이 작업 시작을 명령하자 차승호는 채권 두 장만 봉투에 넣고 반으로 접어 팔콘의 팔을 툭 쳤다.

"어, 고맙군, 친구."

팔콘은 액수는 확인도 하지 않고 희희낙락하면서 봉투를 뒷주머니에 꽂았다. 차승호는 나머지 채권을 조끼 안주머니에 잘 갈무리하고 몇 발 물러섰다. 총 든 놈들하고는 가능한 거리를 두겠다는 생각이었다.

그냥 느낌뿐이지만 용병들의 손끝에서 느껴지는 긴장감이 예사롭지 않았다. 안전장치가 자동으로 넘어간 흑인의 자동소총도 적잖게 신경을 건드렸다. 물론 아직 나타나지 않은 김경필도 경계 대상이었다. 물건이 넘어가는 지금이 숟가락을 올려놓을 타이밍이어서 어떤 방식이든 나타날 것이고 그건 곧 싸움을 의미했다.

긴장한 채 물러서서 선원들의 위치를 다시 확인했다. 브리지 입구에 둘, 멀리 조타실 난간에 하나, 선미에 둘, 선수에 하나, 나머지 넷은 크레인에 붙은 것 같았다. 팔콘을 그림자처럼 따라다니는 쌍둥이 둘까지 고려하면 당장 활용이 가능한 병력은 팔콘을 포함해서 열셋이 전부였다.

조타실이나 엔진룸 같은 인력 배치가 필수적인 구역에 투입된 인원까지 더하면 더 많겠지만 지금 당장 선상에서 전투가 벌어진다면 갑판 주변에 있는 열세 명과의 싸움이었다.

'너무 많아, 무리다.'

알리나가 데려온 인원이 더 문제였다. 작은 벌크선이지만 숫자는 장담할 수 없었다. 그렇다면 두 세력을 합쳐 최소 30명, 둘 사이에 싸움이라도 벌어져준다면 모를까 그게 아니라면 비좁은 선상에서 중무장한 소대 규모의 전문 용병들과 싸워야 한다는 뜻이었다.

'환장하겠군.'

일단 난간 쪽으로 나가 접선된 벌크선을 내려다보았다. 현재 갑판에 있는 인원만 다섯, 팔콘의 배에 올라온 다섯을 더하면 기본이 열다섯 명이었다. 순간, 팔콘이 무전기에 대고 소리를 질렀다.

"젠장! 조타실! 공용 주파수로 뭐 하는 것들인지 확인해봐!"

─아이아이!

"전 대원 전투준비! 소형선 두 척이 고속으로 접근한다! 거리 3해리! 크레인 원위치! 전원 정 위치에서 대기하라!"

미확인 선박이 접근하는 모양이었다. 김경필일 가능성도 없지 않았다.

'시작인가?'

그는 한희진의 손을 잡아끌고 브리지로 가면서 팔콘과 알리나의 기색을 살폈다. 당황한 기색이 역력했지만 여유는 잃지 않은 모습이었다. 팔콘이 말했다.

"기다리지, 저것들 뭔지 확인하고 움직여야겠어."

"그러죠, 우린 엔진 고장으로 잠시 신세 지는 걸로 하겠습니다."

"아니, 그런 각본은 필요 없을 거야, 공해상이니 해경은 아닐 거고…… 중국이나 말레이시아 해군이라면 튀는 게 답인데 지금은 정지 상태다. 속도 올리려면 시간이 너무 걸려서 소용없어. 저것들이 적대적이면 결론은 총질뿐이야. 준비해."

"기꺼이."

알리나는 치열을 모두 내보이며 웃었다. 공포나 불안감 같은 건 전혀 느껴지지 않았다. 그러나 웃음을 보일 수 있는 시간적 여유는 잠깐뿐이었다. 알리나가 권총에 손을 대는 순간, 우현에서 날카로운 섬광이 치솟았다.

콰쾅!

무시무시한 폭음과 함께 배가 횡으로 밀려나가는 느낌이 들었다. 차승호는 본능적으로 무릎을 꿇고 기다시피 난간으로 뛰어가 아래를 확인했다. 철판 찢어지는 살벌한 파열음이 연달아 이어지고 벌크선의 옆구리에서 검붉은 화염이 폭발적으로 터져 나왔다. 그리고 짧은 폭발이 도미노처럼 서너 번 더 선수 쪽으로 이어졌다. 배는 순식간에 화염에 휩싸여버렸다.

난간을 잡고 어렵게 상체를 일으키려는데 어수선한 고함 소리와 함께 익숙한 총성이 터졌다. 이번엔 가까운 거리였다. 선미 쪽, AK-47 특유의 카랑카랑한 총성이었다.

'기습? 미친 거 아냐?'

총성은 AK-47뿐인데 연속적으로 들리지는 않았다. 공격하는 자들이 소음기를 달았고 기습을 당한 이쪽의 대응은 미약하다는 뜻, 그래도 무모한 것 아닌가 하는 생각이 먼저 들었다. 어찌어찌 기습에는 성공했지만 겨우 여섯 명을 데리고 30명이 넘는 중무장한 용병 부대와 총질을 하는 건 확실히 미친 짓이었다. 아무리 생각해도 김경필은 아니었다.

총구 화염은 신속하게 브리지 쪽으로 다가왔다. 그의 위치에서 보이는 총구 화염의 숫자만 최소 다섯, 이젠 김경필이 아니라는 확신이셨다. 그래도 도크 근처에 있던 팔콘의 수하들이 브리지 좌우로 전개되면서 상황은 고착되는 것 같았다. 그러나 오래 버티기는 어려워 보였다. 지금도 쉽지 않은데 곧 도착할 배들까지 고려하면 답이 보이지 않았다. 이러면 상황이 더 나빠지기 전에 발을 빼는 것이 정답이었다.

팔콘이 누군가 던진 자동소총을 받아들고 고래고래 고함을 질렀다.

"브리지! 엔진 최고 속도! 브루나이 영해로 들어간다! 앵커 잘라내! 이글 팀은 갑판으로 집결! 배로 올라온 적은 모조리 사살한다!"

"배를 포기해라! 올라와!"

알리나도 벌크선에 남은 부하들에게 악을 쓰면서 브리지 뒤쪽으로 뛰기 시작했다. 차승호는 두 사람이 시야에서 사라지기가 무섭게 돌아섰다. 탈출할 방법을 찾아야 했다.

"헬기장부터 가보자, 물러서."

"응."

최대한 자세를 낮춘 채 브리지 옆 난간을 따라 헬기장이 있는 선수 방향으로 움직였다.

배는 삽시간에 난장판으로 변해가고 있었다. 총성과 비명이 난무하고 귀청을 찢는 폭발음까지 터져 나왔다. 그래도 적의 지원군이 도착하기 전에는 일방적으로 당하지만은 않을 것 같았다. 공격하는 쪽의 전력이 얼마나 되는지는 몰라도 팔콘과 알리나의 연합 전력이라면 간단하게 쓸어내기는 어려울 것이었다.

길지 않겠지만 몇 분은 시간 여유가 있었다. 그러나 이동도 마음처럼 쉽지 않았다. 몇 걸음 걷기도 전에 선수 쪽에서 총구 화염이 보였다.

'환장하네.'

일단 가까이 있는 구명보트 뒤로 무릎을 꿇었다. 검은 그림자 네 개가 헬기장 바로 앞에 쓰러진 선원 둘의 시체를 뛰어넘어 신속하게 브리지로 접근하고 있었다. 거리는 대략 60미터, 선두의 수신호에 따라 일사분란하게 움직였는데 보폭이나 동작 모든 것이 생각보다 깔끔했다. 잘 훈련된 전투부대였다.

그런데 신장이 다소 작아 보였다. 장비들 때문에 체격이 커 보이지만 방탄복과 장비들을 떼어내면 확실히 크지 않은 체격이었다.

'동양인?'

정체가 궁금해졌다. 한국군 특수부대치고는 체격들이 좀 작고 수신호도 그가 기억하는 수신호와는 확연히 차이가 있었다. 차승호는 탄창의 실탄을 확인하고 다시 꽂으면서 잠시 갈등했다. 헬기장으로 가려면 돌파하는 수밖에 없는데 상대의 화력을 생각하면 기습을 해도 총으로는 어려웠다.

그렇다고 이대로 숨어서 놈들이 통과하기를 기다릴 수도 없었다. 놈들이 이대로 접근하면 두 사람이 숨어 있는 구명보트 바로 앞을 통과하게 되어 있었다. 결론을 내리는 건 금방이었다. 숨을 수도, 다른 대안도 없으니 부딪치는 수밖에 없었다.

물론 승산이 아주 없지도 않았다. 전원이 야시경을 쓰고 있으니 시야의 넓이가 극도로 한정되어 있을 터, 가까이 끌어들여 몸으로 부딪치면 해볼 만한 싸움이었다. 권총 슬라이드를 당겼다 놓고 발목에 채운 단검을 뽑아 왼손으로 말아 쥐었다.

"근접전으로 간다, 나오지 말고 여기서 견제사격해. 만일이지만 내가 움직이기 어렵다고 판단되면 뒤에 있는 놈들 허리 아래나 얼굴을 노려라, 오케이?"

"응, 조심해."

한희진은 바짝 긴장한 표정으로 고개를 끄덕였다. 자세를 바꾸며 흘러내린 방수포 사이로 거리를 가늠했다. 벌써 20미터 안쪽, 그리고 더 빨리 줄어들었다. 호흡을 가다듬으면서 선두의 이동 경로를 주시했다. 앞장선 두 놈이 난간과 브리지에 붙은 채 은폐가 가능한 모든 지형지물들을 하나하나 확인하면서 전진했고 나머지 둘은 뒤로 5미터쯤 떨어져서 따라왔다.

최초의 타격으로 해결할 수 있는 건 앞의 둘뿐, 뒤따르는 놈들까지 한꺼번에 처리하려면 한 놈을 방패로 만들어야 했다. 머릿속에서 타격 방법과 순서를 구상하는 동안 발자국 소리는 코앞까지 다가왔다. 그리고 구명보트 바로 옆에서 멈췄다. 심호흡을 하면서 보트에 기대 반쯤 몸을 일으켰다. 다음 순간, 총구가 돌아왔다. 반사적으로 총구를 쳐내고 밀어붙이면서 목에다 횡으로 칼을 꽂았다.

스칵!

역류하는 핏물로 기도가 막혀버린 놈은 비명도 지르지 못했다. 그러나 바로 쓰러지지는 않았다. 한쪽 손으로 놈의 멱살을 쥐고 순간적으로 도약해서 반대편 놈의 목을 다리로 감아 비틀면서 사타구니에다 네 발을 연사했다.

퍼버벅!

"크악!"

삽시간에 피투성이가 된 놈은 힘없이 무릎을 꺾으면서 브리지 벽에 머리를 박고 주저앉았다. 뒤에 처진 놈들은 쉽게 방아쇠를 당기지 못했다. 동료가 둘이나 뒤엉켜 있으니 쏠 엄두를 내지 못하는 것 같았다. 착지와 동시에 튕겨져 일어나면서 반쯤 무너진 놈의 멱살을 잡아 일으켰다.

타타탓!

처져 있던 둘 중 하나가 뒤늦게 방아쇠를 당겼다. 그러나 총탄은 전부 방패막이 삼은 놈의 등판에 꽂혔다. 밀고 나가면서 놈의 머리에 권총을 연사했다. 놈은 마구잡이로 자동소총을 난사하다가 머리가 푹 젖혀지면서 나가떨어졌다. 가슴과 목 언저리에 최소한 서너 발 이상 명중시킨 것 같았다.

타탓!

마지막 남은 한 놈은 한희진의 조준 사격을 피해 다급하게 횡으로 움직이다가 목덜미에서 분수처럼 피를 뿌리면서 휘청거렸다. 난간을 차고 브리지로 들어가는 문으로 몸을 날리면서 놈의 허벅지 어름에다 탄창을 비워버렸다. 확실히 치명상, 놈은 피 분수를 뿜어내면서 물러서다가 난간에 허리를 걸고 난간 너머 어둠 속으로 사라졌다.

일단 상황 끝, 탄창부터 갈고 남은 놈들의 머리에다 한 발씩 확인 사살을 한 뒤, 서둘러 죽은 놈의 야시경을 벗겨냈다. 예상대로 한국인은 아니었다. 그러나 중국인이나 일본인이라는 확신도 없었다. 인종으로 보면 말레이시아나 베트남 쪽에 더 가까웠다. 알아볼 수 있는 단서는 무기가 개조된 중국제 AK-74로 보이는 정도였다.

"젠장, 일단 움직이자."

순간, 배가 선회하는 느낌이 들었다. 엔진이 본격적으로 가동되는 모양이었다. 그러나 최고 속도까지 가속한다고 해도 태생 자체가 느린 해양 부설선의 한계는 어쩔 수 없었다. 더구나 이미 속도가 붙어 있는 소형선들을 뿌리치는 건 불가능했다. 잘해야 승선을 어렵게 하는 정도가 최선이었다.

"희진아! 총 챙겨!"

"응!"

　권총을 허리춤에 꽂은 그는 신속하게 야시경과 자동소총, 수류탄 한 발만 챙겨 들고 다시 움직였다. 방탄복도 벗기고 싶지만 옷가지까지 뒤질 시간은 없었다. 브리지 구간을 빠르게 통과하고 갑판으로 들어가기 직전에 멈춰서 갑판과 헬기장의 상황을 확인했다. 보이는 건 시체 둘이 전부, 움직이는 건 없었다.

　그러나 헬기장에는 움직임이 보였다. 누군가 헬기를 띄우려다 말았는지 위장포는 걷혀 있었고 철골구조물 계단 한쪽에 시체가 보였다. 그리고 검은 그림자 하나가 어둠 속에 무릎을 꿇고 앉아 있었다.

　'제기랄.'

　접근 자체가 쉽지 않았다. 해양 부설선이다 보니 곳곳에 은폐가 가능한 구조물들이 존재했지만 헬기장에 올라가려면 마지막 50미터 정도는 은폐물 하나 없는 텅 빈 갑판을 뛰어야 했고 도착해서도 철제 계단을 20여 개나 올라가야 했다. 게다가 시간적인 여유도 없었다. 적대 세력으로 예상되는 배들의 위치가 한참 전에 3해리였으니 지금 당장 지원군이 배에 올라온다고 해도 하등 이상할 것이 없었다. 무조건 움직여야 했다.

　"가자."

　일단 가까운 철제 구조물 뒤로 자리를 옮겼다. 헬기장 기둥 그늘 아래로 한 놈이 더 보였다. 위치가 확인된 놈은 둘, 더는 없을 가능성이 높았다. 그런데 둘 다 잡을 수 있는 사각이 나오지 않았다. 아래 있는 한 놈은 사각 안에 있지만 아까 본 다른 하나는 겨우 머리끝만 보였다. 이러면 하나를 먼저 제거하고 나머지는 접근해서 해결해야 할 것 같았다.

우선 헬기장 기둥 뒤에 있는 놈을 조준해보았다. 야간 사격이지만 약간의 빛이 있고 거리가 50미터 안쪽이라 맞추는 건 어렵지 않을 것 같았다. 일단 한희진에게 손짓으로 무전기를 개방하라는 신호를 하고 몇 미터 떨어진 둥그런 철제 구조물을 가리켰다.

"들리냐?"

―잘 들려.

"1시 방향에 있는 놈 제거하고 뛸 거다. 11시 방향에 있는 놈 견제 사격해, 내가 움직이면 시작해."

―알았어, 조심해요.

무릎을 꿇은 채 구조물 위에 소총을 올리고 기둥 뒤에 있는 놈을 조준했다. 바람은 제법 강하게 느껴졌다. 좌에서 우로 45도 방향, 거리가 가까워서 오조준까지는 필요 없었다. 그대로 방아쇠를 당겼다.

파박!

연속해서 세 발, 묵직한 충격이 어깨를 때리고 조준경 안의 검은 그림자는 마치 땅속으로 꺼지는 것처럼 사라졌다.

"간다!"

자세를 낮춘 채 철제 구조물 사이를 지그재그로 달렸다. 몇 미터 뛰기도 전에 총탄이 날아들었지만 대부분 머리 위를 스치는 소닉붐 뿐이었다. 총탄은 그가 지나온 궤적보다 훨씬 뒤쪽에서 불똥을 튕겼다. 순간, 한희진의 총구가 불을 뿜었다. 총성은 금방 사라졌다. 한희진의 견제사격이 제법 효과를 보는 모양이었다.

두 번 더 방향을 바꾸고 목표로 했던 철제 구조물 아래로 몸을 날렸다. 일단 눈만 슬쩍 내놓고 총구 화염의 위치를 가늠했다. 조용한 상황, 그리고 예상 밖의 대사가 이어셋에서 흘러나왔다.

―잡았어!

'얼씨구?'

견제사격을 부탁했는데 저격을 한 꼴, 이민우의 말대로 사격에는
확실히 천부적인 재질을 타고난 것 같았다.

"올라간다, 대기."

―카피.

곧바로 헬기장 밑으로 들어가 죽은 놈에게 한 발을 더 쏘고 계단
을 뛰어올랐다. 마지막 계단에 도착해서는 누운 채 총구를 높여 놈이
쓰러진 위치쯤에다 대여섯 발을 긁어버렸다. 대응사격은 없었다. 눈
을 올리자 피투성이가 된 시체가 보였다. 일단 위험은 사라진 셈, 헬
기장 위로 올라앉아 선수 쪽을 살피면서 한희진을 호출했다.

"클리어, 올라와."

―카피.

한희진이 올라오자마자 헬리콥터 바퀴를 고정시킨 와이어를 풀
어내고 조종석으로 올라탔다. 올 때 봐둔 순서대로 파워 스위치를 줄
줄이 올리고 엔진스타트 버튼을 눌렀다. 가동은 어렵지 않았다. 잘하
면 이대로 이륙할 수도 있을 거라는 생각을 떠올리는 순간, 선수 난
간에서 총구 화염이 보였다.

"젠장! 숙여!"

조종석 윈드쉴드에서 튀는 불똥을 피해 반사적으로 누워버렸다.
조종석 밖으로 총구를 내밀고 총구 화염을 향해 마구잡이 응사를 시
작했다.

'어려워.'

이런 상황에서는 이륙이 불가능했다. 연료 주입을 최대치로 올렸지만 RPM은 아직도 60퍼센트를 넘지 못하고 있었다. 이륙하려면 최소한 1분은 더 필요한데 그 1분이면 헬기가 벌집이 되고도 한참 시간이 남았다. 포기하고 헬기에서 뛰어내리려는 순간, 갑자기 브리지 쪽에서 총성이 터졌다.

타타탓!

"으아아!"

선수에서 올라오던 놈들이 줄줄이 쓰러지고 브리지 옆에서 알리나와 조금 전에 본 흑인과 동양인 하나가 번개같이 튀어나왔다. 셋만 남은 걸로 보아 선미의 상황도 썩 좋지 않은 모양이었다. 남은 총구 화염 두 개는 곧장 알리나에게 돌아갔다. 그는 즉시 조종석에서 굴러 내려와 헬기장 아래로 수류탄을 던져버렸다.

"수류탄!"

콰쾅!

잠깐 머리를 숙였다가 일어나 연기 속에다 소총을 난사했다. 알리나도 연기 속에다 화력을 집중하면서 헬기장으로 뛰어올라왔다. 저항은 사라지고 없었다. 헬기로 다가선 알리나가 고함을 질렀다.

"조종할 줄 알아!?"

"물론! 상황은?"

"화력에서 밀려! 훈련된 특수부대다!"

"팔콘은 어딨어?"

"남는대!"

"미쳤군, 물건은 포기냐?"

질문하면서 조종석으로 머리를 집어넣고 계기판을 살폈다. RPM은 빠르게 상승해서 최고치에서 바늘이 부르르 떨었다. 이제 언제든 이륙이 가능했다.

"목숨이 먼저다, 머릿수가 너무 많아."

"타!"

차승호는 엄지손가락으로 뒷자리를 가리키며 조종석으로 올라탔다. 다 올라탄 걸 확인하는 즉시 조종간을 당겼다. 군용과는 완전히 다른 부드러운 상승, 그러나 고도가 턱없이 느리게 올라갔다. 민수용이라 그런지 가속 역시 짜증스러울 정도였다.

'젠장, 위험해.'

투둥!

불길한 예감은 그대로 적중했다. 묵직한 총성과 함께 한희진의 목소리가 귓전을 때렸다.

—좌현! 배에서 대포 쏘고 있어!

예광탄이 무서운 속도로 눈앞을 스쳐 지나갔다. 무조건 반대쪽으로 조종간을 틀었다.

"제기랄, 꽉 잡아!"

예광탄은 줄기차게 쫓아왔다. 대포까지는 아니고 50구경짜리 중기관총쯤 되는 것 같았는데 맞으면 결과는 대포나 마찬가지였다. 민수용 헬기의 얇은 철판은 몇 발만 맞아도 종이쪽처럼 찢겨 나갈 것이었다.

헬기가 완전히 옆으로 누울 때까지 틀었다. 팔콘의 배 브리지를 방패 삼아 중기관총 사각을 피해 저공비행 상태로 가속하겠다는 생각이었다. 그리고 계획은 잠시나마 성공한 것 같았다. 기체를 수평으로 바로잡았을 때는 속도가 60노트 가까이 올라가고 있었다. 그러나 예광탄 줄기는 우아한 포물선을 그리며 끈질기게 따라왔다.

─반대쪽! 다른 배야!

한희진의 목소리, 우에서 좌로 예광탄 두 줄기가 무시무시하게 눈앞을 스치고 휘어져 나갔다.

"빌어먹을!"

반사적으로 조종간을 틀었다. 이미 고도가 상당히 올라왔고 속도까지 많이 붙었는데도 예광탄의 포물선은 유령처럼 따라붙고 있었다. 고도를 더 올리고 또다시 방향을 틀었다. 예광탄 줄기는 멀어지는 것 같았다. 순간, 동체에 느닷없는 충격이 느껴졌다.

파바박!

잇달아 세 번, 다행히 문제는 생기지 않았다. 다시 한 번 포물선이 휘어져 지나갔다.

"제기랄!"

습격이 시작된 직후부터 줄곧 입에 욕을 달고 사는 느낌, 욕설이 계속 입안에서 맴돌다 시도 때도 없이 툭툭 튀어나왔다. 그나마 예광탄은 더 보이지 않았다. 고도는 계속 상승했고 속도도 빠르게 올라가고 있었다.

일단 남쪽으로 방향을 잡고 가속에 집중하려는데 알리나가 신경질적인 목소리를 냈다.

"젠장! 카노가 맞았어!"

창가에 앉은 흑인 옆구리 한쪽이 아예 없었다. 얼핏 보기에도 상태가 심각해서 오래 버티기 어려운 정도가 아니라 이미 죽은 목숨이었다.

"총상 부위 눌러! 지혈해봐!"

가속을 계속하면서 계기판을 다시 확인했다. 140노트를 조금 넘는 속도였다. 애당초 팔콘의 배 위치가 브루나이 북쪽 13해리였으니 운이 아주 좋으면 숨이 넘어가기 전에 육지에 도착할 수는 있을 것 같았다. 물론 산다는 보장은 없었다.

"일단 육지로 간다, 어떻게든 버텨봐."

조종간을 밀어냈다. 최고 속도까지 가속할 생각, 그런데 갑자기 엔진이 푸드덕거리기 시작했다. 계기판을 다시 볼 필요도 없었다. RPM이 너무 급하게 곤두박질쳐서 조종간을 잡고 있기도 힘들었다.

'제기랄!'

그는 즉시 로터 피치를 줄이고 강제로 클러치를 분리해버렸다. 활강하면서 시동을 다시 걸어볼 생각이었다. 그러나 몇 번의 시도에도 엔진은 정상을 회복하지 못했다. 조금 전 총격에 당했을 때 엔진 와이어하네스나 연료계 어딘가에서 문제가 생긴 모양이었다. RPM은 거의 바닥을 기고 있었다.

이러면 그냥 활강으로 최대한 육지에 접근하는 수밖에 도리가 없었다. 다행히 바람이 육지 쪽으로 불고 있어서 어느 정도는 버틸 수 있을 것 같았다.

"꼬마, 구명조끼."

"응!"

눈치 빠른 한희진은 이미 조종석 밑에 있는 구명조끼에 손을 대고 있었다. 한희진은 재빨리 그의 팔에 조끼 하나를 끼워주고 하나는 자신이 챙겨 입었다. 차승호가 기내 마이크에 대고 소리를 질렀다.

"알리나! 구명조끼 입어!"

"뭐야? 고장이야?"

"엔진 통제가 안 된다, 연료계 문제 같은데 대책 없어. 활강으로 최대한 육지 가까이 간다!"

"제기랄! 너 조종할 줄 아는 거 맞아?"

"시끄러!"

수평 유지와 활강에 집중하는 사이 해안의 불빛이 보이기 시작했다. 헌데 도시가 아닌 것 같았다. 빛이 보이긴 하는데 몇 개 되지 않아서 해안에 도착한다고 해도 병원을 만나기는 어려워 보였다. 대신 거리는 가까울 것이었다.

'제기랄, 고도가 너무 떨어졌어.'

이미 고도가 100미터 아래로 떨어진 상황, 근근이 비행은 하고 있지만 메인 로터 회전속도가 눈에 띄게 줄어들어서 이제는 한계였다.

"너는 무리다! 알리나, 구명보트 찾아봐! 비싱 틸출 키드에 있을 거다!"

알리나는 재빨리 뒷자리에서 구명보트 유니트를 찾아내고 그의 어깨를 두드렸다.

"찾았어! 던질까?"

"아직! 너무 높다! 고도 낮춘다! 호버링 대기!"

"알았어!"

덜덜거리는 피치 컨트롤 레버를 아예 놓아버리고 러더 페달에 온 신경을 집중했다. 수평을 유지하는 것조차 어려운 판이라 다리가 부들부들 떨렸다. 몇 초 지나지 않아 새카맣고 묵직한 수면의 요동이 느껴졌다. 고도는 대략 50미터 남짓, 호버링은 힘겨웠다.

그렇다고 더 버틸 수도 없었다. 속도가 30노트 이하로 떨어졌고 이제는 활강도 쉽지 않았다. 이러면 그냥 뛰어내리는 수밖에 없었다. 더 기수를 들었다. 속도가 급속도로 떨어지고 고도도 삽시간에 30미터 이내로 줄어들었다. 이제부터는 활강이 아니라 그냥 사선으로 떨어지는 추락이었다.

"지금! 그냥 던지고 뛰어!"

"젠장! 간다!"

"너도!"

"오빠는?"

"그냥 뛰어! 발부터 들어가!"

순간적으로 미련을 보였지만 한희진은 곧장 반대편으로 뛰어내렸다.

그는 한희진이 눈앞에서 사라지자마자 조종석 문을 밀어냈다. 기체는 페달에서 발을 떼는 순간부터 기우뚱하면서 왼쪽으로 기울어 휘어져 나가기 시작했다. 덕분에 몸을 빼기는 쉬워진 셈, 있는 힘껏 기체를 차내고 최대한 멀리 몸을 날렸다. 초저공인데도 엄청나게 긴 시간 동안 떨어지는 느낌이었다.

시커먼 수면이 무서운 속도로 눈앞에 닥쳐들었다.

퍽!

아슬아슬하게 발로 입수하면서 수면에 튕겨져나가는 불상사는 피할 수 있었다. 대신 물속에서 밀려 나가는 시간이 한없이 길어졌다. 수압도 엄청나서 정신을 차리는 것 자체가 쉽지 않았다.

'갈수록 태산이네, 빌어먹을!'

숨이 턱에 차오르고 나서야 몸에 가해지는 압력이 사라지고 팔다리를 움직일 수 있었다. 일단 팔다리 멀쩡하게 입수에 성공한 셈, 다급하게 손발을 움직여 중심을 잡고 수면을 올려다보았다. 수면에는 붉은 빛이 일렁이고 있었다. 헬기 연료에 불이 붙은 모양이었다.

발차기 몇 번으로 수면에 머리를 올렸다. 가장 먼저 그를 맞이한 건 뺨으로 밀려드는 뜨거운 열기, 수면 곳곳에서 거칠게 불길이 타오르고 있었다. 파도 때문에 확신할 수는 없지만 헬기가 추락한 곳은 멀지 않았다. 추락 당시 속도가 거의 호버링에 가까웠으니 휘어져 나갔어도 근처였다.

"꼬마! 어디냐!?"

일단 추락 지점 반대쪽을 향해 고개를 돌렸다. 한희진은 보이지 않고 막 부풀어 오르는 구명보트는 보였다. 구명보트는 튜브 한쪽을 번쩍 쳐들었다가 수면으로 떨어졌다. 거리는 내락 100미터쯤 되는 것 같았다. 일단 보트 쪽으로 헤엄치면서 구명조끼의 노란 형광색을 찾았다. 멀지 않은 곳에 있을 것이었다.

"오빠! 여기!"

대각선으로 20미터쯤 떨어진 곳에 구명조끼가 보였다. 한희진이었다. 급히 방향을 바꿔 마주 오는 한희진의 구명조끼를 잡고 끌어당겼다.

“괜찮아?”

“응, 오빠는?”

“괜찮아, 수영할 수 있지?”

한희진은 물속으로 살짝 들어갔다 나오면서 고개를 까딱했다.

“나 수영 잘하잖아.”

잔뜩 겁먹은 얼굴이지만 부상은 없는 것 같았다.

“좋아, 보트로 가자.”

보트에는 알리나와 동양인만 보였다. 흑인은 죽었는지 포기한 모양이었다. 두 사람이 부지런히 헤엄을 치는 동안 알리나가 먼저 보트 위로 올라가 동양인을 끌어올렸고 두 사람이 보트에 매달리자 손을 내밀었다. 올라앉아 한숨 돌리자 알리나가 노를 하나 건네면서 물었다.

“해안까지 거리가 얼마나 될까?”

“1킬로미터 이내일 거다. 아까 팔콘의 배는 괜찮았냐?”

“팔콘은 몰라도 배는 침몰하지는 않을 거다. 여기저기 총알구멍은 좀 나겠지. 공격하는 놈이 누가됐든 1억 달러짜리 물건을 수장할 생각은 없을 거니까.”

“단정하지 마라. 중국 아이들이라면 폭파해버리는 게 답이야.”

“중국 놈들은 아냐.”

“확신해?”

“저것들 무선망에 미국인들이 끼어 있었다. 내가 들은 것만 최소 두 명이고 전형적인 미국식 발음이었어. 그리고 말레이시아어도 들렸다.”

“말레이시아?”

“중국군은 확실히 아니라는 이야기지.”

“제기랄, 미국이 어떻게 알고 여길 나타나? 미국 입장에서는 제 3국이 장거리 미사일 기술을 보유하는 것 자체가 불만이겠지만……블랙위도우는 CIA와 한패야. 블랙위도우가 하는 일에 왜 미국이 달려들어?”

“그건 나도 알 수 없지, 제기랄. 어쨌든 이번 일은 처음부터 마음에 들지 않았어. 우리 연락책이 중국에서 공격받은 것까지는 이해를 하겠는데 다낭에서 내 행적이 노출된 건 뭔가 잘못돼도 한참 잘못된 거다.”

“정보가 샌 쪽은 너희야.”

“아니, 책임은 너희 쪽에 있어. 호치민을 떠날 때까지도 우린 접선 지점에 대해 몰랐잖아.”

“현실을 똑바로 봐. 다낭과 호치민에서 네 행적이 노출됐고 추적당할 가능성이 가장 높은 것도 너희들 배야.”

알리나는 오만상을 찌푸린 채 그를 노려보았다. 인정하긴 싫겠지만 사실이 그랬다. 그가 다시 말했다.

“셰산은 나중에 하자. 육지로 올라가는 게 먼저다. 추락한 거 봤으면 추격해올 거다.”

“추격? 물건 챙겼으면 끝 아냐? 우린 상대가 누군지도 몰라.”

“그건 우리 생각이고, 내가 저쪽 입장이라면 마무리 깨끗하게 할 거야.”

“제기랄, 그렇겠지. 일단 가자.”

해안은 생각보다 멀었다. 10분 이상 어깨가 뻑뻑해질 정도로 부지런히 노를 저었는데도 그냥 제자리에 떠 있는 느낌이었다. 한참 더 노를 저어 팔 힘이 부친다 싶어질 무렵, 한희진이 갑자기 그의 어깨를 짚으며 검지손가락을 입으로 가져갔다.

"잠깐만, 쉿."

"응?"

노를 멈추자 파도 소리에 뒤섞여 은은하게 모터 소리가 들려왔다. 멀리 수평선을 가로지르는 서치라이트 두 개가 보였다. 느낌상 모터보트인 것 같았다. 알리나가 짜증스럽게 중얼거렸다.

"빌어먹을, 여기 해경이었으면 좋겠군."

해양경찰일 가능성은 희박했다. 설사 해양경찰이 헬기가 추락한 걸 목격했다고 해도 이렇게 빨리 현장에 도착할 리가 없었다. 그의 입에서 빈정거리는 말투가 튀어나갔다.

"꿈 깨, 놈들이다. 젓기나 해."

서치라이트는 붉게 타오르는 헬기 추락 지점에서 한동안 선회하더니 금방 해안으로 돌아왔다. 그리고 얼마 지나지 않아 정확하게 구명보트를 때렸다.

"들켰어!"

그나마 다행인 건 해안이 코앞이라는 점이었다. 불과 몇십 미터였다. 그러나 모터보트를 떼어내기는 어려울 것 같았다. 순식간에 모터보트의 굉음이 커지고 매섭게 총성이 터졌다.

카카캉!

"뛰어!"

곧장 바다에 뛰어들었다. 다행히 발이 바닥에 닿았다. 수심이 허리 언저리에 불과해서 잘하면 이대로 뭍으로 올라갈 수 있을 것 같았다. 해안으로 뛰면서 서치라이트의 위치를 다시 확인했다. 거리는 얼핏 150미터 안쪽, 일반 자동소총이라고 해도 사정거리 안이었다. 이미 집중사격에 노출된 구명보트는 삽시간에 걸레 조각이 되어가고 있었다.

차승호는 해안에 발을 올리자마자 한희진을 끌어안고 바위틈으로 머리를 박았다.

피핑!

소닉붐이 매섭게 머리 위를 통과했다. 그리고 바위가 터져나가는 파열음이 들렸다.

"지랄이네."

한바탕 총탄 세례가 지나간 뒤, 해안을 살폈다. 3미터도 안 되는 짧은 백사장과 그 안쪽의 비교적 넓은 바위 구간을 통과해야 숲으로 들어갈 수 있었다. 바위 구간의 넓이가 워낙 넓어서 뛰기는 상당히 부담스러웠다. 게다가 모터보트가 한 척이 아니었다. 한 척은 바로 앞에서 연신 기관총을 난사하면서 선회했고 나머지 하나는 이미 동쪽 해안에 배를 대고 있었다.

"괜찮아?"

"응."

한희진의 상태를 확인하고 바로 옆 바위틈에 엎드린 알리나에게 소리를 질렀다.

"알리나! 너 GPS 있지? 여기 어디야?"

"브루나이 국경에서 11킬로미터 서쪽!"

"말레이시아?"

"그래!"

"제기랄, 그래서 동쪽을 막는군."

머리를 내밀어 모터보트를 확인했다. 1시 방향 대각선으로 60여 미터 거리인데 보트 앞에 경기관총을 거치해놓고 쏘는 것 같았다. 덕분에 경기관총의 정확도는 걱정할 필요가 없었다. 파도 때문에 정확한 사격은 어려울 것이었다.

진짜 문제는 거기서 내린 놈들이었다. 눈에 보이는 인원만 최소 넷인데 모터보트를 앞세우고 차근차근 해안으로 접근하고 있었다. 응사를 하기도, 그렇다고 그냥 버티기도 곤란했다. 우회한 놈들이 배후를 차단하면 에누리 없이 죽은 목숨이었다. 움직여야 했다. 구명조끼를 벗으면서 알리나에게 소리를 질렀다.

"알리나! 실탄 얼마나 있어?"

"AK는 탄창 반! 권총은 탄창 둘! 강파에게도 AK 탄창 하나, 권총도 하나가 전부다!"

남은 실탄은 빈약했다. 차승호 자신에게도 소총탄 10여 발에 권총뿐이고 한희진도 여유가 없었다. 교전은 불가능했다. 그가 입맛을 다시며 중얼거렸다.

"튀는 게 맞겠지?"

"할 수만 있다면."

모터보트의 위치를 다시 확인하면서 뒤따라 구명조끼를 벗는 한희진의 어깨를 두드렸다.

"벗으면서 들어, 셋 세면 구명조끼 반대로 던지고 저기 바위 뒤까지 뛰어라. 최대한 숙이고 도착하면 엄호해. 오케이?”

“응, 준비됐어.”

구명조끼를 벗어든 한희진은 두말없이 몸을 웅크리고 뛰어나갈 준비를 했다. 두려움 같은 건 전혀 느껴지지 않았다. 김경필에게 체포됐다가 빠져나온 뒤부터 체력적으로나 심리적으로나 엄청나게 단단해졌다는 생각은 하고 있었는데 오늘 완전히 종지부를 찍는 느낌이었다. 이제는 산전수전 다 겪은 노련한 전투원의 분위기였다. 장기적으로 보면 녀석에게 결코 좋은 일이 아니지만 당장의 위기 상황을 타개하려면 이쪽이 나을 것이었다.

‘생각은 나중에.’

다시 보트의 위치를 확인했다. 벌써 40미터 안쪽, 더는 시간을 끌 수 없었다.

“하나, 둘, 셋. 가!”

한꺼번에 셋을 세고 먼저 튀어나가 모터보트의 서치라이트에다 남은 소총탄을 모조리 소비해버렸다.

타타탓!

이동 방향 반대로 구명조끼를 던진 한희진이 가장 앞서 바위 몇 개를 뛰어넘어 숲을 향해 달렸다. 알리나와 경호원이 뒤따르고 마지막으로 그가 소총을 바다에 던지면서 바위 사이를 건너뛰었다. 그러나 몇 발 뛰기도 전에 한희진의 비명이 들려왔다.

—엎드려! 오빠!

숲 언저리에서 랜턴과 총구 화염이 보였다. 그것도 한두 개가 아니었다. 얼핏 보기에도 최소 열 개 이상, 소대 규모가 넘는 대병력이었다. 바위틈으로 몸을 날리자마자 머리 위로 총탄이 쏟아졌다. 알리나는 보이지 않았다.

"제기랄! 희진아, 괜찮아?"

―말짱해! 어쩌지?

"기다려!"

총구 화염의 숫자를 확인하고 싶었지만 머리를 내밀기가 쉽지 않았다. 총탄이 빗발치는 건 둘째치고 그가 숨은 바위 위로 서치라이트가 직격하는 형편이라 총구만 빼는 것도 어려웠다. 그런데 다음 순간, 거짓말처럼 총격이 사라지고 누군가 확성기로 으르렁거리는 소리를 냈다.

―말레이시아 육군 국경수비대다! 너희들은 포위됐다! 무기를 버리고 투항하라. 다시 한 번 경고한다! 너희들은 포위됐다! 즉시 무기를 버리고 투항하라!

'말레이시아 육군?'

정황상 모터보트에 탄 놈들과 한패인 것 같은데 그건 곧 정규군이 민간인에게 마구잡이 총질을 했다는 뜻이었다.

'제기랄! 뭐가 어떻게 돌아가는 거야?'

의문의 여지는 많지만 용병이나 해적이 아니라 진짜 정규군이라면 저항은 무의미했다. 어차피 숫자가 최소 50명을 넘기는 판이니 정규군이 아니라도 조건은 같았다. 어설프게 총질을 하다가는 바로 벌집이었다. 일단 손을 들고 차후에 기회를 봐서 탈출을 노리는 것이 답이었다. 재빨리 한희진을 호출했다.

"희진아, 지금 총 버려라. 나랑 이야기 끝나면 이어셋도 버려. 우린 베트남에 신혼여행 온 한국계 캐나다인 부부다. 비상용 외운 거 기억하지?"

―응. 이름 한미래, 스물세 살, UBC 재학생. 오빠는 서른 살 차인철, 외환 딜러. 여권은 납치당하면서 뺏겼고.

"오케이, 일단 호치민에서 납치당한 걸로 가자. 일단은 버티되 끝까지 버틸 필요는 없어. 어느 정도 버티다가 위험하다 싶으면 그냥 털어놔."

―일단 버텨볼게.

"좋아, 여권까지 전부 바위 사이에다 깊숙이 보이지 않게 버려라."

―응, 아웃.

이어셋과 자신의 위조 여권 두 개를 바위틈에 던져버린 그는 비닐봉지에 넣은 비상용 위조 여권과 채권을 조금 멀리 있는 큼직한 바위 아래의 깊숙한 자리에 끼워버렸다. 어깨까지 전부 집어넣어야 겨우 손끝이 닿는 자리여서 정확한 위치를 모르면 찾아내기 어려울 것이었다. 곧장 알리나가 있을 만한 바위에다 소리를 질렀다.

"알리나! 네 생각은 어때?"

―마지막 경고다! 너희들은 포위됐디! 무기를 비리고 투항하라. 지금 즉시 무기를 버리고 투항하라! 10초 주겠다. 다섯! 넷!

알리나는 바로 대답하지 않았다. 다시 한 번 경고 방송이 들려오고 나서야 머리를 들더니 소총을 바다에 던지면서 입맛을 다셨다.

"내 의견이 중요해? 답이 나와 있잖아."

알리나의 판단도 다르지 않은 셈, 의견 조율은 필요 없었다. 어깨를 으쓱해 보인 그는 바위에 기댄 채 바위를 때린 서치라이트 속에다 권총을 올려놓고 양손을 크게 흔들었다.

"나간다! 쏘지 마!"

조심스럽게 상체만 일으켰다. 서치라이트가 그에게 집중되고 시커먼 그림자 대여섯이 신속하게 숲 밖으로 뛰어내려왔다. 그런데 움직임이 어딘가 어색했다. 분명히 말레이시아 정규군 복장인데 훈련이 제대로 되지 않았는지 움직이는 것도, 몸수색하는 것도 영 자연스럽지가 않았다. 군인들은 막무가내로 몸수색을 하더니 총구로 등을 떠밀었다.

"걸어!"

바위 구간 너머 숲 언저리에는 대령 계급장을 단 뚱뚱한 사내가 거만한 얼굴로 일행을 내려다보고 있었다. 일행이 바위 구간 끝에 올라서자 대령이 한희진과 알리나의 얼굴에 랜턴을 들이대고 한참 쳐다보더니 히죽 웃으면서 부하들에게 고압적인 목소리로 지시를 했다. 다시 일행의 등을 떠민 군인들은 낡은 트럭에 다짜고짜 태우더니 30분 넘게 줄기차게 비포장도로를 달렸다. 그리고 정글 한복판에서 끌어내렸다.

'이거 정규군 맞아?'

정규군 주둔지로는 도통 어울리지 않는 장소였다. 그러나 삼엄한 경계가 펼쳐져 있어서 뭔가 중요한 곳인 것 같기는 했다. 이어 대낮에도 캄캄할 것 같은 우거진 숲 속의 오솔길로 100미터쯤 이동하자 허름한 창고 10여 동이 나타났다. 군인들은 그중 가장 낡아 보이는 창고에다 일행을 처박아놓고 이내 사라졌다.

차승호는 군인들이 나가자마자 재빨리 창고부터 살폈다. 꽤 넓은 창고인데 밖은 전혀 보이지 않고 창고 끝에는 사용하고 남은 마대자루가 산처럼 쌓여 있었다. 그런데 알리나가 자루 주변의 나뭇잎들을 집어 냄새를 맡아보더니 대번에 안색을 굳혔다.

"양귀비다."

"뭐?"

"이거 양귀비 잎이야. 가공하기 전의 양귀비 열매를 모아두는 창고 같다."

'제기랄, 진짜 꼬이네.'

정규군 주둔지의 창고에 양귀비 자루가 보인다는 건 누가 봐도 심각한 위험신호였다. 진짜 마약상이나 해적보다 훨씬 더 위험한 놈들이라는 뜻, 민간인에게 마구잡이로 소총을 난사한 것도 설명이 되는 셈이었다. 아무래도 사형선고를 받아놓은 것 같았다.

돈의 전쟁

차승호는 창고 문의 자물쇠가 열리는 쇳소리에 가늘게 눈을 떴다. 시계까지 모두 빼앗겨 정확한 시간은 알 수 없지만 갈라진 틈새로 흘러들어오는 흐릿한 빛은 아침을 가리키고 있었다. 캄캄한 공간이 밝아지면서 어제 해안에서 본 뚱뚱한 대령과 비교적 장신에 들어가는 백인 두 사람이 나타났다. 그 뒤로 정규군 군복에 철모까지 쓴 말레이시아인 서넛이 더 들어왔지만 신경이 가지 않았다.

백인 중에서 키가 큰 쪽의 갈색 머리 사내가 대령과 몇 마디 말을 나누더니 성큼성큼 다가와 그의 옆구리를 툭 찼다.

"일어나지?"

그는 어렵게 몸을 일으켰다. 뜬눈으로 밤을 새워서인지 눈꺼풀이 천근만근 무거웠다. 갈색 머리가 무릎을 꿇더니 그의 눈앞에 얼굴을 들이대며 다시 말했다.

"이야기 좀 할까? 비스트?"

차승호는 엉덩이를 조금 뒤로 빼면서 마대자루 더미에 기대 최대한 천천히 상체를 일으켰다. 다만 몇 초라도 생각할 시간이 필요했다.

'진짜 CIA냐?'

알리나의 말대로 놈의 발음은 확실히 미국식 영어였다. 그리고 말레이시아 군을 자의적으로 움직이고 있었다. 동남아시아에서 이런 무소불위의 영향력을 행사할 수 있는 건 CIA나 CID밖에 없다고 보아야 했다. 만든 지 얼마 되지도 않는 그의 콜사인을 입에 담은 부분도 CIA라면 어느 정도 설명이 가능했다.

그러나 진짜 문제는 장명신이 이번 일을 CIA에 보고를 했느냐 안 했느냐 하는 부분이었다. 장명신이 자신의 주장대로 CIA를 위해서 일을 하지 않았고 CIA가 별도로 이번 건을 감지했다면 개입의 소지는 충분했다. 덕분에 상황은 더 위험해진 셈이었다. 그가 느릿하게 일어나 앉자 백인이 킥킥대고 웃었다.

"크크, 잔머리 그만 쓰지? 터놓고 이야기하자고."

"무슨 소리요?"

"솔직히 찾느라고 힘이 좀 들었어. 저 여자 꼬리를 잡지 못했으면 놓쳤을지도 몰라."

"무슨 소린지 모르겠군, 당신 경찰이면 관등성명부터 대야 하는 거 아뇨? 뭐 하는 사람이요?"

"나? 네 생각은 어때? 뭐 하는 사람 같아?"

"내가 그걸 어떻게 알아?"

"후후, 그럼 분위기를 다시 잡아야겠군. 이름 차승호, 공군 특수부대 출신, 국정원 외부 조직 요원으로 판단한다던데? 지난 몇 달 동안 한국 정계를 완전히 휘저어버렸다는 보고도 있더군. 이 정도 대사가 나오면 솔직해져야 하는 거 아닌가?"

차승호는 놈의 살짝 처진 눈매를 물끄러미 쳐다보다가 불쑥 반문했다. 이쯤 되면 더 오리발 내밀어도 소용없었다.

"당신 이름부터 들읍시다."

"내 이름? 내 이름은 존이야. 존 제이, 후후."

"존 제이라…… 신원불명까지는 아니로군."

그가 이죽거리자 존은 다시 킥킥대고 웃다가 같은 질문을 되풀이했다.

"뭐 하는 사람 같냐니까?"

"사고 치고 외딴 말레이시아 촌구석에 좌천된 CIA 나부랭이쯤 되겠지."

"푸하하하, 이제야 이야기가 좀 되는군."

"난 당신 직업 같은 거 관심 없어, 원하는 게 뭐야?"

"내가 원하는 건…… 사실 아주 단순해, 돈."

"돈?"

"오리발 그만 내밀고 그냥 털어놔. 거창한 물건 거래했는데 쩐이 없을 리가 없잖아."

"미쳤군, 요즘 세상에 누가 현금으로 거래를 해? 돈은 벌써 온라인으로 날아갔어."

사내는 씩 웃더니 가볍게 그의 따귀를 올려붙였다.

"어렵게 가지 말자고. 계집년들 발가벗겨서 아랫도리 청소하는 수가 있어, 흐흐."

"CIA가 왜 이런 짓을 하지?"

"어…… 사실 이런 걸 우린 윈윈 시추에이션이라고 하지. 랭리는 물건을 챙기고 나는 퇴직금을 챙기는 거야. 니들 속담에도 이런 거 있지 않나?"

"난 무식해서 속담 같은 거 몰라, 그래서? 퇴직금 챙기고 나면 살려줄 생각 있나?"

"글쎄? 알리나 저년은 아무래도 랭리로 넘겨야 할 것 같고…… 너하고 저 아가씨는 죽어야 하려나? 어이! 그거 가져와!"

뒤에 서 있던 군인이 큼직한 비닐 가방 하나를 가져다 그의 발치에 던지고 제자리로 돌아갔다. 해안에서 일행이 버린 물건들, 두 사람의 배낭과 여권 같은 잡동사니였다. 존이 다시 말했다.

"이야기 잘 끝나면…… 이건 돌려주지, 어때?"

그는 배낭에 시선을 주며 동문서답을 했다.

"팔콘은?"

존은 어깨를 으쓱해 보였다.

"웬만하면 체포해서 MI-6에 넘기려고 했는데 악착같이 버티는 통에 어쩔 수 없었어. 아쉽지만 사살."

"별로로군, 팔콘의 배는?"

"이야기했잖아. 물건은 랭리가, 돈은 내가. 후후, 아마 지금쯤 필리핀 팔라완 해역으로 들어갔을 거다. 우리 구축함이 예쁘게 데려가는 중이야."

"재주는 곰이 부리고 돈은 양키가 챙기는 건가?"

"호호, 아직 계산 끝난 건 아냐. 돈은 지금부터 챙겨야지."

차승호는 히죽 웃는 존의 얼굴에 대고 마주 웃었다.

"나로서는 대답하기 곤란한데? 생각해봐, 물건을 넘겨주지 못하고 그냥 뺏겼으니 그 돈은 공식적으로 우리 꺼 아니다. 그리고……절반은 팔콘 뒷주머니에 꽂혀 있어서 물리적으로 널 줄 수가 없어."

"흰소리 치워라. 돈 어디 있어?"

차승호는 건너편 마대자루 더미에 기대 시선을 끄는 알리나를 힐끗 돌아보면서 천연덕스런 대답을 했다.

"내 돈 아니라니까? 저 여자 돈이야."

"나하고 장난치자는 거냐? 그럼 이건 어때?"

존은 뒤춤에서 불쑥 권총을 뽑더니 폼을 있는 대로 잡으면서 슬라이드를 당겼다 놓았다. 그리고 가까운 쪽의 동양인을 겨냥하면서 잇몸을 모두 드러냈다.

쾅!

대충 쏜 것 같은데도 총탄은 정확하게 동양인의 관자놀이 한가운데를 관통했고 동양인은 비명도 지르지 못하고 스르르 옆으로 넘어갔다. 존이 나직하게 중얼거렸다.

"주인이 없어지면 되나?"

알리나는 미동도 하지 않고 존의 눈을 노려보았다. 첫인상 그대로 더도 덜도 아닌 킬러, 부하 하나 죽는 정도로는 눈 하나 꿈쩍하지 않을 거라고 생각했는데 예상대로 완전히 무덤덤했다. 존이 어깨를 들썩이며 입맛을 다셨다.

"쩝…… 겁 없는 년이로군, 허파에 바람구멍이 나도 그럴 수 있을지 볼까?"

총구는 알리나에게 돌아가 있었다. 그러나 방아쇠를 당길 것 같지는 않았다. 놈은 알리나의 반응을 보려는 듯 빤히 얼굴만 쳐다보고 있었다. 그런데 알리나가 존은 무시하고 차승호를 향해 무덤덤한 목소리를 냈다.

"이봐, 친구. 아님 비스트라고 불러줄까? 어느 쪽이 좋아?"

"이런 상황에 이름이 중요해?"

"후후, 그냥 친구로 하지. 그런데 돈을 넘기면 저 치가 우리를 살려줄까? 암만 생각해도 아닌 것 같은데?"

"그럴 리가 없잖아. 퇴직금 빵빵하게 챙기고 싶다는 이야기인데 압수한 거액의 무기 거래 자금을 횡령했다는 보고가 올라가면 어떻게 될까?"

"잘은 몰라도 존 제이가 아니라 존 도우가 되겠지, 후후."

"그건 시체라도 찾을 경우 이야기야. 물고기 밥이 더 정확한 단어일 거다. 고로 우린 죽어야 말이 돼."

두 사람은 주거니 받거니 익담을 이어갔다. 알리나도 그럭저럭 장단을 맞춰주고 있어서 주도권을 잡을 수는 없어도 동등한 조건의 대화까지는 올려놓을 수 있을 것 같았다. 그러나 존의 입가에 맺힌 웃음기를 보면 꼭 그렇지만도 않았다. 수십 년 동안 현장에서 닳고 닳은 놈답게 시종 여유를 잃지 않고 있었다.

"어이, 같잖은 것들. 여기가 어디라고 생각하는 거냐? 수틀리면 지금 당장 발목에 시멘트 덩어리 매달아 바다에 던질 수도 있어. 재롱은 그만 떨어."

"사실을 이야기한 것뿐이야."

"멍청한 놈, 자신을 대단한 거물로 생각하는 모양인데…… 그거 착각이야. 블랙위도우 그년도 랭리 입장에서 보면 잔챙이에 불과하다. 하물며 그 중국 놈들이 최근에 개발했다는 대 항공모함 미사일도 마찬가지야. 솔직히 그거 미국엔 별 도움 안 된다고 들었거든. 그간 중국의 미사일 기술이 얼마나 성장했는지 알아보는 단순한 참고 자료에 불과해."

"그래서? 뭐 어쨌다고?"

"수천만 달러에 달하는 엄청난 거액이 오갈 거라고는 아무도 생각 안 한다는 거다. 아마 팔콘의 뒷주머니에 꽂힌 액수 정도면 충분하다고 판단할 거다. 난 남은 돈 가뿐하게 챙기고 사라지면 상황 끝이야."

"빌어먹을 미국 놈 맞긴 한 것 같네. 내 프랑스인 친구가 그러는데 양키 놈들은 대충 돈에 환장한 저질로 보면 정답이라더군. 오늘 실감 나는데?"

"젊은 놈이 막무가내로군. 상대를 무조건 매도한다고 해서 진실이 바뀌지는 않아. 자고로 세상은 돈이 지배했다. 유사 이래 모든 전쟁은 돈이 일으켰고 또 돈 때문에 졌다. 그리고 역사는 승자가 기록하지. 따라서 돈이 역사를 기록한다는 이야기가 되는 거야."

"범죄라는 사실은 변하지 않아."

"대단한 철학자 한 분 나셨군, 대단해. 그런데 오늘 주제는 내가 아니거든? 오늘 주제는 돈이야. 본론으로 돌아가지고. 폐일언하고 내가 눈먼 돈 몇 푼 퇴직금으로 챙기겠다는데 뭔 놈의 말이 그렇게 많아? 내가 말이야. 무려 20년을 세계 평화와 민주주의를 위해 발 벗고 뛰었는데 남은 건 징그러운 편두통과 관절염뿐이다. 더 좋은 세상을 만들기 위해 노력한 20년 세월을 전부 보상받을 수는 없겠지만 일부만이라도 보상받아야겠어."

"놀고 자빠졌네, 그냥 CIA에게 팽 당했다고 노래를 불러라. 민주주의가 뭐 어쨌다고? 세계 평화? 웃기지도 않는다. 총칼 앞세워 약소국 등골 빼먹는 게 세계 평화는 아니거든. 미국의 정의는 그런지 몰라도 내가 아는 정의는 좀 달라."

줄기차게 시비조의 험악한 말을 했지만 놈의 표정은 바뀌지 않았다. 겨우 언성만 조금 높아진 것 같았다. 그래도 당초 의도했던 탐색전은 나름 성공적으로 끝낸 셈, 잘하면 말로 승부를 볼 수도 있을 것 같았다.

"개뿔 가진 것도 없이 자존심만 하늘을 찌르는 프랑스 멍청이들이 떠드는 개소리 재방송하지 마라. 그건 프랑스 놈들이 세계대전 이후 제 놈들이 가지고 있던 아프리카와 동남아 지역의 이권을 빼앗겨서 더 약탈하지 못하는 게 억울하다는 소리니까. 미국이 세계의 규율을 정립해준 긴 숨길 수 없는 사실이야."

"규율 같은 소리하네, 니들은 더도 덜도 아닌 돈에 미친 양키일 뿐이야."

"이제 말장난 끝내자, 내 인내심이 거의 한계에 왔거든. 이게 마지막 질문이다. 돈은 어디 있나?"

놈의 손에 들린 총구가 그를 향해 돌아왔다. 당장이라도 방아쇠를 당길 기세, 차승호는 무섭다는 표정으로 장난스럽게 손을 들어 보였

다. 이만하면 원하는 정보는 대충 얻었고 더 말장난을 해봐야 별로
도움이 될 것 같지 않았다. 이제 승부를 보아야 했다.

"어어…… 미안, 미안, 잘못했어, 후후. 줄 테니까 대신 조건 하나
달자."

"조건 달 형편이 아닐 텐데?"

"그냥 죽을 수는 없잖아, 어차피 죽을 거라면 괜히 너만 좋은 일 할
이유도 없고…… 나도 살 기회를 잡았으면 좋겠어서 말이야."

존은 입가에 썩은 미소를 매단 채 한참을 노려보더니 고개를 까딱
했다.

"들어보지."

"연료 가득 채운 고속정부터 한 척 준비해, 30노트 이상 속도 낼 수
있는 걸로 말이야."

"생각해보지, 다른 건?"

"무전기 두 대와 물하고 식량 넉넉하게 실어줬으면 좋겠군. 그리
고…… 두 숙녀 분 태워서 바다로 내보내면 그 자리에서 넘겨주지.
물론 주변에 다른 배는 없어야 돼. 대신 보답으로 네가 사라질 수 있
도록 시간은 좀 벌어주지. 2주쯤 입에 지퍼 채우면 되지 않을까?"

존은 바로 대답은 하지 않고 그냥 돌아섰다.

"생각해보지."

아마도 저희들끼리 교통정리를 하겠다는 뜻일 것이었다. 존이 대
령과 군인들을 데리고 밖으로 나가자 알리나가 고개를 돌렸다.

"저놈 응할까?"

"돈이라면 지 부모도 모른다고 할 놈이다. 돈의 위치를 확인하려

면 준비하는 척이라도 할 거야."

"배를 준비하면? 진짜 혼자 남을 생각이냐?"

"누군가는 남아야 돼. 저런 놈을 믿고 무방비 상태로 배에 탈 수는 없으니까. 어차피 난 혼자가 더 편해. 넌 그냥 집에 가라. 보트 타자마자 즉시 브루나이 국경을 넘되 도착한 다음부터는 알아서 해. 우린 우리대로 만날 장소를 정할 거다."

"별일이로군, 왜지?"

"뭐가 왜야?"

"왜 날 보내고 니가 남느냐는 이야기다."

"셋 다 죽을 필요 없잖아?"

간단명료하게 반문하면서 자리에서 일어섰다. 한가하게 말장난할 시간은 없었다. 뒤따라 일어난 알리나가 몸을 좌우로 꺾으며 말했다.

"멋대로 해, 이번 일에 대한 책임은 나중에 묻겠다."

"책임? 농담하지 마, 일이 망가진 일차적인 책임은 너희들한테 있다. 큰 손해를 본 건 우리도 마찬가지니까 그냥 여기서 털고 째져. 그게 관례잖아."

"그건 내가 결정할 일 아니다, 보스가 결정할 거야."

"난 관심 없어, 알아서 해."

의미 없는 이야기라는 생각에 손을 휘휘 내저었다. 알리나의 생각도 비슷했는지 곧장 그를 외면하고 죽은 부하의 목에 손을 댔다. 관자놀이 한가운데에 총탄이 꽂힌 형편이라 부하는 이미 죽었을 것이었다. 눈을 감겨주는 알리나를 힐끗 쳐다보고 터덜터덜 한희진 옆으로 건너가 털썩 주저앉았다.

한희진의 입은 댓발쯤 나와 있었다. 아마 알리나와 함께 먼저 떠나라는 소리를 들어서일 것이었다. 그가 말했다.

"브루나이와 말레이시아 국경 마을이 마루디라는 작은 항구도시일 거다. 시내에서 제일 큰 호텔에 투숙하고 48시간만 버텨라. 그때까지 내가 돌아오지 않으면 곧장 서울로 들어갈 방법을 찾아봐. 서울 들어가게 되면 레지던스 호텔에 며칠 잠수하면서 안가 만들어라. 연락은 우체국 사서함으로 하자. 동대문우체국 개인 사서함 210호, 만들어둔 거 있다. 매일 확인해."

한희진이 딴소리 못 하도록 명령하듯 빠르게 필요한 사항을 정리해서 전달했다. 하지만 한희진은 찡그린 얼굴을 풀지 않았다.

"마루디에서 올 때까지 기다릴래. 여기서는 민폐일 거 같아서 브루나이로 가긴 가는데 서울은 혼자 안 가."

"어리광부리지 마라, 48시간 이내에 못 가면 심각한 문제가 생긴 거니까 기다려봐야 소용없다. 일단 서울 들어가서 기다려."

"문제 생긴 거면 더 기다려야지, 도울 수 있으면 도와야 할 거 아냐."

"인마, 지금으로서는 배를 탈 수 있을지 없을지조차 장담할 수 없어. 지금 이야기하는 건 그냥 기준일 뿐이야. 매 순간 상황에 따라 임기응변으로 대응해야 하는 형편이고 아직 변수도 남아 있어서 너무 유동적이다."

"변수?"

"리퍼가 나타나지 않았잖아."

사실 김경필이 나타나지 않은 건 꽤 큰 변수에 들어갔다. 김경필은 거래가 이루어지는 위치를 비교적 정확하게 알고 있는데도 현장에 나타나지 않았다. 가능성만으로 보면 교전 상황을 목격한 김경필이 발을 빼버렸을 확률이 가장 높고 그건 북쪽 해상 어딘가에 남아 있다는 뜻이기도 했다.

"그 아저씨가 배신한 거 아냐?"

'응?'

한희진의 갑작스런 반문에 그는 흠칫했다. 막연하게 생각은 하고 있었음에도 애써 무시했던 가능성이었다. 김경필이 의도적으로 정보를 유출시켰을 수도 있고 기무사 보고 라인에서 샜을 수도 있었다. 어떤 방식으로든 CIA의 개입은 설명이 가능했다. 그가 입을 다물자 한희진이 다시 말했다.

"그 아저씨 온다고 하고 왜 안 나타났을까? 저 사람이랑 짜고 미사일 빼돌렸으면 어떻게 할 거야? 대책 없이 그냥 당하는 거잖아."

틀린 이야기는 아니었다. 그러나 당장은 확인할 방법도, 대안도 없었다. 그는 덤덤하게 고개를 가로저었다.

"아니길 바라는 수밖에, 사실이 그렇다고 해도 방법 없어. 오늘은 몸만 빠져나가도 성공이다. 상대가 CIA와 말레이시아 정규군인데 거기에 리퍼가 더해지면 저항 자체가 무의미하다."

"그냥 포기?"

"그래, 지금은 목숨 부지하는 일이 더 급하고 뒷일은 나중에 생각해도 늦지 않아."

"알았어."

"일단 네가 마루디까지 가면 절반은 성공한 거야. 침착하게 움직여. 만일이지만 리퍼가 해상에 있어도 피해라."

한희진은 풀 죽은 표정으로 고개만 끄덕였다. 혼자 떨어져 나가기 불안한 모양이었다. 그는 앉은 채 한희진의 어깨를 가볍게 끌어안고 정수리쯤에다 입을 맞췄다.

"우리 안 죽어, 더한 곳도 빠져나왔다. 살아남는다. 알지?"

"응."

"이제 옷 챙기고 신발 신어라. 저 자식 돌아오면 어떤 식으로든 움직여야 할 거다."

자리를 털고 일어나 벗어놓은 신발과 옷들을 대충 걸쳤다. 아직 마르지 않아서 발을 끼우는 것조차 부담스러웠지만 없는 것보다는 훨씬 나았다. 팔다리를 몇 번 움직여보고 마지막으로 마대자루 하나를 가져다 죽은 알리나 부하의 얼굴을 덮는 순간, 다시 문이 열렸다. 그런데 나타난 건 존과 아까 본 백인 둘이 전부였다.

"둘뿐이냐?"

"준비하러 갔거든. 일어나라, 나가자."

"합의가 된 거겠지?"

존은 손에 들린 일행의 배낭을 발밑에 던져버리고 오만상을 찌푸렸다.

"젠장, 난 보기보다 너그러운 사람이야. 고문하는 것도 별 취미 없고."

"고마운 일이로군, 가지."

"배는 어디 대라고 할까?"

"우리가 상륙한 해안."

"그렇군, 거기 밖에 없다고 생각했어."

창고 밖에는 자동화기로 무장한 군인 1개 분대가 정렬해 있었다. 밖으로 나오면서 하늘을 힐끗 올려다보았다. 조금 전까지 따가운 햇살을 쏟아내던 하늘은 금방 시커먼 구름으로 덮여 있었다. 스콜성 열대 비구름 같았다.

"데려가라, 곧장 해안으로 나간다."

"네."

존의 지시를 받은 장교가 몇 마디하자 군인들이 바로 달려들어 일행의 등을 떠밀면서 정글로 들어갔다.

갑자기 쏟아진 폭우 때문에 되짚어 해안으로 나오는 건 제법 시간이 걸렸다. 불과 20분 남짓한 비였지만 앞이 보이지 않을 정도로 엄청나게 쏟아지는 통에 가뜩이나 울퉁불퉁한 비포장도로는 삽시간에 엉망이 되어버렸고 때문에 일행이 탄 트럭은 무려 두 시간을 넘게 숲길에서 허덕댈 수밖에 없었다.

트럭이 해안도로에 타이어를 올린 건 해가 중천에 뜬 뒤였는데 하늘은 거짓말처럼 맑게 개어 있었다. 차승호 일행이 차례로 트럭에서 내리자 존이 무전기 두 개를 건네며 말했다.

"어디냐?"

"멀지 않아, 배부터 확인하지?"

"저기."

존은 불룩 튀어나온 서쪽 해안을 가리켰다. 해안에서 조금 떨어진 수면 위를 새카만 모터보트가 달려오고 있었다. 일반적인 요트 형태의 보트가 아니라 4인승쯤 되어 보이는 소형 고무보트였다. 속도는 비교적 빠르겠지만 연안을 멀리 벗어나지 못해서 어느 정도는 위험부담을 감수해야 할 것 같았다. 존이 다시 말했다.

"고속정은 이쪽 해안에 접안하기 어려워, 보조 연료통 실었으니까 30해리 정도는 무리 없이 갈 거다."

"성의만 인정해주지, 백사장에 대라고 해."

모터보트는 빠르게 다가와 백사장에서 10미터쯤 떨어진 곳에 정지했다. 더는 접근이 어려운 모양이었다. 물때가 달라서 백사장은 지난밤의 절반쯤 되는 것 같았다. 존이 바위 몇 개를 건너뛰면서 말했다.

"물하고 빵 약간 가져다놨고 무기는 없어. 그거 숙녀 분들에게 어울리지 않잖아?"

"네 백업 정도로 용서하지."

그가 손을 내밀자 존은 피식 웃으면서 발목의 리볼버 권총을 뽑아 실탄을 손바닥에 떨어트린 다음, 한꺼번에 그에게 넘겼다.

"실탄은 주머니에 고이 모셔놓으라고 해. 타기 전에 실린더 뽑으면 쏴버릴 거니까."

"애들 바보 아니야."

퉁명스럽게 대답한 그는 바로 돌아서서 권총과 무전기를 한희진의 조끼 주머니에 끼워주고 가볍게 포옹을 했다.

"무조건 국경 방향으로 진행하고 안전하다 싶어지면 호출해. 무전기 유효 거리가 5킬로미터밖에 안 돼서 멀어지면 연락 안 될 거다."

"응, 조심해요. 죽으면 안 돼."

"걱정마라, 난 니가 더 걱정이야. 조심해."

"나 절대 안 죽어, 어떻게 여기까지 왔는데 그냥 죽어. 무조건 살아있을 거야. 그동안 헛배운 거 아니라는 거 보여줄게."

“그래, 믿는다. 그리고 알리나.”

그는 포옹한 한희진의 등을 두드리며 어깨너머로 알리나를 불렀다.

“왜?”

“알아서 하겠지만 보트에 폭발물 부착됐는지부터 확인해라, 믿을 놈 아냐.”

“그러지.”

신속하게 백사장을 건너간 알리나와 한희진은 지체 없이 물로 뛰어들어 보트로 다가갔다. 보트를 가져온 놈은 예상외로 덩치 큰 백인, 창고에서부터 따라온 놈과는 분명 다른 자였다. 이러면 CIA 말레이시아 지부 전체가 개입된 작전일 수도 있다는 뜻, 팔다리 멀쩡하게 정글을 빠져나가기는 더 어려워진 셈이었다.

보트에서 내린 백인이 해변으로 올라오는 사이 알리나는 서둘러 보트 위를 훑어보고 물속까지 들어갔다 나와서 이상 없다는 표시로 동그라미를 그려 보였다.

―간다, 행운을 빈다.

“너도.”

그는 백사장 경계의 바위에 걸터앉아 두 손가락을 가볍게 들었다 내렸다. 보트는 굉음을 뿜어내며 천천히 방향을 바꿔 선회하더니 곧바로 속도를 올리기 시작했다. 보트가 수평선 위로 멀어져가자 존이 등 뒤로 다가섰다.

“계산 시작할까?”

“기다려, 애들 괜찮은지 확인은 해야지.”

"무기상 떨거지 두 마리 때문에 퇴직금 포기할 만큼 멍청하지 않아."

"그건 니 생각이고, 난 마누라도 안 믿어."

존이 다시 채근했지만 그는 무시해버렸다. 보트가 시야에서 완전히 사라진 뒤에도 바위에서 일어나지 않았다. 5분 남짓 시간이 더 흐르고 나서야 무전기가 치직거리고 한희진의 제법 유창한 영어가 흘러나왔다.

—비스트 응답해라, 여긴 비스트 투.

"여기."

—안전한 거 같아, 주변에 배 보이지 않아. 이대로 국경 넘을게.

"카피, 앤 굿럭."

—유 투.

그는 무전기를 조끼 주머니에 대충 욱여넣고 일어섰다.

"멀지 않다, 따라와."

일단 바위 구간 중간쯤으로 건너와 숨어 있던 위치를 가늠한 뒤, 비닐봉투를 숨긴 바위 뒤로 엎드려 바위틈으로 손을 집어넣었다. 그런데 비닐봉투를 찾아낼 수가 없었다. 물이 들어오면서 움직였는지 숨겨놓은 자리보다 훨씬 더 깊이 내려가서 팔이 닿지를 않았다. 일어나 앉아 쓰게 웃었다.

"어이, 군바리들 힘 좀 빌려야겠는데?"

"장난치는 거냐?"

"미치지 않고서야 그럴 리가 있나, 이 많은 군바리들 틈에서 허튼 짓할 생각 없다."

“그래야 할 거다.”

“아까 보니까 트럭에 쇠파이프 몇 개 있더군. 들고 오라고 해.”

“어이, 트럭에서 파이프 가져와. 도와줘.”

존의 말에 대놓고 툴툴거린 인솔 장교가 군인들 중에서 덩치가 큰 몇 명의 이름을 불렀고 호명된 군인들은 서둘지 않고 천천히 트럭으로 건너갔다. 군인들이 들고 온 파이프 몇 개를 지렛대 삼아 간단하게 바위를 치워버렸다. 군인들이 넘어간 바위에 정신이 팔린 사이, 차승호는 주변에 남아 있는 군인들의 위치를 다시 확인했다. 위치는 대부분 바위 구간 위쪽인데 숫자가 너무 많았다. 더구나 CIA 요원들까지 깔린 판이라 당장 결행은 쉽지 않아 보였다.

‘젠장, 곤란하네.’

나중에 기회를 보기로 하고 일단 바위를 들어낸 틈으로 들어가 비닐봉투를 찾아냈다. 그리고 돌아앉으면서 놈에게 흔들어 보였다.

“멀리 가진 않았네.”

“그게 다냐?”

“고액권이니까.”

“그렇군.”

존은 손을 내밀었다. 차승호는 비닐봉투를 열어 여권만 꺼내 챙기고 나머지는 봉투째 놈의 손에 올려놓았다.

“무기명 채권, 천만짜리 여섯 장이야.”

채권을 꺼내 동그라미 숫자를 세어본 존의 입가에 회심의 미소가 떠올랐다. 생각보다 액수가 크다는 생각일 것이었다.

“고맙게 쓰지.”

"이제 가도 되나?"

"어딜?"

"개판 쳐났으니 조용히 사라져야 목숨 부지할 거 아냐, 어디가 좋을지 고민 중이다."

"후후, 고민하지 마라. 기다리는 사람이 있으니까."

"뭐?"

차승호는 최대한 표정 관리를 하면서 발을 뗐다. 좋지 않은 소식이었다. 누군가 그를 기다리고 있다면 상황은 더 어렵고 복잡해진 것으로 보아야 했다. 놈의 의미심장한 웃음을 무시하고 중얼거렸다.

"합의하지 않았나? 이야기가 달라진 거 같은데?"

"합의라는 단어 입 밖에 낸 적 없어, 너도 믿은 적 없잖아?"

"믿을 만한 인상은 아니지."

"후후, 앞장서라, 가면서 이야기하자."

존은 해안도로 반대편에서 진입한 랜드로버에 CIA 요원들과 차승호만 태우고 군인들이 탄 트럭 두 대를 따라 잠시 온 길을 되짚어 달렸다. 앞선 트럭 한 대가 정글로 빠져나갔지만 나머지 한 대는 그대로 해안도로를 벗어나 포장도로로 올라갔고 랜드로버는 뒤차를 따라 포장도로로 올라섰다.

트럭은 30분쯤 더 달리다가 도로를 벗어나 작은 시골 마을로 들어갔다. 비포장도로 끝에 허름한 민가 20여 채 정도가 옹기종기 들어섰고 바다가 보이는 북동 능선에는 색깔도 칠하지 않은 콘크리트 건물 하나가 자리 잡고 있었다. 얼핏 보기에도 건물의 용도는 군사용 벙커였다. 아무런 치장이 없는 견고한 단층 건물에 지붕의 위장막까지 고려하면 용도는 더 생각할 필요도 없었다.

트럭과 랜드로버는 건물 뒤의 작은 공터에 거칠게 멈춰 섰다.

"내려라."

"여기가 어딘데?"

"보면 알잖아, 국경수비대 벙커인데 우리가 이틀만 쓰기로 했어. 임시 안가 정도로 생각하면 될 거다. 들어가."

그는 고개만 끄덕이고 건물 뒤쪽의 철문으로 들어갔다.

내부 구조는 군사용 건물답게 단순했다. 건물 전체가 반으로 나눠 졌는데 해안 쪽은 총안銃眼 여러 개가 설치되어 있고 반대쪽은 숙소로 쓰는 것 같았다. 그가 들어서자 야전침대에 앉아 있던 낯익은 얼굴이 손을 슬쩍 들어 올렸다.

"여! 비스트, 생각보다 멀쩡하군."

'제기랄!'

김경필이었다. 우려가 현실이 된 셈, 한희진의 걱정대로 김경필이 CIA와 선을 댄 모양이었다. 그가 입구에서 걸음을 멈추고 물었다.

"넌 여기서 뭐 하는 거지? 바다에 있어야 하는 거 아니었나?"

"계획은 그랬지, 그런데 필드에서는 계획내로 되는 법이 없잖아. 호치민에서 여기까지 올 배를 구하기가 힘들어서 고민을 좀 했는데 방법이 없었어. 예산도 없고 시간도 없고…… 그래서 급한 대로 긴급 조치를 단행했지. 사실 위에서 원하는 것도 별반 다르지 않을 거야. 일단 앉아."

그는 김경필 옆에 있는 음료수 캔을 집어 들고 건너편 야전침대에 엉덩이를 걸쳤다. 뭐든 입에 넣어야 했다. 캔을 따서 단숨에 마시고 물었다.

"위가 누구야? 남 장관 명령을 받는 거 아니었나?"

"에이, 그 양반은 여기 상황 모르지 싶다. 말단 소총수가 명령 계통을 무시하고 장관씩이나 되는 바쁜 양반한테 직접 보고하는 건 말이 안 되잖아. 그래도 그 양반 생각하고 별 차이 없을 거야."

"차이가 없어?"

그가 황당한 표정으로 웃었지만 김경필은 무시하고 말을 이었다.

"에, 또…… 예산 문제는 따지는 놈이 많아서 항상 힘들어. 액수도 크고 해서 명확한 행동지침을 받자 싶어서 윗선에 보고를 했는데 모르쇠를 하더라고. 어쩌겠어, 당장 움직이긴 해야겠어서 옛 친구에게 손을 벌렸지."

"그걸 믿으라는 거냐?"

"믿기 싫으면 말라고, 후후. 윗선에서는 일본 손에 들어가는 것보다는 미국이 접수하는 게 낫다고 생각하는 것 같더군. 직접적으로 말은 하지 않지만 말이야."

"니 멋대로 해석했다는 이야기 같은데?"

"높은 양반들이 직접 지시하는 거 봤나? 법적이든, 정치적이든, 도의적이든, 책임질 말은 절대 입 밖에 내지 않아. 애매한 건 밑에서 알아서 기어야 되는 거야."

"또 궤변 시작이로군, 그래서?"

"뭐가 그래서야, 중국에서 CIA와 일 한두 번 같이 한 거 아니잖아. 저 물건 가져가는 미국도 윈이고, 우린 일본에 넘기지 않은 걸로 윈이야. 남은 건 작전에 들어가는 경비하고 이 동네 높은 놈들한테 쓸

뇌물인데 그건 널 털면 될 것 같더군."

"나도 같이 처리할 생각이었나?"

"꼭 그런 건 아니지만 아니라고도 못 하겠네, 네 생사는 처음부터 관심 없었으니까. 네가 해상 작전에 헬기로 탈출을 감행하는 바람에 일이 복잡해져버렸고 그다음은 너도 알 거다. 솔직히 말하면 너희들 잡아놓고도 밀거래 자금 압수에 대한 확신은 없었어. 가능성을 반반 정도 봤는데 네가 너무 쉽게 백기를 들어서 좀 의외였다. 아무래도 꼬마 아가씨 때문인 것 같은데…… 애인이라도 된 거냐?"

"실없는 소리 치워라, 어차피 내 돈 아닌데 그거 껴안고 죽을 이유 없어."

"잘 생각했어, 누가 뭐래도 죽는 건 피해야지. 대신 당분간 여기 깜빵 구경 좀 해."

"무슨 개소리야?"

"여기 국경수비대장하고 합의를 그렇게 했어. 이렇게 빨리 결과가 나올 줄 몰랐거든. 넌 공식적으로 말레이시아 국경수비대에 불법 입국으로 체포된 상황이니까 추방 수속이 끝날 때까지 군부대 감옥에서 체력 관리나 하면서 푹 쉬어둬라. 나올 때쯤이면 밖의 상황도 어느 정도 정리되어 있을 거니까 차라리 편할 거다. 아참, 계집애들 걱정은 하지 않아도 돼. 잘 빠져나갔으니까. 대신 브루나이에서 체포되겠지만."

"뭐?"

"CIA 애들 마무리가 그렇게 허술할 것 같냐? 국경 넘자마자 브루나이 경찰하고 인터폴이 기다릴 거다."

차승호는 아랫입술을 지그시 깨물면서 김경필을 노려보았다. 인터폴이 알리나를 체포할 능력이 있으리라고는 생각하지 않지만 숨을 곳 없는 바다 위라면 이야기가 좀 달랐다. 그리고 크루즈 선까지 따라다닐 정도로 열정적이던 반 페르시 경위의 존재도 신경이 쓰였다.

알리나가 체포되는 건 사실 관심 밖의 일이지만 한희진이 같이 체포되면 무기상 소속 킬러로 치부되어 네덜란드로 끌려가는 불상사가 생길 수도 있었다. 어떻게든 조치를 취해야 했다. 그의 목소리가 무겁게 가라앉았다.

"누구 명령이냐?"

"알아서 뭐 하게? 쫓아가서 총질이라도 하시게?"

"누구 명령이냐고 물었다."

"나대지 말고 찌그러져 있어, 영감을 굳게 믿는 모양인데 장관씩이나 되는 사람이 눈꼽만큼이라도 널 걱정할 것 같나? 꿈 깨라, 그 양반도 정치인이야. 국가에 피해가 돌아오는 사안은 두말할 것도 없고 아주 조금이라도 자신의 입지에 타격이 되면 무조건 오리발이 나올 거다. 그건 현장에서 활동하는 누구에게나 똑같이 적용되는 룰이야."

일단 뉘앙스만으로 보면 남상근의 명령은 아니었다. 그렇다면 오정명일 가능성이 높았다. 새 기무사령관이 부임하기 전이어서 아직은 오정명이 기무사령관이었다.

"이러나저러나 죽기는 매한가지 같은데 최소한 누구 짓인지는 알고 죽어야지, 오정명인가? 그 인간 아직 안 떨려났어?"

"적당히 해, 다친다. 어차피 그 양반도 시키는 대로 움직이는 인형에 불과하니까."

"일단 배후는 오정명인 모양이로군, 그렇다 치고…… 오정명 그 인간이 꼭두각시 인형이면 주범은 더 위로 간다는 거로군."

"아쉽지만 너한테는 승산이 없어."

"승산 있는 싸움 한 적 한 번도 없다. 그래도 아직 살아 있어."

"그래서 널 잡아두기로 한 거다. 두 번 죽이는 건 별로여서 말이야. 고맙게 생각하면서 시간 보내라."

"내가 가만히 있으리라고 생각하는 거냐?"

"그럴 리가 있나, 말레이시아 시골 말단 부대나 용병 따위가 널 잡아놓을 수 있을 거라고도 생각 안 해. 하지만 며칠 얌전히 들어앉아 있는 조건으로 꼬마 아가씨를 브루나이에서 빼내주면 대답이 어떻게 변할까?"

"빼줘?"

"공해상에서 해적에게 납치됐다고 우기면 우리 대사관만으로도 얼마든지 처리할 수 있다. 저기 미스터 제이에게 맡겨도 충분히 가능해, CIA가 괜히 CIA가 아니거든."

김경필의 표정은 자신감이 넘쳤다. 제포를 확신하는 모양이었다. 그러나 알리나가 쉽게 잡힐 것 같지는 않았다.

"내기할까?"

"내기?"

"인터폴 나부랭이들로는 체포하지 못 한다에 만 원 한 장 걸지."

"후후, 사람을 너무 믿지 말라니까? 알리나 그 여자 그냥 돈 받고 사람 죽이는 킬러에 불과하다. 사람들 속에 숨을 수 있는 여건이라면 혹시 몰라도 바다 위에서는 어렵없을걸? 그리고…… 어쩌면 그 여자들 상륙하기 전에 체포되기를 기도하는 편이 나을지도 몰라. 땅 위라면 보나마나 거칠게 저항할 테고 그런 상황에서는 사람 다치는 게 필연이다. 사람이 죽어나가면 CIA도 수습 불능이야."

'그건 니 생각이고.'

차승호는 표정 관리를 하면서 내심 코웃음을 쳤다. 그가 본 알리나는 확실히 노련한 킬러였다. 실제 교전 상황을 본 건 잠깐이지만 그것만으로도 수준을 예측하는 건 어렵지 않았다. 정예 전투부대라면 모를까 일반 경찰로는 수십 명을 동원해도 체포는커녕 추격도 쉽지 않을 것이었다. 어정쩡하게 손을 댔다가 사상자만 잔뜩 깔아놓고 끝날 가능성이 높았다.

한희진의 경우도 별로 다를 것이 없었다. 어리고 경험이 많지 않지만 그간 가르쳐놓은 것이 워낙 많아서 절대 만만하지 않았다. 일단 두 사람이 배에서 내려 도시로 들어가기만 하면 사실상 체포가 불가능하다고 보아야 하는데 연안으로 이동해야 하는 모터보트의 특성상 수영으로도 상륙이 가능했다.

지금으로서는 한희진이 잡히지 않는다는 전제로 움직여야 했다.

"그래서? 얼마나 숨어 있으라는 거지?"

그는 일단 후퇴했다. 상대의 경계심을 올려놓아서 좋을 일 없다는 생각이었다. 김경필이 의외라는 표정으로 말을 받았다.

"상황 판단 빨라서 좋군, 역시 마음에 들어. 길어야 열흘 정도면 충분할 거야. 국경수비대장 놈이 받아먹은 돈 액수가 좀 커서 먹을 건 잘 챙겨줄 거다."

“굶지는 않겠군, 고맙다고 해야 하나?”

“맛은 책임 못 져, 후후.”

“바라지도 않는다. 그런데…… 너도 떡고물 좀 챙겼겠지?”

큰돈이 오간다는 사실을 알고 있으니 가능성이 높다는 생각, 김경필은 흐릿하게 웃으며 어깨를 들썩였다.

“부인은 하지 않겠다. 그러나 아주 큰돈은 아냐. 활동비 조로 약간 챙기고 아이들 위험수당 넉넉하게 쥐여주는 정도다.”

“놈에게 뺏긴 돈만 6천만이다, 가능한 많이 챙겨.”

“정보 사항으로만 접수해두지. 합의를 깨는 건 서로에게 좋지 않아. 난 피해 없이 임무 완수한 것으로 만족한다.”

“성인군자 나셨네, 빌어먹을 놈.”

욕설까지 뱉으며 이죽거렸지만 김경필의 얼굴은 무표정 그 자체였다.

“이 바닥이 생각처럼 단순하지 않다는 건 너도 잘 알 텐데? 그 큰 파이를 저 친구 혼자 먹을 수 있을 것 같나? 절대 아니야, 너무 큰 걸 혼자 먹으면 무조건 배탈이 나게 되어 있어. 여기저기 돈 들어가는 일도 많고.”

“돈이면 국가고 친구고 다 팔아먹는 놈들이 무슨 개소리야. 같잖은 소리 떠들지 마라. 꼬마는 어떻게 할 생각이지?”

“당분간 내가 데리고 있도록 하지, 딱 열흘이면 되니까 그 후에는 귀국해도 돼. 이만하면 꽤 괜찮은 조건 아닌가?”

차승호는 가만히 물러나 앉으면서 서둘러 머릿속을 정리했다. 김경필이 자신만만해하는 걸 보면 체포 작전은 분명 바다 위에서 벌어질 것 같았다. 체포에 성공하면 존과 김경필이 현지로 들어가 신병을 인수하는 수순 정도가 가능한 시나리오였다.

관건은 두 사람이 쉽게 잡힐 것이냐 하는 부분, 잡히더라도 금방 잡히지는 않을 것이고 한참 시끄러워진 뒤에나 가능할 것이었다. 따라서 최대한 빨리 현장으로 건너가 한희진의 위치를 파악해야 했다. 한희진의 신병이 김경필의 손에 들어가게 되면 안전한 탈출은 물 건너가는 셈, 인질을 넘겨주는 불상사는 무조건 피해야 했다. 그런데 왜 인질이 필요할까에 뒤늦게 생각이 미쳤다.

'왜지?'

거기다 놈은 이 정글에다 자신을 묶어두려 하고 있었다. 묻으려면 그냥 머리에 총알 한 방 박아서 정글에 던져버리는 것으로 그만인데 인질을 만들면서까지 신경을 쓰는 모양새, 분명 다른 이유가 있었다.

"이봐, 리퍼. 하나만 묻자."

"뭘?"

"왜 죽이지 않지?"

"누굴? 너?"

"그래, 굳이 살려두려는 이유가 뭐냐고 묻는 거다. 어디 써먹을 데라도 있나?"

김경필은 그를 물끄러미 쳐다보더니 조용히 고개를 가로저었다.

"눈치 하나는 확실히 빠르군, 잔머리 그만 굴려라. 아까 이야기했지? 다친다."

"이미 다칠 만큼 다쳤어."

"미친놈, 그간의 인연을 생각해서 하나만 충고하지. 최근에 누님

하고 통화해봤냐?"

"뭐?"

순간적으로 수만 볼트짜리 머리를 때린 것 같았다. 머릿속의 모든 신경세포가 빳빳하게 곤두선 느낌, 정권이 바뀐 뒤라 안전하다고 판단했는데 너무 안이한 생각이었다. 김경필이 다시 말했다.

"누님에게 전화 같은 거 할 생각은 버려. 우리 요원들이 가까이 있는 것으로 알고 있다. 도청 장비는 아예 인테리어 업자 통해서 반입한 것 같고…… 현장에 대원들까지 상주하고 있으니까 뜨려고 하는 즉시 체포될 거다. 필로폰 밀반입과 간첩 혐의가 적용될 거 같더라. 그러니 꼬리 내리고 얌전히 기다려."

"빌어먹을 자식들, 가족까지 끌어들이는 거냐?"

그의 인상이 험악해졌지만 김경필은 신경 쓰지 않는 것 같았다. 당연한 반응이라는 듯 무덤덤한 얼굴로 야전침대에서 일어서더니 몇 발 걸어가 총안으로 바다 쪽을 내다보았다.

"욕을 먹어도 어쩔 수 없겠지, 가족까지 끌어들이는 꼴 보기 싫어서 주워들은 팁 하나 던져주는 거다. 참고해라."

"관계없는 척하지 마라. 너는 물론이고 관련된 새끼들은 진부 힘한 꼴을 보게 될 거다. 명심해라."

"어이구 무서워라, 그런 말 할 처지는 아닌 거 같은데?"

"날 써먹을 데가 있다면 당장 죽일 수는 없다는 이야기인 것 같은데…… 아닌가?"

"난 아냐, 여기 말레이시아 마약상들도 마찬가지고. 언제든 당길 수 있다."

"그럼 당장 쏘던가, 여기서 날 쏘지 못하면 넌 죽는다. 오정명도, 그 새끼에게 명령을 내린 놈도 전부 죽는다."

"후후, 역시 재미있는 놈이로군. 능력 있으면 해봐. 신나는 구경이 되겠네."

"누구 명령이냐?"

"그만 닥치고 찌르러져 있어, 나도 더는 몰라."

그는 깊게 심호흡을 했다. 차인숙을 거론하는 통에 너무 흥분했다는 생각, 침착해야 했다.

'젠장, 흔들렸어.'

그래도 놈의 말대로라면 당장 차인숙 모녀가 위험할 일은 없을 것 같았다. 그렇다면 급선무는 한희진을 구해내는 것이었다. 어차피 이대로 정글 속에 남아서 멍하니 시간을 보낼 생각도 없고, 한희진을 위험 속에 방치할 생각도 없었다. 당장은 상대를 안심시키는 것이 최선, 최대한 불쾌한 표정을 지으며 중얼거렸다.

"선택의 여지가 없어 보이는군."

"잘 생각했어, 가족까지 다 위험해지는 것보다는 이쪽이 백번 낫지, 그걸로 위안을 삼아라. 일단 미스터 제이가 데리러 올 때까지 딱 열흘만 성질 죽이고 기다려라. 그럼 누나도, 조카도, 띠동갑 애인도 다 무사할 거다."

승리를 확신하는 모양이었다. 일단 못을 박아둘 필요가 있다는 생각에 김경필의 눈을 노려보면서 차갑게 목소리를 깔았다.

"지금 한 말에 책임을 져라. 약속과 다르면 진짜 들짐승의 본능이 뭔지 보게 될 거다. 시작하면 내가 어디까지 갈지 나도 모르니까."

"어째 오늘은 너답지 않군, 협박이 먹힐 상대라고 생각하는 거냐?"

"못할 거라고 확신해?"

김경필은 잇몸까지 보이며 너털웃음을 터트렸다.

"하하하, 역시 재미있는 친구야. 후후. 좋아, 좋아, 노력하도록 하지, 됐나? 자…… 나는 이쯤에서 일어나야겠어. 사실 나 굉장히 바쁜 사람이거든."

손바닥을 툭툭 털어낸 김경필은 야전침대로 돌아와 자신의 가방에서 플라스틱 병 하나를 꺼내 그에게 툭 던졌다.

"마셔라."

"고맙군."

김경필은 장난스럽게 윙크를 하고 밖으로 나갔다. 그리고 문 앞에 서 있던 존에게 무언가 이야기를 하더니 그에게 손을 흔들어 보이고 나란히 벙커 밖으로 사라져버렸다. 그는 생수병을 따서 반쯤을 한꺼번에 들이켰다. 손이 떨려서 뚜껑을 닫기가 쉽지 않을 정도로 기분은 최악이었다. 머릿속이 한꺼번에 타들어가는 느낌, 금방이라도 터져버릴 것 같았다.

'침착해라, 아직 아니다.'

어렵게 뚜껑을 닫고 윗주머니에 쑤셔 넣자 다소 어색한 군복 차림의 사내 넷이 들어왔다. 전부 모르는 얼굴인데 그중 모자에 금색 배지를 단 놈이 방으로 들어오더니 총구를 휘저으며 'R' 악센트가 강한 영어로 말했다.

"너, 나와."

그는 사내들의 복장을 훑어보면서 천천히 자리에서 일어섰다. 가장 눈에 뜨이는 건 신발이었다. 전부 갈색 정글화를 신었는데 어제 본 군인들의 군화와는 모양이 좀 달랐다. 그리고 어깨에 계급장들이 붙어 있지 않았다. 결론적으로 복장은 정규군 군복과 상당히 유사하지만 분위기는 양귀비 밭이나 가공 공장에 고용된 용병이었다.

총구로 등을 떠미는 용병들에게 밀려나 밖으로 나오자 공터를 떠나는 랜드로버가 눈에 들어왔다. 방향은 마을 동쪽이었다. 브루나이 국경 쪽으로 이동하는 것 같았다. 반면에 그를 태운 트럭은 반대쪽으로 마을을 빠져나와 곧장 남쪽 숲길로 들어섰다. 지난밤을 보낸 창고로 가는 길보다 훨씬 지독한 정글, 잡초가 잔뜩 올라온 비포장도로로 하나만 빼면 좌우가 거의 장벽처럼 느껴지는 진짜 빽빽한 정글이었다.

트럭이 덜컹거리며 숲길을 달리기 시작하자 그는 용병들의 상태를 다시 살폈다. 숫자는 전부 여섯, 20대 초반으로 보이는 놈들이 그의 좌우에 하나씩 앉았고 건너편에는 30대 후반의 험상궂은 놈이 둘이었다. 운전석은 덩치 큰 대머리가 차지했으며 조수석에는 맨 처음 그에게 말을 걸었던 놈이 한쪽 발을 인스투르먼트 패널에 올리고 있었다. 그리고 모두의 표정에서 참을 수 없는 지루함이 묻어나왔다.

하늘이 보이지 않을 정도로 숲이 깊어진 뒤, 연신 하품을 하던 건너편 놈이 소총을 던지듯 바닥에 내려놓고 담배를 물었다. 심하게 흔들리는 상황인데도 능숙하게 불을 붙이고 그의 얼굴로 연기를 뿜어냈다. 그가 인상을 쓰기를 바라는 것 같았다.

상당히 험상궂은 얼굴, 실전 전투력은 상대적으로 떨어지겠지만 얼핏 보기에도 거칠고 사나워서 통제가 쉽지 않아 보였다. 아무래도 정규군의 통제 아래 있는 것보다는 훨씬 더 위험할 것이었다. 어쨌든 그냥 놈들의 본거지로 들어갈 수는 없는 노릇이었다. 어떻게든 여기서 타개의 단초를 만들어야 했다. 일단 건너편 담배를 문 놈에게 말을 걸었다.

"하나 주겠나?"

영어를 못하는지 놈은 그가 담배 피우는 시늉을 하고 나서야 윗주머니에서 구겨진 담뱃갑을 꺼내 앞으로 내밀었다. 담배는 전체적으로 살짝 꺾여 있었다. 담배를 입에 물고 이번엔 라이터 켜는 흉내를 냈다. 놈이 인상을 쓰면서 일회용 라이터를 던졌다.

"고맙군."

불을 붙이면서 자신의 오른쪽에 앉은 밀짚모자 쓴 놈의 발목을 힐끗 봤다. 탈 때부터 눈여겨봐둔 대검인데 손잡이를 고정하는 단추가 풀려 있었다. 타이밍만 잘 잡으면 뺏는 것도 가능해 보였다. 일단 한 모금 빨아들이고 길게 연기를 내뿜었다. 말레이시아 담배 같은데 상당히 독하고 풀 냄새가 심해서 삼키기가 쉽지 않았다.

눈이 따가운 척하면서 가늘게 눈을 뜨고 왼쪽에 앉아 있는 놈을 살폈다. 놈은 녹색 무늬가 들어간 챙이 넓은 정글모자를 썼는데 아예 목을 뒤로 젖힌 채 자고 있었다. 노면 상태가 좋지 않은 구간인지 트럭이 전보다 훨씬 더 심하게 흔들리는데도 아주 편안해 보였다.

"어!"

차가 튀어 오르는 진동에 맞춰 한 발 앞으로 나가면서 중심을 잡고 왼손으로 라이터를 내밀었다. 놈의 손이 나오는 순간, 트럭이 다시 덜컹 올라갔다가 떨어졌다. 이번엔 좀 심해서 웬만해서는 꿈쩍도 않던 놈이 뒤로 넘어가 등을 부딪치더니 양발이 들릴 정도로 풀쩍 튕겨져 올라갔다. 차승호도 붕 떴다가 떨어지면서 의자에 허리를 부딪치고 주저앉으면서 자연스럽게 밀짚모자의 무릎 위로 엎어졌다.

"뭐야!"

밀짚모자는 오만상을 찌푸리며 엉성한 발음의 영어로 짜증을 냈다. 그에게 들으라고 일부러 영어를 한 모양이었다. 차승호는 중심을 잡지 못하는 것처럼 놈의 무릎에 엉겨 붙어 자연스럽게 대검을 잡았다. 그리고 뽑는 것과 동시에 번개같이 튕겨져 일어나면서 놈의 목젖을 횡으로 그었다.

스칵!

밀짚모자는 양손으로 목젖을 움켜쥔 채, 그대로 상체를 꺾었다. 손가락 사이로 울컥 핏물이 솟구쳤다. 그대로 주저앉아 바닥을 짚으면서 번개같이 회전, 담배 문 놈의 관자놀이를 발끝으로 정확하게 찍었다.

"큭!"

순간, 차가 다시 덜컹 튀어 올랐다. 놈은 옆자리에서 졸던 놈과 뒤엉켜 바닥으로 나뒹굴었다. 한 박자 늦게 정글모자가 화들짝 눈을 떴다. 기겁을 하고 일어나 엉거주춤 총구를 돌렸지만 이미 차승호의 손이 총신 위에 있었다.

가볍게 잡아챘는데도 놈은 힘없이 끌려나왔다. 자다 깨서일 것이었다. 중심을 잃은 놈의 턱에 가볍게 팔꿈치를 틀어박고 동시에 총구 방향을 바꾸면서 방아쇠울에 손가락을 넣었다. 놈의 손가락이 먼저 방아쇠 위에 올라간 상태지만 상관없었다. 트럭 바닥에서 일어서는 놈들을 향해 당겨버렸다.

카카카카캉!

삽시간에 10여 발을 얻어맞은 두 놈은 트럭 뒤에 걸린 체인을 타넘어 차 밖으로 나가떨어졌다. 비명은 거의 들리지 않았다. 마지막으로 부드럽게 대검을 돌려 잡고 총 끝에 매달려 늘어진 정글모자의 어깨와 목 사이에다 쿡 박아 넣었다.

빠각!

칼끝에 걸린 뼈가 갈리는 섬뜩한 소음, 놈은 풀썩 주저앉았다. 순간, 캐빈 뒤 유리창이 깨지면서 총구가 보였다. 반사적으로 정글모자를 잡아당겨 돌려세우고 남은 총탄을 모조리 앞좌석에다 긁어버렸다.

카카카카캉!

마구잡이 사격인데도 몇 발쯤 철판을 통과했는지 총구가 사라졌고 응사도 없었다. 그리고 트럭이 크게 휘청거렸다.

'젠장!'

의자를 차면서 동시에 체인을 잡고 몸을 밖으로 빼냈다. 상체는 거의 밖으로 나온 상태, 바닥을 차고 도약하면서 트럭에서 떨어져 나왔다. 착지와 동시에 한 바퀴 바닥을 굴렀다. 다친 옆구리에서 지독한 통증이 솟구쳤다.

'헉!'

하필 옆구리가 튀어나온 돌부리에 찍힌 모양이었다. 순간적으로 숨이 턱 막혔지만 이를 악물고 자세를 바로잡았다. 그리고 먼저 떨어진 놈들을 향해 몸을 날렸다. 무기부터 챙겨야 했다.

콰직!

말라 죽은 열대나무 몇 그루가 한꺼번에 부러지는 소리가 들렸다.

길을 벗어난 트럭이 길가의 죽은 야자나무를 들이받고 정지한 것, 운전자가 총에 맞은 건 확실해진 셈이었다. 남은 건 조수석에 앉아 있던 놈 하나였다. 떨어진 소총을 챙기고 탄창을 확인한 다음, 운전석 쪽으로 돌아서 트럭으로 접근했다. 운전자는 피범벅이 된 머리를 핸들에 박고 있었다. 조수석에 탄 놈은 보이지 않았다.

'어디냐?'

윈드쉴드를 조준한 채, 조심스럽게 앞으로 돌았다. 조수석 문은 열려 있었다. 순간, 숲에서 부스럭하고 나뭇잎 밟히는 소리가 들렸다. 반사적으로 자세를 낮추면서 소리 나는 방향에다 10여 발을 쏴버렸다.

카카캉!

바나나 잎이 갈갈이 찢어져 나가고 짧게 신음이 터졌다. 그대로 숲에 뛰어들면서 비명이 들린 방향에다 다시 방아쇠를 당겼다.

"크악!"

묵직하게 나무줄기가 부러지는 소리가 들렸다. 가까운 나무에 기대 눈만 내밀었다. 10미터쯤 떨어진 덤불 속에 정글화와 피투성이가 된 한쪽 팔이 보였는데 움직이지 못하는 것 같았다. 일단 신속하게 우회해서 머리 쪽으로 접근했다.

상체가 보이는 각도로 돌아갔을 때는 이미 팔다리에 경련이 일어나고 있었다. 어깨와 옆구리가 완전히 피범벅인데 그래도 숨은 붙어 있었다. 재빨리 다가가 무기를 던져버리고 놈의 멱살을 잡았다.

"으…… 어……."

놈이 입안의 피를 밀어내면서 고통스럽게 바람 새는 소리를 냈다.

"미국인들 어디로 갔지? 국경인가?"

"사…… 살……."

겨우 기도 밖으로 흘러나온 소리는 이내 끊어져버렸다.

"젠장, 다음 생에는 마약 가까이도 가지 마라, 이것들아."

포기하고 재빨리 트럭으로 돌아와 운전석 문을 열었다. 운전하던 놈의 상태는 좀 나았다. 그러나 목 주변에 총탄 말고도 철판 조각이 몇 개 더 박혀서 말은 할 수 없을 것 같았다. 쓰게 입맛을 다신 그는 무기만 걷어 숲에 던져버리고 놈을 조수석에다 눕혀놓았다. 빠른 시간 내에 병원으로 가야 살 수 있겠지만 그럴 여유도, 생각도 없었다. 국경으로 가는 길에 혹시라도 검문을 당하면 병원으로 간다고 우기면서 시간을 벌 생각이었다.

트럭에서 내려 잠시 호흡을 가다듬은 다음, 시체들을 신속하게 정리해 숲 안쪽에 던지고 길가의 핏자국을 대충 지웠다. 그런데 기분이 별로였다. 어렵사리 몸을 빼는 데는 성공했지만 상관없는 놈들을 죽였다는 생각, 마약상 졸개들이라고 애써 위안을 삼았지만 기분은 썩 나아지지 않았다.

마지막으로 길에 떨어진 정글모자를 챙기고 차를 끌어냈다. 범퍼가 쓰러진 바나나 나무에 걸렸고 타이어는 물웅덩이에 걸쳐 있어서 나오는 것도 쉽지 않았다. 전진과 후진을 반복하면서 바나나 나무를 몇 번 더 들이받은 다음, 바나나 나무 두 그루를 더 쓰러트리고 나서야 겨우 웅덩이를 벗어날 수 있었다.

그래도 트럭의 상태가 생각보다 멀쩡해서 제법 도움이 될 것 같았다. 딱딱한 서스펜션 탓에 사방에서 철판 찌그러지는 소리가 난무하

고 파워어시스트 없는 핸들 조작도 힘이 들었지만 앞으로 가는 기능

만큼은 그럭저럭 괜찮아 보였다. 잘하면 국경 근처까지 큰 체력 소모

없이 이동할 수 있을 것 같았다.

출발 장소였던 벙커가 있는 마을까지는 어렵지 않게 도착할 수 있

었다. 마을은 모자를 깊이 눌러쓰고 신속하게 통과, 랜드로버가 간

길로 들어선 뒤부터 조금씩 노면 상태가 좋아지더니 곧 왕복 2차선

포장도로가 나타났다. 무조건 동쪽으로 방향을 잡고 속도를 올리면

서 도로변을 살폈다. 일단 가게를 찾아 지도를 구해볼 생각이었다.

애당초 브루나이 인근 해상에서 남쪽으로 날아왔으니 거리는 그리

멀지 않겠지만 국경을 넘으려면 인근 지도라도 머릿속에 넣어놓고

시작해야 했다.

그러나 나오라는 가게는 보이지 않고 멀리 대기 차량이 길게 늘어

서 있는 교량이 보였다. 다리만 건너면 바로 국경 체크포인트인 것

같았다.

'제기랄, 이렇게 가까웠나?'

서둘러 도로 밖으로 나가 시체는 숲 안쪽에 던지고 트럭은 더 깊

이 들어가 유기해버렸다. 이어 피 묻은 조끼를 버리고 배낭과 권총만

챙겨 국경으로 향했다. 어차피 입국 심사대를 통해 국경을 넘지 못하

는 형편이니 무기를 버릴 이유가 없었다.

제법 먼 거리를 걷느라 시간이 많이 흘렀는데도 줄을 선 대기 차

량은 전혀 줄어들지 않은 것 같았다. 이러면 김경필 일행도 아직 국

경을 넘지 못했을 가능성이 높았다. 대기 차량들을 따라 천천히 걸으

면서 기억 속의 회색 랜드로버를 찾아냈다. 대기 열의 중간쯤, 존의 얼굴도 가까이 있었다.

존은 랜드로버 바로 옆 그늘에서 덩치 큰 백인과 뭔가 이야기를 나누고 있었다. 그런데 김경필은 보이지 않았다. 차량이 아닌 도보로 이동하면 바로 세관을 통과할 수도 있겠지만 굳이 먼저 건너갈 이유는 없을 터, 김경필은 근처에 있을 것이었다.

일단 차량 대열을 벗어나 길가 공터 안쪽에 있는 허름한 식당으로 들어갔다. 요기라도 하면서 브루나이로 건너갈 방법을 찾아볼 생각이었다.

식당은 겉보기와 달리 제법 넓었다. 에어컨도 없는 어두운 실내에서 매운 닭날개 바비큐와 얼음에 재운 맥주를 팔았는데 대낮임에도 불구하고 손님이 제법 많았다. 아무래도 브루나이가 엄격한 이슬람 왕국인 탓일 것이었다. 브루나이에서는 술을 팔지 않고 물가도 말레이시아의 거의 두 배에 가까워서 술을 마시려고 국경을 넘어오는 관광객이 많다는 이야기를 들은 것 같았다.

바비큐를 시키고 시원한 맥주로 목을 축이면서 창가 식탁에 자리를 잡았다. 그러나 밖은 보이지 않았다. 창문이 너무 더러워서였다. 그런데 열다섯 살쯤 된 사내 녀석이 바비큐 접시를 들고 뛰어와 식탁에 올려놓더니 그의 아래위를 훑어보면서 눈을 맞췄다. 느낌상 그의 행색을 살피는 것 같았다.

그가 음식 값으로 10달러짜리 미국 지폐를 내놓자 녀석이 히죽 웃으며 짧은 영어로 말했다.

"여자? 열일곱 살, 몸매 죽이고 예뻐. 미국 돈 50달러, 오케이?"

차승호는 고개를 가로젓고 맥주를 입으로 가져갔다. 녀석이 다시 말했다.

"그럼 40달러, 몸매 죽인다니까?"

대답하지 않고 바비큐를 하나 집어 입으로 가져갔다. 입에 대자마자 상당히 매운 맛이 혀끝을 자극했다. 근 1주일 만에 매운 음식을 먹어서인지 더 맵고, 더 더운 것 같았다. 그가 신경을 쓰지 않자 녀석의 표정은 금방 실망으로 물들었다. 한참 눈치를 본 녀석이 지폐에 손을 가져가려 할 때쯤 슬쩍 떡밥을 뿌렸다.

"여자는 관두고 배나 탔으면 좋겠는데?"

"건너가게?"

녀석은 이내 얼굴을 펴고 다가앉았다. 확실히 눈치 빠른 놈이었다.

"건너갈 수도 있냐?"

녀석은 손가락 두 개로 돈세는 흉내를 내면서 거만하게 말을 받았다.

"이거만 내면 지옥도 데려다 줄 수 있어, 돈 얼마나 있지?"

"얼마면 되는데?"

"미국 돈 500, 여기 시세가 그래."

바가지를 씌우고 싶은 모양이었다. 그는 슬며시 웃었다.

"인마, 50미터도 안 되는 샛강 하나 건너는데 500달러가 말이 되냐? 300, 싫으면 그만둬. 다른 데 가서 알아봐야겠다."

"에이, 씨바. 그래, 300. 언제 갈래?"

녀석은 인심 쓰듯 300달러로 합의를 했다. 그러나 얼굴에는 한 건 했다고 쓰여 있었다. 그냥 모른 척하고 다시 닭날개를 뜯었다.

“지금.”

“지금?”

“안 돼?”

“아니, 잠깐 기다려. 금방 올게.”

녀석은 음식 값을 들고 후다닥 카운터로 달려가더니 곧바로 돌아와 손짓을 하면서 밖으로 나갔다. 그리고 가게 뒤로 돌아가더니 작은 오토바이를 끌고 나왔다.

“타.”

뒷자리에 그를 태우고 20분 남짓 오솔길을 달린 녀석은 외지고 잡초 우거진 사면에다 오토바이를 세우고 아래를 가리켰다.

“여기야, 건너편에 내리면 내 친구 따라가, 돈은 지금.”

강변인데도 강은 거의 보이지 않았다. 강폭이 좁은데다 숲이 워낙 우거진 탓이었다. 그는 차분하게 주변을 살피면서 100달러 지폐 석 장을 건넸다. 녀석은 능숙하게 한 장씩 햇빛에 비춰 위조 여부를 확인하고는 고개를 끄덕였다.

“돌아올 거야?”

“몰라, 그럴 수도 있겠지.”

“올 때 가게로 전화해, 내 이름 다툭.”

이런 상황이 익숙한 듯 녀석은 말이 끝나자마자 전화번호가 기록된 메모지 한 장을 건네고 앞장서서 사면을 내려가기 시작했다.

모두의 예상과는 달리 알리나와 한희진은 아직 국경 서쪽에 있었다. 정확히는 말레이시아 국경 바로 안쪽의 굴곡이 심한 샛강 지류를 거꾸로 거슬러 올라가는 중이었다. 강과 국경이 거의 붙어 있지만 아직은 분명 말레이시아였다.

폭이 30미터가 채 안 되는 물길의 좌우는 그림엽서 같이 아름다운 초록색 풍경이 끝없이 이어졌다. 말 그대로 사람의 손때가 묻지 않은 태초의 열대우림의 모습, 집요하게 추격해오는 모터보트 두 대만 아니라면 어디든 세워놓고 전화기 메모리 한도까지 사진을 찍을 것 같았다.

"꽉 잡아! 오른쪽!"

알리나가 조타 핸들을 틀면서 다시 소리쳤다. 강은 조금 넓은 다른 지류와 만나 유속이 빨라지고 있었다. 수심도 제법 깊어졌는지 귀청을 때리는 소리가 무거워졌다. 알리나는 이번에도 상류로 올라가는 경로를 잡았다. 점점 더 위험해지는 느낌, 상류로 올라가면 강변에 절벽처럼 들어찬 맹그로브 숲이 줄어들긴 하겠지만 스크루우가 수초에 걸릴 위험도 함께 커질 것이었다.

그래도 방법은 없었다. 추격해오는 보트들과의 거리가 많이 줄어들어 이제는 겨우 200미터 남짓에 불과했다. 합류하자마자 상류 방향의 절벽을 크게 돌고 강의 굴곡을 따라 다시 한 번 방향을 틀자 거짓말처럼 맹그로브 숲이 사라지고 멀리 보이는 경사면 아래로 작은 백사장이 보였다. 예측이 들어맞은 셈이었다.

"저기!"

백사장은 동쪽이었다. 비좁지만 보트를 댈 만한 공간이 나왔고 숲으로 들어갈 수 있는 여지도 있었다. 잘하면 짧은 정글 구간을 관통하는 것만으로 국경을 넘을 수도 있을 것 같았다. 알리나가 짧게 소리쳤다.

"꽉 잡아!"

알리나는 보트 속도를 거의 줄이지 않고 백사장으로 밀어붙였다. 보트가 백사장 끝에 부딪쳐 팅기면서 올라탔고 멈추기도 전에 뛰어내렸다. 그리고 곧장 숲으로 들어갔다. 승부는 이제부터였다.

*

"뭐?"

존은 전화를 받자마자 차에서 떨어져 나가면서 언성을 높였다.

"멍청한 것들, 무슨 짓을 해서든 잡아! 오늘 중으로 반다르 안가로 데려와라. 아니면 니들 몫은 없어, 알았나? 죽이든 살리든 상관없어."

굳은 얼굴로 전화를 끊은 존은 신경질적으로 담배 필터를 씹으면서 돌아와 랜드로버 뒷자리의 창문을 두드렸다. 유리창이 스르륵 내려가고 김경필이 얼굴을 내밀었다.

"무슨 일 있나?"

"계집들 문제야, 알리나 이년 만만치 않네."

"알리나? 그 여자에 대해서는 알고 있었잖아, 왜?"

"그 여우 같은 년 강으로 들어왔어. 바다를 통해서 국경을 넘지 않았다."

"강?"

"아까 건너온 강 지류인 것 같다, 지류 수십 개가 워낙 복잡하게 얽혀 있어서 포위가 어려웠던 모양이야. 5킬로미터쯤 상류로 올라가다가 지금은 정글로 들어갔단다. 거기서 국경을 넘을 것 같다."

"둘이 같이 있나?"

"그렇겠지, 어떻게 할래? 너 그 여자 필요하다고 하지 않았나?"

"신경 쓰지 말고 예정대로 움직이자. 어차피 국경 넘어갈 거라면 먼저 가서 기다리는 게 답이다."

"지금도 국경 방향으로 달아나고 있다. 국경 넘은 다음에 어디로 튀느냐만 문제겠지."

"브루나이는 손바닥만 한 땅이다. 모이는 길은 대충 비슷하지?"

"뻔하지, 현재 위치에서라면 어디로 가든 결국 세리아 바이패스에서 만난다. 거기 인근 도로만 차단하면 끝이야."

"검문 병력 동원할 수 있나?"

"전화 몇 통 돌려보지, 현지 경찰 열 명 정도는 동원할 수 있을 거야."

"현장 요원들에게 무리하지 말고 그냥 추격만 하라고 해, 가능하면 교전 상황은 피하라고 해주면 좋겠군."

"그건 내가 결정할 수 있는 게 아냐, 전적으로 현장에 나간 팀장이 결정한다. 교전 상황이 되면 무조건 사살할 거다."

김경필은 덤덤하게 고개를 끄덕였다. 아쉽지만 달아나다 죽는 건 불가항력이었다. 놓치지만 않는다면 토 달고 싶지 않았다. 그가 말했다.

"지부에서 헬기 동원할 수 있지?"

"가능할 거다, 전화해두마."

"서두르라고 해라. 일단 타, 앞 차 움직인다."

"먼저 가, 난 애들한테 전화부터 돌리고 걸어서 넘어가겠다."

"원하시는 대로."

김경필이 창문을 올리면서 앞좌석 헤드레스트를 두드리자 랜드로버는 스르르 앞으로 나갔다. 이제 두 대만 더 통과하면 랜드로버가 들어갈 차례였다. 존은 뒷주머니에서 여권을 꺼내 슬쩍 펴보고 전전히 길을 건넜다.

*

한희진은 앞장서서 길을 내는 알리나의 뒷모습을 보면서 다시 한 번 혀를 내둘렀다. 아마존이나 보루네오 산악 지역의 살벌한 정글은 아니지만 엄연히 정글은 정글이었다. 혼자서는 방향도 가늠하기 힘들 것 같은 깊은 정글, 그런데 알리나는 손에 칼 한 자루 쥐지 않고 절묘하게 길을 내고 있었다.

따라만 가는데도 체력 소진은 거의 빛의 속도였다. 겨우 몇백 미터를 이동했는데도 숨은 턱까지 차올랐고 땀도 속옷까지 완전히 젖을 정도로 비 오듯 쏟아졌다. 가장 큰 이유는 툭하면 나타나는 발목까지 빠지는 뻘이었다. 자칫 한 발만 잘못 짚으면 그대로 무릎까지 빠지기 일쑤였고 때문에 몇 발에 한번은 어디든 손을 짚어야 했다. 일어나도 진창에서 발을 빼기가 쉽지 않아 또 한참을 허둥대야 했다. 이래저래 시간은 턱없이 오래 걸렸고 이래서는 추격을 떼어내는 건 고사하고 국경에 도착할 수 있을까도 의문이었다.

"정지."

겨우 진창 구간을 빠져나와 마른 땅에 발을 올릴 무렵, 알리나가 손가락을 입으로 가져가며 말했다. 한희진은 반사적으로 자세를 낮추고 뒤를 확인했다. 아직 추격자의 모습은 보이지 않았다. 그러나 아득하게 나뭇가지 부러지는 소리가 들렸다.

"생각보다 멀지 않다, 200미터 안쪽이야. 서둘러야겠다."

바짝 따라붙은 셈, 추적 전문가가 낀 팀인 모양이었다.

"움직여."

그래도 마른 땅으로 올라선 이후에는 그런대로 속도가 붙었다. 속보로 한참을 걸어 다시 숨이 차기 시작할 때쯤, 갑자기 눈앞이 뻥 뚫렸다. 제법 넓어 보이는 사면 개활지였다. 비스듬한 사면 곳곳에 수십 마리의 물소들이 흩어져 한가로이 풀을 뜯고 있었다. 동남아시아에서 흔히 볼 수 있는 버펄로들이었다. 뿔이 위압적이고 털 색깔도 검은 쪽이어서 얼핏 보면 상당히 위협적이지만 온순한 동물이었다. 반대쪽 사면에는 조랑말 10여 마리가 마찬가지로 풀을 뜯고 있었다.

개활지 반대편은 허름한 농막, 그리고 그 옆으로 낡은 짐차 한 대와 비포장도로가 보였다. 일단 지면이 질척거리지 않아서 전력으로 뛰는 것도 가능한 상황, 알리나가 농막 주변을 살피며 말했다.

"브루나이 왕실 소유 농장 같다, 이러면 국경 넘은 거야."

"왕실 소유?"

"여기 소는 맛없어, 그래도 농장은 많이 운영하더라."

일단 정글에서 헤매는 최악의 상황은 피하게 된 셈, 이제는 말 그대로 체력전이었다.

"일단 가자."

앞서거니 뒤서거니 신속하게 개활지를 가로질렀다. 농막에 도착할 때까지도 사람은 눈에 띄지 않았다. 알리나가 농막 안을 살피는 사이 한희진은 짐차 안을 확인했다. 요행히 키는 운전석 미터세트 위에 던져져 있었다. 그러나 차가 워낙 낡아서 주행이 가능할 것 같지는 않았다. 그래도 확인은 필요했다. 시동을 걸어보기 위해 차에 올라타려는 순간, 느닷없이 철판 두드리는 소리가 들렸다.

퍼버벅!

"웃! 엄마야!"

깜짝 놀라 움츠리면서 뒤를 확인했다. 개활지 중간쯤에 정글복 차림의 사내들이 보였다. 전부 여섯 명, 거리는 200미터도 채 안 됐고 무장도 전부 자동화기였다. 아까부터 따라오던 놈들인 것 같았다. 무조건 올라가 주문처럼 걸리라고 중얼거리면서 무조건 키를 돌렸다.

"걸려라, 걸려라."

덜덜거렸지만 스타터가 돌았다. 배터리가 살아 있다는 뜻, 타이어는 멀쩡하니 시동만 걸리면 사면을 내려가는 건 얼마든지 가능할 것 같았다.

"알리나!"

고함을 지르면서 다시 키를 돌렸다. 역시 실패, 잠깐 쉬었다가 다시 키를 돌렸다. 급기야 스타터가 길게 돌아가고 심하게 떨면서 시동이 걸렸다. 사일렌서에 구멍이 났는지 엔진 깨지는 소리가 났지만 분명 엔진 돌아가는 소리였다. 급히 파킹 레버를 찾아 풀고 클러치를 밟으면서 다시 고함을 질렀다. 다급하게 되돌아 나온 알리나가 문을 열고 달라붙으면서 소리를 질렀다.

"고!"

반클러치를 길게 유지하면서 가속페달을 깊이 밟았다. 울컥 앞으로 쏠리면서 출발, 수동 변속기가 익숙하지 않아서 신경이 곤두섰지만 일단 움직였으니 내리막 경사로에서 시동이 꺼질 일은 없을 것 같았다. 1단에서 바로 3단으로 변속하고 가속페달을 꾹 눌렀다. 속도는 시속 30킬로미터 언저리까지 빠르게 올라갔다. 철판 두드리는 소리가 몇 번 더 들렸다. 그러나 위험하게 느껴지지는 않았다.

도로 형편상 더 속도를 올리는 건 무리였다. 그래도 도보로 추격해오는 놈들을 떼어내는 건 어렵지 않았다. 직선 구간으로 들어서면서 룸미러를 조종하고 따라오는 놈들의 위치를 다시 확인했다. 생각보다 더 가까워서 100미터 안쪽이었다. 그래도 금방 다시 멀어졌고 어느 순간부터는 총성도 잦아들었다.

추격자들의 모습이 룸미러에서 완전히 사라지자 알리나가 말했다.

"넌 어디로 갈 거지?"

"무슨 뜻이야? 국경 넘었으니 각자 갈 길 가는 거 아냐?"

"큰 길 만나면 트럭 버리고 흩어지자, 오케이?"

"알았어."

길은 동쪽으로 가다가 북동 방향으로 이어졌다. 지형적으로 남쪽은 대부분이 산악 지역이고 해안이 가까울수록 주거지역이니 당연한 일, 시간이 흐를수록 경사는 줄어들었고 노면 상태도 갈수록 좋아졌다. 30분 가까이 달리자 작은 마을 하나가 나타났고 이후로는 거의 평지였다. 그러나 편안한 이동은 거기까지가 끝이었다. 마을을 지나 5킬로미터쯤 더 달리자 차가 심하게 덜덜거리더니 이내 멈춰버렸다.

"젠장, 엔진 죽었어."

미터세트가 먹통이라 연료가 떨어진 건지 엔진에 문제가 생긴 건지는 알 수 없었다. 그냥 차를 버리는 수밖에 다른 수가 없었다. 일단 차를 도로 밖으로 밀어내고 서둘러 길을 따라 걷기 시작했다. 그런데 얼마 지나지 않아 묵직한 로터 소음이 들려왔나. 거리는 멀었지만 분명 헬기였다.

"헬기?"

이유 없이 먼 국경 근처의 촌구석에 헬기가 날아다닐 이유가 없다는 판단, 서둘러 길 밖으로 나가 숲을 의지한 채 하늘을 주시했다. 곧 흰색 민간 헬기가 저공비행으로 길을 따라 접근했다. 헬기는 빠르게 머리 위를 통과하더니 크게 선회해서 되돌아 나왔다. 한희진이 중얼거렸다.

"운이 좋은 건가?"

차가 고장 나지 않았다면 헬기에 포착되었을 거라는 생각, 알리나가 입맛을 다시면서 고개를 가로저었다.

"그렇지만도 않아, 앞쪽 어디서 길을 막을 것 같다."

"어디냐가 문제네."

"여기서 2킬로미터쯤 더 북쪽으로 올라가면 해안 따라 동쪽으로 가는 대로를 만날 거야. 나라면 거기를 막을 것 같다."

"막혔다고 보는 거야?"

"아마 그럴 거다. 빠져나갈 방법은 나중에 생각하고…… 일단 걷자. 지도상으로 보면 금방 교차로 나올 거니까 그 길을 활용해야 돼."

"어디로 연결되는 길인데?"

"그건 나도 몰라, 지도상으로는 양쪽 다 데드엔드인데 중간에 북쪽으로 올라가는 길을 찾을 수 있을 것 같았다."

"그럼 거기까지는 무조건 가야겠네, 일단 움직이자."

다시 걷기 시작했다. 해가 중천에 떠오른 시간의 기온은 정말 살인적이었다. 나무 그늘 안을 골라서 걷는데도 숨이 턱턱 막힐 정도로 엄청나게 더웠다. 무시무시한 더위에 시달리면서 20분 남짓을 더 걷자 알리나가 이야기한 샛길 교차로가 나타났다. 양쪽 다 비포장도로인데 노면에 듬성듬성 풀이 자란 것으로 보아 통행량은 거의 없는 길이었다. 알리나가 좌우를 확인하며 말했다.

"이쯤에서 흩어지는 게 낫겠지?"

"이의 없어."

"넌 파트너 만나야 할 테니 국경 근처로 가라. 당분간 숨어 있는 게
좋을 거다. 난 곧장 동쪽으로 움직인다."

"어디로 갔는지는 서로 모르는 거야, 알지?"

"당연히, 행운을 빈다."

"너도."

한희진이 손을 내밀었지만 알리나는 그녀가 내민 손을 외면하고
곧장 등을 돌렸다. 한희진도 두말없이 돌아서 걷기 시작했다.

멀리 4차선 도로가 보이는 납작한 능선에서 걸음을 멈춘 한희진
은 몇 모금 남지 않은 물을 모두 마시고 생수병을 덤불 속에 묻었다.
시간은 벌써 오후 4시가 훌쩍 넘어서고 있었다. 비포장도로를 2킬로
미터 남짓 서쪽으로 걷다가 방향을 바꿔 다시 한 시간 넘게 숲길을
북상한 뒤여서 한 발자국도 더 떼어놓기 어려웠다. 어차피 서두를 일
도 없다는 생각에 그냥 나무에 기대앉아버렸다.

"으아…… 죽겠네."

우선 신발부터 벗었다. 하루 종일 젖은 신발 속에서 시달리는 통
에 발이 완전히 불어터져서 색깔부터 모양까지 전부 이상해 보였다.
늘어진 채 잠시 호흡을 가다듬었는데 그 짧은 시간 동안 모기 수십
마리가 달려들었다. 아무래도 땀 냄새 때문인 것 같았다. 오래 앉아
있기는 어려울 것 같다는 생각을 떠올리며 줄기차게 달려드는 모기
들을 쫓았다.

또 헬기의 로터 소리가 들려왔다. 트럭을 버린 뒤부터 벌써 세 번
째 비행인 것 같았다. 확실히 두 사람을 찾는 모양이었다. 잠깐 사이

에 대로 건너편으로 접근한 헬기는 머리 위를 저공비행으로 몇 바퀴 선회하더니 대로를 왼쪽에 두고 천천히 동쪽으로 날아갔다.

'끈질기네, 오빠 괜찮을까?'

새삼 차승호가 걱정됐지만 애써 머릿속을 비워버렸다. 지금은 내 코가 석자였다. 부담을 덜어주려면 잡히는 일은 무조건 피해야 했다. 로터 소리가 멀어진 뒤 신발을 챙겨 신고 배낭을 다시 멨다. 체력적으로 최악의 상황이라 얼마나 더 갈 수 있을지 알 수 없지만 모닥불을 피울 수 없는 입장이라 숲에서 밤을 보내는 건 어려웠다.

"으쌰!"

힘겹게 일어나 방향을 가늠했다. 도로까지 거리가 멀지 않고 조금만 더 가면 작은 도시라 잘하면 해가 떨어지기 전에 사람들 사이로 숨는 것도 가능할 것 같았다. 국경이 가까우니 관광객이 어색하지 않고 관광객을 상대하는 가게도 있을 것이었다. 멀리서 봐도 제법 큰 간판들이 눈에 띄었다.

일단 발을 떼었다. 처음부터 경사가 있는 사면이라 몇 번 넘어졌지만 이후에는 그런대로 견딜 만했다. 부지런히 손발을 놀려 빽빽하기만 풀숲을 끈질기게 헤쳤다. 그리고 하늘 색깔이 붉어질 무렵, 끝날 것 같지 않던 초록색 사이로 마침내 검은색 아스팔트가 보였다. 검붉게 변해버린 석양이 도시의 납작하기만 한 단층 건물들 옥상에 걸려 있었다.

대로로 나가기 전에 한숨을 돌리면서 개울가에서 간단하게 세수를 하고 입었던 조끼와 모자를 파묻었다. 상의는 뒤집어 입었다. 옷이 워낙 엉망이어서 사람들의 시선을 끌 가능성이 높다는 생각이었다. 마지막으로 머리를 뒤로 넘겨 질끈 묶고 대로변으로 나섰다. 길이 평탄해져서 훨씬 편해진 느낌, 그러나 속도를 내기는 더 어려웠다. 어딘가 물집이 잡혔는지 감당할 수 없을 정도로 발이 아파서였다. 덕분에 가까운 거리인 것 같은데도 20분 넘게 걷고 나서야 겨우 도시 초입에 들어갈 수 있었다.

도시에 접근해서는 일단 대로를 벗어나 뒷골목을 통해 시내로 들어갔다. 경찰이나 미국인이 배치되었는지 확인할 생각이었다. 다행히 도시는 평온했다. 일단 작은 옷가게를 찾아 튀지 않는 평퍼짐한 옷가지와 속옷을 사고 양말, 운동화까지 전부 새로 샀다. 달러화밖에 가진 것이 없어서 지불할 때 신경이 쓰였지만 어쩔 수 없었다. 국경 도시의 특성상 외국 화폐 지불도 반기는 분위기였고 특별히 눈길을 주는 사람도 보이지 않았다.

겉옷을 겸해 구입한 히잡을 뒤집어쓰고 곧바로 옷가게를 나와 뒷길의 재래시장으로 들어갔다. 물과 먹을 것을 살 생각이었다. 그런데 옷가게 바로 뒤가 패스트푸드 체인점이었다. '졸리비'라는 유명한 필리핀 체인점인데 메뉴가 맥도날드와 별로 다를 것이 없었다. 더 생각할 것도 없었다. 그냥 매장에서 가장 큰 햄버거 세트 메뉴를 사 들고 나와 뒷길에 숨어서 허겁지겁 해치웠다. 하루 종일 먹은 거라고는 물뿐이어서 배가 등가죽에 붙을 지경이었다.

배가 어느 정도 차자 온몸이 한꺼번에 가라앉기 시작했다. 발바닥의 통증도 주체할 수 없을 정도로 심각했고 피곤이 사정없이 몰려왔다. 종아리와 허벅지 근육은 아예 비명을 지르고 있었다. 어디든 자리를 잡고 쉬어야 했다.

일단 다시 대로로 나왔다. 도시로 들어올 때 본 대로 근처의 모텔 두 개 중에서 좀 나아 보이는 모텔에 방을 잡았다. 시설이 후줄근해서 한국의 시골 민박집 수준이지만 씻고 잘 수 있다는 것만으로도 감사할 일이었다.

방을 잡고 나서는 배운 대로 굵은 모래를 문 밖에 뿌리고 의자를 끌어다 문의 손잡이 밑에다 받쳤다. 마지막으로 문 반대쪽에 나갈 수 있는 창문이 있는지를 확인했다. 침대 머리 위에 창문이 하나 있었지만 너무 작아서 포기, 대신 화장실에 있는 작은 창문을 비상구로 결정했다.

다 열지는 못하는 구조인데 끝까지 당기면 몸을 뺄 수 있는 공간이 나왔다. 밖은 재래시장으로 이어지는 황량한 뒷골목이었다. 골목 곳곳에 쓰레기 더미가 쌓여 있고 쓰러진 담장을 통해 민가로 들어갈 수도 있어서 유사시 도주로로 제법 괜찮을 것 같았다.

구조를 파악한 뒤 신발부터 벗어버린 한희진은 최대한 빨리 샤워를 하고 옷을 갈아입은 다음, 모든 불을 껐다. 그리고 부르튼 발가락 사이에 수건을 꽂은 채 커튼을 조금 치우고 밖을 확인했다.

어둑했던 하늘은 이제 완전히 어두워진 상황, 들어올 때 확인했던 차량 세 대를 빼면 새로 들어온 차량도 없고 눈에 띄는 특별한 움직임도 없었다. 일단 마음을 놓고 침대로 돌아와 쓰러져버렸다. 그러나 너무 피곤하다 보니 잠도 오지 않았다.

'오빠는 진짜 괜찮을까?'

다시 걱정이 밀어닥쳤다. 혹시나 싶어 무전기를 꺼내 볼륨을 확인하고 차승호를 호출했다. 그러나 대답은 돌아오지 않았다. 무전기를 도로 넣어버린 한희진은 권총을 머리맡에 던지고 눈을 감았다. 어떻게든 눈을 붙여볼 생각이었다.

다시 눈을 뜬 건 화장실 세면대에 물 떨어지는 소리 때문이었다. 깜빡 잠이 들었나 싶었는데 시간이 많이 지난 것 같았다. 시간부터 확인했다. 10시 24분, 근 두 시간 가까이 숙면을 한 셈이었다. 뒤늦게 이불 속으로 들어가기 위해 다리에 힘을 줘봤지만 영 말을 듣지 않았다. 허우적거리면서 어렵게 뒹굴어 이불을 몸에 감쌌다. 순간, 문 앞에서 모래 밟는 소리가 들리는 것 같았다.

빠직.

'어?'

확실했다. 몇 초 더 시간이 흐르자 방문 손잡이가 미세하게 돌아갔다.

'제기랄!'

차승호를 닮아 가는지 험한 욕설이 저절로 튀어나왔다. 반사적으로 권총을 집으면서 침대 뒤로 굴러떨어졌다. 그대로 정지, 그런데 밖이 소용했다. 30초 이상 숨을 죽였시반 더 이상의 소리는 들리시 않았다. 속으로 열을 더 센 다음 급히 양말과 운동화를 끌어다 침대 뒤에서 신었다. 밖에 나타난 것들이 CIA나 경찰이 아니라고 해도 이대로라면 밤새 불안에 떨게 될 것 같았다. 당장 움직여야 했다.

배낭부터 챙기고 기어서 침대 밖으로 나가 창문 옆에 달라붙었다. 커튼을 건드리지 않고 그 사이로 밖을 내다보았다. 여전히 움직임은 없었다. 그러나 너무 조용했다. 다시 기어서 화장실 쪽으로 물러섰다. 문으로 나가는 건 자살행위였다. 순간, 유리창이 깨지면서 시커 먼 물체가 방 안으로 날아들었다.

쨍그랑!

'헉!'

물체는 순식간에 방 한가운데로 굴러왔다. 번개같이 화장실로 튀 어들어가 문을 닫고 귀를 막았다.

쩡!

화장실 문을 닫았는데도 날카로운 쇳소리가 매섭게 귀청을 때렸 다. 문이 멀쩡한 것으로 보아 수류탄은 아니었다. 섬광탄일 것 같았 다. 그리고 동시에 들어온다는 의미였다. 당장 여길 벗어나야 했다.

급히 창문을 열고 상체를 빼냈다. 창문턱을 왼손으로 잡고 오른손 은 벽을 짚어 지렛대를 만들면서 부드럽게 다리까지 끌어냈다. 그리 고 허리를 꺾으면서 쓰레기 더미 뒤로 가볍게 내려섰다. 연습할 때보 다 훨씬 더 자연스러워진 느낌, 기분은 조금이나마 나아졌다. 쓰레기 더미 뒤에서 골목 앞뒤를 살피다가 포기하고 반대편 민가의 무너진 담장 밑으로 들어갔다. 골목은 차단되어 있을 것 같았다.

존은 모텔 건너편의 허름한 나무 담장에 기대서서 미간을 잔뜩 좁 혔다. 시선은 모텔 방문을 부수고 있는 브루나이 경찰들에게 고정되 어 있었다. 여자를 찾은 것까지는 좋은데 일이 커지는 느낌이라 영 떨떠름했다. 급한 대로 밀입국한 테러리스트라고 둘러댔지만 아무 래도 수습이 쉽지 않을 것 같았다.

―진입! 진입!

　방탄복을 어색하게 겹쳐 입은 경찰관 하나가 거의 다 부서진 문을 박차고 안으로 들어갔다. 잇달아 세 사람이 더 들어갔지만 총성은 들려오지 않았다. 섬광탄까지 썼으니 저항이 없는 건 어쩌면 당연했다. 가장 먼저 들어간 경찰관이 소리쳤다.

　─클리어!

　─목표 없습니다!

　"젠장, 방 호수 맞는 거요?"

　─정확합니다. 물건 구입과 호텔비를 달러화로 지불한 동양인 여자, 직원이 사진 확인했습니다. 침대 상태로 보아서는 금방 나갔습니다.

　"젠장, 리퍼! 그쪽은!"

　─안 보인다.

　김경필은 자기 요원 하나와 함께 배후의 재래시장으로 빠져나가는 골목을 차단하고 있었다. 그쪽에서 보이지 않는다면 모텔에서 나오는 길은 그가 가로막은 담장과 모텔 사이의 비좁은 골목뿐이었다.

　"현 위치 대기, 이쪽일 수도 있다."

　─카피.

　권총에 소음기를 끼우고 주변에 흩어진 대원들에게 수신호를 하면서 자세를 낮췄다. 이쪽으로 나와주면 체포는 어렵지 않을 것이었다. 그러나 움직임은 전혀 보이지 않았다. 이미 도주했나 싶어 불안해질 무렵, 민가 너머에서 무언가 심하게 부딪치는 소리가 들렸다. 브루나이 경찰을 배치해둔 곳이었다.

　"마이키! 포인트 스리다, 지원해!"

　─카피, 이동합니다.

요원 둘이 은폐한 곳에서 빠져나가 신속하게 민가로 뛰었다.

존은 요원들이 어둠 속으로 완전히 사라지고 나자 천천히 몸을 일으켰다. 조금 더 지켜보다가 따라갈 생각이었다. 그런데 권총을 내리는 순간, 딱딱한 금속성 물체가 끈적한 뒷목에 닿았다.

"숨도 쉬지 마라. 손가락 하나 까딱하면 목에 바람구멍이 날 테니까."

얼음장처럼 차가운 목소리, 알리나인 것 같았다.

'젠장! 미끼였나?'

그 한국 년을 미끼로 쓴 모양이었다. 그가 천천히 손을 들자 알리나는 뒷목을 권총으로 누른 채 아주 자연스럽게 그의 손에서 권총을 빼앗고 이어셋을 빼서 던져버렸다. 알리나가 다시 말했다.

"머리가 아주 나쁘지는 않군, 이제 본론으로 가지. 돈 어디 있어?"

역시 그런 거액을 쉽게 포기할 여자가 아니었다. 풀어주는 게 아니었다는 생각을 했지만 금방 털어버렸다. 지금은 이 지저분한 상황에서 벗어나는 것이 더 급했다. 그는 최대한 덤덤한 목소리를 냈다.

"지금 여기 없어."

"그런 거금을 남에게 맡겼다? 후후, 지나가는 개가 웃겠어. 뭐 좋아, 시간 없으니 그냥 쏘고 뒤져보도록 하지."

"날 죽이면 돈은 못 찾아. 그리고 무사히 브루나이를 빠져나갈 수도 없을 거다. CIA 지부장이 우스운 자리 같나?"

정색을 하면서 겁을 줬지만 알리나의 목소리에는 웃음기가 배어 있었다.

"내가? 내가 왜 못 나가지? 널 죽인 건 저 모텔에 묵었던 한국 스파이가 될 것 같은데? 난 여기 없었어."

"젠장, 그럼 쏘든지. 어차피 죽을 거라면 미국 정부에 돈이라도 남기는 게 나을 것 같군."

"굳이 어려운 길을 택하겠다면 그렇게 해줘야지, 나도 오래간만에 고문이라는 걸 좀 해보겠네. 가지."

"어딜?"

"브루나이에 친구가 너만 있다고 생각하는 건 오만이야. 조직으로 따지면 내가 한 수 위일 거다. 물러서라, 천천히."

알리나는 그의 뒷덜미를 잡고 천천히 돌았다. 눈앞으로 브루나이 경찰의 스와트 트럭 한 대가 재빨리 다가와 멈춰 섰다. 완전히 외의의 상황, 더구나 얼굴을 검은 마스크로 가린 정복 경찰관 서넛이 그에게 자동화기를 겨누고 있었다. 알리나가 손짓을 하자 한 놈이 재빨리 다가와 손을 뒤로 돌려 케이블타이로 묶었다.

'제기랄, 환장하겠네.'

브루나이에 빅토르의 조직이 있다는 사실이 확인된 셈, 잠깐의 방심이 상황을 복잡하게 만들어버린 꼴이었다. 그리고 심각했다.

"이봐, 알리나. 우리 좋게 해결하자고. 좋은 게 좋은 거 아닌가? 돈은 안가에 있는 내 금고에 있으니까 가져가, 지금 가서 바로 열어주지."

목소리가 가늘게 떨렸는지 알리나가 비웃음을 머금었다.

"멍청한 놈, 꼴에 CIA라는 거냐? 이 외진 섬나라로 쫓겨난 주제에 상대를 우습게 보는 같잖은 습관은 도무지 버리지를 못하는군. 됐어, 내 일을 망쳤으니 그만한 대가를 치르는 것이 순서다. 돈은 나중에 네놈 부하들에게 가져오라고 하면 그만이야."

"어이, 돈 준다니까?"

"그만 떠들어, 시끄럽다."

기억나는 건 거기까지였다. 머리에 시커먼 두건이 씌워지고 지독한 통증이 뒷머리를 강타했다.

한희진은 캄캄한 민가 골목을 정신없이 뛰었다. 발자국 소리는 멀지 않은 거리에서 줄기차게 따라오고 있었다. 총격 없이 따라오기만 하고 있지만 체력적으로 한계가 가까워서 따돌리는 건 쉽지 않을 것 같았다. 무엇보다 발이 너무 무거웠다. 그런데 골목 하나를 돌아 나가자 눈앞이 툭 터졌다. 바다였다.

'수상 가옥!'

코앞에 나무로 만든 낡은 계단 몇 개가 보였고 그 너머는 해안을 따라 크고 작은 목조 주택들이 끝없이 이어져 있었다. 잘하면 숨을 곳을 찾을 수도 있을 것 같았다.

곧장 계단을 뛰어내려 복잡한 골목으로 방향을 틀었다. 일단 거리를 벌려야 했다. 그러나 추격자들의 속도가 너무 빨랐다. 골목에서 몇 번 방향을 틀고 직선 구간에 들어서자 이제는 바로 뒤에서 발자국 소리가 들렸다. 그리고 탁한 총성이 터졌다.

'으앗!'

반사적으로 길가의 물받이를 차고 몸을 날려 반쯤 쓰러진 벽을 뚫었다. 안은 바로 민가였다. 낡고 작은 집이라 곧장 방이었다. 놀라 일어난 아주머니 한 분과 아이들 사이를 통과하면서 지폐 몇 장을 던지고 반대편의 문으로 나왔다.

"미안합니다! 그걸로 고쳐요!"

다시 골목을 질주, 삽시간에 목이 타오르고 가슴이 터질 것 같았다. 몇 번 더 방향을 틀자 쫓아오는 발걸음 소리가 들리지 않았다. 뒤를 확인하고 아무 데나 계단을 내려가 판자 아래에 주저앉아 가쁜 호흡을 몰아쉬었다. 발자국 소리는 확실히 없었다.

'포기했나?'

권총 실린더를 빼서 실탄을 확인했다. 남은 탄환은 전부 5발, 언제 한 발을 쏜 모양이었다. 다시 조립하고 주변을 살폈다. 머리 위는 골목이라고 할 수 있는 굵은 판자들이 보였고 골목 아래는 폭이 30센티미터쯤 되는 비좁은 잔교가 복잡하고 길게 어둠 속으로 이어졌다. 구조물의 안전 상태를 점검하거나 수리를 하기 위한 길인 것 같았다. 바로 옆에는 계단 몇 개가 수면에 닿아 있었다. 보트들이 접안하는 곳 같은데 아쉽게도 보트는 없었다. 일단 답은 잔교였다. 잘하면 놈들의 손을 벗어날 수도 있을 것 같았다.

억지로 일어나 잔교로 들어가려는데 머리 위에서 발자국 소리가 들렸다.

'우씨, 들켰나?'

반쯤 일어나 엉거주춤한 상태로 얼어붙어버렸다. 천천히 가까워진 발자국 소리는 머리 위에서 불과 몇 미터 떨어진 자리까지 다가오더니 우뚝 멈춰 섰다. 그리고 한동안 침묵이 이어졌다.

'뭐지?'

인내심을 시험하는 것 아닌가 싶을 정도로 긴 시간이 흐른 뒤에야 반갑지 않은 목소리가 들려왔다.

"꼬마 아가씨. 이만 나와라. 더 귀찮게 하면 쏴버릴 수밖에 없어."

'저 인간이 왜 여기 있지?'

꿈에도 잊지 못할 목소리였다. 독방에 감금되어 있을 때 너무나 질리도록 듣던 목소리, 김경필이었다. 달아나야 한다는 생각을 떠올렸지만 얼어붙은 손발은 꼼짝도 하지 않았다. 김경필이 다시 말했다.

"열을 세겠다. 그때까지 나오지 않으면 쏜다. 하나, 둘……."

한희진의 위치를 안다는 뜻의 이야기인데 곧이곧대로 믿을 수는 없었다. 위치를 찾아내기 위한 허풍일 가능성도 없지 않았다. 김경필의 목소리는 아홉에서 잠시 끊어졌다. 그리고 뒤쪽에서 삐걱거리는 소리가 들렸다. 반사적으로 고개를 돌렸다. 하지만 보이는 건 없었다. 어둠 속에서 무언가 움직인다는 느낌뿐이었다.

'어쩌지?'

심장 쿵쾅거리는 소리는 발밑을 무너트릴 것처럼 크게 느껴졌다. 차라리 정신없이 쫓길 때가 더 낫다는 생각, 혼자 남은 상태에서 지독한 공포와 팽팽한 긴장감이 한꺼번에 몰아치다 보니 숨을 쉬기도 쉽지 않았다. 필사적으로 호흡을 가다듬으면서 등 뒤의 어둠 속을 주시했다. 분명 무언가 있었다.

순간, 다시 나무 밟히는 소리가 들렸다. 반사적으로 총구를 돌리고 방아쇠를 당겨버렸다.

쾅!

귀청을 찢을 듯한 굉음, 그러나 두번째는 당기지 못했다. 바다 쪽에서 느닷없이 발차기가 날아든 것, 한쪽 발은 총을 든 손을 노렸고 다른 발은 정통으로 옆구리에 꽂혔다.

"으앗!"

삽시간에 계단 아래로 처박힌 한희진은 몸을 웅크린 채 몇 초 동안 아예 움직이지 못했다. 숨이 턱 막혀서 정신을 차릴 수도 없었다. 권총은 어디로 사라졌는지 손에 없었다.

"끄응……."

옆구리를 움켜쥐고 계단 몇 개를 기어 올라가 돌아앉았다. 그녀의 옆구리를 찬 시커먼 그림자는 한 손으로 위쪽의 나무판자를 잡고 몇 번 대롱거리다가 가볍게 뛰어내렸다. 판자들 틈새로 스며든 불빛이 놈의 얼굴을 사선으로 비췄다. 언젠가 본 것 같은 섬뜩한 눈, 이름이 최철욱인가 그랬던 것 같았다. 놈이 단어 몇 개를 씹어뱉었다.

"이런 쌍년, 엇다 대고 총질이야? 뒈질 뻔했잖아."

일어서려 했지만 옆구리 때문에 힘이 들어가지 않았다.

'이길 수 있을까?'

가능성은 희박했다. 일단 상대는 기무사 최강으로 알려진 특수전대였다. 더구나 김경필도 가까이 있었다. 정면으로 붙어서는 절대 승산이 없는 게임, 어떻게든 달아나는 게 정답이었다. 마음을 정한 한희진은 크게 심호흡을 하고 계단 위를 돌아다보았다. 새카만 어둠뿐이지만 저 속에는 김경필이 있었다. 남은 길은 바다 아니면 잔교였다.

일단 반쯤 몸을 일으킨 상태에서 놈을 노려보았다. 놈은 총도 뽑지 않은 상태였다. 얕보고 있다는 뜻, 기회가 아주 없지는 않았다. 놈이 한 발 나서며 양손을 부딪쳐 툭툭 털었다.

"일어나지 말고 걍 자빠져 있어, 이년아."

한희진은 순간적으로 계단을 차고 도약하면서 발차기로 놈의 머리를 후렸다. 그러나 놈은 가볍게 상체를 웅크려 그녀의 공격을 막으면서 한 발 물러섰다. 번개같이 따라붙으면서 다시 무릎으로 명치를 노렸지만 놈은 이번에도 절묘하게 막으면서 몇 발 쭉 빠져나갔다. 그리고 놈의 입에서 웃음이 흘러나왔다.

"크흐흐…… 해보자는 거야? 까불면 다칠 텐데?"

무시하고 계단참으로 물러섰다. 일단 부딪쳐서 공간을 만들었으니 절반은 성공한 셈이었다. 그러나 뛰어내릴 수는 없었다. 방향을 틀자마자 놈이 공격이 쇄도했다. 먼저 발목, 순간적으로 점프하면서 피했지만 이번엔 발차기가 가슴으로 날아들었다.

'이익!'

공중에 뜬 채 양손으로 발차기를 막으면서 물러섰다. 반대쪽 발이 다시 날아들었다. 허리를 꺾으면서 어렵게 피해냈다. 그러나 잇달아 날아든 주먹은 피하지 못했다. 옆구리를 짧게 끊어 쳤는데 정말 숨이 콱 막혔다. 떨어져서 털썩 무릎을 꿇을 수밖에 없었다.

"으……."

놈은 머리채를 틀어잡으면서 인정사정없이 끌어당겼다. 힘없이 앞으로 엎어지고 바윗덩어리처럼 무거운 놈의 몸이 등으로 덮쳐왔다.

숨을 쉬고 싶었지만 불가능했다. 등을 찍어 누르는 엄청난 무게 때문에 손발을 버둥거리는 것이 전부였다. 놈이 잡힌 머리채를 거꾸로 끌어당기면서 귓가에다 으르렁거렸다.

"성질대로 했으면 벌써 죽었어, 쌍년아. 찌그러져 있어."

놈은 젖혀졌던 그녀의 머리를 그대로 바닥에 처박아버렸다.

'악!'

이를 악물고 참아냈지만 순간적으로 세상이 핑핑 돌았다. 그러나 포기할 수는 없었다. 여기서 잡히면 인질이 될 수 있었다. 신음을 토해내자 머리채를 잡은 손이 떨어져 나갔다.

'기회!'

뒤통수로 놈의 얼굴을 그대로 들이받아버렸다.

"헉!"

등을 누르는 압력이 살짝 줄어들자마자 몸을 틀면서 놈의 턱에 팔꿈치를 박고 놈을 차냈다. 굴러 나오면서 계단참에 손을 짚는 순간, 조금 전에 떨어트린 권총이 눈에 들어왔다. 잽싸게 몸을 날려 권총을 잡았다. 그러나 누군가의 발이 권총을 잡은 그녀의 손을 지그시 밟았다.

"윽!"

고개만 돌려 발의 주인을 올려다보았다. 김경필이었다.

"제법인데, 꼬마?"

한희진은 그냥 몸에 힘을 빼고 벌렁 누워버렸다. 김경필이 느릿하게 총을 집으며 다시 중얼거렸다.

"리퍼 투, 인마. 꼴이 그게 뭐냐?"

몇 발 뒤에서 일어나 앉은 최철욱은 턱을 좌우로 만지작거리면서 피 섞인 침을 툭 뱉었다. 입술이 제대로 터진 것 같았다. 한희진은 최철욱의 얼굴을 슬쩍 돌아보고 웃었다. 자신의 얼굴이 더 엉망이겠지만 최철욱의 얼굴도 만만치 않았다. 일방적으로 당하지만은 않았으니 그걸로 만족이었다.

그녀의 웃음을 봤는지 최철욱이 어이없다는 표정으로 한희진을 째려보았다.

"제기랄, 정신 번쩍 납니다. 만만치 않은데요?"

"죽을 수도 있었어. 상대를 얕보는 뻘짓은 하지 말라고 했을 텐데?"

"죄송합니다."

"정신 바짝 차려라. 그건 그렇고…… 이봐 꼬마, 알리나 그년 어디 있지?"

시선이 돌아오자 한희진도 입에 고인 피를 뱉으며 말했다.

"몰라."

"같이 있는 거 아니었나?"

"낮에 헤어졌어."

"어디서?"

"고장 난 트럭 있는 곳, 다음은 나도 몰라."

한희진은 선선히 사실대로 털어놓았다. 어차피 아는 걸 다 말해도 알리나를 찾기는 어려울 것이었다. 이야기를 다 듣고 난 최철욱은 한희진을 물끄러미 내려다보더니 최철욱에게 시선을 돌렸다.

"믿어줘야겠군. 리퍼 투, 정리해라. 철수."

"카피."

최철욱은 곧장 다가와 한희진의 팔을 꺾더니 케이블타이로 양손을 묶었다. 그리고 귓전에다 대고 속삭이듯 말했다.

"이봐, 꼬마 아가씨, 제법이긴 한데 또 가능할 거라고 생각하면 오산이야. 다시 설치면 그땐 얼굴에 큼직한 칼집이 나게 될 거다, 기억해둬."

한희진은 고개를 틀어 그냥 노려보기만 했다. 생각 같아서는 한마디 쏴붙이고 싶었지만 그냥 입을 다물어버렸다. 쓸데없이 상대를 자극할 이유는 없었다. 그녀가 말을 삼키자 최철욱은 피 섞인 침을 한 번 더 뱉으면서 한희진을 부축해 일으켜 세웠다.

“일어나.”

일어난 그녀의 얼굴에 김경필이 랜턴을 비췄다.

“얌전하게 굴어라, 고운 얼굴에 스크래치 나면 애인이 싫어할 거야.”

“살려준다는 보장도 없는데?”

뾰족하게 대답했지만 김경필은 깨끗이 무시하고 손바닥만 한 무전기를 꺼내들었다.

“엉클 샘, 리퍼다. 끝났어.”

존의 콜사인이 엉클 샘인 모양이었다. 그런데 응답이 없었다. 잠깐 기다렸지만 결과는 마찬가지였다.

“엉클 샘, 응답해.”

다시 한 번 호출, 역시나 응답은 없었다. 쓰게 입맛을 다신 김경필이 계단에 발을 올렸다.

“닭대가리 같은 것들, 도대체 뭐 하고 자빠진 거야? 일단 현장 벗어나자.”

“카피.”

최철욱은 곧장 그녀를 끌고 계단 밀고 올라갔다. 헌데 수상 주택 구간을 빠져나오는 것이 생각보다 어려웠다. 어두운 데다 미로 뺨치게 복잡해서 방향만 바다 반대쪽으로 잡아서는 제자리로 돌아오기 일쑤였다. 꽤나 긴 시간을 허비하고 어렵게 수상 주택 구간을 벗어나더니 모텔까지 가지 않고 근처에 세워둔 랜드로버 뒷자리에 한희진을 태웠다. 모텔 주변은 아직도 경광등들로 어수선했다.

"제기랄, 이놈은 또 어디 간 거냐?"

마이클이라고 불리던 놈이 랜드로버를 운전했는데 놈도 어디 갔는지 보이지 않았다. 김경필은 다시 존을 호출했다. 이번엔 신경질적이었다.

"엉클 샘! 뭐 하는 거야?"

대답은 여전히 없었다. 순간, 최철욱이 랜드로버 건너편 골목을 가리키며 주먹을 쥐어 보였다.

"뭐냐?"

"마이클의 정글화 같습니다."

최철욱을 차에 남겨두고 재빨리 골목으로 들어갔다. 최철욱의 말대로 초입 쓰레기 더미 사이로 신발이 보였다. 급히 다가가 쓰레기 더미를 끌어내자 마이클의 얼굴이 나왔다.

'네미럴, 알리나 그년이겠지?'

목에 손을 댔다. 죽지는 않은 상태, 그러나 뺨을 몇 번 두드려도 깨어나지는 않았다. 알리나가 근처에 있다는 뜻이자 존도 당했다는 의미였다. 최철욱에게 수신호를 하고 차로 돌아와 지체 없이 올라탔다. 여기서 더 얼쩡거릴 이유가 없었다. 김경필로서는 한희진을 손에 넣은 것으로 이미 목적을 달성한 상태였다.

"출발해, 곧장 반다르로 가자."

"반다르요?"

"존까지 당했으면 여기서 얼쩡거릴 이유 없다, 위험해."

최철욱은 지체 없이 차를 출발시켰다.

"알리나에게 당했다고 보십니까?"

"가능성이 높지, 웬일인지 죽이지는 않았어."

"마이클 심하게 다친 것 같은데 도와줄 필요 없을까요?"

"병원 데려가는 건 여기 짭새들도 얼마든지 할 수 있어, 신경 꺼라. 우리 코가 석자다."

"그거야 그렇죠, 일단 갑니다."

신속하게 뒷골목을 벗어난 랜드로버는 곧장 대로로 들어섰다. 차창 밖을 지나치는 경물의 속도는 빠르게 올라가고 있었다. 순간, 주머니의 전화기가 부르르 떨었다. 국경을 넘으면서 존과 나눠 가진 전화이니 존일 것이었다. 서둘러 전화를 받았다.

"젠장, 어디서 뭐 하는 거야?"

—미안하군, CIA가 아니어서.

전화기에서 흘러나온 건 처음 듣는 여자의 다소 시니컬한 목소리였다. 알리나가 아니면 현장을 공격한 조직일 터, 자연스럽게 목소리가 가라앉았다.

"누구냐?"

—차에 태운 여자와 같이 브루나이에 온 사람.

'제기랄!'

보나마나 알리나였다. 더구나 그가 한희진을 데리고 있다는 사실도 알고 있었다. 현장을 지켜보고 있었다는 뜻, 재빨리 뒤를 돌아보았지만 따라오는 차량은 보이지 않았다.

"알리나로군."

—이름도 기억해주시네, 감사해야 할 일이로군.

"그 전화를 왜 네가 가지고 있지?"

전화를 알리나가 가지고 있다면 사실 상황은 뻔했다. 존도 당했다는 뜻이었다. 알리나의 목소리에 비웃음이 섞여 나왔다.

—이 멍청한 덩어리를 내가 데리고 있어서겠지, 전화기는 지금 버릴 생각이니까 위치추적 같은 건 생각하지 마.

"원하는 게 뭐냐?"

—현장에 있던 CIA 떨거지들은 연락이 되지 않더군. 떨거지들에 대해서는 내가 한 짓 아니니까 오해는 하지 말도록 해.

"본론만 이야기해라, 헛소리 들어줄 정도로 한가한 사람 아냐."

—뻔하잖아, 내 돈을 좀 찾아줬으면 좋겠어.

"돈이라니? 그 채권들 이야기냐?"

—당연한 거 아닌가?

"난 어디 있는지 몰라."

—위치는 내가 알아, 오리발 그만 내밀고 지금 바로 반다르 외곽에 있는 CIA 안가로 가라. 덩치 이야기로는 너도 가봤다더군.

"내가 왜 그래야 하지? 그 친구는 내 사람도 아냐."

—이 덩어리 이야기 아니다, 살려주는 조건으로 하라는 거다.

"살려줘? 누굴?"

—너.

"하! 이거 웃기는군, 누가 누굴 살려줘?"

—브루나이는 내 구역이야. 테러리스트로 몰려서 이 촌구석 경찰에 억류되고 싶지 않으면 시키는 대로 하는 게 좋아.

"경찰 따위로 내게 손을 댈 수 있을 것 같은가?"

─아, 그거야 물론 아니지, 하지만 내가 끼어들면 이야기가 완전히 달라질걸? 같이 온 험상궂은 친구까지 깔끔하게 처리해주도록하지. 후후.

'제기랄, 귀찮게 됐군.'

유럽과 아프리카에서 자행된 수십 건의 암살과 직접적으로 관련되었다고 알려진 여자였다. 소문을 모두 믿을 수는 없지만 그 절반만 믿는다고 해도 부담스러운 건 사실이었다. 그가 입맛을 다시자 알리나가 다시 말했다.

─당신하고는 악감정 없어, 시키는 대로 움직이면 사지 멀쩡하게 집에 갈 수 있을 거다. 빈손은 억울할 테니 보너스도 좀 챙겨주지, 어때?

"그 친구는 어떻게 할 생각이냐? 살아는 있나?"

─너하곤 상관없잖아, 아닌가?

"나로서도 아무래도 살아 있는 편이 낫지, 안전하게 출국하려면 그 인간 도움이 좀 필요하거든."

─방법을 생각해보지.

"생각할 필요 없어, 사지 멀쩡하게 돌려주는 게 조건이다. 다른 옵션은 없어. 그리고 CIA 안가에 가서 어쩌란 이야기냐, 안가에 남아 있는 요원들이 없다고 생각하는 거냐?"

─둘 남았는데 그나마 하나는 컴퓨터 가이다. 처리해, 간단하잖아.

"동맹국 정보 요원을 죽이라는 건 무리한 요구 같은데? 그리고 다시 한 번 말하지만 그 친구는 내 사람이 아니야. 외교문제 만드는 상황은 사절이다."

―죽이라는 소리는 하지 않았다, 돈만 빼내라는 거지.

"너무 쉽게 이야기하는군, 그 친구가 순순히 협조해야 가능한 이야기야."

―입이 싼 친구야, 오래 걸리지 않더군.

"자백제라도 쓴 거냐?"

―헤로인도 성분은 그게 그거야. 신나게 떠들더군.

"사람 하나 잡았군, 좋아. 대신 보수는 넉넉하게 해야겠어. 500만, 이래저래 활동 자금이 많이 들어갔거든."

―200만.

"400."

―300, 욕심 부리지 마라. 몸 망치는 수가 있어.

"후후, 그 정도로 만족하지, 지금 가면 되나?"

―가라, 도착하면 연락하겠다.

'짜증 폭발이군.'

전화를 끊은 김경필은 등받이에 기대 눈을 감았다. 일단 알리나가 존을 손에 넣은 건 확실했다. 그런데 나머지 요원들은 손대지 않았다고 주장했다.

'이 꼬마 아가씨가?'

한쪽 눈을 가늘게 뜨고 한쪽에 처박아놓은 한희진을 내려다보았다. 가능성은 희박했다. 실력도 부족할 것이고 무엇보다 시간적인 여유가 없었다. 이러면 다른 조직일 가능성도 완전히 배제할 수는 없었다.

'그건 그렇고 무슨 놈의 CIA 일 처리가 이따위야?'

전략적 가치가 떨어지는 지역의 작은 지부여서 인원부터 예산, 장비, 모두 부족한 형편이라는 건 이해가 갔다. 거기다 팔콘의 배를 공격하는 데 상당수 인력을 파견하는 통에 남은 요원의 숫자가 몇 안됐고 빅토르 조직의 규모와 알리나의 능력까지 고려하면 어느 정도의 어려움은 예상할 수 있었다.

그러나 백번을 양보해도 자타공인 휴민트(HUMINT, 인적정보망) 최고의 조직이라고 불리는 CIA가 하찮은 범죄 조직을 상대로 무기력하게 농락당하는 상황은 이해가 잘 가지 않았다.

'돈에 정신이 팔린 탓이겠지.'

거액의 돈을 빼돌리려니 기존 CIA의 정보 자산이나 인력을 충분히 활용하지 못했을 터, 문제는 거기서 발생했을 것이었다.

'멍청한 놈.'

어쨌거나 그의 입장에서는 존이 살아 있어야 계산이 뽑혔다. 현재 상황에서는 조용히 브루나이를 벗어나는 것이 최선인데 적대적인 인질을 데리고 움직이는 건 아무래도 여의치가 않았다. 한희진이 협조적이라면 신분 위조로 간단하게 처리하겠지만 그것도 아니고 거기에 알리나의 조직이 방해가 더해진다고 가정하면 위험부담이 기하급수적으로 커졌다.

특히 알리나의 개입은 신경이 많이 쓰였다. 허풍일 가능성도 없지 않지만 정황상 알리나가 상당수 브루나이 관리들을 장악했고 이는 은밀하게 움직여야 할 그에게는 치명적인 위협이 될 수 있었다.

최선의 방법은 필리핀 주둔 미군을 이용해 조용히 빠져나가는 것인데 그건 무조건 존이 살아 있어야 가능한 이야기였다. 차승호를 한

동안 말레이시아 마약상에게 묶어놓는 문제도 그렇고 당장 필요한 활동비를 챙기는 문제도 놈이 죽으면 모조리 공중에 떠버릴 수 있었다. 머릿속이 복잡해진 그가 한동안 입을 다물자 최철욱이 백미러를 조정하며 입을 열었다.

"CIA 안가로 갈까요?"

"그래야지."

"그리고…… 동행이 생겼습니다."

"동행?"

다시 뒤를 돌아보았다. 아무것도 보이지 않던 새카만 어둠 속에 헤드라이트 하나가 유령처럼 떠 있었다.

"아까 대로에 들어설 때부터 따라왔습니다."

"그냥 속도나 올려, 여기선 떼어낼 방법도 마땅치 않다. 그년 쫄따구겠지."

"카피, 일단 빼겠습니다."

김경필 일행이 탄 랜드로버가 CIA의 안가에 도착한 건 자정을 한참 넘긴 뒤였다. 안가는 반다르 외곽의 작은 농장인데 달빛조차 없는 칠흑의 비포장도로를 3킬로미터쯤 달려야 겨우 빛이 보일 정도로 외진 자리였다. 끈질기게 따라오던 바이크는 비포장도로 중간쯤의 고갯마루부터 보이지 않았다.

산기슭 개활지에 늘어선 키 큰 열대 수목 몇 그루를 돌아 나온 랜드로버가 창고처럼 꾸며놓은 건물 앞에 멈춰 서자 성마른 인상의 안경잡이가 뛰어나와 다급하게 차에 달라붙어 창을 두드렸다.

"뭐가 어떻게 된 겁니까?"

확실히 불안한 얼굴, 벌써 존이 전화를 한 모양이었다. 뒤따라 중간 키의 갈색 머리가 나와 건물 현관에 기대섰다. 그는 뒷자리 창문을 내리면서 질문으로 말을 받았다.

"연락받으셨습니까?"

안경잡이가 얼른 뒷문으로 다가와 손을 내밀었다.

"폴락입니다, 엉클 샘이 언더베이스 세이프에 있는 밀봉한 서류철을 내주라더군요."

김경필은 손을 마주 잡고 한 번 힘을 준 뒤, 내려서 곧장 안가 쪽으로 발을 옮겼다.

"그거면 됩니다. 곧바로 존에게 가져가야 합니다."

"엉클의 말투가 평소와 많이 달랐습니다, 위험한 상황입니까?"

마약에 취한 데다 알리나가 하라는 말만 했을 테니 단어 선택이 평소와 달랐을 터, 미세한 어조의 변화만으로도 이상을 감지하는 놈들이니 당연히 느꼈을 것이었다.

"나도 어떤 상황인지는 정확하게 모릅니다. 앞뒤 정황만으로 보면 현징에서 알리나라는 여자 킬리에게 당한 것 같은데…… 지금은 그 여자에게 협박을 당하고 있는 것 같습니다. 일단 그거 가지고 가서 상황을 봐야겠어요, 일단 서류철부터 주십쇼."

"그러세요, 일단 들어가시죠."

"그리고 여기 취조실 좀 빌립시다. 뒷자리에 실어놓은 아가씨 잠깐 가둬둬야겠습니다."

"도움이 된다면 뭐든 쓰십쇼. 여깁니다, 잠깐 기다리시죠."

폴락은 사무실처럼 꾸며놓은 방으로 들어오더니 책상을 한쪽으로 밀어내고 바닥에 깐 카펫과 판자 몇 개를 들어냈다. 밑에는 콘크리트 속에 눕혀서 박아놓은 작은 금고가 들어가 있었다. 폴락은 손바닥에 쓴 비밀번호를 눌러 금고를 열더니 파일들 가장 위에 있는 갈색 서류 봉투를 꺼내 그에게 넘겼다.

"이겁니다."

김경필은 거침없이 서류 봉투를 뜯어 내용물을 확인했다. 무기명 채권 여섯 장, 동그라미 숫자를 세기도 쉽지 않은 고액권들이었다. 그가 고개를 끄덕이자 폴락이 다시 말했다.

"뒤쪽 지하에 취조실 겸해서 쓰는 밀폐된 공간이 있습니다. 무슨 일인지는 모르겠지만 누굴 가둬두려면 거길 쓰시죠."

"빌립시다. 그리고…… 밖에 저분 손도 좀 빌려주시죠. 손이 더 필요합니다."

"아, 도와드릴 겁니다. 씰 출신이라 도움이 될 겁니다."

"다행이군요. 반갑습니다."

입구에 서 있는 갈색 머리 사내와 눈을 마주치며 목례를 나누면서 무전으로 최철욱을 호출했다.

"꼬마 데리고 들어와."

―카피.

한희진을 데리고 들어온 최철욱이 사내와 함께 지하로 내려가는 동안, 폴락의 전화가 다시 울렸다. 전화를 받은 폴락은 몇 마디 하지 않고 스피커폰을 열고 그의 얼굴에 들이댔다. 역시 알리나에게서 온 전화였다.

"봉투 받았다. 다음은 뭐냐?"

―봉투하고 그 전화기 가지고 깜뽕아예르 어시장으로 와라, 혼자.

깜뽕아예르는 김경필도 이름을 들어본 브루나이 강가의 유명한 대규모 수상 주택 단지였다. 상주인구도 3만에 육박하고 관광객도 많이 드나드는 편인 데다 주변에 크고 작은 부두들도 밀집된 복잡한 지역이었다. 범죄자들에게도 최선의 장소겠지만 김경필 역시 마다 할 이유는 없었다.

"혼자는 곤란해, 무엇보다 깜뽕 어쩌구가 어딘지 모르거든."

―거기 떨거지들에게 물어봐.

"이봐, 난 아직 죽고 싶지 않아. 킬러가 떠드는 말만 믿고 혼자 가는 멍청한 짓은 안 해."

―거기 있는 놈들 다 데리고 와도 조건은 같아. 마음만 먹으면 다 죽은 목숨이야.

"자신감이 지나치군, 그렇게 자신 있으면 동행 신경 쓰지 마라. 상관없지 않나?"

―말장난 치워, 다시 이야기하지 않는다. 다른 놈이 눈에 띄면 그것들은 바로 사살이다. 다시 전화하겠다. 아웃.

전화는 그냥 끊어져버렸다.

"젠장, 깜뽕아예르 어시장? 어딘지 아쇼?"

"제프도 압니다, 멀지 않아요. 여기서는 20분쯤 걸릴 겁니다."

"좋아, 일단 됐고…… 자동화기 보유한 건 있소?"

만일의 사태에 대비할 생각, 현장을 보지 못한 핸디캡을 안고 작전에 임하는 형편이라 무장이라도 든든해야 했다. 가능하면 총을 쏘지 않고 해결하는 게 최선이지만 화력에서도 밀리는 불상사는 피하고 싶었다. 다행히 폴락의 대답은 긍정이었다.

"MP-5와 CAR이 몇 정 있습니다, 방탄복도 있으니 필요하면 쓰시죠."

"고맙소, MP-5와 방탄복만 가져가죠. 그리고 지하에 가둔 여자 말인데…… 신경을 좀 쓰시는 게 좋을 겁니다. 겉보기에는 곱상하고 맛있게 생겼지만 비전투 요원 하나쯤은 간단하게 찜 쪄 먹을 년입니다."

폴락은 불쾌하다는 표정으로 그의 시선을 외면했다.

"불필요한 걱정은 접어두쇼, 나도 비전투원은 아니니까."

"그런가요? 알겠습니다. 알아서 하시겠지만…… 가능하면 눈을 떼지 않는 편이 신상에 좋을 겁니다. 자, 그럼, 여기는 됐고…… 제프라고 했죠?"

지하에서 돌아오는 갈색 머리에게 두 사람의 시선이 돌아갔다.

"일단 출발하겠소. 일 이야기는 가면서 상의하면 될 거요."

그가 하는 말을 들었는지 갈색 머리가 최철욱과 눈을 마주치며 말을 받았다.

"장비 챙기죠."

제프와 최철욱이 장비들을 챙기러 간 뒤, 김경필은 곧장 밖으로 나와 랜드로버의 시동을 걸었다. 최대한 빨리 어시장으로 건너가 현장 상황을 둘러볼 생각이었다.

지프와 랜드로버가 나란히 안가를 떠난 뒤, 폴락은 농장 주변을 한 바퀴 둘러보고 씁쓸한 표정으로 돌아섰다. 상황이 심각한데 안가에 들어앉아 있으려니 좀이 쑤셔 죽을 지경이었다. 정식 훈련을 모두 수료하고 현장에 나왔지만 컴퓨터 전문가라는 보직 때문에 실제로는 단 한 번도 현장 요원 대접을 받아본 적이 없었다.

하긴 총을 지니고 다닌 적도 별로 없고 필드에서 총을 쏴본 지가 언제인지도 생각나지 않았다.

'짜증스럽군.'

물론 그가 있어야 할 최선의 위치가 어딘지 잘 아는 만큼 큰 불만은 없었다. 어차피 실제 필드 요원들도 현장에서 총기를 쓰는 일은 극히 드물었다. 요원 자신의 목숨이 걸린 급박한 상황이 아니라면 절대 불가였다. 사람을 죽이는 건 히트맨들이나 할 일이었다.

돌아오자마자 개인화기로 지급된 글록부터 챙겨 허리춤에 꽂고 평소와 다름없이 동선을 잡았다. 일단 컴퓨터 룸으로 건너가 안가 안팎에 설치해놓은 CCTV 화면을 확인했다. 별다른 움직임은 없는 상황, 농장 서쪽 경계의 카메라에만 물소 몇 마리가 잡히는 정도였다. 커피 한잔을 따라서 자신의 모니터 앞으로 자리를 옮겼다.

반다그 경찰청 진산망 해킹을 시도할 생각, 많지는 않지만 반다르도 시내 곳곳에 CCTV가 설치되어 있어서 유동 인구가 많은 깜뽕아예르 인근에도 몇 개 설치되어 있을 가능성이 높았다. 그런데 키보드를 몇 번 두드리기도 전에 지하에서 쿵쾅거리는 소리가 들려왔다. 가둬둔 여자가 의자로 문을 내리치는 것 같았다.

'제길, 귀찮게 하네.'

투덜거리면서 방을 나섰다. 빈약한 나무 의자로 철문을 부술 방법은 없으니 걱정할 필요까지는 없지만 시끄러운 건 질색이었다. 곧장 뒷방으로 건너가 터덜터덜 계단을 내려갔다. 계단 중간에서부터 다시 철창을 때리는 소리가 들렸다. 꽤나 신경질적으로 두드리는지 소리가 제법 컸다.

지하로 내려서자마자 철창 사이로 여자와 눈이 마주쳤다. 허리 높이까지는 벽돌을 쌓았고 그 위가 철창이어서 하는 짓은 모두 보였다. 여자가 내리치는 것을 멈추고 그를 물끄러미 쳐다보았다.

"시끄러워! 그거 내려놔! 홀랑 벗겨서 매달아버리기 전에!"

위압적으로 고함을 질렀지만 여자는 신경 쓰지 않는 것 같았다. 그 자리에 의자를 쿵 내려놓더니 털썩 주저앉아 묶인 양손을 들어 보였다. 헐렁한 티셔츠가 한쪽으로 흘러내려 한쪽 어깨가 겨드랑이까지 허옇게 드러났다.

"물 줘, 목말라 죽겠어."

"얻어터지기 전에 닥치고 있어라. 조용하다 싶으면 한 컵 주지."

폴락은 철창문을 펑 걸어차고 돌아섰다. 그런데 여자가 피식 웃더니 계단에 발을 올리는 그의 뒤통수에다 대고 혀를 찼다.

"쯧쯧, 겁은 많아가지고…… 들어오기 겁나는 모양이지?"

"뭐?"

"물 한잔 달라는데 왜 겁은 먹냐고?"

"미친 거 아냐? 죽고 싶나?"

"죽여보든지?"

일단 어이가 없었다. 의도적으로 도발하는 것이 뻔히 보였는데 그건 자신이 형편없이 약해 보인다는 뜻이기도 했다. 시니어 에이전트와 동료들에게 잉여 전력 취급받는 것도 서러운데 새파랗게 어린 계집아이까지 대놓고 무시하는 꼴이었다. 이건 참기가 어려웠다. 조용히 글록을 뽑아 계단 중간의 움푹 들어간 벽 안쪽에 내려놓고 열쇠를 집었다.

"정신 나간 년, 그 허연 아랫도리 몽땅 벗겨서 내 물건의 위대함을 느끼게 해주마. 노랑 원숭이들과는 차원이 다를 거야. 아마도 나중에는 고마워하게 될 거다."

"물 달라니까 무슨 헛소리야?"

여자는 조금 놀란 표정으로 엉거주춤 엉덩이를 들었다. 아무래도 여자다 보니 험악한 단어들에 살짝 겁을 먹은 모양이었다.

"내 정액이나 받아먹어."

계속 험악한 대사를 뱉어내며 문을 열었다. 기왕 손을 대기로 했으니 강간까지는 아니라도 옷을 모조리 벗겨 정신이 번쩍 나도록 겁을 줄 생각이었다. 그가 안에 발을 들여놓자 여자는 슬슬 뒷걸음질로 물러나더니 벽에 부딪쳐 멈춰 섰다.

"왜? 이제 겁이 나나?"

여자의 아래위를 훑어보며 히죽 웃었다. 아까는 몰랐는데 지금 보니 제법 반반하고 늘씬했다. 거기다 들어갈 데 들어가고 나올 데 나와서 잠깐 가지고 놀기엔 그런대로 괜찮아 보였다. 여자의 눈빛이 심하게 흔들렸다.

"이건 순전히 네 잘못이야, 안 그래?"

치열을 모두 드러내며 몇 발 다가섰다. 그런데 뺨에 손을 대려고 손을 들어 올리는 순간, 여자의 손이 번개같이 그의 손목을 낚아챘다.

그리고 여자의 손에 묶여 있어야 할 밧줄이 그의 손목을 휘감았다.

"헛!"

삽시간에 팔이 꺾이면서 그대로 밀려나갔다. 일단 미는 대로 물러서다가 가볍게 벽을 차고 공중제비를 돌면서 팔을 풀었다. 그리고 착지와 동시에 줄을 잡아채 끌어당겼다. 그러나 여자는 줄을 놓아버리고 가볍게 문 쪽으로 움직였다.

'젠장!'

줄을 던져버리고 일직선으로 여자를 향해 돌진했다. 잡기만 하면 승부는 끝이라는 생각, 그런데 여자의 움직임이 예상보다 빨랐다. 여자는 귀신같이 철창을 등지면서 발차기를 날렸다. 더킹으로 피하면서 그대로 밀어붙였다. 어깨로 허벅지쯤을 들어 올려 거꾸로 처박을 생각이었다. 나름 괜찮은 시도였지만 예상외로 실패, 여자는 발차기가 빗나가자마자 몸을 틀더니 절묘하게 옆으로 빠져나갔다.

'제법인데?'

그동안 자신이 너무 운동을 등한시했나 싶을 정도로 여자의 움직임은 빨랐다. 속도로 잡을 수는 없을 것 같다는 생각에 손발을 몇 번 부딪치고 물러서면서 문을 가로막았다. 일단 달아나는 건 차단할 생각, 한숨을 돌리고 허리를 펴자 여자가 앉았던 의자를 옆으로 툭 차내며 생글생글 웃었다. 조금 전까지 눈가에 어려 있던 공포는 깨끗이 사라지고 없었다.

"너무한 거 아냐? 물 한 모금 먹는 것도 당신을 때려눕혀야 가능한 거야?"

폴락은 시선을 여자의 얼굴에 고정한 채 꺾였던 어깨를 천천히 돌려보았다. 은은하게 통증은 남아 있지만 움직이는 데 문제는 없을 것 같았다.

"괜찮은데? 쓸 만해. 그렇다고 여기서 나갈 만한 실력은 아니지만 말이야. 어쨌거나 총을 두고 오길 잘한 것 같군."

만일 총을 허리춤에 꽂고 있었다면 처음 팔이 뒤로 꺾였을 때 여자의 손에 넘어갔을 거라는 생각, 방심하고 있었으니 충분히 가능한 이야기였다. 일단 팔다리를 가볍게 움직여 몸을 풀었다. 의외의 기습을 당해 약간 손해를 봤지만 달라질 것은 없었다. 여자는 싱글거리며 두어 발 물러섰다.

"나로서는 해볼 만한 도박이거든, 여기 너 혼자 아니면 잘해야 한 놈 더 남았잖아."

"그래서? 부딪쳐보니 성공할 수 있을 것 같나?"

"치졸하게 묶어놓고 강간이나 하는 놈한테 얻어맞는 건 기분 나쁘지."

"뭐?"

"상관없잖아, 강간당하기 싫어서 싸우는 건데 무조건 때려눕혀야지."

"이거 골 때리는 년일세, 영화를 너무 많이 본 것 같은데…… 영화에서 중국 여자가 남자들 때려눕히는 장면들 많다고 너도 가능할 거라고 생각하는 거냐? 그거 다 뻥이야. 하물며 정식으로 훈련받은 요원에게 덤비겠다고? 정말 죽고 싶나?"

"죽여봐."

여자는 거만하게 짝다리를 짚더니 손을 까딱까딱 흔들었다. 자신이 있는 건지 만용을 부리는 건지는 몰라도 이 정도 되면 확실히 훈계가 필요했다. 그는 손가락을 펴서 몇 번 털어내고 가볍게 움켜쥐었다.

"죽여달라고 빌게 될 거다."

한 발 나가면서 가볍게 잽을 뻗었다. 원래 풋워크와 손이 빠른 자신의 특성을 살려 권투를 주력으로 훈련했기 때문에 한동안 쉬었어도 주먹은 매섭게 허공을 갈랐다. 여자는 자세를 낮추면서 주춤주춤 물러섰다. 그러나 절제되고 안정된 동작이었다. 역시 방심은 금물, 상대도 훈련된 필드 요원이었다. 물론 여자라는 단점은 변함없었다.

'간만에 몸 좀 풀어보겠군.'

옆으로 돌면서 계속 얼굴을 노렸다. 여자는 방어에 치중한 채 더킹과 물러서기를 반복했다. 제법 노련해 보였지만 펀치를 막는 팔에서 전해지는 강도는 확실히 약했다. 이대로 몰아붙이면 타격만으로도 제압이 가능할 것 같았다. 몇 번 더 잽을 뻗다가 강력하게 어퍼컷을 올렸다. 여자는 자세를 풀면서 풀쩍 뒤로 뛰었다.

'이제 끝이다!'

빠르게 전진하면서 잽 몇 번에 잇달아 훅을 날렸다. 그런데 잽을 쳐내던 팔이 순간적으로 사라져버렸다. 주저앉은 것, 그리고 뒷발에 강력한 타격이 날아왔다. 다급하게 물러서려 했지만 그것이 도리어 화를 불렀다. 체중을 지지하던 오른쪽 발목이 여자의 발뒤꿈치에 걸리면서 무릎이 꺾여버렸다. 공중에 떴다 떨어지는 불상사는 피했지만 중심을 잃어버린 결과는 치명적이었다. 여자는 그가 엉덩방아를 찧자마자 기다렸다는 듯 무섭게 도약하면서 그의 얼굴을 노렸다.

'제길!'

본능적으로 허리를 뒤로 꺾으면서 뒹굴었지만 중심을 잡으려고 짚은 손이 넘어진 의자에 부딪치는 통에 다시 중심을 잃고 벌렁 누워버렸다. 일단 웅크리면서 한 바퀴 더 굴렀다. 치명타는 피하겠다는 생각이었다. 그런데 더 이상의 공격이 없었다.

'속았다!'

여자는 이미 밖으로 튀어나가고 있었다. 다급하게 발목의 백업용 리볼버를 풀어 뽑는 동안 여자는 벌써 계단참, 누운 채 그대로 방아쇠를 당겼다.

카캉!

연달아 세 발을 쏴버렸다. 그러나 각도가 좋지 않아서 한 발도 맞추지는 못했다. 다시 구르면서 문 쪽에 엎드려 계단을 조준했지만 여자는 벌써 사각을 벗어나 계단 위로 뛰고 있었다.

"정신 나간 년, 뛰어야 벼룩이야."

요행히 안가를 나간다고 해도 현실적으로 달아날 방법은 없었다. 유일하게 남은 이동 수단인 지프의 키는 자신이 가지고 있고 농장 주변은 완벽한 정글이었다. 도시가 가까워서 위험한 야생동물은 별로 없지만 랜턴 없이 농장을 벗어나는 건 현실적으로 불가능했다. 천천히 올라가면서 벽 속에서 글록을 꺼내 들고 가벼운 리볼버는 왼손으로 옮겼다.

계단 끝까지 올라와 멀리서 조심스럽게 문을 끌어당겼다. 문이 다 열렸지만 소리도, 진동도 느껴지지 않았다. 밖으로 나가지 않았다는 뜻, 여자는 아직 실내에 있었다. 심호흡을 하고 밖으로 몸을 날리면서 총을 양쪽으로 조준했다. 그러나 복도에는 아무도 없었다. 일단 주방 쪽으로 이동했다. 상식적으로 무기가 될 만한 걸 찾으려면 주방이 먼저일 것이었다.

주방을 차근차근 확인하고 되짚어 거실로 나와 일단 불을 켰다. 방 세 개가 한꺼번에 만나는 곳이라 숨을 장소는 많았다.

"이봐 아가씨, 숨바꼭질 취미 없어. 이만 나와라, 아니면 진짜 쏴버릴 거니까."

대답은 없었다. 다 뒤지려면 시간이 좀 걸리겠지만 하나하나 돌아보는 수밖에 도리가 없었다. 우선 자신의 방부터 벽에 달라붙어 가볍게 문을 밀었다. 모니터와 CPU가 줄지어 있지만 사람이 숨을 만큼 큰 물건은 없었다. 들어서면서 무릎을 꿇고 좌우를 조준했지만 예상대로 허탕이었다.

'제기랄, 놓이치고는 일이 커져버렸네.'

다시 잡아다 흠씬 두들겨 패고 처박아놓으면 그만이지만 귀찮게 됐다는 사실만은 분명했다. 되짚어 나와 다음 방문을 밀고 뛰어들었다. 회의실처럼 꾸민 작은 방이라 여기도 숨을 곳은 없었다. 바로 돌아 나와 다음 방의 벽에 기대섰다. 답은 여기뿐이라는 생각, 문을 슬쩍 밀어내고 한발 떨어져서 안을 조준했다.

"셋 셀 때까지 나와라, 아니면 사살하겠다. 하나."

여전히 반응은 없었다.

"둘, 정말 승산이 있다고 생각하는 거냐?"

셋을 세지 않고 바로 뛰어 들어갔다. 그러나 또 허탕, 엉클 샘이 쓰는 큼직한 책상 뒤까지 확인했지만 여자의 종적은 없었다.

'이런 씨발!'

짜증이 사정없이 폭발했다. 이제 보이면 그냥 쏴버린다고 마음을 다잡으면서 거실로 돌아 나왔다. 순간, 잠겨 있던 현관문이 삐걱 하고 소리를 냈다. 반사적으로 눈이 돌아갔다. 그러나 사람은 보이지 않았다.

'어디냐?'

신속하게 소파 뒤를 확인하면서 현관으로 이동했다. 아드레날린이 폭주하는 통에 숨을 쉬기도 어려웠지만 심호흡으로 애써 가라앉혔다. 상대는 아직 어린 여자였다. 긴장할 필요는 없었다. 여자는 근력이든 스킬이든 아직 한계를 벗어나지 못한 것 같았다. 훈련은 마치고 필드에 나왔겠지만 아직은 초보였다. 찾아내기만 하면 그것으로 상황은 끝이었다. 현관에서 다시 소리가 났다.

'제기랄!'

가능하면 멀리 돌면서 시계가 확보되는 각도로 빠르게 움직였다. 현관 옆에 세워둔 잡동사니들 때문에 보이지가 않았다. 마지막으로 벽난로 앞에 무릎을 꿇고 총구를 돌렸다. 보이면 그대로 쏴버릴 생각, 그러나 여자는 보이지 않았다. 대신 무시무시한 충격이 뒤통수를 강타했다.

"윽!"

느닷없이 발밑의 카펫이 일어나더니 천천히 눈앞으로 다가왔다. 다음은 백지였다. 눈앞이 하얗게 변해버려서 아무것도 보이지 않았다. 의식은 있는데 손끝에 감각이 없었다. 움직일 수도 없고, 보이지도 않았다. 느낌상 부지깽이 같은 철제 둔기로 뒤통수를 심하게 얻어맞은 것 같았다.

엄청나게 긴 몇 초가 흐른 뒤, 가쁜 숨소리가 다가왔다. 무거운 금속이 카펫에 부딪쳐 둔탁한 소리를 냈고 곧 발자국 소리가 멀어지기 시작했다.

'네미럴, 이런 개망신이……'

소리를 내고 싶었지만 목으로 공기가 올라오지 않았다. 그래도 손가락은 움직였다. 그리고 흐릿하게나마 카펫 색깔도 눈에 들어왔다. 충격에 정지됐던 뇌세포가 회복되는 모양이었다. 오른손에 신경을 집중하자 드디어 움직였다. 그러나 손에 있어야 할 글록은 잡히지 않았다. 이번엔 옆구리에 깔린 왼손을 움직였다. 리볼버가 잡혔다. 글록은 챙겨 갔지만 리볼버는 몸에 깔려 있어서 보지 못한 모양이었다.

필사적으로 돌아누우면서 일단 손을 뺐다. 여자의 위치부터 확인, 여자는 자세를 낮춘 채 조심스럽게 문으로 가고 있었다. 누운 채 권총을 들어 올렸다. 총구가 많이 떨렸지만 가까운 거리여서 맞추는 건 가능할 것 같았다. 여자가 도망가는 불상사는 어떻게든 막겠다는 생각, 여자가 죽어도 변명할 거리는 충분했다. 등판 한가운데를 조준하고 손가락에 모든 신경을 집중했다.

쾅!

무시무시한 굉음이 귀청을 찢었다. 그리고 눈앞이 다시 하얗게 변해버렸다.

한희진은 등 뒤에서 터진 총성에 기겁을 하고 주저앉아 황급히 총구를 돌렸다. 너무 놀라서 방아쇠는 당길 생각도 하지 못했다. 어차피 총구가 사정없이 떨려서 맞지도 않을 것이었다. 그런데 총을 든 사내의 손이 슬로비디오처럼 느리게 떨어졌다가 아주 조금 튕겨져 올라갔다. 그리고 다시 떨어졌다. 권총은 바로 앞으로 굴렀다.

'뭐지?'

분명히 총소리는 났는데 총을 맞은 것 같지 않았다. 사내의 눈동자가 이내 허옇게 뒤집어지고 카펫 위로 피 웅덩이가 빠르게 번져 나왔다.

"확실하게 처리했어야지."

낯설게 느껴지는 차가운 목소리, 귀청이 멍해서 아주 멀리서 들리는 개미 소리나 마찬가지였다. 그러나 주인은 알 것 같았다. 분명히 차승호였다.

"오빠?"

작게 속삭인다고 낸 소리인데 고함을 지르는 수준으로 목에 힘이 들어갔다. 대답은 없었다. 다시 한 번 소리를 지르고 나자 대각선 방향 복도 안쪽에서 시커먼 그림자 하나가 유령처럼 나타났다. 그리고 씩 웃었다.

"오빠!"

벌떡 일어나 무조건 거실을 가로질러 뛰었다. 차승호의 얼굴을 확인한 뒤부터는 아무 생각도 나지 않았다. 그냥 뛰어 복도에서 나오는 차승호의 목을 끌어안고 뛰어올라 발로 허리를 감았다. 땀 냄새가 지독하게 코를 자극했다. 평소라면 살짝 역하게 느꼈을 들큰한 냄새인데도 지금은 너무나 편안했다. 무엇보다 이제 살았다는 생각이 먼저, 급기야 초등학생처럼 펑펑 울어버렸다.

"으아앙…… 얼……마나 무서웠는지…… 알……아? 왜 이……렇게 늦게 왔어? 으어……."

홍분한 데다 울음소리까지 뒤섞여 발음은 완전히 뒤엉켜 있었다. 자신도 무슨 소리인지 모르는 희한한 단어들이 잇달아 쏟아졌다. 그녀의 등을 가볍게 감싸 안은 차승호가 총 든 손으로 머리를 쓰다듬으며 웃었다.

"후후, 인석아. 그만 떨어져, 숨 막힌다."

"으아앙…… 뭐야, 난 무서워 죽는 줄 알았는데 웃음이 나와? 왜 늦게 왔어?"

"후후, 찾는 데 시간이 너무 오래 걸렸다. 거기 내가 있으라고 한 모텔이 아냐."

"으어…… 응?"

"니가 내 예상보다 2킬로미터쯤 더 왔어. 쉽게 다음 도시로 온 거지. 후후, 어쨌든 찾았으니까 됐고…… 일단 움직이자."

"응."

한희진은 목은 놓지 않은 채 허리만 풀어주고 목에 매달려 키스를 했다. 그리고 나서야 떨어져 나와 손등으로 눈두덩을 훔쳤다. 차승호는 뺨으로 흐른 눈물을 닦아주며 또 웃었다.

"후후, 얼굴 엉망 됐어, 인석아. 그만 울어."

"치…… 우리 이제 어떻게 해? CIA 요원이 죽어서 문제 생긴 거 아냐?"

"어쩔 수 없다, 태우자."

"불 지른다고?"

"발전기용 휘발유 탱크가 있더라. 어렵지 않을 거야, 배낭 잃어버렸니?"

"아냐, 아까 뺏겼는데 컴퓨터 있는 방에 있는 거 봤어."

"가져와, 난 휘발유 챙겨 올게."

"응."

한희진이 컴퓨터가 있는 방으로 뛰자 차승호는 얼른 죽은 사내의 주머니를 뒤졌다. 밖에 지프가 한 대 서 있으니 키가 있으리라는 생각이었다. 요행히 키는 사내의 바지 주머니에서 나왔다. 키를 챙기고 곧장 밖으로 나와 발전기가 있는 배후의 창고로 건너가 빈 통 두 개에다 발전기용 탱크에서 휘발유를 가득 받았다.

건물까지 휘발유로 길을 만들면서 이동하고 남은 휘발유는 거실과 시체 위에다 모두 뿌렸다. 더 뿌릴까 싶었지만 그만뒀다. 어차피 건물 전체가 목조 구조물이라 불이 붙으면 순식간에 타버릴 것 같았다. 일단 밖으로 나와 지프에 시동을 걸고 나가기 좋게 방향을 돌려놓았다. 준비는 끝, 차에서 내려 다시 건물 입구로 뛰는 사이에 한희진이 배낭을 메고 나왔다. 손에는 자동화기 두 정이 들려 있었다.

"어디서 찾았나?"

"컴퓨터 방, 필요할 거 같아서."

"잘했다. 타, 뜨자."

"응."

한희진이 차로 뛰어가자 차승호는 문에 붙은 작은 커튼을 뜯어내 불을 붙였다. 그리고 휘발유 웅덩이에다 던져버렸다.

화르륵!

불길은 멀리 있는 그에게까지 열기를 뿜어내며 삽시간에 거실 전체로 번져나갔다. 시퍼런 화염이 천장까지 솟구치는 걸 확인한 뒤, 곧장 차로 돌아와 파킹을 풀었다.

"가자."

그대로 출발. 불길은 생각보다는 좀 약했다. 지프가 농장 구간을 완전히 벗어나고 나서야 휘발유 탱크에서 본격적인 폭음이 터졌고 정글 초입으로 들어선 뒤에야 한쪽 뺨이 뜨끈하다 싶을 정도로 화려한 섬광이 작렬했다. 속도를 올리기 시작하자 한희진이 말했다.

"존 그 사람 알리나한테 당한 것 같아."

"그런 거 같더라."

"응? 어떻게 알았어?"

"돌아가는 꼬라지가 뻔하잖아. 그리고 랜드로버에 전화기 하나 심어놨거든, 소음 때문에 정확하지는 않아도 대충 들었어. 더 들은 거 있니?"

"응…… 알리나가 채권 되찾으려고 하는 것 같은데…… 리퍼는 엉클 샘을 구하려고 하는 것 같았어, 이유는 몰라."

"알리나 입장에서는 당연히 찾고 싶겠지, 한두 푼이 아니잖아."

"리퍼가 CIA 요원까지 한 명 더 데리고 시내로 갔는데 어딘지는 못 들었어, 미안해."

"미안? 후후, 신경 꺼라. 나갈 때 이야기하는 거 보니까 어시장으로 가는 것 같더라. 지금 따라가는 거야."

"응? 왜?"

"그 인간 머릿속에 든 걸 좀 빼봐야겠는데 여기 아니면 기회가 없을 것 같아서 말이야. 알리나하고 치고받을 때 기회를 보자. 양쪽 다

만만한 상대가 아니라 상황이 어떻게 변할지 아무도 모르거든.”

“어쩌려고?”

“나도 구체적인 계획은 없어. 서로 죽이거나 말거나 상관없는데 리퍼가 죽는 상황만은 피해야겠지. 일단 살려놓고 아는 걸 짜낼 생각이다.”

“상황이 나쁘면 알리나하고 싸우겠다는 거야?”

“아니 가능하면 총질은 피하는 게 답이다. 지켜보다가 상황이 심각해지면 그 자식 빼돌리는 쪽으로 가야지.”

“응…… 그런데 빅토르라는 사람 조직 엄청난 거 같던데 괜찮을까?”

“간단하게 전세를 역전시킨 걸 보면 확실히 만만하지는 않다. 최악의 경우엔 알리나와 부딪치는 상황도 생각해야겠어.”

“휴…….”

한숨이 저절로 나왔다. 느낌상 브루나이에서 빅토르의 조직과 싸우는 건 간단치 않아 보였다. 그러나 차승호는 천하태평이었다.

“지금은 답 안 나와. 가서 생각하자, 오케이?”

“넵!”

씩씩하게 대답한 한희진은 운전하는 차승호의 옆모습을 보면서 혼자 미소를 머금었다. 살아서 브루나이를 벗어날 가능성이 바닥을 기는 건 둘째 문제였다. 아니 관심 밖이었다. 차승호가 옆에 있다는 사실 하나만으로 충분했다.

*

김경필은 어시장 초입에 차를 세우고 텅 빈 시장 골목을 빠른 걸음으로 가로질렀다. 대부분의 상점들이 철시를 해서 분위기는 어둡고 기괴하기까지 했다. 차근차근 골목 좌우의 가게들을 훑어보면서 부두가 보이는 시장 끝까지 걸어갔다가 뒷골목을 통해 돌아왔다. 마지막으로 반대쪽 뒷골목을 점검하기 위해 돌아갈 때쯤, 최철욱의 보고가 들어왔다.

—리퍼 투, 정위치. 서쪽 진입로 클리어.

"카피, 캐처?"

—여기, 위치 잡았다. 동쪽 클리어.

"카피, 대기해라. 아웃."

최철욱과 제프는 어시장 양쪽 끝의 2층 건물 옥상에서 대기하고 있었다. 인근 건물 중에서 진출입로가 가장 잘 보이는 위치이고 지붕을 통해서 어시장 골목으로 곧장 내려올 수 있는 자리였다. 그러나 시야가 한정되어 있어 복잡하고 지저분한 상점 지붕들 때문에 골목 내부의 상황 파악은 쉽지 않았다. 그래도 최선에 가까운 위치였다.

반대쪽 뒷골목까지 모두 훑어본 뒤에야 폴락의 전화기가 소리를 냈다.

"나다."

—다 돌아봤나?

알리나였다. 그의 움직임을 지켜보고 있다는 뜻의 대사, 예상은 했지만 기분은 썩 좋지 않았다.

“그래서?”

—서쪽 부두로 와라, 2분 주지.

“2분으로는 서쪽 부두까지 못 가, 너무 멀다.”

—전력으로 뛰면 가능할걸? 나도 했는데 남자가 못하면 자존심 상하지 않나? 전화 끊지 말고 그냥 뛰어.

“제길.”

김경필은 두말없이 뛰기 시작했다. 무전기를 켜놓은 상태에서 서쪽 부두라는 단어를 입에 담았으니 최철욱과 제프는 알아서 움직일 것이었다.

숨이 턱에 찰 때까지 전력으로 뛰어 서쪽 부두로 나왔다. 부두 역시 텅 비어 있었다. 낮 시간 같으면 관광객을 태우러 나온 보트들이 꽉 들어차 있겠지만 지금은 그냥 새카맣게 빛나는 강물뿐이었다. 일단 거친 숨을 가다듬으며 좌우를 살폈다.

“도착했다.”

—3시 방향으로 걸어라.

“3시 방향? 얼마나.”

—그냥 걸어, 사람이 나갈 거다.

김경필은 전화를 끊어버리고 부두를 따라 천천히 걸었다. 부두를 마주하고 있는 건 주로 창고와 가게들 같았다. 역시 대부분 문을 닫았는데 가끔은 빛이 흘러나오는 창고도 있었다. 한참을 더 걷다가 창고 사이의 골목에서 시커먼 그림자 두 개를 확인하고 걸음을 멈췄다. 브루나이인으로 보이는 덩치 큰 사내 둘, 상대적으로 작아 보이는 사내가 골목 안쪽을 가리켰다.

“이쪽이다, 따라와.”

“어이, 장난은 이쯤 하지? 너희 보스 나오라고 해, 아니면 돌아간다.”

“뭐?”

“영어 못하나? 보스 나오라고 전해. 난 미국 놈이 죽거나 말거나 별로 신경 안 쓰는 사람이거든. 그러니 나오라고. 내 목숨 위험할 짓은 사양해야겠어.”

김경필은 콘크리트로 만든 해안 가드레일 위에 털썩 주저앉아 양손을 들어 보이면서 다시 말했다.

“겁나면 그냥 숨어 있으라고 해. 난 돈 가지고 브루나이 뜨면 그만이니까.”

잠깐 멍한 표정을 지은 사내는 가소롭다는 듯 콧방귀를 뀌면서 전화기를 꺼내 누군가에게 전화로 보고를 했다. 아마 알리나일 것이었다.

“그러죠, 대기합니다.”

사내는 전화를 끊고 몇 발 다가서더니 그의 이마에 대뜸 총구를 들이댔다.

“일어나, 강제로 끌려가는 것보다는 네 발로 가는 게 나을 거다.”

“둘이서? 그게 될까?”

“기절시켜서 들고 가면 돼, 어렵지 않아.”

“일어날 생각 없어, 나오라고 해.”

초등학생 수준의 말장난을 하면서 시간을 보내는 사이, 낡은 일제 승용차 한 대가 천천히 부두로 들어와 멈춰 섰다. 곧바로 뒷좌석 창문이 내려가고 예상외로 여성스런 브라우스를 입은 알리나의 얼굴이 보였다. 입에는 담배를 물고 있었다.

"쓸데없이 고집을 피우는군."

"난 아니라고 생각하는데?"

"돈은?"

"사람부터 보지."

그가 엉덩이를 털며 일어서자 알리나는 대답하지 않고 앞자리 헤드레스트를 툭 건드렸다.

"예, 보스."

운전석에서 내린 거구가 뒤로 돌아가 트렁크를 열더니 약에 취해 널브러진 존의 머리채를 잡아 얼굴을 그에게 보여주었다. 사내가 존의 머리를 놓고 트렁크를 닫아버리자 알리나가 차에서 한 발 내려놓으며 말했다.

"안됐지만 정신 차리려면 하루 이틀 시간이 걸릴 거야, 살짝 오버도스였거든. 아, 죽지는 않을 거야. 앞으로 자주 약의 도움을 받아야겠지만, 후후."

"중독자 하나 만들었군."

"새로운 시장을 개척했다고 표헌해줘, 후후."

"내 돈은?"

"여기."

알리나는 옆자리에 있는 검은색 스포츠 가방을 조금 열어 안에 있는 현금 뭉치를 보이게 해놓고 차에서 내렸다. 이어 귀에 손을 대더니 차가운 목소리로 중얼거렸다.

"제거해."

그리고 김경필에게 시선이 돌아왔다.

"경고했을 텐데?"

"경고?"

"똘마니들 말이야."

느낌상 최철욱 아니면 제프가 발각된 것 같았다. 최초의 위치가 최철욱이 부두 쪽이고 제프가 반대쪽이니 아무래도 제프의 이동 거리가 멀고 발각됐을 가능성도 높았다. 그는 그냥 웃어버렸다.

"멀리서 대기하는 요원들 가지고 시비 붙지 마라."

"먼 데서 노는 것 같지가 않아, 접근하고 있거든."

"물러서라고 해두지, 그럼 되겠나?"

"늦었어, 재주껏 도망가라고 해."

"지랄이군."

김경필은 재빨리 돌아서서 두 사람을 호출했다.

―노출됐다. 철수. 반복한다, 노출됐다. 철수. 포인트 하나에서 대기.

최철욱은 사방에서 쏟아지는 총탄을 피해 플라스틱 물통 뒤에 처박혔다. 물통에 수없이 총알구멍이 나는 통에 사방이 물 천지였다. 대담은커녕 정신을 차리기도 힘든 형편, 한 박자 늦게 욕설부터 쏟아냈다.

"씨발! 공격당하고 있다! 최소 넷!"

야시장 중앙통로 건너편에서 총구 화염이 보였고 다른 각도는 바로 옆 가게 지붕에서 점멸하고 있었다. 그래도 완전히 포위되지는 않은 것 같았다. 사방이 총구 화염이지만 뒷골목 방향은 비어 있었다. 김경필이 다시 말했다.

─철수해! 지금!

"일단 빠진다! 포인트 원으로 이동!"

─캐처다! 이쪽도 공격당하고 있다! 숫자 확인 불가!

제프의 목소리도 다급했다. 당연히 노출되었을 것이었다.

'멍청한 놈!'

급하게 뒷골목을 이동할 때부터 위태로웠는데 결국 일을 저지른 모양새였다. 놈을 걱정할 이유는 없었다.

일단 여기서 벗어나는 것이 최우선, 살아남아야 김경필을 도울 수도 있을 것이었다. 물통을 차고 바닥을 한 바퀴 구른 다음, 단숨에 지붕 꼭대기 담장을 뛰어넘었다. 담장 뒤는 나무판자로 만든 지붕이었다. 빠른 경사를 따라 그대로 미끄러져 내려갔다. 총탄은 판자들을 박살내며 줄기차게 따라왔지만 지붕을 절반쯤 내려오자 이내 끊어졌다. 각도가 나오지 않는 모양이었다.

일단 최악의 상황은 면한 셈, 지붕 끝에서 물받이를 차고 좁은 뒷골목을 뛰어넘어 반대편 선물 유리창을 부수면서 안으로 들어갔다. 순간, 등판이 화끈했다.

'윽!'

안쪽의 후줄근한 테이블을 뒤엎으면서 바닥으로 널브러졌다.

'제기랄!'

망치로 등을 내리친 것 같은 느낌, 방탄복 위인데도 통증은 심각했다. 누운 채 쓰러진 테이블을 끌고 더 안으로 들어갔다.

김경필은 싱글싱글 웃는 알리나에게 눈을 돌리고 목소리를 깔았다.

"중단시켜."

"난 경고했어, 데려온 건 너고."

"중단시켜라, 아니면 돈은 없다."

"후후, 그건 겁나네."

"중단시키라고 했다, 당장."

"후후, 급한 모양이군. 좋아, 온정을 베풀어주지. 하지만 이미 죽었으면 어쩔 수 없어."

의미심장한 미소를 머금은 알리나는 영어가 아닌 다른 언어로 무전기에다 무언가 지시를 했다. 그리고 금방 영어로 되돌아왔다.

"더 공격하지는 않을 거다. 재주껏 철수하라고 해. 단, 다시 시장 안으로 들어오면 그때는 진짜 사살이야."

"리퍼 투, 보고해라."

―포위망은 벗어난 것 같습니다. 등에 한 발, 팔에 한 발 맞았습니다.

"움직일 수 있나?"

―가능합니다, 포인트 하나로 이동합니다.

"캐처?"

대답은 없었다. 다시 한 번 호출했지만 여전히 무소식이었다.

'빌어먹을!'

탐색전에서부터 철저히 깨진 꼴, 미간을 좁힌 채 알리나를 노려보았다.

'본게임은 이제부터 시작이야.'

뒷주머니에서 고무줄로 묶어놓은 채권을 꺼내 조용히 가드레일 위에 올려놓았다. 고무줄에 폭약을 묶고 거기에 트리거로 쓸 전화기를 붙여놓아서 바람에 날아갈 일은 없을 것이었다. 마지막으로 전화기를 꺼내 기억시킨 재발신 번호를 띄우며 말했다.

"사람부터 데려와."

"아주 바보는 아니네, 나쁘지 않아."

"내가 시장 구간을 벗어날 때까지 돈에 손대지 마라."

알리나는 말없이 고개만 끄덕였다. 그녀의 눈치를 보고 있던 거구가 차 키를 그에게 던졌다. 알리나가 씩 웃었다.

"혼자 데리고 가려면 필요할 거야."

"고맙군."

"마음 변하기 전에 가라, 당장 쏴버리고 싶으니까."

키를 받아든 김경필은 두말없이 올라탔다. 곧장 시동을 걸고 출발, 그대로 시장 골목에 차를 집어넣었다. 곳곳에 자잘한 장애물들이 많았지만 무시하고 일직선으로 밀어붙였다. 최대한 빨리 랜드로버가 있는 이면도로까지 나갈 생각, 가속 페달을 끝까지 밟으면서 다시 최철욱을 호출했다.

"리퍼 두, 어디냐?"

—포인트 원 근처입니다. 현장 클리어, 뛰면 10초 이내 도착.

"부상은 어때?"

—출혈은 있지만 견딜 만합니다, 캐처는 당한 것 같습니다.

"제기랄, 마무리는 알리나가 하겠지. 일단 포인트 원에서 보자."

—어디십니까?

"다 왔어. 차 보인다, 나와라."

랜드로버를 세워둔 곳은 시장통에서 멀지 않은 도로변이었다. 도착 즉시 랜드로버 앞에다 차를 세우고 뛰쳐나갔다. 최철욱은 골목에서 나오고 있었다.

"빨리!"

순간, 자동차 뒤가 번쩍 들렸다.

쩡!

크지는 않지만 매서운 폭발, 반사적으로 자세를 낮췄지만 폭발의 영향은 만만치 않았다. 뒤로 나자빠지면서 한 바퀴 굴러 나동그라졌다. 차는 순식간에 화염에 휩싸였고 뒤미처 묵직한 굉음이 터졌다. 연료탱크가 폭발하는 것 같았다.

콰쾅!

차는 다시 붕 떠올랐다가 랜드로버의 엔진후드를 타고 앉았다. 어떻게든 멀어지겠다는 생각으로 다시 몸을 날렸지만 이번엔 폭발의 여파가 간단치 않았다. 몸이 공중에 뜬 상태로 좁은 인도 반대편으로 날아가 빈 생선 좌판 위에 처박혀버렸다.

"크으……."

주변 경물이 핑핑 도는 느낌, 소리가 들리지 않는 것은 둘째 치고 어지러워서 고개를 들 수도 없었다. 몇 번이나 허우적거리고 나서야 겨우 무너진 좌판 한쪽에 기대 상체를 일으켰다. 그런데 다리에 힘이 들어가지 않았다. 뜨끈한 얼굴 한쪽을 닦아내면서 다시 다리를 움직여보았다.

'빌어먹을!'

오른쪽 종아리에서 엄청난 통증이 밀려왔다. 뒤늦게 신경조직이

가동되는지 달군 꼬챙이로 찌르는 것 같았다. 피투성이인 종아리 아래로 시선이 건너가자 무언가 날카로운 이물질이 비쭉 튀어나와 있었다. 파편 같았다.

'골치 아프게 됐군.'

멍하게 몇 초 더 시간을 보내고 나서야 주변이 눈에 들어왔다. 타고 온 승용차는 무서운 기세로 불타오르는 중이고 랜드로버의 엔진룸에서도 시커멓게 연기가 솟아오르고 있었다. 범퍼와 라디에이터 그릴은 완전히 날아가 보이지 않았다.

'최철욱!'

뒤늦게 최철욱이 생각나 조금 전 서 있던 자리를 훑었다. 랜드로버 반대쪽 인도에 쓰러진 사람의 형체가 보였다.

'제기랄!'

최철욱은 움직이지 못하는 것 같았다. 다리를 질질 끌면서 필사적으로 다가가 어깨를 흔들었다. 그러나 반응은 없었다. 급히 목에다 손을 댔지만 맥박은 남아 있지 않았다.

"정신 차려!"

어렵게 최철욱의 어깨를 끌어당겨 몸을 뒤집었다. 가장 먼저 보이는 건 검붉은 색깔, 가슴 전체를 뒤덮은 피였다. 가슴과 허벅지에 손바닥만 한 철판 조각 몇 개가 박혀 있었다. 이를 악무는 순간, 등 뒤에서 아주 작은 소리가 들려왔다.

"일어나."

엉성한 영어였다. 눈을 돌리자 왜소한 체격의 브루나이인 몇 놈이 보였다. 모두 AK소총으로 무장한 상태, 급히 총을 들어 올리려 했지만 놈들의 발이 더 빨랐다.

퍽!

눈에서 불똥이 퍽 튀었다. 발길질에 정통으로 턱을 걷어차인 것 같았다. 최철욱의 배 위로 엎어졌다가 옆구리에 다른 놈의 발이 닿으면서 바닥으로 나뒹굴었다. 잇달아 발길질이 날아들었다. 웅크리면서 필사적으로 얼굴과 몸을 보호했지만 워낙 사방에서 발길질이 날아드는 통에 정신을 차릴 수가 없었다.

'멍청한!'

별로 억울하지는 않았다. 멍청한 짓을 한 대가였다.

사실 시장통을 빠져나오면서 너무 쉽다는 생각은 하고 있었다. 알리나가 돈을 지불했다는 생각에 방심한 것, 위험지역을 벗어나자마자 차를 버릴 생각이었는데 그것 자체가 안일했다. 주저 없이 폭파해버린 것으로 보아 가방 속의 돈은 아마도 위조지폐이거나 종잇조각일 것이었다. 잠깐의 방심이 최악의 상황을 초래한 꼴, 한심한 최후를 맞이하는 것 같아 입맛이 썼다.

그가 죽은 듯이 움직이지 않자 브루나이인이 험악한 목소리를 내며 그의 멱살을 잡아 일으켰다.

'웃기는군, 흐흐.'

그는 사지를 늘어트린 채 히죽 웃었다. 얼굴이 엉망이라 웃음 같지도 않겠지만 최선을 다했다. 당장 죽이지는 않을 것이라는 생각 때문이었다. 이유야 어쨌든 총을 든 상대에게 발길질을 했다는 건 살려두라는 명령이 내려왔다는 뜻이었다. 살아 있으면 기회를 잡을 수도 있었다.

그런데 놈들 뒤로 시커먼 그림자 하나가 유령처럼 다가왔다.

'이건 또 뭐야?'

중간보스쯤 되려니 싶어 눈을 가늘게 떴다. 순간, 뒤쪽에 있던 두 놈이 갑자기 픽픽 쓰러졌다.

픽! 퍼벅!

잇단 총성, 소음기에 막힌 탁한 소리였다. 그리고 김경필의 얼굴에도 뜨거운 피가 훅 끼쳐왔다. 본능적으로 눈을 감았다 뜨면서 히죽 웃었다. 놀라 고개를 놀리던 놈의 머리 한쪽이 사라졌고 멱살을 잡은 손에서 스르르 힘이 빠져나갔다. 놈과 함께 뒤엉켜 주저앉아 뒹굴면서 그림자를 올려다보았다. 그러나 보이는 건 실루엣뿐이었다. 불타는 차량의 섬광 때문이지만 어차피 눈이 거의 감겨서 사물의 형체도 분간이 되지 않았다. 사내가 무어라 중얼거리자 날카로운 스키드 음이 터지고 야수의 눈 같은 시뻘건 헤드램프 두 개가 무서운 속도로 달려들었다.

*

폭우가 모든 소리를 집어삼키고 있었다. 양동이로 물을 퍼붓는 수준의 엄청난 양이어서 최고 속도로 돌리는 와이퍼도 전혀 소용이 없었다. 주행이 어렵다는 결론을 내린 차승호는 일단 길 한쪽에 차를 세우고 미등까지 모두 끈 다음, 뒷자리로 넘어와 김경필의 상태를 살폈다. 의식은 흐릿해 보였다. 급한 대로 지혈을 했지만 문자 그대로 응급조치일 뿐, 출혈은 이미 지프 뒷자리 시트와 바닥이 철벅거릴 정

도로 심각했다. 부상 부위에 손을 대자 김경필이 가늘게 신음 소리를
냈다.

"으……."

"정신이 좀 드나?"

"여……기 어디야?"

"반다르 외곽 도로다, 거기선 빠져나왔어."

김경필은 거의 감긴 눈꺼풀을 파르르 떨었다. 그의 얼굴을 확인
하고 싶은 모양이었다. 그러나 초점이 잡히지 않는지 새된 목소리를
냈다.

"너…… 어떻게 여기 있지?"

"니 걱정이나 해, 부상 심각하다."

"제기랄, 되는 일이 없군. 알리나 그년은 어떻게 됐지?"

"멀쩡하겠지, 너 하나 데리고 나오는 것도 벅찼으니까."

"크흐흐……."

김경필은 킥킥대고 몇 번 웃더니 한 움큼 피를 게워냈다. 호흡도
약간 불안정한 상태, 눈두덩이 너무 부어올라 눈은 양쪽 다 거의 감
겼고 부러진 갈비뼈 두 개가 옆구리 한쪽을 비죽이 뚫고 나와 있었
다. 다리에 박힌 파편은 너무 깊어서 손댈 엄두도 낼 수 없었다. 비록
전문가는 아니지만 병원으로 가도 어렵다는 건 알 수 있었다.

한 번 더 피를 게워낸 김경필이 어렵게 한쪽 손을 배 위로 올려 손
가락 두 개를 펴 보였다.

"담배 하나 주겠나?"

차승호는 두말없이 담배에 불을 붙여 입에 물려주었다. 어렵게 한

모금 빨아들인 김경필은 턱을 끌어당기면서 고통스럽게 기침을 토해냈다.

"콜록…… 씨발, 꼬라지 더럽네. 기대와는 많이 다른 시간과 장소에서 추하게 끝을 보는 것 같군."

"아직 끝나지 않았어."

"같잖게 애쓸 필요 없다, 후후. 지금 응급실 들어가도 어렵다는 건 나도 알아."

"노력해봐, 병원에 내려주고 뜨지."

"됐어, 허튼소리 치워라. 궁금한 게 많은 모양인데 가기 전에 인심이나 좀 쓰지, 나 정신 잃기 전에 던져봐."

김경필은 심하게 부어오른 입술을 일그러트렸다. 웃는 모양인데 보는 입장에서는 우는 것 같았다. 그도 쓰게 웃으면서 말을 받았다.

"나한테 시킬 일이 있었지?"

김경필은 고개만 살짝 끄덕였다. 그가 다시 물었다.

"내 가족까지 끌어들인 이유가 뭐냐? 뭘 원하는 거지?"

김경필은 그를 물끄러미 쳐다보더니 갑자기 이름 하나를 내뱉듯 툭 던졌다.

"남상근."

"남상근? 남상근 장관?"

"내가 한국을 뜰 때 임무는 두 가지였어. 하나는 둥펑 미사일 원형을 어디로든 빼돌리거나 불가하면 파괴하는 것, 다른 하나는 암살 명령을 전달하는 것, 후후. 이것으로 임무는 완수한 셈이로군."

"암살 명령을 전달해?"

"남상근을 암살하게 할 것, 가능한 사고로 위장하되 어려우면 그
냥 쏴도 상관없다. 여기까지가 내가 받은 두번째 명령이야. 눈에 띄
지 않고 남상근에게 가까이 갈 수 있는 유일한 인물이 너고 레버리
지도 충분하잖아. 네 누나하고 조카, 거기에 한희진 그 꼬마를 더하
면 인질로 최고니까."

"미친 거 아냐? 현직 국방부 장관을 암살해? 왜?"

"영감 말로는 너무 가까이 왔다더군, 말을 그대로 옮기면 이래. '주
류 출신도 아니고 군 출신도 아닌 젊은 놈이 장관이라고 거들먹거리
면서 국방부 정보팀 전체를 비리 수사에 투입해서'야."

"뒷감당은 어떻게 하려고?"

"사고로 위장하는 게 최선이지만 안 돼도 상관없어. 북한 소행으
로 몰아붙이면 그만이니까. 북한 놈들 지난 한 달 가까이 거의 매일
장관 실명까지 거론하면서 험악한 욕설을 퍼붓는 판국이니 이상할
것도 없잖아. 암살 위협도 몇 번 했으니까 일이 터지면 자연스럽게
우익 세력의 목소리가 높아지는 정국이 조성될 거다. 거기에 자신이
세상에서 가장 똑똑한 줄 아는 멍청한 극우 인사 몇 놈과 돈에 정신
팔린 매체 몇 개만 동원하면 거기서 게임 끝이야."

"금융권 비리나 고위직 성추행 건 같은 대형 이슈들을 현직 장관
에 대한 테러로 깡그리 덮어버리시겠다?"

"정치라는 게 원래 그래, 대선 패배 이후 불리해진 정국을 단번에
뒤집는 신의 한수가 되는 거지. 의심하는 놈은 그 자리에서 빨갱이가
되거든, 후후."

"놀고들 자빠졌네, 우익? 우익을 도매금으로 매도하지 마라. 그것

들은 우익이 아냐, 그냥 우익을 사칭한 사기꾼 집단이라고 하는 게 정확해.”

“후후, 뭐 생각하기 나름이겠지. 마지막으로 넌 본의 아니게 남파 간첩이 되는 거야. 그 정도는 충분히 예상할 수 있지?”

“이야기 구질구질해지는군.”

“아마 작전이 끝난 뒤에는 감시조가 네 뒤통수에 한 발 박아주는 게 마지막 수순일 거다. 재주껏 빠져나와 봐. 그리고…… 보너스로 하나만 더 팁을 주지. 지금 네 가족을 감시하는 건 국정원이야. 김영범 휘하의 필드 조직에 인계한 것 같더라. 김영범이 정보실장으로 승차한 건 알지?”

“뭐?”

별로 떠올리고 싶지 않은 얼굴이었다. 애당초 이 진흙탕에 그를 처박은 것도 김영범 그 인간이었다.

‘정보실장이 될 정도로 거물이었나?’

잘해야 중견 헤드헌터 정도라고 생각했는데 그건 큰 착각이었다. 이러면 상황이 더 나빠져버린 셈이었다. 오지연도 관련이 있다는 뜻이고 그건 곧 차인숙을 어렵지 않게 밀착 감시할 수 있다는 뜻이기도 했다.

‘미치겠군.’

새로 담배를 꺼내 불을 붙이고 창문을 조금 열어 바깥공기를 끌어들였다. 스콜성 호우답게 빗줄기는 잠깐 사이에 많이 가늘어져 있었다. 숨통이 좀 트이는 느낌, 열린 문틈으로 연기를 내뱉고 다시 물었다.

"1급 비밀에 가까운 이야기를 왜 술술 털어놓는 거지? 수상하다는 생각이 먼저 드는데?"

"후후, 요즘 맘에 안 드는 놈들 너무 많아져서 짜증나던 참이었거든. 너한테는 그동안 빚을 좀 진 것 같기도 하고…… 해서 뒈지기 전에 초나 확 치자는 거지, 후후. 믿든 말든 그건 네 마음이야."

"초 제대로 치려면 누가 지시했는지부터 읊어."

김경필은 그의 얼굴을 물끄러미 올려다보더니 동문서답을 했다.

"홍콩 여행 어때?"

"뭐?"

"오정명이 거기 있다."

"명령을 내린 사람이 오정명이라는 뜻이냐?"

"그건 아냐, 명령은 오로지 오프라인 프로세스로 전달된다. 기본적인 보고가 오정명을 통해 이루어질 뿐이야. 더 자세한 내막을 알려면 오정명을 털어라. 다음 주에 거기서 무슨 모임이 있다고 들었다."

"6인회 모임이냐?"

"많이 안다고 함부로 주워섬기지 마라, 그러다 다쳐."

"대답이나 해."

"오정명은 아직 거기 낄 수준의 거물이 아니다. 새 대통령의 정책 윤곽이 대충 나왔으니 그 인간들도 모여서 새로 방향을 잡긴 해야겠지만 이번엔 아냐."

"가보면 알겠지. 장소는?"

"만다린 호텔, 거기서 헬기로 마카오 그랜드리스보아 호텔까지 출퇴근하다시피 한다더라. 거기 카지노 뒤져봐."

“얼씨구? 군인이 해외에서 카지노? 아주 지랄을 하는군. 매스컴은 신경 안 쓰나 보지.”

“명색이 군 첩보부대 수장이야, 실명 여권을 들고 나왔을까?”

“딴은 그러네, 그렇다 치고…… 마지막으로 하나만 더 묻자. 네가 가져간 하드디스크는 누구 손에 있지?”

“오정명.”

그는 담배를 입으로 가져가다 말고 우뚝 멈췄다. 갑자기 장명신이 홍콩에 있다는 사실에 생각이 미친 것, 만일 오정명이 하드디스크를 들고 홍콩으로 날아왔다면 이야기는 많이 달라졌다.

‘이건 또 뭔 놈의 시추에이션이야?’

오정명이 하드디스크를 들고 홍콩으로 왔다면 문제의 하드디스크 세 개가 모두 모이는 자리일 수도 있었다. 그리고 장명신이 포함된 모임일 가능성도 배제할 수 없었다. 순식간에 머릿속이 복잡해졌다. 그가 질문을 멈추자 김경필이 바닥에 고인 피 웅덩이에 담배를 던지며 물었다.

“돈 좀 있나?”

“돈?”

“장례비는 있어야 병원 침대라도 써볼 거 아니냐, 여유 되는 대로 줘. 근처 병원 어디다 던져놓고 떠라. 내 소지품은 전부 태워주면 좋겠군.”

“알리나 그 여자 정보망이 만만치 않을 텐데?”

김경필은 고개를 슬쩍 내려 자신의 옆구리를 내려다본 다음, 다시 그와 눈을 마주쳤다.

"달라질 게 별로 없잖아, 그년 문제는 그때 생각해도 늦지 않을 것 같은데?"

"행운을 빈다."

그는 배낭을 뒤져 돌돌 말아놓은 1만 달러 지폐 뭉치 하나를 꺼내 김경필의 바지 주머니에 구겨 넣었다. 그가 해줄 수 있는 최소한의 예우였다. 미화 1만 달러면 말레이시아에 비해 상대적으로 비싼 브루나이 물가를 고려해도 몇 달 치료비는 될 것이었다. 생존할 가능성은 어차피 바닥이지만 이래저래 돈은 필요할 것이었다. 김경필은 다시 얼굴을 일그러트리더니 그냥 눈을 감아버렸다.

잠시 김경필의 얼굴을 내려다본 그는 피우던 장초를 창밖에 던져버리고 운전석으로 옮겨 간 한희진의 어깨를 두드렸다.

"차 돌려라."

비는 여전히, 그리고 줄기차게 창을 두드렸다.

드러나는 진실

시끄럽게 떠들어대던 중국인 둘이 나간 뒤여서 VIP 룸의 분위기
는 훨씬 도박판다워진 것 같았다. 오정명은 손끝에 걸리는 빳빳한 새
카드의 감촉을 음미하면서 한쪽 구석을 슬쩍 들었다. 하트 퀸, 바닥
에 깔린 패와 합치면 스트레이트였다. 상대도 플러시와 스트레이트
가 가능했지만 퀸 하이 스트레이트면 무적이었다. 표정 관리를 하면
서 건너편 중국인의 기색을 살폈다. 판돈의 절반쯤을 쓸어간 타짜답
게 시종일관 무덤덤했다.

"체크."

다음은 왜소한 체구의 일본인인데 역시 테이블을 쳤다. 오정명은
가지고 있는 칩의 3분의 1쯤을 뚝 잘라 테이블 가운데로 밀어냈다.

"50만."

홍콩달러로 30만 달러면 한국 돈으로는 무려 7천만 원에 가까운 액수였다. 상당한 거액인데도 중국인은 무표정한 얼굴로 칩을 던졌다.

"콜."

"제길, 난 죽었어."

일본인은 투덜거리면서 카드를 던졌다. 딜러가 카드를 챙기며 중국인에게 말했다.

"베팅 끝. 오픈하십쇼, 선생님."

중국인은 무표정한 얼굴로 10카드 두 장을 내려놓았다. 딜러가 복창하듯 기계적인 목소리를 냈다.

"텐 트리플입니다."

"오!"

먼저 카드를 덮은 사람들의 입에서 나직하게 탄성이 흘러나왔다. 텍사스 홀덤에서 트리플 정도면 상당히 높은 패라 당연한 반응이었다. 씩 웃은 오정명은 자신만만하게 퀸을 먼저 까놓고 한 손가락으로 나머지 잭 카드를 뒤집었다. 딜러가 그의 카드를 바닥에 깔린 카드 사이에 끼우며 말했다.

"퀸 하이 스트레이트 원, 축하합니다."

"어, 고마워요."

오정명은 칩을 챙기면서 득의의 미소를 머금었다. 다시 한 번 거액이 걸린 판에서 이긴 것, 오늘만 벌써 세번째였다. 자잘한 게임은 내주다가 빅게임을 연속해서 세 번 이겼고 덕분에 한국 돈 2억 원 이상을 불린 상태였다. 이만하면 하루 실적으로 꽤 괜찮았다. 지난번 손해를 복구하려면 두 배는 더 따야 본전을 맞추지만 오늘은 이 정도

선에서 참기로 했다. 운이라는 요물은 매번 찾아오는 게 아니었다.

거액 베팅의 스릴도 충분히 느꼈고 무엇보다 슬슬 허기가 느껴지고 있었다. 분위기 봐서 판을 접고 간단한 식사와 마사지로 피로를 풀 생각, 남은 시간은 부담 없는 바카라 판에 끼어서 기분 좋게 하루를 마무리하면 될 것 같았다. 칩 박스를 정리해 앞으로 끌어당기고 500달러 칩 하나를 딜러에게 던졌다.

"감사합니다, 선생님."

그리고 딜러가 팁 박스에 칩을 떨어트린 이후에는 자잘한 판이 지루하게 이어졌다. 일어설 타이밍을 잡은 셈이었다. 그는 다시 100달러 칩 두 개를 딜러에게 던지고 뒤에 서 있던 매니저에게 손짓을 했다.

"잠깐 쉬었으면 좋겠는데 칩 좀 정리해주겠나?"

"예, 선생님."

딜러 뒤에 서 있던 매니저가 재빨리 다가와 칩 박스를 정리하더니 13만 달러를 카드 모양의 고액권 칩 네 개로 바꿔 그의 앞으로 내밀었다.

"고맙소."

오정명은 고액 칩을 손가방에 넣고 건너편 중국인과 일본인에게 인사를 건넸다.

"좋은 게임이었습니다, 즐거운 시간 보내세요."

중국인은 여전히 무심한 표정의 목례로 인사를 받았고 일본인은 불쾌한 얼굴로 그를 외면했다. 많이 잃은 상태에서 따고 도망가는 사람이 달가울 리 없었다. 나머지 칩은 주머니에 떨어트리고 느긋하게 일어섰다.

밖으로 나오자 카지노에서 붙여준 경호원이 재빨리 몇 발 뒤로 따라붙었다. 홍콩 특수경찰 출신으로 헬기가 도착할 때부터 따라다닌 친구인데 경호원 티가 전혀 나지 않고 반면에 호텔 시설을 이용할 때는 제법 쓸모가 많았다. 귀청을 때리는 경쾌한 슬롯머신 소리를 따라 카지노 쪽으로 몇 발걸음을 옮기자 입구의 소파에서 기무사 경호요원이 천천히 일어났다. 평범한 반바지에 티셔츠 차림으로 가능한 멀리 떨어져 티를 내지 않기 위해 노력하고 있지만 눈매나 행동거지 모두 누가 봐도 경호원이었다.

'상관없겠지.'

장난삼아 슬롯머신이라도 몇 번 당길 생각으로 계단을 내려갔다. 카지노 홀은 금방 나타났다. 카드 테이블들이 전부 내려다보이는 난간에 도착해서 게임에 몰두한 꾼들에게 잠시 시선을 던졌다. 테이블마다 빈자리가 보이지 않을 정도로 관광객들은 많았다. 라스베이거스를 밀어낼 기세로 빠르게 떠오르는 거대한 환락의 도시다운 위용이었다. 그리고 중국인들의 큰 목소리가 슬롯머신의 기계음을 뚫고 삐져나오고 있었다.

'시끄러운 것들.'

혀를 차면서 느긋하게 에스컬레이터 쪽으로 돌아 나갔다. 순간, 반대쪽 복도에서 나오는 젊은 여자와 가볍게 어깨를 부딪쳤다. 잘 태운 건강한 피부를 모두 드러낸 끈 민소매에 연두색 초미니스커트를 입은 젊은 여자인데 동공이 저절로 커질 만큼 대단한 미모에다 몸매까지 늘씬했다. 여자는 파우치를 떨어트리면서 물러서더니 얼른 고개를 숙였다.

"어머, 죄송해요."

약간은 부자연스럽게 느껴지는 일본어, 그를 일본인으로 보는 모양이었다. 반사적으로 백을 집어주려고 허리를 숙였는데 여자도 허리를 숙이면서 가슴골이 훤히 드러났다. 저절로 눈이 가는 상황, 미모는 둘째치고 늘씬한 다리와 가슴골 때문에 눈이 더 즐거웠다. 백을 집어주면서 일단 영어로 대답했다.

"실례했습니다, 아가씨."

"감사합니다."

목례를 하고 여자에게 먼저 가라는 손짓을 한 뒤, 그냥 돌아섰다. 여자와 부딪친 것이 도박장에 들어가지 말라는 경고로 느껴졌기 때문이었다. 미신 같지만 도박장에 드나들면서 점점 더 이런 작은 신호를 따라가게 되는 것 같았다.

2층으로 올라가 레스토랑 '더 에이트'로 직행했다. 최고급 딤섬을 괜찮은 가격에 먹을 수 있는 음식점이라 지난 이틀 연속해서 식사를 해결한 곳이었다. 진짜 금붕어들이 오가는 화려한 수조 위를 지나자 스포트 조명을 때린 숫자 '8' 형태의 구조물이 나타났다. 중국인들에게 행운과 돈을 상징하는 8을 강조한 일종의 간판이었다. 상들리에 아래에 서 있던 웨이트리스 하나가 그를 알아보고 재빨리 뛰어와 곧장 안쪽 창가 자리로 안내했다. 이틀째 계속 오다 보니 고정석이 되다시피 한 탓일 것이었다.

딤섬 두 가지와 반주로 마실 하우스 와인을 한 잔 시키고 이미 캄캄해진 창밖을 내다보았다. 벌써 밤 8시 20분, 오늘은 홍콩으로 돌아가기 어려웠다. 미팅은 내일 저녁이니 아침에 돌아가 준비를 해도 시간은 충분했다. 방을 알아보는 것도 호텔 측 경호원이 처리해주기로 했으니 신경 쓸 필요가 없었다. 오늘 남은 건 편안한 휴식뿐이었다.

손이 많이 간 복어 모양의 딤섬과 와인이 먼저 테이블에 올라왔다. 딤섬 하나를 씹으면서 와인 잔을 입에 댔다. 그런데 어딘지 낯익은 얼굴이 테이블 반대편에 나타나 요염하게 웃었다. 한쪽 어깨를 드러낸 화려한 파티 드레스 차림의 여자였다. 짙은 스모키 화장 때문에 바로 알아보지는 못했지만 기억을 떠올리는 데는 오랜 시간이 걸리지는 않았다. 장명신의 얼굴이었다.

"안녕하세요, 사령관님. 합석해도 될까요? 저 딤섬 좋아하거든요."

그는 장명신을 올려다보면서 흐릿하게 웃었다. 매번 느끼지만 장명신의 미소만큼은 등골이 서늘하도록 섹시했다.

"앉지."

일단 자리를 권했다. 어떻게 알고 나타났는지는 모르지만 장명신의 명성을 고려하면 크게 어려운 일은 아니었다.

"감사합니다."

장명신이 자리에 앉자 오정명은 웨이터를 불러 하우스 와인과 몇 가지 메뉴를 더 시키고 차분하게 입을 열었다. 용건부터 확인할 필요가 있었다.

"장 사장도 이쪽에 취미가 있으신가?"

장명신은 여유롭게 반문으로 대답을 피해 나갔다.

"많이 따셨어요?"

"맨날 그렇지, 장 사장은?"

"금방 도착한걸요, 밥 먹고 시작할 생각이랍니다."

“딸 생각 하지 말고 즐기다 가시게, 뭐 알아서 잘하겠지만.”

“감사합니다, 기억해두죠.”

“그건 그렇고…… 바쁜 사람이 먼 마카오까지 공연히 날아오지는 않았을 것이고…… 사족 빼고 본론으로 갑시다.”

“또 급하시네요, 사실 본론이랄 것까지는 없어요. 제가 비행기 타는 거 별로 좋아하지 않는데 여기까지 온 건 제 일을 방해한 사람의 핑계를 꼭 듣고 싶어서랍니다. 정말 어쩔 수 없이 비행기를 탔어요.”

“방해?”

“황당하게도 미군이 개입했더군요, 덕분에 피해가 컸어요.”

“무슨 소리를 하는 거요?”

“컨셉을 오리발로 잡으셨나요?”

“이거 봐, 뭔 소리가 하고 싶은지 알 수는 없지만 장소가 좋지 않아.”

“하드디스크는 잘 가지고 계시죠?”

따로 자리를 마련하자는 뉘앙스를 풍겼는데도 장명신은 하드디스크까지 직접적으로 거론하면서 막무가내로 달려들었다. 그리고 서늘한 미소를 머금었는데 위협이 느껴질 만큼 색기가 뚝뚝 떨어졌다. 가능한 표정 관리를 하면서 목소리를 깔았다.

“이봐, 장 사장. 당신이 만능이라는 생각은 버려. 한국에서 계속 활동하려면 몸 사리는 게 신상에 좋아.”

“그럼 질문을 바꿔보죠, 왜죠?”

“도대체 뭘 묻는 거야?”

반문하는 목소리가 퉁명스러워졌지만 장명신은 미소를 지우지 않았다.

"정말 어렵게 빼낸 물건을 엉뚱한 사람들이 채 갔어요. 덕분에 1억 달러가 넘는 어마어마한 손실을 입었고 시장에서의 제 명성에도 심각하게 타격을 입었죠. 그런데 거기 기무사가 관련됐다는 설이 무성하더군요."

"설? 너무 막연한 이야기 아닌가? 그리고 너무 오래된 이야기 같은데?"

"닷새가 그리 오랜 시간은 아니죠. 해명을 들어야겠습니다."

"내가 왜 해명 같은 걸 해야 하지?"

오정명은 일단 반문하고 잠시 장명신의 얼굴을 노려보다가 말을 이었다.

"내가 아이들 하는 일을 일일이 간섭하는 것도 아니고 보고가 전부 올라오지도 않아. 그 우리 아이들이 개입했다는 설에 대한 근거를 먼저 듣고 싶군."

"근거는 명확하답니다. 현장에 있던 바이어가 직접 목격한 일이니까요. 20명 넘게 죽었고 본인도 거의 죽을 뻔했다더군요."

"글쎄, 그런 일이라면 남 장관 아닐까? 얼마 전에 내 요원 일부가 국방부에 파견 나갔는데 몇 사람이 해외에서 연락이 끊어졌다더군. 감이 오지 않나?"

"남상근 장관이 CIA와 선이 닿아 있다는 이야기는 처음 듣는데요? 사령관님이나 조남철 원장님이 흘렸다고 보는 게 더 설득력이 있답니다."

웃는 얼굴이지만 너 아니냐는 의심을 풀풀 풍기는 어조였다. 기분이 더러웠지만 오정명은 가능한 평온한 어조로 말을 받았다.

"CIA라고 생각한다면 더더군다나 나는 아냐, 조 원장이라면 혹시 몰라도."

"정 그렇게 나오시면 어쩔 수 없네요, 공식적으로 거론하는 수밖에요."

"그러시든지, 안 한 일을 했다고 할 수는 없지 않겠나."

"믿지 않는다는 정도는 아시죠? 그럼 재미있게 놀다 가세요. 또 뵙죠."

장명신은 새로 나온 딤섬 하나를 입에 넣으면서 그냥 일어났다. 그리고 빠른 걸음으로 사라져버렸다. 오정명은 고개를 갸웃하면서 남은 와인을 한입에 털어 넣었다. 무엇보다 장명신이 왜 그를 찾아왔는지가 의문스러웠다. 본게임에 들어가기 전에 반응을 보기 위해 건드렸다고 보기에는 과정이 너무 과격했다. 젓가락을 내려놓고 곰곰이 생각해봤지만 해답은 마땅히 떠오르지 않았다.

'제기랄, 천하의 오정명 꼴이 말이 아니로군, 끈 떨어졌다고 이제 로비스트 하나도 감당 못 하는 건가?'

새로 가져온 딤섬 한 바구니를 남겨놓고 그냥 자리에서 일어났다. 곧장 마사지 룸으로 건너갈 생각, 식욕이 갑자기 떨어져서 냄새도 맡기 싫었다.

지하의 스포츠마사지 전문점은 한국의 최고급 스포츠마사지 숍과 별로 다르지 않은 안락한 분위기였다. 전부 별도의 방으로 꾸며져 있고 방마다 라커가 따로 있어서 완벽하지는 않아도 보안에 대해서는 그런대로 안심할 수 있는 구조였다. 뒤따라 들어온 미모의 여자 마사지사가 밝게 웃으며 반바지 하나를 내밀었다.

"옷 갈아입으시고 엎드리세요."

"어, 그러지."

남방계 중국인치고는 제법 미모가 받쳐주는 얼굴에 밝은 갈색으로 염색을 해서 얼핏 한국이나 일본계 아닌가 싶은 여자였다. 그는 선선히 옷을 갈아입고 마사지 침대에 엎드렸다. 일단 쉬면서 머릿속을 정리할 생각, 긴장을 풀고 엎드린 상태로 등을 압박하는 마사지사의 억센 손길에 몸을 맡겼다. 그런데 척추를 따라 차근차근 올라온 여자의 손길이 뒷목을 누르기 시작할 때쯤 느낌이 섬뜩해졌다. 그러나 그뿐, 그는 곧바로 잠이 들었다.

'아이 씨, 이게 무슨……'

한희진은 투덜거리면서 화장실을 나섰다. 입은 건지 벗은 건지 모를 정도로 얇고 짧은 유니폼 때문이었다. 속이 훤히 비치기까지 해서 가슴이 거의 다 보였고 아래도 손바닥만 한 T팬티 하나뿐이라 엄청나게 신경이 쓰였다. 복도 끝에서 잠깐 안쪽을 살피고 근처 카트에서 새 수건을 20장쯤 챙겨 얼굴을 가렸다.

무표정한 얼굴로 경호원 앞까지 걸었다. 경호원은 그녀를 힐끗 보더니 말없이 비켜섰다. 마사지 숍에서 새 수건을 잔뜩 들고 가는 여직원을 막을 사람은 없었다. 그런데 방에 사람이 없었다. 마사지 걸이 있으리라고 생각했는데 방에는 엎어져 잠든 오정명뿐이었다. 재빨리 문을 닫고 수건을 내려놓은 다음, 마사지 침대 아래로 오정명의 얼굴을 확인하고 차승호를 호출했다.

"목표는 확실히 잠든 거 같고 예상대로 마사지하는 여자 없어."

—젠장, 골 때리네.

방에서 밖으로 나온 사람이 없는데 마사지사가 없다는 건 뭔가 이상이 생겼다는 뜻이었다. 얼른 문에 걸린 마사지 걸의 사진과 명찰을 확인했다. 머리를 밝게 염색한 갸름한 얼굴의 중국인 여자고 이름은 한문 약자여서 알아볼 수 없었다.

"가방도 안 보여, 라커 안에 있는 것 같은데 열쇠가 꽂혀 있어."

오정명의 손목이나 발목에 채워져 있어야 할 열쇠가 라커에 꽂혔다면 더 생각할 필요도 없었다. 문제가 생긴 건 확실했다.

—일단 라커 확인해라.

"응."

역시 라커 안에는 옷가지뿐이었다. 바지 주머니까지 모두 뒤졌지만 지갑과 여권, 홍콩의 만다린 호텔 카드 키와 칩이 전부였다. 마지막으로 뒷주머니에 있는 영수증들을 펴보면서 다시 차승호를 호출했다.

"가방 없어, 카드 키가 하나 있는데 만다린 스위트룸 같아."

—다른 건?

"영수증 몇 장, 만다린 호텔 개인 금고 사용료도 있네."

—그거 사진 찍고 나와라, 더 있어 봐야 일만 꼬인다.

"카피."

재빨리 영수증 사진을 찍고 도로 집어넣은 한희진은 문 앞에 서서 크게 심호흡을 했다. 갑자기 손발이 저리는 느낌, 뒤늦게 긴장감이 폭발하고 있었다. 다시 심호흡을 하고 문을 살짝 열었다. 등을 보이고 있던 경호원이 힐끗 그녀를 돌아보았지만 무시하고 지체 없이 나와 문을 닫았다.

다행히 경호원의 눈은 그녀의 다리와 엉덩이를 훑어 내리는 데 여념이 없었다. 온몸에 스멀스멀 벌레가 기어 다니는 것 같았지만 꾹 눌러 참았다. 얼굴에 신경을 쓰는 것보다는 훨씬 나았다. 짙은 화장에 테가 굵은 안경까지 썼지만 신경 써서 본다면 나중에 알아볼 수도 있을 것이었다.

경호원의 눈길은 깨끗이 무시하고 온 길을 되짚어 걸었다. 하지만 몇 걸음 걷지 못하고 한쪽 손으로 벽을 짚었다. 자연스럽게 걸으려했는데 그게 도무지 생각처럼 쉽지가 않았다. 무조건 뛰기만 하던 밀림에서 쫓겨 다닐 때와는 완전히 달랐다. 순간적으로 미간으로 수천 볼트 전기가 통하는 것 같았다.

손발도 심하게 떨려왔고 심장 뛰는 소리가 북 치는 소리처럼 느껴져서 숨 쉬는 것 자체가 힘이 들었다. 한술 더 떠서 익숙지 않은 하이힐까지 문제를 만들었다. 힐을 신고 다닌 경험이 많지 않은 탓이겠지만 중심 잡기도 쉽지 않고 걸음걸이는 자꾸만 뒤엉켰다. 벽을 짚은 채 움직이지 않자 경호원이 그녀의 뒤통수에 대고 영어로 말했다.

"괜찮나?"

한희진은 크게 숨을 몰아쉬고 손을 흔들었다. 정신이 번쩍 나는 느낌, 떨림이 멈추고 발끝에 힘이 들어갔다. 다시 걸을 수 있었다.

"괜찮아요."

다음부터는 비교적 쉬웠다. 코너를 돌고 경호원의 시야를 벗어났다는 판단이 서자 걸음이 정상으로 돌아왔다. 뛰다시피 화장실로 직행, 들어가면서 똑같은 유니폼을 입은 다른 마사지사와 마주쳤지만 신경 쓰지 않았다.

화장실 칸칸마다 문을 열어 사람이 있는지 확인하고 세면대 밑에 숨겨둔 옷과 운동화를 꺼냈다. 겉옷만 신속하게 갈아입고 안경과 유니폼은 그대로 쓰레기통에 처박았다. 미니스커트에 끈 민소매뿐이라 그게 그거지만 속이 비치지 않는다는 점 하나만으로도 마음이 편해졌다. 마지막으로 묶은 머리를 풀어헤치고 거울을 보면서 화장실을 나섰다.

"나간다."

―카피.

빠른 걸음으로 로비까지 나와 마지막 자동문 앞에서 멈춰 섰다. 조용해서 신경 쓰이는 공간, 마사지 숍 안에서 CCTV가 있는 유일한 공간이었다. 카메라에 얼굴이 잡히지 않도록 신경을 써야 했고 카운터의 직원 두 사람과 호텔 측 경호원의 시선도 상당히 부담스러웠다. 타이밍 맞춰 도와주기로 한 차승호를 믿는 수밖에 없었다.

한 발 다가서자 문은 기다렸다는 듯 스르르 열렸다. 직원 두 사람의 시선이 돌아왔다가 금방 되돌아갔다. 큼직한 벙거지 모자를 눌러 쓴 차승호가 문 앞에서 손을 흔들고 있었다.

"끝났어?"

절묘하게 시간을 맞춰 들어온 셈, 남자가 도박에 빠져 있는 동안 여자가 호텔의 각종 편의 시설들을 이용하는 건 흔한 일이라 딱히 어색할 일은 없을 것 같았다. 어색하지만 칭찬을 늘어놓으면서 뛰어가 허리를 껴안았다.

"응, 자기도 할래?"

"아니, 가자."

직원들의 건네는 인사말은 외면하고 차승호의 팔을 끌어당겼다. 숨이라도 제대로 쉬려면 당장 현장을 벗어나야 했다. 비틀거리는 그녀의 허리를 끌어안은 차승호가 호텔 쇼핑센터 쪽으로 방향을 잡으며 물었다.

"목표 죽지 않았지?"

"살아 있어."

"몰래 드나드는 통로가 있다는 이야기네."

"그런 것 같아."

"일단 사람은 다치지 않고 물건만 챙기겠다는 뜻인 것 같은데…… 가방 상처 내지 않고 열 수 있는 전문가에게 가져다줬다고 보면 될 것 같고, 하드디스크가 있든 없든 가방은 원위치시키겠네. 이러면 오정명 그 인간이 디스크를 들고 다닐 정도로 멍청하지 않기를 바라는 수밖에 없겠다."

"상황 파악될 때까지 기다릴 거야?"

"그래야지. 오정명 그 인간 깨났을 때의 반응부터 보자. 디스크를 가지고 있었으면 난리가 날 거고 그렇지 않으면 조용하겠지."

"그런데 아까 두 사람 말하는 거 봐서는 아줌마도 한패 같던데 왜 디스크를 노려? 같은 편 아냐?"

"글쎄다, 돌아가는 꼴이 한 발 걸쳤다고 보는 게 맞는데…… 해석이 좀 난해하다. 지금으로서는 세력 간에 알력이 생겼다고 보는 게 맞을 것 같다. 정권 교체 직후라 분쟁의 가능성은 충분해."

"어휴, 진짜 아군이 아군이 아니고 적이 적이 아니네."

"원래 그런 바닥이야."

"참, 그 아줌마 미군이 미사일 가져간 거 알고 있던데 그거 알리나가 알려줬을까?"

"그렇겠지, 알리나 측에서 연락이 갔다고 보는 게 맞을 거야. 그러니 기무사 측에서 CIA에 정보를 흘렸다고 확신하겠지."

"그런데도 연락할 거야? 안 하는 게 안전할 거 같은데?"

"아직 고민 중이다, 좀더 생각해보자."

노출의 위험을 감수하면서까지 직접 도청기를 심은 덕에 약간의 정보를 입수했지만 아직도 모르는 것이 너무 많았다. 생각 같아서는 장명신은 물론이고 오정명까지 모조리 박살내고 배후를 캐고 싶었다. 그러나 위험부담이 너무 컸다. 더구나 기무사령관씩이나 되는 오정명에게 배후가 되는 인물이라면 상상을 초월하는 거물일 가능성이 높았다. 한희진이 걱정스러운 표정으로 다시 물었다.

"우리가 죽은 걸로 알고 있음 더 좋지 않을까?"

"사실 그게 최선이지, 하지만 장명신이 우리가 죽었다고 생각하지 않을 거라는 게 문제야."

"왜?"

"알리나가 우리 시체를 본 게 아니잖아. 알리나가 있는 그대로 전달했다고 가정하면 장명신은 내가 말레이시아 마약상들의 손에 있다고 생각할 거야. 그리고 얼마든지 자력 탈출이 가능하다고 판단하겠지. 내가 장명신의 입장이라면 오정명의 배후 인물들이 우리가 죽었다고 판단하도록 놔둘 것 같지 않다.”

이유야 어쨌든 배후 인물들과의 모임에 참석할 정도라면 그 정도의 정보는 당연히 공유할 것이었다. 거기에 오지연의 존재도 문제였다. 오지연 역시 그가 죽었다고는 절대 생각하지 않을 것이고 그건 곧 차인숙에 대한 위협이 사라지지 않는다는 뜻이기도 했다. 남상근에 대한 암살 기도는 여전히 진행형이었다.

“지금은 정보 수집이 먼저다, 결정은 그다음에 해도 늦지 않아. 일단 오정명의 반응을 보자. 아까 저기서 커피 마셨지?”

“응, 2층 창가에 앉으면 오가는 사람 다 보여.”

두 사람은 통로가 내려다보이는 커피숍 창가에 자리를 잡고 노트북에서 흘러나오는 소리에 다시 귀를 기울였다. 그러나 음료수 한 잔을 다 마시고 새 음료수를 가져올 때까지도 특별한 움직임은 없었다. 배가 고프다는 생각에 쿠키 몇 개를 더 사 들고 돌아오려는데 한희진이 빨리 오라고 손을 흔들었다.

“오빠, 빨리.”

서둘러 자리로 돌아와 이어폰을 꽂았다. 가장 먼저 들리는 소리는 문 여닫는 소음이었다. 이어 잠에서 깬 오정명의 걸걸한 목소리가 들려왔다.

―내……가 잠들었었나?

―네, 코까지 고셨는걸요?

―어, 그래. 거기, 거기, 시원하네.

소리가 작아서 의미를 분간하기 어려웠지만 대부분 오정명의 앓는 소리였다. 어색하지 않도록 몇 군데 마사지를 더 하는 것 같았다.

잠시 후, 여자의 간드러진 목소리가 이어지고 마침내 라커 여는 소리가 들렸다. 역시 가방으로 인한 소란은 없었다.

"괜한 짓을 한 셈이네."

사실 오정명이 하드디스크를 가지고 다녔을 가능성은 별로 높지 않았다. 명색이 정보기관 수장인데 중요한 물건을 들고 마사지나 받으러 다니는 멍청한 짓은 하지 않을 것이었다. 지금으로서는 홍콩의 만다린 호텔 개인 금고가 하드디스크를 보관한 장소 같다는 첩보 정도로 만족해야 했다. 마사지사가 누구의 사주를 받았는지는 모르지만 그쪽도 하드디스크를 챙기는 건 실패였다.

몇 마디 어수선한 대화가 오가고 다시 잡다한 소음만 이어졌다. 그리고 커피숍 앞 통로로 반질거리는 오정명의 얼굴이 나타났다. 손가방은 놈의 손에 그대로 들려 있었고 몇 걸음 떨어져서 차례차례 따라가는 경호원 둘의 모습도 보였다. 그는 곧바로 노트북을 덮고 일어섰다.

"가자."

거리를 유지하면서 도청기 전원이 다 될 때까지 계속 들어볼 생각, 그런데 한희진이 그의 손을 잡았다.

"저 여자야, 사진 봤어."

"응?"

"저기 밝은 갈색 생머리 여자, 저 여자가 마사지사야."

한희진이 가리킨 여자는 빠른 걸음으로 호텔 로비 쪽으로 걷고 있었다. 흰색 블라우스에 검은 바지를 입었는데 중국 남방계 출신 여자치고는 비교적 윤곽이 뚜렷하고 키가 컸다.

"확실해?"

"응, 그런 거 같아."

"일단 나가자."

여자를 일별하고 곧장 커피숍을 나섰다. 오정명의 가방을 노렸다면 여자가 하드디스크의 존재를 아는 누군가의 지시를 받았다는 뜻이었다. 정황상 장명신일 가능성이 가장 높지만 확인은 필요했다. 가능한 멀리 떨어져 여자의 뒤를 따라가면서 빠르게 상황을 정리했다.

"난 저 여자 따라갈 테니까 카지노에서 기다려라. 절대 가까이 가지 말고 멀리서 그냥 슬롯머신 당기고 있어. 수신 1킬로미터까지는 문제없으니까 컴퓨터에 신경 쓸 필요 없다. 감청할 생각하지 말고 녹음만 해, 알지?"

"응."

"그리고 목표가 호텔 외부로 나가도 절대 따라가지 마. 너도 알다시피 오정명은 오늘 홍콩으로 돌아가지 않으니까 밖으로 나가면 그냥 방으로 올라가서 기다려. 장명신이 근처에 있으니까 매사 조심하고 쫓기는 상황이 아니면 절대 카지노 벗어나지 마라."

"알았네요, 아저씨. 잔소리 그만하고 오빠나 조심해."

"후후, 간다."

한희진을 뺨을 슬쩍 꼬집어주고 여자를 따라 호텔 로비로 향했다. 여자는 계속 빠른 걸음으로 호텔을 벗어나더니 그대로 인파 속으로 들어갔다. 많은 사람들이 카지노에 들어앉은 시간인데도 야경을 구경하러 나온 사람들도 제법 많아서 거리를 두는 게 쉽지만은 않았다. 덕분에 짧게 뛰고 걷는 것을 한동안 반복해야 했다.

5분 넘게 지루하게 이어지던 미행이 끝난 건 빌딩들의 화려한 네온사인이 사라지기 시작할 무렵이었다. 빌딩들의 높이가 현격하게 줄어들고 비좁은 골목들이 나타나자 여자가 우중충한 해변 방향 골목으로 들어가버린 것, 차승호는 급히 골목 입구로 뛰어가 다음 벽에 기댄 채 안을 들여다보았다. 갑자기 어두워져서인지 보이는 건 많지 않았다. 눈을 한 번 깜빡여 암적응을 하고 나자 멀리서 빠른 속도로 달리는 실루엣이 눈에 들어왔다.

'젠장, 눈치챘네.'

미행에는 나름 소질이 있다고 생각했는데 망신살이 뻗친 셈이었다. 내심 길바닥의 중국인들에 비해 너무 큰 키 때문이라고 우기면서 뛰기 시작했다. 거리가 조금 벌어졌지만 여자의 속도를 따라잡는 건 어렵지 않을 것이었다.

그런데 거리가 많이 줄어들었다 싶은 순간, 여자가 다시 방향을 꺾어 더 좁은 골목으로 들어갔다. 쓰레기들이 엄청나게 널린 캄캄한 골목이었다. 골목 초입에 발을 들여놓자마자 지독한 악취가 코를 찔렀다. 일단 가까운 계단 아래 무릎을 꿇었다. 무조건 뛰어들 수는 없으니 여자의 위치부터 확인할 생각이었다. 순간, 탁한 총성과 함께 날카로운 소닉붐이 뺨을 스쳤다.

핑!

'윽!'

본능적으로 계단 아래에다 머리를 박혔다. 다시 총성이 터지고 계단에서 불똥이 튀었다. 얼마 떨어지지 않은 쓰레기통 뒤로 총구 화염이 보였다.

'킬러였나?'

소음기를 사용했다는 건 정보계통에서 일하는 요원이나 프로페셔널 킬러라는 의미였다. 만만치 않은 상대, 그러나 유사시에는 사살해도 문제가 생기지 않을 거라는 이점은 있었다. 그런데 사격 후 돌아서는 자세가 영 어색했다. 사격이 꽤나 정확한데 반해 몸놀림은 어딘지 허둥대는 것 같았다.

일단 권총에 소음기를 끼우고 건너편의 플라스틱 박스들 뒤로 몸을 날렸다. 여자는 박스에다 몇 발 더 쏘더니 뛰기 시작했다. 몇 걸음 뛰고 다시 한 번 돌아서 두 발, 다음부터는 아예 돌아섰다. 뒤는 보지 않고 오로지 뛰는 데 집중하는 것 같았다. 그런데도 여기저기 부딪치는 소리가 난무했다.

'뭐지?'

얼마 가지 못하고 제풀에 주저앉을 것 같은 느낌, 느낌상 경험이 부족한 것 같았다. 그러나 시간이 그의 편이 아니었다. 어딘가 있을지도 모르는 백업 요원의 존재 때문, 여자가 프로페셔널 킬러라면 단독 작전이 가능하다고 판단하겠지만 움직임만으로 보면 베테랑은 절대 아니었다.

결국 요원이라는 뜻인데 그렇다면 무조건 백업 요원이 존재했다. 철수 과정이라고 해도 경험이 많지 않은 요원을 투입했으니 멀지 않은 곳에서 기다릴 가능성이 높았다. 단시간 내에 처리하지 못하면 상황이 복잡해질 수 있었다.

'속전속결이다.'

전속력으로 뛰기 시작했다. 거리는 순식간에 줄어들었고 여자는 밝아지기 시작한 골목 끝에 멈춰 서더니 두 발을 더 쐈다. 가까운 쓰레기 더미 뒤로 몸을 날려 무릎을 꿇었다. 응사를 하려고 했지만 여자는 곧바로 골목을 벗어나 해변으로 뛰어나갔다.

'귀찮게 하는군.'

골목 외부는 수백 개의 컨테이너들과 철책이 가로막고 있었다. 컨테이너 야적장인 것 같았다. 여자는 벌써 야적장 안으로 들어가고 있었다. 안에서 해안 쪽으로 방향을 트는 여자의 위치를 가늠하고 눈앞의 야적장 철책 두 개를 단숨에 넘어버렸다. 직접 컨테이너 야적장 내부로 들어온 것, 여기서 승부를 낼 생각이었다.

컨테이너 사이를 전력으로 뛰면서 여자의 위치를 다시 확인했다. 다행히 여자는 컨테이너 대여섯 개 너머에서 대각선 방향으로 뛰고 있었다. 그가 있는 위치에서 야적장 중앙의 공터만 가로지르면 여자의 이동 경로를 차단할 수 있을 것 같았다. 즉시 공터를 가로질러 다시 컨테이너 사이로 들어갔다.

3층으로 쌓인 컨테이너 서너 칸을 통과하자 여자가 다시 보였다. 거리는 계속 줄어들어 50미터 안쪽이었다. 컨테이너 사이에 기대서서 눈만 내밀었다. 거리는 더 줄어들었다. 권총은 허리춤으로 갈무리하고 단검을 뽑아 말아 쥐었다. 근접전으로 제압할 생각, 많이 느려진 발자국 소리가 다가왔다. 지쳤는지 발은 무겁고 호흡도 상당히 거칠어 보였다. 다시 몇 초가 흐르자 발자국 소리가 더 느려졌다. 이제는 걷는 느낌인데 전화로 무언가 이야기를 하는 것 같았다.

'중국인?'

확실히 중국어였다. 의사소통에 살짝 의문부호가 찍혔지만 걱정하지 않기로 했다. 오정명과 짧게라도 영어로 대화를 나눴으니 일단 잡아놓고 볼 생각이었다. 발자국 소리는 이내 코앞까지 다가왔다. 그리고 눈앞을 지나치는 순간, 왼발을 내밀어 다리를 걸면서 중심을 잃은 여자의 얼굴을 가볍게 걷어찼다.

퍽!

여자는 반사적으로 양손을 들어 얼굴을 막았지만 머리는 순간적으로 뒤로 젖혀졌다.

"악!"

여자의 손에 들린 권총을 쳐내면서 그대로 반대편 컨테이너에 밀어붙였다. 그러나 여자는 와중에도 노련하게 발로 하체 공격을 들어왔다. 가볍게 오른발을 들어 하체를 커버했으나 여자의 무릎은 그의 다리와 부딪치자마자 기괴하게 뒤로 꺾이면서 그의 얼굴을 노렸다. 순간적으로 다리가 180도 넘게 벌어지는 섬뜩한 공격이었다. 어렵게 머리를 틀어 피하면서 여자의 하체를 번쩍 들어 올려 거꾸로 처박았다.

그러나 여자는 뒷발로 컨테이너를 차면서 그의 허리를 끌어안고 넘어가면서 절묘하게 치명상을 피해갔다. 온전히 체중을 싣지 못하게 만들고 같이 나뒹굴어버린 것, 거기다 여자의 발이 목을 휘감아왔다.

'제기랄!'

허리힘으로 하체를 들어 위로 넘어가면서 무릎으로 여자의 안면을 찍었다.

쩍!

'응?'

기대하지 않았던 공격인데 예상외로 깔끔한 정타가 나왔다. 목을 감은 다리에 힘이 풀리고 여자는 그대로 널브러져버렸다. 떨어져 나오면서 여자의 관자놀이에 다시 일격을 가하고 한 바퀴 굴러 자세를 바로잡았다.

여자는 늘어진 채 일어나지 못했다. 무릎에 걸린 감각이 중심에 정확하게 맞은 축구공 같은 느낌, 너무 정확하게 걸리는 통에 죽지 않았을까 살짝 걱정이 될 정도였다. 다행히 호흡은 남아 있었다. 그리고 안면 공격이 제대로 들어간 이유를 알 것 같았다. 여자의 오른쪽 어깨가 완전히 탈구되어 반대로 꺾여 있었다.

일단 권총과 전화기를 챙기고 주머니를 뒤졌다. 신분증이 될 만한 것들은 없었다. 나온 건 현금 약간과 10만 홍콩달러짜리 카지노 칩 하나가 전부였다.

'제길.'

일단 컨테이너 사이로 끌고 들어와 엎어놓고 여자의 허리띠를 벗겨 손을 뒤로 묶은 다음, 뒤집었다. 그리고 뺨을 두드렸다.

"으……."

신음을 토해낸 여자는 눈을 뜨자마자 달아나려고 올라가다가 뒤통수를 컨테이너에 부딪치며 밈췄다.

"누구냐?"

제법 위협적인 목소리, 기절했다가 방금 깨어난 여자답지 않은 침착한 목소리였다. 그가 영어로 말을 받았다.

"소속은?"

"소속이라니? 그런 거 없어."

"좋지 않은 대답이야, 같은 대답이 이어지면 넌 여기서 죽는다."

“원하는 게 뭐냐?”

“질문은 내가 한다. 다시 묻겠다, 소속은?”

“난 그냥 마사지사야, 리스보아 호텔 제논 마사지에서 일해.”

“권총 들고 다니는 마사지사는 처음 보는데?”

“마카오는 위험한 동네야, 다들 호신용으로 하나씩 가지고 다녀.”

한쪽 눈이 완전히 감길 정도로 엉망인데도 당황한 기색은 없었다. 훈련은 제대로 받은 여자였다.

“어쩔 수 없군.”

쓰게 입맛을 다신 그는 단검을 왼손으로 돌리고 권총을 뽑아 총구를 여자의 입속에다 험악하게 쑤셔 넣었다. 여자의 눈이 휘둥그레졌다.

“이건 순전히 네 탓이야.”

말이 끝나기도 전에 다짜고짜 총구를 목구멍에다 깊숙이 쑤셔 넣으면서 동시에 허벅지 안쪽에다 단검을 쿡 박았다.

“끅!”

여자는 비명도 지르지 못하고 눈을 허옇게 올려 뜨면서 다리를 덜덜 떨었다. 기도를 막은 총구 때문에 비명은커녕 숨쉬기도 어려울 것이었다. 눈에 흰자위가 너무 넓어지자 총구를 조금 빼면서 말했다.

“두 번 묻지 않는다, 다음은 무릎이야. 살아남더라도 평생 병신으로 살게 될 거다.”

“끄으…… 우윽.”

여자는 신음을 토해내려다가 다시 쑤셔 박은 총구 때문에 헛구역질을 올렸다. 총구를 조금 빼면서 다시 물었다.

"다시 묻겠다, 소속은?"

"이……이런 개자식이!"

발악적으로 소리를 짜내는 느낌, 입속의 총구를 다시 쿡 찌르면서 질문을 반복했다.

"소속은?"

여자는 심하게 헛구역질을 하면서 단어 몇 개를 어렵게 토해냈다.

"나……난징군구 보안특무대."

차승호는 미간을 좁혔다. 난징군구라면 얼마 전까지만 해도 왕자오 상장이 맡았던 군구였다. 자연스럽게 왕자오와 장명신의 이름이 떠올랐다.

"누구 명령이냐?"

"미……친놈, 고분고분 대답할 거라고 생각하는 거냐? 여긴 중국이야, 넌 뒈졌어."

"죽을 것 같지는 않군, 후후. 너만 묻어버리면 그만일 것 같은데? 그럼 달리 물어보지, 블랙위도우의 지시인가?"

여자는 무슨 소리냐는 표정으로 빤히 그를 올려다보았다. 어두운 데다 야구 모자까지 써서 얼굴을 알아보기는 힘들겠지만 신경은 쓰였다.

"죽고 싶나?"

"뭐?"

"이런 상황에서 상대와 눈을 마주치는 건 죽여달라는 이야기나 마찬가지라는 것 정도는 알 텐데?"

여자는 그래도 눈을 피하지 않았다. 제법 독기가 느껴지는 눈빛이었다.

"겁을 상실했군, 마지막으로 한 번만 더 묻겠다. 블랙위도우의 지시를 받았나?"

"블랙위도우가 뭐 하는 놈인지는 모르지만 나하곤 상관없어. 특무대에게 명령은 사령관만 내릴 수 있다."

"그러시군, 그럼 왜 한국 요인의 가방을 노렸지?"

"왜라니? 당연한 것 아닌가? 자진해서 마카오까지 와줬는데 당연히 시도는 해봐야지."

그는 쓰게 웃었다. 명색이 기무사령관이라는 작자가 혼자 해외로 나와 카지노를 드나든 판이니 틀린 말은 아니었다.

"할 말 없군, 후후. 뭐 좋아. 가방 안에는 뭐가 있다고 생각한 거냐?"

"난 몰라, 가방 열어본 친구가 칩만 잔뜩 있다더군."

"친구?"

"혼자 작전에 나왔다고 생각하는 건 아니겠지? 쫓긴다고 통보했으니 몇 분만 더 있으면 넌 여기서 죽는 거야."

허세였다. 얼굴을 보지 말라고 강조했음에도 불구하고 여자는 여전히 그의 눈을 피하지 않았다. 범죄자들과의 문답에서 많이 본 눈빛, 의도적으로 상대의 눈을 노려보면서 내놓는 대답의 대부분은 거짓말이라고 보면 맞았다. 하지만 방심은 금물이었다. 어차피 시간을 끌면 위험했다.

그는 여자의 눈을 노려보다가 여자의 입에서 권총을 빼내 여자의 옷에 침을 닦았다. 여자는 몸을 웅크리면서 미친 듯이 헛구역질을 했다. 헛구역질이 조금 가라앉자 권총을 허리춤에 갈무리하고 웅크린 여자를 돌려 눕히고 명치를 무릎으로 눌렀다.

"동료가 누구냐? 이름."

"까불지 마, 넌 여기서 죽어."

와중에도 상대를 무시하는 고압적인 대사, 그는 고개를 가로저었다. 기를 확실히 죽여놓지 않으면 죽도 밥도 안 될 것 같았다.

'귀찮게 됐군.'

내심 투덜거리면서 여자의 경동맥을 강하게 압박하고 동시에 허벅지의 칼을 뽑았다. 그리고 가슴을 찍어 누르면서 뽑은 칼을 그대로 탈구된 어깨에다 내리꽂았다.

"끄으……어."

여자는 눈에 핏발을 세우면서 격렬하게 몸부림을 쳤다. 무시하고 무릎으로 인정사정없이 명치 한복판을 압박했다. 그리고 손바닥으로 어깨에 박힌 칼 손잡이를 강하게 내리쳤다. 칼은 손잡이까지 깊숙하게 몸 안으로 들어갔다.

"끄어……."

여자의 목이 경련을 일으키며 뒤로 넘어갔다. 5초쯤 더 기다려 여자의 눈동자가 뒤집히기 시작할 무렵, 경동맥을 누른 손에서 힘을 살짝 풀고 목소리를 깔았다.

"의사 전달은 충분했으리라고 믿는다. 딱 한 번만 더 묻겠다. 내가 원하는 대답이 아니면 여기서 끝이야."

여자는 비명을 지르려 했지만 다시 목을 눌러 막아버렸다.

"친구가 누구냐? 블랙위도우?"

여자는 필사적으로 고개를 가로저었다. 이제 대답할 자세가 된 것 같았다. 손에 힘을 풀며 물었다.

"그럼 누구지?"

"흐으…… 난 몰라, 명령에 따랐을 뿐이다. 가방 열 때 처음 본 여자가 있었는데 그 여자가 누군지는 대형大兄만 안다."

"여자?"

"북경어 쓰는 키 크고 날카롭게 생긴 여자였다, 이름은 몰라."

"그렇군."

일단 장명신일 가능성이 높았다. 왕자오를 통해 난징군구 보안대 한 팀을 지원받았거나 보안대에 별도의 커넥션을 가지고 있다는 추측이 가능했다. 최소한 장명신이 가방을 노렸다는 사실은 확인된 셈이었다. 순간, 뒷주머니에서 여자의 전화기가 부르르 떨었다. 권총을 뽑아 여자의 미간에 대고 전화기를 꺼냈다.

"엉뚱한 소리를 하면 여기 구멍 나는 거야, 곧 돌아간다고 해."

여자는 고개만 끄덕였다. 그는 전화를 받아서 여자의 귀에 댔다.

"웨이, 아닙니다. 네…… 네."

여자는 중국어로 딱 두 번 대답하고 전화기에서 귀를 뗐다.

"당신 전화야, 바꿔달라는군."

차승호는 미간을 잔뜩 찌푸린 채 전화를 받았다. 전화기에서는 한국말이 튀어나왔다.

—여보세요.

장명신의 목소리였다. 그는 대답하지 않고 여자에게서 일단 떨어져 나와 반대편 컨테이너에 기대섰다.

—나예요, 가짜 수사관님.

"골치 아픈 여자로군, 내가 마카오에 온 건 어떻게 알았지?"

—어렵지는 않았어요, 꼬마 아가씨 혼자 슬롯머신 당기러 마카오까지 올 리가 없잖아요. 스무 살짜리답지 않게 화장이 진하고 야해서 내가 직접 보지 않았으면 아무도 알아보지 못했을 거예요.

"이 여자랑 놀고 있는 건?"

—오정명의 경호원들은 다 제자리에 있는데 쫓기는 형편이라면 뻔하잖아요, 다행히 아직 죽이지는 않으셨네요.

한희진의 위치는 물론이고 여자 요원을 공격할 거라는 부분까지 수읽기를 하고 있다는 뜻, 아직도 장명신의 손바닥 안이라는 생각에 입맛이 썼다.

"그대로 두면 죽을 거야."

—제가 처리하죠, 어딘지 알 것 같으니까요. 어쨌든 탈출에 성공하셔서 다행이네요, 섭섭하긴 하지만요.

"섭섭해?"

—장시간 공을 들인 프로젝트의 결과를 남의 입을 통해 들어야 했으니까요.

"열 받아야 할 사람은 나 같은데? 작전은 처음부터 끝까지 개판이었어. 동네방네 소문 다 난 데다 막판에는 기관포탄까지 날아다녔으니까. 아, 참고로 돈은 몽땅 날렸어."

—알아요, 다행히 저쪽에서 여섯 장은 돌려받았다더군요. 그만하면 피해를 최소화한 거죠.

"계약금도 돌려줘야 하는 건가?"

—요구는 당연히 있었죠. 미군이 가져간 돈까지 전부 책임지라는

데 일단 보류 중이에요. 내 사람의 이야기도 들어봐야 책임 소재를 분명하게 할 수 있을 것 같아서요. 그래서 이야기인데…… 잠깐 볼까요?

"당신 얼굴 보는 거 별로 달갑지 않아, 그만큼 총알받이 만들었으면 그만할 때도 되지 않았나?"

—이번엔 의도한 일이 아니었잖아요, 호호. 결과야 어떻게 됐든 마무리는 깨끗해야죠. 건너오세요.

"아니, 너무 위험해서 다시 생각해보기로 했어, 받을 것도 없고."

당초 약속은 미사일 프로토타입을 바이어에게 무사히 전달하고 채권을 가져오면 하드디스크의 위치를 알려주기로 한 정도였다. 채권을 가지고 오지 못했으니 하드디스크에 관련된 정보도 물 건너간 셈, 지금 만나서 괜한 위험을 감수할 이유는 없다는 뜻으로 던진 상투적인 대사였다. 장명신은 깔깔대며 웃었다.

—일이 엉망된 걸 전부 그쪽 탓으로 돌리고 싶지는 않아요. 그래서 약속한 하드디스크에 대한 정보를 넘겨드릴까 싶답니다. 어쩌면 하드디스크를 챙길 수 있게 도와드릴 수도 있을 것 같네요.

"내 머리통에 총알이 박히는 건 아니고?"

—그럴 리가요, 아직은 쓸모가 많이 남았답니다, 후후. 참! 덤으로 오늘 제가 만난 돼지 한 마리에 대한 일화도 몇 가지 제공할 용의가 있어요.

일단 회가 동하는 제안이었다. 남상근에 대한 암살 기도가 진행형인 이상 아직 쓸모가 있다는 이야기는 사실에 가까웠다. 상당한 위험을 감수해야겠지만 기왕지사 얼굴을 맞대야 할 인물이라면 위험부담이 적을 때 부딪치는 것도 나쁘지 않았다. 진짜 싸움을 시작하기 전에 적의 상황을 확인하는 부분은 언제나 필수적인 요소였다. 머릿속이 복잡해진 그가 대답하지 않자 장명신이 다시 말했다.

—리스보아 카지노 VIP 포커룸에서 기다릴게요, 참고로 저 기다리는 거 별로 좋아하지 않는답니다.

전화는 그냥 끊어져버렸다. 차승호는 번호를 한 번 확인하고 여자의 배에다 전화기를 가볍게 던졌다. 여자는 반응을 보이지 않았다. 고통을 참느라 이를 악물고 있을 뿐이었다. 그가 한 발 다가서며 나직하게 중얼거렸다.

"운이 좋았다, 전화해서 도와달라고 해. 다시는 보지 않도록 하지."

대답은 역시 없었다. 여자의 입에서 흘러나온 건 빈약한 신음 소리가 전부였다. 여자를 끌어다 컨테이너에 기대놓은 뒤 손을 묶은 허리띠를 풀어주고 바로 돌아섰다. 죽여서 입을 막는 것이 가장 깨끗한 마무리지만 장명신과 관련이 있다면 굳이 죽일 필요까지는 없을 것 같았다. 어차피 또 볼 일은 없었다.

*

"킹 투페어, 윈. 축하합니다, 선생님."

"우하하하, 이거 오늘 끗발 최고네. 감사합니다."

왕쑹런은 껄껄대고 웃으며 칩을 쓸어갔다. 초반에 거액의 베팅을 하고 마지막에 죽어버리는 분위기여서 왕쑹런의 앞에는 이미 칩이 산처럼 쌓여 있었다.

장명신은 테이블에 둘러앉아 연신 감탄사를 터트리는 사내들의 얼굴을 죽 돌아보았다. 자신을 포함해서 전부 다섯 명, 바로 오른쪽에 왕쑹런이 앉았고 나머지 세 사람은 난징을 주 무대로 하는 사업가들이었다. 물론 말이 사업가지 셋 모두 삼합회의 거물들로 도박을 빙자해 뇌물을 주는 자리였다. 왕쑹런이 그녀의 가슴을 노골적으로 훔쳐보며 말했다.

"장 사장, 오늘은 정말 한잔 약속한 거요."

장명신은 양팔로 가슴을 모으며 어깨를 슬쩍 들어 올렸다. 좌중의 시선이 모두 그녀의 가슴으로 모였다. 여기저기 터진 얇은 드레스인데다 움직일 때마다 빈약한 속옷이 노출되는 형편이라 시선이 모이지 않으면 그게 더 이상할 것이었다.

"여기까지 오셔서 저랑 술 한잔 안 하시려고 했어요? 서운해요, 위원님."

"좋아, 좋아. 기분 최고로군, 하하."

딜러가 다시 패를 돌리기 시작할 무렵, 스탠드 뒤의 커튼이 슬쩍 열리고 매니저 복장의 여자가 들어와 인사를 하더니 그녀에게 귓속말을 했다.

"기다리던 손님이 오셨습니다."

장명신은 두말없이 왕쑹런에게 목례를 하면서 자리에서 일어섰다.

"손님이 와서 잠시 자리를 비워야겠네요, 죄송합니다."

"그러쇼, 대신 멀리 가면 안 됩니다. 술 약속 잊으면 곤란해."

"호호, 금방 돌아올 거예요."

장명신은 화사하게 웃어 보이고 매니저를 따라 VIP 룸을 나섰다.

밖은 화려한 응접실이었다. 매니저와 무장 경비원 둘이 무표정한 얼굴로 서 있고 소파에는 차승호가 다리를 꼰 채 기대앉아 있었다. 차승호에게 손을 흔들면서 매니저에게 눈을 돌렸다.

"옆 방 테이블 잠깐 써도 될까요?"

"물론입니다, 가시죠."

옆방도 똑같은 구조였다. 장명신은 바텐더와 딜러를 내보내고 직접 카드를 섞어 차승호 앞으로 두 장을 연속해서 날렸다.

"뭘로 할까요? 파이브카드 드로우?"

"왕쑹런이 보이더군."

무덤덤한 반문, 장명신은 카드를 계속 나누면서 말을 받았다.

"사업을 하다 보면 쓰레기들도 어쩔 수 없이 상대해야 한답니다."

차승호는 앞에 놓인 카드를 슬쩍 들춰보더니 그녀의 얼굴을 빤히 건너다보았다.

"옷은 꼭 그렇게 입어야 되는 거요?"

너무 야한 옷이라는 이야기일 터, 신경을 많이 쓴 드레스이니 당연히 그럴 것이었다.

"속 시커먼 늑대들의 상상력을 자극하고 싶었거든요."

"상상력은 그런 쪽에 쓰라는 게 아닌 거 같은데?"

"어머나? 무슨 말씀을 그렇게 하세요. 상상력은 절대 억압하는 거 아니랍니다. 특히 성性에 대한 상상력은 더 그래요. 그걸 억압하면 창의력도 같이 죽는 거예요. 상업적으로 보면 모든 성공은 섹슈얼 판타지에 기초하고 있어요."

한쪽 입술을 비튼 차승호는 카드 끝만 들어 숫자를 확인하고 석

장을 뽑아 테이블 가운데에다 던졌다.

"세 장, 그냥 본론으로 갑시다. 뜬금없는 개똥철학 들으러 온 거 아니니까."

장명신은 배시시 웃더니 남은 카드에서 세 장을 집어 그에게 던지고 자신은 두 장을 바꿔 손에 들었다.

"그러네요. 일이 먼저죠. 우선 어떻게 된 건지 자초지종을 듣고 싶은데요?"

"알리나 쪽에서 정보가 샌 걸로 보이더군, 베트남에 중국 첩보부 아이들이 새카맣게 깔렸었으니까. 하다못해 인터폴까지 따라다녔어. 그쪽에 책임을 물어도 될 거야."

장명신은 상체를 크게 뒤로 젖혀 등받이에 기댔다. 최소한의 방어막은 건진 셈, 본전까지 날리는 불상사는 피한 셈이었다. 카드를 모아 패를 확인하며 말했다.

"체크, 그쪽 사람들 이야기로는 한국 정보 조직도 끼어 있다던데요? 한 번 더 드로우?"

차승호는 다시 카드 한 장을 빼서 가운데에다 던졌다. 기본 룰은 한 번 드로우로 끝나지만 상관없었다. 차승호에게 한 장을 던지고 자신도 한 장을 바꿨다. 차승호가 카드를 끌어가며 퉁명스럽게 말했다.

"당연한 거 아닌가? 그 정도 소문이 났으면 나라도 끼어들어."

"맞다는 뜻인가요?"

"기무사 개입은 맞아. 다만 오정명보다 윗선의 지시인 것 같더군."

"확실해요?"

"알리나에게 당한 기무사 요원에게 들었는데 명령은 오정명에게 받는 게 아니라더군, 정황상 홍콩 모임이 그 윗선일 가능성이 높아. 당신도 거기 일원이라면서?"

장명신은 다시 미소를 머금었다. 그녀로서도 당황스런 질문이 튀어나온 셈, 역시 생각보다 훨씬 더 유능하고 위험한 친구였다. 가까이 두고 쓰면서 감시를 겸하기로 한 선택은 분명 탁월했다.

"난 외부 인사에 불과해요. 영감님들이 한국 정부의 신규 무기 도입 프로젝트와 관련해서 새로운 인적 커넥션을 제공해달라더군요. 그래서 참석하기로 한 것뿐이랍니다."

"우호적인 관계라는 뜻으로 들리는데?"

"비즈니스에는 적도 아군도 없어요."

"이너서클 모임에 외부 인사를 참석시킨다는 이야기는 생전 처음 듣는데? 영입 대상이라면 혹시 모를까."

"역시 눈치 하나는 천하무적이네요, 후후. 비슷해요."

"그래도 말이 안 되기는 마찬가지야. 정부의 무기 도입 프로젝트를 왜 외국에 나와서 거론하는 거지? 더구나 일선에서 물러난 작자들이 뭐 하는 짓이야?"

"일선에서 물러났다고 누가 그래요?"

"응?"

"너무 많은 걸 알려고 하지 말아요. 그러다 진짜 제명에 못 죽으니까."

"제명에 죽기는 어차피 틀렸어, 그냥 털어놔보쇼. 모임에 참석하는 사람들 누구야?"

"명단은 거래 명세에 없었잖아요. 하드디스크의 위치만 알려드리는 조건이었죠."

"위치는 나도 알아, 만다린 호텔 개인 금고 아닌가?"

"벌써 거기까지 진도 빼셨어요?"

별로 놀랍지는 않았다. 오정명의 가방을 빼낸 요원을 추격해 제압한 판이니 추측 정도는 얼마든지 가능했다. 차승호는 반문으로 말을 받았다.

"도둑질이라도 하라는 건가?"

"관점에 따라 다르겠죠. 장물 압수가 더 적절한 단어 아닐까 싶은데요? 호호, 그쪽이 디스크를 가져오면 명단을 일부 공개하죠. 어때요?"

"오정명을 이너서클에서 제거하고 싶은 모양이군."

"꼭 그렇지만도 않아요. 다만 노골적으로 적의를 드러낸 작자와 함께 일할 수는 없다는 뜻이랍니다. 이미 내 비즈니스에 심각한 피해를 입혔잖아요."

차승호는 고개를 갸웃했다. 이해할 수 없다는 표정이었다.

"주범은 오정명이 아니라고 했을 텐데?"

"물론 그럴 수도 있겠죠. 그러나 아니라도 조건은 같아요. 오정명이 가진 독립적인 무력은 털어내는 편이 협회에도, 내게도 유익해요. 협회에서의 오정명의 위치를 객관적으로 보면 전투력이 뛰어난 봉건영주쯤 되는 꼴인데 난 힘으로 밀어붙이는 스타일을 아주 싫어하거든요."

"협회? 6인회 하부 조직쯤 되나?"

"호호, 마음대로 생각하세요. 어차피 6인회의 실체는 연기나 다를 바 없으니까."

"연기?"

"더 이상의 질문은 사양할게요. 나도 잘 모르니까."

"그럼 쉬운 질문으로 갑시다. 남상근을 암살하려는 이유가 뭐요?"

"암살? 현직 장관을 암살해요?"

"모른 척해도 소용없어. 명령은 협회에서 내려왔으니까."

"당신을 이용해서?"

"계속 이럴 거요?"

차승호의 입에서 사나운 목소리가 나왔지만 무시했다. 여기서 더 대화를 이어가는 건 시간 낭비였다. 물끄러미 차승호를 건네다 보면서 앞에 덮어놓은 카드를 톡톡 두드렸다. 카드 오픈하라는 뜻, 차승호는 한동안 말없이 그녀를 노려보더니 새로 받은 카드를 뒤집어 바닥에 깔았다. 하트 2였다. 곧바로 나머지 넉 장 중에서 한 장을 뺀 나머지 석 장만 뒤집었다. 8 두 장과 2 스페이드였다.

"내가 이긴 것 같은데요? 나인 트리플."

장명신은 9카드 석 장을 내려놓고 흘러내린 머리를 요염하게 쓸어올렸다. 그리고 전화기 하나를 꺼내 테이블에 올려놓았다.

"오정명이 물건을 가지고 나오는 정확한 시간과 경로, 경호원 숫자를 알려드리죠. 필요한 장비도 모두 준비시켜뒀으니까 두 분은 물건 챙겨서 나오기만 하시면 된답니다."

"홍콩 바닥에서 전쟁이라도 하라는 건가?"

"여긴 중국이에요. 한국에서는 오정명이 갑이지만 여기선 내가 갑이랍니다. 협회로서도 시끄러워지는 상황은 무조건 피할 거예요."

"장난치나? 이동 거리라고 해봐야 호텔 금고에서 스위트룸이나 회의실로 올라가는 몇백 미터에 불과하고 CCTV 수십 대가 깔린 곳이야. 그런데 준비할 시간도 없이 현장 요원 10여 명과 싸워서 물건을 빼내라고?"

"그럴 리가 있나요, 회의 장소는 호텔이 아니랍니다."

"그럼?"

"서북 해안의 별장이에요, 최소 3킬로미터는 차로 이동해야 하고 마지막에는 보트로 갈아타야 돼요."

"중간에 쳐라?"

"그런 셈이죠."

"그래도 불가능해. 목표가 차 한 대로 네 명이 움직인다고 해도 최소 네 명이 해야 할 일이야. 차단 및 퇴로 확보 둘, 공격 및 탈취에 둘, 작전 계획도 치밀해야 하고 타이밍도 절묘해야 시도라도 해볼 수 있어. 그리고 무엇보다 시간이 너무 촉박해. 준비할 시간이 필요하다는 건 당신도 잘 알 텐데?"

"그건 도와드려야죠. 오정명이 탄 차 한 대만 두 분 계신 곳으로 보내드리면 되지 않을까요? 운전자 포함해서 경호원은 둘이나 셋이 전부일 거랍니다. 현장 주변을 살피는 정도는 반나절이면 충분할 것 같은데요?"

"동행한 요원들의 프로필, 탈출 경로."

장명신은 테이블에 올려놓은 파우치에서 USB 하나를 꺼내 테이블 위에 올려놓고 마지막으로 자동차 키를 차승호에게 던졌다.

"장비를 실어놓은 차량이에요. 홍콩 인터콘티넨탈 호텔 지하 주차장에 세워뒀어요. 물론 CCTV 사각이니까 노출 걱정은 하지 않아도 돼요. 폭약도 조금 실어놨으니까 작전 종료와 동시에 차량은 폭파시 켜버리세요. 그리고…… 홍콩은 RHD라 운전은 조심해야 할 거랍니 다. USB는 숙지 후 소각하세요. 오정명의 이동 루트와 인원을 포함 해서 공격 시점과 위치, 탈출 경로, 접선 장소까지 필요한 건 모두 들 어가 있을 거예요."

차승호는 키를 만지작거리면서 한 호흡 쉬더니 단도직입적으로 물었다.

"죽여도 수습이 가능한 거요?"

"나로서는 고마운 일이 되겠죠. 목격자 입단속은 내가 알아서 할 일이니까 신경 쓰지 마시고…… 아, 국정원 필드 요원들이 대거 홍콩 으로 날아왔다는 점 참고하셔야겠네요."

"국정원?"

"확인된 숫자만 최소 넷이라네요."

"마찬가지 아닌가? 기무사 인력만 해도 부지기수일 거야."

"숫자 문제가 아니랍니다, 여자가 지휘를 한 대요. 생각나는 사람 없어요?"

오지연으로 추정되는 인물이 안테나에 잡힌 건 이틀 전이었다. 입 국 즉시 디스커버리 베이로 건너가 여장을 풀고 칩거에 들어가는 통 에 더 이상의 관련 정보는 올라오지 않았다. 그녀가 확인한 건 사진 세 장이 전부였는데 뺨과 입술에 짙은 화장을 했고 이마를 다 가리 는 가발과 커다란 선글라스까지 써서 오지연이라고 확신은 할 수 없 었다. 다만 분위기와 체형은 확실히 오지연이었다.

그런데 오지연의 이름이 거론됐는데도 반문하는 차승호의 반응이 예상외로 무덤덤했다.

"마님이 왔다는 건가?"

"변장 때문에 사진으로는 확인이 어려웠어요, 대신 그 아가씨라고 판단할 만한 결정적인 근거가 있어요."

차승호는 굳은 표정으로 전화기를 집어 배터리를 분해했다가 다시 조립하면서 혼잣말처럼 중얼거렸다.

"김영범 그 작자도 모임에 나타나는 모양이로군."

"하여간 무슨 말을 못 하겠네요, 후후."

장명신은 내심 혀를 내둘렀다. 작은 단서 하나로 서너 수 앞으로 내닫는 인물, 역시 만만치는 않았다. 표정 관리를 하면서 엷게 미소로 말을 받았다.

"국정원 3차장으로 취임한 것도 아시나요?"

김영범에 대해 얼마나 아는지 확인하고 싶어서 한 질문인데 다른 각도의 대답이 나왔다.

"공작, 산업 보안, 방첩…… 어울리는 인선이로군. 전임자가 다 망가트린 조직이라 딱히 축하할 일은 아니지만."

"망가트려요?"

"심리전 조직이 인터넷에 댓글 달다 걸리는 판국인데 그걸 정보 조직이라고 할 수 있을까? 작업에 들어간 건 명령이라 어쩔 수 없었다고 쳐도, 꼬리를 잡힌다는 게 말이 돼? 명색이 대한민국을 대표하는 정보 조직이 민간인한테 꼬리를 잡혀서 검찰 수사를 받아? 어이가 없다 못해 황당할 지경이야. 백만 번을 양보해도 그건 변명의 여지가 없어."

"글쎄요, 그 부분은 사건을 기획한 세력이 있다고 봐야 하지 않을까 싶은데요?"

내부자에 의한 누설도 가능한 시나리오지만 근본적으로 배후 없이는 사건이 성립되지 않았으리라는 생각이었다. 그러나 차승호는 비웃음만 흘렸다. 그리고 조용히 자리를 털고 일어서더니 뒤집혀 있던 나머지 카드 한 장을 뒤집었다. 클로버 8이었다.

"세상을 통제할 수 있다고 생각하나?"

“불렀나?”

노크도 없이 방으로 들어온 오지연은 대뜸 반말로 그의 뒤통수를 때렸다.

‘빌어먹을 년.’

김영범은 멋대로 좁혀진 미간을 억지로 풀면서 창밖에 시선을 고정했다. 아침 9시가 조금 넘은 시간인데도 창밖의 작은 아열대 항구는 더덕더덕 달라붙은 나른함에 턱밑까지 가라앉아 있었다. 그가 대답하지 않자 오지연이 다시 퉁명스런 목소리를 냈다.

“무슨 일이지?”

김영범은 불쾌한 기색을 숨기지 않고 되물었다.

“인원 집결은 끝났나?”

“둘은 만다린 호텔, 둘은 마리나, 나머지 네 사람은 아래층.”

“좋아, 준비해. 4시 정각에 목표가 움직일 거다. 타격하고 물건 접수하도록. 현장 지휘는 일임한다.”

자신이 데려온 직할 공작팀 요원 여섯 명을 제외하고도 베테랑 현장 요원 아홉 명이 추가된 상황이니 작전에 필요한 인력은 충분했다. 남은 건 깔끔한 마무리였다.

“이유를 물어도 될까? 전부 같은 자리에 모이는 걸로 알고 있는데 굳이 선제공격을 가하는 이유는 뭐지?”

“질문이라…… 프로답지 않군. 기본을 잃어버린 거 아닌가?”

“해외에서 한국인을 공격하는 작전도 기본에서 많이 어긋났어.”

“몇 마디만 해주지. 간단해, 오정명은 새 정부에 상당한 부담이야. 그건 협회의 입장도 크게 다르지 않고.”

“괜히 물었군.”

오지연은 평소나 다름없이 삐딱한 대답을 했다. 말 같지 않은 소리 하지 말라는 뜻일 것이었다.

‘멍청한 년, 싸가지 없는 쌍판 쳐다보는 것도 이제 며칠 남지 않았어.’

상사에 대한 최소한의 예의도 갖추지 않는 통에 분통이 터질 때가 한두 번이 아니지만 며칠 더 참아주는 건 얼마든지 가능했다. 용도가 끝나는 즉시 묻어버리면 그뿐이었다. 최악의 경우라고 해도 내근 한직에 처박아버리면 별도 조치를 하지 않아도 자진해서 조직을 떠날 여자였다. 표정 관리에 신경을 쓰면서 목소리를 깔았다.

“어제부터 거미 년의 움직임이 심상치 않다. 상당수의 중국계 조직원을 동원한 것으로 보이는데 어제 마카오로 건너가서 오정명을 만난 것 같다."

"알고 있어."

"원래 서로 잡아먹지 못해 안달인 것들이니 오늘 오정명을 공격할 가능성도 없지 않다는 판단이다. 일단 기무사 경호팀의 움직임을 지켜보는 편이 좋을 거다. 확실할 때 타격하도록."

"그러지."

"한 번 실수는 그냥 넘어갔지만 두 번 실수는 용납하지 않겠다. 또다시 실패하면 즉시 폐기 프로세스에 들어갈 거다."

정색을 한 경고임에도 오지연은 전혀 신경 쓰지 않는 것 같았다. 돌아오는 건 건방진 비웃음뿐이었다.

"하나만 분명히 하지, 난 실수한 적 없어."

"건방 떨지 마라, 그럼 팩맨 그놈을 죽이지 않은 건 고의였나? 거기서부터 일이 꼬였고 그것만으로도 퇴출 명령을 내릴 수 있었어."

"난 분명히 심장에 두 발을 쐈다. 케볼라 방탄복은 예상할 수 있는 게 아냐."

"허위 보고도 징계 대상이라고 말했을 텐데? 24시간 붙어 다니는 놈이 고가의 방탄복을 사는데 그걸 몰랐다고? 무능력을 자랑이라도 하고 싶은 건가?"

"무능력은 당신에게나 해당되는 이야기야."

"다시 한 번 경고하는데 입조심해라. 작전 끝나면 서로 더 볼 일 없을 거니까 그때까지는 지킬 거 지켜."

"약속이나 지켜."

"대책 없는 년이로군, 나가봐."

오지연은 대답도 하지 않고 돌아섰다.

'미친년.'

오지연의 뒷모습이 시야에서 사라지자 김영범은 냉장고부터 찾았다. 집히는 대로 작은 위스키 병을 꺼내 단숨에 들이켰다.

'미치겠군.'

답이 없었다. 실력은 최고인데 도무지 통제가 되지 않았다. 특히 이민우가 죽은 이후에는 더 그랬다. 이제는 명령을 받아들이는 자세부터 수행 방식까지 모든 것이 완전히 제멋대로였다. 조직 외부의 프리랜서 자산으로는 최고에 들어가지만 조직에는 절대 존재해서는 안 될 인물, 존재하는 것만으로도 조직에 치명적인 피해를 줄 수 있었다. 통제되지 않는 힘은 조직에게도, 그에게도 불필요했다.

상황이 안정되고 주변 정리가 끝나면 어떤 방식으로든 최우선으로 처리해야 했다. 노인네가 뒤에 있어서 꽤나 복잡한 수속을 밟아야 하지만 방법은 대략 머릿속에 정리되어 있었다.

*

차승호와 한희진은 텅 빈 지하 주차장에서 홍콩 경찰 근무복으로 갈아입고 그 위에다 방탄복을 덧입어보았다. 사이즈는 비슷하게 맞춘 것 같았다. 방탄복을 벗어 뒷자리에 던지자 한희진이 모델처럼 한 바퀴 돌며 웃었다.

"어울려?"

칙칙한 주차장이 갑자기 환해진 느낌, 키가 큰 탓에 치마가 조금 짧은 듯하지만 덕분에 늘씬한 다리가 더 길어 보였다.

"그래, 너무 섹시하다."

"땡큐, 오빠도 멋져요, 히히."

"장비 챙기자."

"응."

트렁크 속의 장비는 두 사람 분으로는 다소 과하다 싶을 정도로 잘 준비되어 있었다. 무기는 선양에서 썼던 신형 95식 자동소총 두 정에 권총 네 자루가 전부지만 치고 빠지는 작전에는 충분하고도 남았다. 일단 소음기를 전부 조립해 늘어놓고 권총은 홀스터에, 나머지 하나는 방탄복 등에다 붙였다. 한희진이 그와 똑같이 따라 하면서 물었다.

"괜찮을까? 그 아줌마 믿을 수 없잖아."

"작전이 끝나는 순간까지는 괜찮을 거야. 아마 그 여자가 디스크를 손에 쥐는 순간이 가장 위험할 거다."

"시킬 일 있다고 했잖아, 그래도?"

"장명신은 협회와 입장이 다를 수 있어. 우리대로 살길을 찾아야지."

"생각해둔 거 있어?"

"봐둔 건 있다, 가면서 이야기하자."

장명신이 구해놓은 차량은 구형 닛산 알티마였다. 10만 킬로미터 넘게 탄 낡은 차지만 아직도 엔진 소리 괜찮고 연료도 가득 채운 상태였다. 그리고 압권은 조수석 시트에 던져놓은 자동차 지붕에 붙이는 경광등이었다. 배터리로 작동하는 약식 경광등이지만 경찰 코스프레로는 최고였다.

시동을 걸자마자 호텔을 빠져나와 북서 해안의 외진 선착장으로 직행했다. 아침 일찍 택시로 현장 답사를 했음에도 불구하고 진입로를 찾는 데는 잠시 애를 먹었다. 해안도로를 따라 거의 똑같은 길들이 워낙 많았기 때문이었다. 대신 선착장은 그대로였다. 변동이 생긴 부분은 선착장을 마주한 단층짜리 목조건물 몇 채의 문이 열린 것뿐이었다. 건물 주변의 산처럼 쌓인 잡동사니들도 여전히 자리를 지키고 있었다.

창고 주변으로 인부들도 대여섯 명 넘게 보였는데 다들 선착장에 접안된 낡고 작은 배들로 크고 작은 스티로폼 박스들을 내가고 있었다. 첫인상대로 어선 선착장이라기보다는 섬 각지로 화물을 배달하는 화물 터미널인 것 같았다. 그래서인지 깔끔한 소형 모터보트도 두 대나 어선들 사이에 끼어 있었다.

일단 순찰하는 것처럼 해안의 콘크리트 선착장을 한 바퀴 돌았다. 인부들 중에 장명신의 수하가 끼어 있을 거라는 생각, 누군지 봐두는 것도 나쁘지 않았다. 그러나 접안된 어선 위에서 담배를 물고 있는 왜소하고 새카맣게 탄 사내 하나 외에는 특별하게 시선을 끄는 사람이 없었다.

바다로 길게 뻗어나간 목조 선착장을 끝까지 걸어가면서 중간의 모터보트의 상태를 눈여겨봐두었다. 그리고 되짚어 나와 창고들을 다시 둘러보았다. 일단 현장의 구성은 전체적으로 단순했다. 주변이 정글에 가까운 숲이고 해안을 따라 창고들이 들어선 단조로운 구성이라 다수의 공격 부대가 소수의 적을 포위, 공격하기에는 용이한 지형이었다. 그러나 그에 반해 소수의 인원으로 다수를 기습하는 건 불가능에 가까웠다.

다행스러운 건 적의 숫자도 적다는 점이었다. 장명신의 말대로 진행된다면 적은 넷 이하였다. 운이 좋다면 셋, 기습이라면 얼마든지 승산이 있었다. 최적의 위치는 선착장에 들어오기 직전의 좁은 진입로 언저리였다. 길은 좁고 좌우는 숲인데 길가에 잡동사니들이 쌓여 있어서 차를 멈추기만 하면 작전은 간단해질 수 있었다.

마지막으로 챙겨야 할 건 신속한 현장 이탈이었다. 선착장 진입로가 하나뿐이고 그나마도 해안도로와 합류해서 외길로 시내까지 이어져 쉽지는 않았다. 진입로가 됐든 해안도로가 됐든 한군데만 차단하면 탈출로는 오로지 바다였다. 상황에 따라 선택지가 달라지겠지만 선착장의 어선과 모터보트 중에서 옵션을 찾아두는 편이 나을 것 같았다.

다시 선착장으로 방향을 잡으면서 나란히 걷는 한희진에게 눈을 돌렸다.

"힘들지 않냐?"

계속되는 강행군에 지칠 때도 됐다는 생각, 그러나 걱정과 달리 한희진은 밝은 표정이었다. 그냥 몇 발 앞으로 나가더니 그와 마주 보고 뒷걸음질을 치면서 환하게 미소를 머금었다. 차승호도 그냥 마주 웃었다. 굳이 말은 필요 없을 것 같았다.

*

오정명은 호텔 뒤편에 대기시킨 검은색 체로키 뒷자리에 신속하게 올라탔다. 원래 계획은 뒤따라오는 벤츠를 타기로 했지만 만일을 대비해 차를 바꿔버린 것, 공격을 당한다면 벤츠가 당하기 쉬울 거라는 생각이었다. 잇달아 호텔 구역을 벗어난 체로키와 벤츠는 대로로 나오자마자 신호 대기에 멈춰 섰다.

오후 시간이라 교통량이 많은 형편, 이래서는 예정 시간보다 많이 늦어질 것 같았다. 더구나 곳곳에 정복 경찰관들이 깔려 무작위로 차를 세우고 있었다. 오전에 발생한 본토 중국인들의 시위 때문일 것이었다.

'상관없겠지.'

오정명은 창밖의 차량 행렬을 내다보며 허리춤에 고정한 복대를 가볍게 두드렸다. 하드디스크는 제자리에 잘 있었다. 손목에 수갑으로 채운 손가방은 약간의 현금만 넣어 도난에 이중으로 안전장치를 했다. 준비는 완벽했다.

"교통 상황이 좋지 않다. 예상보다 조금 늦을 것 같다. 아웃."

조수석에 앉은 30대 중반의 사내가 전화를 끊으며 그를 돌아보았다.

"2팀 선착장에 도착, 현장은 이상 없고 대기한답니다."

짧게 깎은 머리에 까무잡잡한 피부를 가진 강인한 인상의 사내, 오정명도 이름은 모르고 콜사인만 알았다. 콜사인은 '검은늑대'였다. 경호팀 중에서 유일하게 개인적으로 고용한 요원인데 현역으로 근무할 당시에도 사격에 있어서만큼은 기무사 전체에서 최고라고 평가받던 베테랑이었다. 지금은 동남아시아에서 활동하는 유럽계 PMC에 근무하고 있지만 당장 현역으로 되돌려도 얼마든지 제몫을 해줄 친구였다.

"알았다."

가다 서다를 반복하면서 어렵게 시내를 통과한 체로키는 빌딩 숲을 벗어나면서 조금씩 속도를 올리기 시작했다. 그러나 그것도 잠깐뿐이었다. 차는 또 막혔다. 경찰관들은 빈민가로 나가는 길에도 숱하게 보였다. 종국에는 도로 중간을 가로막은 바리케이드와 경광등까지 보였다. 아예 전부 세우고 검문하는 것 같았다.

'젠장, 귀찮게 만드는군.'

하찮은 본토 중국인들의 시위가 발목을 잡는 상황, 경호팀 전원이 무장하고 있어서 자칫 문제가 생기면 수습이 어려울 수도 있었다. 창밖으로 머리를 빼 상황을 확인한 검은늑대가 물었다.

"우회할까요?"

"다른 길이 있나?"

"남쪽으로 우회가 가능합니다만 금방 온 막히는 길로 다시 들어가야 합니다. 시간이 좀 걸립니다."

"그럼 그냥 진행하지, 너무 늦는 건 곤란해."

"알겠습니다, 혹시 모르니 총기 휴대하셨으면 시트 밑에 넣으십시오."

"그러지."

호신용으로 가지고 있던 베레타를 꺼내 시트 아래에다 내려놓고 등받이에 기대 눈을 감아버렸다. 검문은 알아서 대응할 것이었다. 얼마 지나지 않아 창문을 두드리는 소리가 들렸다. 운전하는 요원이 창문을 내리자 경찰관은 안을 슬쩍 보더니 그냥 가라고 손짓을 했다.

차는 금방 다시 움직였고 차창 밖의 경물도 속도감 있게 지나가기 시작했다. 그런데 운전하는 요원이 백미러로 그와 눈을 마주쳤다.

"경찰이 2호차를 옆으로 뺍니다. 하차시키는 것 같습니다."

"뭐?"

급히 뒤를 돌아보았다. 벤츠는 바리케이드 옆으로 빠져나와 정지하고 있었다. 그리고 운전자가 창밖으로 머리를 내밀어 경찰관과 무언가 이야기를 하고 있었다. 그림은 확실히 좋지 않았다.

"세울까요?"

운전자의 질문을 검은늑대가 빠르게 잘랐다.

"밟아, 우린 계획대로 진행한다."

그는 토를 달지 않았다. 현장의 일은 팀장이 알아서 할 문제였다. 대신 차를 바꿔 타기를 잘했다는 생각을 떠올렸다. 기우이길 바라지만 매수된 경찰이 그가 탄 자동차를 목표로 삼았을 수도 있다는 생각이었다. 시내 구간을 벗어난 체로키가 가속을 시작할 무렵 벤츠로부터 보고가 들어왔다.

—여기 2호차, 1호차 나와라.

"여기."

—국내에서 발급받은 국제면허증을 문제 삼는 것 같다. 시간이 좀 걸릴 것으로 판단.

"특이 사항은?"

—없다. 그러나 안심할 수도 없다.

"카피, 최대한 빨리 따라와라. 먼저 현장으로 이동한다."

—카피 댓.

오정명은 별다른 말을 하지 않고 검은늑대와 2호차 요원의 무선 통화를 듣기만 했다.

'꼬이네.'

조짐이 별로 좋지 않았다. 중요한 날을 시작부터 불안하게 출발하는 셈, 빈민들은 어디를 가나 골칫거리였다. 사회에 기여하는 건 쥐뿔도 없으면서 요구하는 건 무지막지하게 많았다.

'귀찮은 것들.'

그래도 시내를 벗어난 이후의 진행은 순조로웠다. 불과 몇 분 만에 빈민가 집단 거주 건물들을 통과해 해안도로에 들어섰고 선착장도 금방 나타났다. 키 큰 잡초들 너머로 선착장이 보일 무렵, 2호차로부터 반가운 보고가 돌아왔다.

―상황 종료, 출발했습니다. 막히지만 않으면 8분 이내 도착입니다.

"5분 이내에 도착하지 않으면 먼저 출발한다. 따로 배편을 알아보도록."

―카피.

오정명은 짧게 심호흡을 했다. 일단 한숨 돌린 셈, 그런데 지긋지긋한 경광등이 또 보였다. 비좁은 진입로가 끝나는 도랑 옆으로 간이 바리케이드가 도로 절반을 가로막고 있었다.

'갈수록 태산이로군.'

차가 도랑 구간으로 접근하자 선글라스를 쓴 여자 경찰관이 경광봉을 아래위로 흔들었다.

차승호는 부서진 박스들 사이에서 차분하게 체로키 운전석을 조준했다. 체로키의 선팅 색깔이 어두운 데다 멈춘 위치가 애매해서 뒷자리에 탄 사람의 얼굴은 보이지 않지만 차량 번호와 차종이 장명신의 문자와 동일했다. 거리는 15미터 안쪽, 이러면 손바닥만 한 표적지라도 백발백중이었다. 안전장치를 자동으로 돌리고 체로키 운전석 쪽으로 걸어가는 한희진을 호출했다.

"잘하고 있어, 그대로 손짓으로 창문 내리라고 해. 그리고 셋에 엎드려."

―카피.

"하나."

한희진이 한걸음 더 다가서고 운전석 창문이 스르르 내려갔다. 운전자의 얼굴이 보였다.

"둘."

한희진은 속도를 줄이면서 등 뒤로 손을 가져갔다. 옆구리의 권총집은 단추를 단단히 채워 뺄 의사가 없는 것처럼 보이게 했고 왼손도 볼펜을 꽂은 수첩으로 바꿔 들어서 의심받을 여지는 없었다. 걸음걸이도 자연스러워서 누가 봐도 평범한 경찰관이었다. 그래도 등 뒤로 잡은 권총은 가늘게 떨리고 있었다. 부드럽게 방아쇠에 힘을 주며 중얼거렸다.

"셋."

한희진은 순간적으로 무릎을 꿇으면서 범퍼에 달라붙었고 동시에 그의 총구가 불을 뿜었다.

파바박!

"컥!"

운전석과 조수석 유리창이 한꺼번에 터져나가고 동시에 짧은 비명이 터졌다. 20발 이상의 무자비한 연사, 반격은 없었다. 뒷자리에다 나머지 총탄을 모조리 쏟아부었다. 뒷자리 창문이 폭삭 주저앉고 비명이 들리는 것 같았다. 한희진도 후드 위로 총을 내밀고 조수석에다 총격을 가하기 시작했다. 자세가 제법 틀이 잡혔다는 생각을 하면서 양손에 권총을 잡았다.

"나간다!"

박스를 벗어나자마자 전진하면서 무차별 연속 사격, 슬라이드는 금방 멈췄다. 멈치를 가볍게 건드려 양쪽 탄창을 동시에 떨어트리고 방탄복에 고정해둔 탄창을 끼웠다.

"그대로 있어."

일어나려는 한희진을 제지하고 조준한 채 자동차 앞으로 돌았다. 운전자는 초탄에 관자놀이가 터져나갔으니 확실히 사망, 그러나 조수석에 앉은 놈은 확실치 않았다. 만일 방탄복을 입었다면 생존 가능성도 없지 않았다. 빠르게 돌면서 조수석에다 다시 몇 발을 쐈다. 움직임도 응사도 없었다.

한희진에게 엄호하라고 수신호를 한 뒤, 바짝 긴장한 채 조수석 문을 당겼다. 문이 열리자마자 피투성이가 된 팔이 툭 떨어졌다. 도어 트림은 팔의 주인이 흘린 뇌수가 허옇게 달라붙어 있었다. 가슴과 옆구리도 피투성이였지만 머리의 총상이 치명상인 것 같았다. 뒷자리에서 신음 소리가 들려왔다.

"으…… 쏘…… 쏘지 마! 살려줘!"

오정명일 터, 그는 한희진을 물러서게 하고 영어로 낮게 소리쳤다.

“총 밖으로 던져!”

떨리는 손 하나가 창밖으로 나오더니 피 묻은 권총을 떨어트렸다. 한 발 떨어져 뒷문을 당기자 총탄 구멍 대여섯 개가 뚫린 손가방이 먼저 나타났다. 오정명은 앞자리 시트와 뒷자리 사이로 들어가 쪼그려 앉은 상태로 손가방을 이마까지 들어 올리고 있었다. 손가방이 조금 내려가더니 새파랗게 질린 오정명의 눈매가 보였다.

“워……원하는 건 다 주겠다. 살려만 다오.”

손가방이 치명상은 막아준 모양인데 그래도 왼쪽 어깨와 다리는 피투성이였다.

“가방 열어.”

오정명은 덜덜 떨면서 번호를 맞춰 가방을 열었다.

“미…… 미화 30만 달러다, 다 가져라.”

“디스크는?”

“디…… 디스크? 너 누구야?”

“두 번 이야기하지 않는다, 디스크.”

“여기 없어.”

오정명은 필사적으로 고개만 가로저었다. 어떻게든 시간을 끌어 볼 생각인 모양이었다. 그는 오정명의 이마에 총구를 들이대고 정장 안주머니쯤을 두드렸다. 지갑 정도가 전부였다.

“나와.”

멱살을 틀어잡고 끌어당겨 차 밖으로 내동댕이쳐버렸다.

“윽!”

놈을 뒤집어놓고 양복 주머니와 허리춤을 돌아가면서 두드려 복대를 찾아냈다. 디스크는 거기 있었다. 복대를 뜯어내 안을 확인하면서 한 발 물러섰다. 그리고 한국어로 말했다.

"아무리 내일모레 잘릴 놈이라지만 명색이 기무사령관이라는 작자가 외국에서 무방비 상태로 카지노나 돌아다니니까 이런 일이 생기는 거야."

"뭐라고?"

"아무도 모를 거라고 생각했나?"

주저앉은 오정명의 얼굴은 사색으로 변해가고 있었다. 그는 다시 한 발 물러서면서 놈의 미간을 조준했다.

"좆 잡고 반성하면서 가라."

그대로 방아쇠를 당겼다. 덜컥 머리가 젖혀진 놈은 비명도 지르지 못하고 뒤로 넘어갔다. 그런데 입맛이 썼다. 속이 시원할 줄 알았는데 기분은 별로였다.

'이걸로 진짜 강을 건넌 셈인가?'

디스크를 찾아내고 방아쇠를 당기는 순간까지 단 1초도 갈등하지 않았다. 어차피 그의 얼굴을 봤으니 고민할 이유도 없었다. 그러나 내심은 복잡했다. 현직 기무사령관을 죽인 판이라 사고도 초대형으로 터트린 꼴이었다. 이제 돌아갈 길은 없었다. 강을 건너다 못해 잔도까지 끊은 셈이었다.

'고민은 나중에.'

우선 현장을 벗어나야 했다.

"뜨자."

"응."

잡초들 너머로 선착장 쪽을 훑어보면서 뒷걸음질로 뛰었다. 그리고 돌아섰다. 순간, 알티마 하체에서 날카로운 섬광이 작렬했다.

스팟!

"숙여!"

반사적으로 한희진을 끌어안고 쓰레기 더미 속으로 몸을 날렸다.

쩡!

크지 않은 폭음과 함께 알티마는 불쑥 떠올랐다가 그대로 주저앉았다.

'젠장, 이건 또 뭐야?'

잡동사니 속에서 버둥거리다가 몇 개를 차내고 나서야 어렵게 몸을 일으켰다. 폭발은 정확하게 차를 주저앉혔다. 트렁크에는 폭약이 실렸고 연료 탱크까지 꽉 찬 상태임에도 불구하고 폭발에 따른 연쇄 폭발은 없었다. 정신을 차리기도 전에 느닷없는 소닉붐이 날카롭게 머리 위를 스쳤다.

'윽!'

딱 한 발, 총탄은 머리 위의 부서진 박스를 터트리고 사라졌다. 본능적으로 자세를 낮춘 그는 한희신을 끌어안은 채 굴러서 쓰레기 더미 뒤쪽의 나무 박스 뒤로 들어갔다. 그런데 총성을 듣지 못한 것 같았다. 소음기가 사용됐다고 하더라도 소리가 전혀 들리지 않으려면 거리가 멀어야 했다.

'저격수?'

저격수라면 기본적으로 오정명의 수하는 아닐 것 같았다. 오정명이 배치한 저격수라면 그가 오정명을 사살할 때까지 그냥 둘 이유가 없고 뒤처진 놈들이 벌써 도착했을 리도 없었다. 아직 시간적으로 여유가 있는 데다 만일 가까이 왔다면 장명신이 먼저 연락을 했을 것이었다.

장명신의 클리너 투입이라고 보기도 어려웠다. 작전이 끝나지도 않았는데 차를 폭파하고 저격수로 살인멸구를 시도할 리가 없었다. 장명신이 그걸 원했다면 진즉에 머리통에 구멍이 났을 것이었다.

"괜찮아?"

"응."

한희진은 대답하면서 굴러서 박스 안쪽으로 떨어져 나갔다. 다행히 다친 곳은 없는 것 같았다. 일단 소총 탄창을 갈고 전화기를 확인했다. 먹통, 전파방해였다.

'제기랄, 뭐가 어떻게 돌아가는 거야?'

이상한 건 저격수의 총탄도 더 날아오지 않고 적의 움직임도 없다는 사실이었다. 실제로 저격수의 초탄은 거의 위협사격에 가까웠다. 총탄이 날아온 각도가 상당히 높았는데도 1미터 이상 떨어진 엉뚱한 곳에 박혔고 2탄도 감감무소식이었다. 느낌뿐이지만 더 쏠 생각이 없는 것 같았다.

'생포하겠다는 건가?'

일단 오정명이나 장명신의 수하일 가능성은 사라진 셈, 이도저도 아닌 별도의 세력이라는 뜻인데 단서를 찾아내기는 어려웠다. 지금으로서는 국정원일 가능성이 가장 높다는 정도가 전부였다. 아니길 바라지만 만일 국정원이라면 오지연이 그를 봤다는 뜻이 되고 그건 곧 더 위험해졌다는 뜻이기도 했다.

"일단 후퇴, 플랜 B, 선착장으로 가자."

"응."

저격수가 두 사람을 죽일 의사가 없다면 기회가 아주 없지는 않다
는 생각, 한쪽으로 몰아가는 느낌이지만 퇴로는 선착장뿐이었다. 저
격수까지 배치할 정도면 진입로 쪽은 무조건 차단됐다고 보아야 했
다. 일단 쓰레기 더미들 뒤를 기어서 선착장 방향으로 움직였다. 박스
들이 키 높이 가까이 올라가고 저격수의 시야를 가렸다는 확신이 선
뒤, 도랑을 건너 곧장 숲으로 들어갔다. 저격수의 공격은 더 없었다.

넓지 않은 숲을 일직선으로 통과하고 창고 뒤의 좁은 공터 경계에
서 잠시 호흡을 가다듬었다. 따라오는 놈들은 없었다. 그러나 창고
사이로 보이는 선착장의 분위기도 심상치 않았다. 너무 조용했다. 가
까운 곳에서 총성과 폭발이 있었으니 기무사 측 인력이 움직여야 정
상이고 하다못해 창고의 인부들이라도 보여야 말이 됐다. 그런데 선
착장은 쥐 죽은 듯이 고요했다.

'지랄이네, 이거.'

일단 오정명의 복대에서 디스크를 빼내 방탄복 안에다 고정하고
자동소총 틴칭을 갈면서 남은 숫자를 확인했다. 얼다섯 발짜리 권총
탄창 세 개와 30발 자동소총 탄창 하나, 한희진에게는 권총 탄창 두
개가 전부였다.

"아침에 연습한 대로 간다, 후방 감시하면서 따라오되 5미터 이상
떨어지지 마, 알지?"

바짝 긴장한 채 고개를 끄덕이는 한희진의 어깨를 가볍게 두드리
고 씩 웃어 보였다.

"잘될 거야, 가자."

일단 공터를 가로질러 열려 있는 창고 뒷문에 달라붙었다. 지독한 생선 비린내가 먼저 코를 찔렀다. 몇 초 기다리면서 안을 살폈지만 움직임은 전혀 없었다. 뒤따라온 한희진이 창고 벽에 달라붙은 다음, 안으로 발을 들여놓았다. 여전히 조용한 상황, 아무렇게나 쌓아놓은 잡동사니들을 뚫고 선착장 방향으로 나와 창문에 달라붙었다. 여전히 조용한 상황, 보이는 건 멀리 목조 선착장에 매놓은 빈 배 몇 척이 전부였다.

'골 아프네.'

위치를 알 수 없는 저격수가 눈을 시퍼렇게 뜨고 있는데 무조건 뛰어나갈 수는 없었다. 차라리 총탄 빗발치는 근접전이 낫겠다는 생각, 가장 가까운 배와의 거리도 60미터가 넘어서 전력으로 뛴다고 가정해도 10초 이상 개활지에 노출되는 꼴이었다. 저격수에게 10초면 서너 명은 머리에 구멍을 낼 수 있는 시간이었다.

고민하는 사이 한희진이 그의 어깨를 두드렸다.

"저기."

한희진이 가리킨 건 구석에 쌓인 박스 뒤로 보이는 낡은 운동화였다. 달랑 한 짝 뿐인데 옆으로 사람의 맨발이 보였다. 박스를 조금 밀어내고 뒤를 확인했다. 20대 중반으로 보이는 중국인의 시체였다. 얼굴이 피범벅이어서 확실치는 않지만 윤곽은 오후에 봤던 인부 중 하나인 것 같았다. 시체는 안쪽으로 둘이나 더 보였다.

'제기랄, 미친 거 아냐?'

순간, 밖에서 미세하게 스티로폼이 밟히는 소리가 들렸다.

삐득.

수신호로 은폐를 지시하고 창가로 움직였다. 다음 순간, 느닷없이 선착장 쪽 유리창 10여 장이 한꺼번에 깨져나갔다.

와장창!

타타탓!

말 그대로 총탄의 비였다. 판자로 만든 창고 벽에 주먹만 한 구멍이 숱하게 뚫리고 나무조각들이 줄줄이 비산했다.

"숙여!"

악을 쓰면서 그대로 누워버렸다. 워낙 무지막지하게 쏟아붓는 판이라 창문에서 30미터 이상 떨어진 박스 뒤에 있는데도 분진과 나무조각 때문에 눈을 뜨기가 쉽지 않았다. 응사는커녕 머리를 드는 것도 어려운 형편, 거기다 일부는 대구경이라 방탄복도 무용지물일 것 같았다.

일단 한희진이 있는 박스 뒤로 기었다. 한희진은 머리를 감싸 안은 채 모로 누운 상태, 비산하는 나무조각과 총성은 여전히 창고 전체를 뒤덮고 있었다. 박스 뒤에서 한희진을 감싸 안는 순간, 갑자기 총성이 사라졌다.

'이제 시작인가?'

머리만 내밀고 총탄이 쏟아지던 방향에 눈을 돌렸다. 창고 안이 환해진 느낌, 창고 벽 대부분에 훤하게 구멍이 났고 한쪽은 아예 무너져 있었다.

"괜찮아?"

"응, 오빠?"

“아직, 구멍 난 데는 없는 거 같다, 숙이고 있어.”

소총을 박스 위로 올리고 응사를 준비하려는데 낯익은 목소리가 들려왔다.

“팩맨! 멀쩡해?”

오지연의 목소리, 자신도 모르게 미간이 좁혀졌다. 우려했던 부분이 현실이 된 셈이었다. 오지연이 말을 이었다.

“오래간만이야! 그래도 한때 친구였는데 인사 정도는 하지?”

“반갑지 않은데!”

“내가 나타난 게 놀랍지 않은 모양이야?”

“신임 정보실장이 홍콩에 놀러온 것 정도는 비밀도 아니야.”

“흠, 이것들 하는 짓이 그렇지. 어쨌든 죽이고 싶지 않으니까 총 버리고 그냥 나와.”

“너무 쉽게 생각하는 거 아냐?”

“시간 끌어봐야 거미 년 나타나기 어려울 거야, 포위됐고.”

“김영범이랑 같이 노는 거 쪽팔리지 않냐?”

“외국 스파이 심부름이나 하고 다니는 너보다는 백번 나은 거 같은데?”

“이야기가 그렇게 되나? 그래서? 원하는 게 뭐야? 디스크냐?”

“말장난 그만하고 나와. 다섯을 세겠다, 아니면 제대로 시작이야. 꼬마도 같이 죽는 건 별로 즐거운 일 아닐 건데?”

“해봐.”

“경기관총만 세 정이야, 3분이면 창고까지 흔적도 없이 갈아엎을 거다.”

“자신 있으면 해보라니까? 내가 살아 있기를 바라는 거 아닌가?”

뜬금없는 이야기를 주고받으면서 등 뒤의 창고 벽면을 훑어보았다. 문은 앞뒤에 하나씩이고 옆은 창문도 없는 벽이었다. 그래도 판자를 이어 붙인 벽이어서 습기에 오래 노출된 아래쪽은 발로 몇 번 차면 부서질 것 같았다. 발로 밀어보며 약한 곳을 찾는 사이, 오지연이 소리를 질렀다.

“난 윗동네 생각 따라갈 생각 없어, 하나!”

오지연이 셋을 셀 때쯤 10센티미터 정도 휘어진 판자를 찾아냈다. 밖에 나간다고 활로가 보장되는 건 아니지만 일단 창고를 벗어날 방법은 찾은 셈이었다. 넷을 세는 소리가 들려왔다.

“저것들이 쏘기 시작하면 이 위에다 횡으로 총을 쏠 거야, 끝내면 바로 차서 부러트리는 거야. 알았지?”

고개를 끄덕이는 한희진의 이마에 가볍게 키스를 해주고 박스에 기대 판자 눈높이를 조준했다. 서너 칸 정도만 부수면 사람 하나는 간단히 나갈 수 있었다.

“다섯!”

팅!

무언가 깨진 창문을 통해 안으로 들어왔다. 목소리로 두 사람의 위치를 가늠했는지 멀지 않은 곳이었다.

“눈, 귀 막아! 섬광탄!”

쩡!

웅크린 채, 눈과 귀를 막았지만 순간적으로 눈과 귀가 멀어버린 것 같았다. 아주 멀리서 섬뜩한 총성이 터졌다.

타타탓!

순식간에 파편들이 비산하기 시작했다.

'제기랄!'

눈을 감은 채 판자 중간에다 소총을 긁어버렸다. 그리고 있는 힘껏 벽을 차냈다.

콰직!

판자는 순식간에, 그리고 간단하게 부러져나갔다. 잇달아 네 개, 먼저 상체를 내밀고 좌우를 살폈다. 잡동사니들이 쌓인 비좁은 골목이라 바로 눈치채지는 못할 것 같았다. 빠져나와 한희진을 끌어내고 선착장 반대편으로 방향을 잡았다. 경기관총 배치는 선착장 쪽이니 일단 반대로 움직여야 했다.

"가자."

골목 끝에 기대서서 눈만 내밀었다. 바로 앞에 한 놈이 방탄복 입은 등을 보이고 있었다. 어깨너머로 보이는 인원은 둘, 일부는 벌써 창고 안으로 진입한 것 같았다. 시간을 더 끌 수는 없었다.

한희진에게 수신호로 숲으로 뛰라는 지시를 하면서 왼손에 단검을 말아 쥐고 다른 손에는 권총을 잡았다. 그리고 심호흡, 곧장 튀어나갔다. 등을 보인 놈의 오른쪽 어깨에다 한 방을 쏘고 목을 틀어잡으며 그대로 밀어붙였다.

"큭!"

겨드랑이 사이로 총을 빼서 앞으로 밀려 나가는 다른 놈의 등과 다리에 잇달아 총탄을 박았다. 놈은 풀썩 주저앉았다. 잇달아 놈의 머리 위로 문 반대편에 무릎을 꿇고 있는 놈의 가슴팍에다 세 발을 연사했다.

"으악!"

놈은 주저앉으면서 뒤로 나자빠졌다. 방탄복 위에 맞았으니 죽지는 않겠지만 한동안 숨은 쉬기 어려울 것이었다. 목을 잡은 놈의 옆구리에 다시 한 발, 주저앉은 놈의 등에다 또 한 발을 쏘고 돌아섰다.

"뛰어!"

일직선으로 숲을 향해 뛰는 한희진을 힐끗 돌아보고 창고 안에다 수류탄 하나를 까서 깊숙이 던져 넣었다. 그리고 안에다 소리를 질렀다.

"수류탄!"

부상자만 만들겠다는 생각, 지금으로선 부상자의 숫자만큼 손을 묶는 정도가 최선이었다. 어차피 안에 있는 것들이 진짜 국정원 요원인 이상 죽여서 좋을 일도 없었다. 다급한 고함 소리와 함께 굉음이 터졌다.

쾅!

수류탄 한 알임에도 불구하고 폭발의 후폭풍은 간단치 않았다. 파편이 벽 한쪽을 터트렸고 지붕까지 몇 미터나 주저앉아버렸다. 일단 발복을 잡는 데는 성공한 셈, 산해 위에나 소총에 남은 실탄을 모조리 난사하고 돌아서서 일직선으로 공터를 가로질렀다. 그런데 공터 중간쯤을 뛰다가 뒤를 확인하는 순간, 쇠망치로 내리치는 것 같은 무시무시한 통증이 가슴 한복판에 작렬했다.

'큭!'

풀썩 한쪽 무릎을 꿇고 무너지면서 바닥에 머리를 박았다.

"오빠!"

팡!

정신없이 몇 바퀴를 굴러 코를 땅에 박은 상태로 멈췄다. 이대로 죽는 것 아닐까 싶을 정도로 고통은 심했다. 손가락 하나도 움직일 수가 없는 건 물론이고 숨이 막혀서 온몸의 피가 모조리 머리로 쏠리는 느낌이었다.

코앞에서 흙무더기가 두 번 연속 튀어 올랐다. 움직이지 말라는 뜻, 아마 의도적인 위협사격일 것이었다. 빠르게 움직이는 목표의 특정 부위를 정확하게 타격할 정도의 실력자가 정지한 목표를 맞추지 못할 리 없으니 더 생각할 필요도 없었다. 필사적으로 손을 짚고 되짚어 돌아오는 한희진에게 소리를 질렀다. 그러나 입 밖으로 나온 소리는 자신에게도 거의 들리지 않을 정도로 작았다.

막무가내로 뛰어온 한희진은 총탄이 날아온 방향을 어림잡아 권총을 난사하면서 결사적으로 그의 팔을 끌어당겼다.

"죽지 마! 안 돼! 안 된단 말이야!"

한희진은 울고 있었다. 그가 죽었다고 생각하는지 저격수의 총탄이 연신 발밑을 파헤치는데도 신경조차 쓰지 않았다. 덕분에 몸이 모로 돌아가면서 어렵사리 숨을 토해낼 수 있었다.

"멈……춰, 움직이지 마."

저격수가 마음먹고 쏘면 두 사람의 머리에 구멍을 내는 건 일도 아닐 거라는 생각, 아직은 위협사격으로 일관하고 있지만 더 움직이면 살상으로 바뀔 수도 있었다. 다행히 한희진도 죽일 생각은 없는 것 같았다. 그가 손을 잡아끌자 한희진이 털썩 무릎을 꿇더니 그의 머리를 끌어안았다.

"괜찮아, 오빠?"

한희진과 눈을 맞추면서 일어날 수 있을까를 생각했다. 개활지 한복판에 나앉은 꼴이라 일어난다고 해도 저격수의 조준경을 벗어나긴 어려울 것이었다. 저쪽에서 치명상을 입힐 의사가 없으니 운이 따라준다면 몇십 미터쯤은 뛸 수 있겠으나 숲으로 들어가는 건 거의 불가능에 가까웠다. 문자 그대로 운인 데다 시간적인 여유도 너무 없었다. 포기하고 뺨을 쓰다듬는 한희진의 손을 잡았다.

"무조건 도망갔어야지, 인마. 그래야 나중에 구하러 올 거 아냐."

"미안…… 나…… 혼자 못 가."

많이 놀랐는지 한희진은 그의 이마에다 굵은 눈물을 뚝뚝 떨어트리고 있었다. 어차피 냉정한 대응을 기대하는 건 무리일 터, 지금은 둘 다 치명상을 입지 않은 것만으로 만족이었다. 일단 손에 들린 권총을 던져버렸다. 저격수에게 의사표시를 분명히 해주는 편이 나을 것 같았다. 곧바로 오지연의 목소리가 뒤통수를 때렸다.

"당장 죽을 것도 아닌데 드라마 그만 찍지?"

고개를 돌리자 좌우로 시커먼 그림자 몇 개가 보였다. 오지연은 권총을 늘어트린 채 천천히 공터를 가로지르고 있었다. 어렵게 방탄복 지퍼를 내리며 허파를 쥐어짰다.

"제기랄, 이제 그만 좀 쏴라. 너 아니래도 팔자 파란만장이다."

"그 정도면 체면치레는 했어."

"뭔 소리야?"

"그만 개기라는 이야기다. 상대는 국정원 최정예 전투부대야. 자살하는 건 말리고 싶다. 그리고…… 너에 대해서는 죽이지 말라는 명령을 받았지만 꼬마는 아냐."

"일할 놈, 인질, 둘 다 필요한 거 아니었나?"

"그건 내가 상관할 바 아냐. 내가 받은 명령은 '가능하면 생포' 하나다. 급하면 사살이야."

"젠장, 그럼 이 대목에서 생포당하면 되는 거냐? 니 말대로 체면치레는 했으니까?"

허탈하게 웃은 그는 머리를 한희진의 무릎 위에다 떨어트리면서 방탄복에 매단 소총을 뜯어내 던져버렸다. 나머지 권총 하나는 어디 갔는지 보이지도 않았다.

*

"물건은 찾았나?"

"그렇습니다."

김영범은 창가에서 그를 돌아보는 깡마른 노인에게 깊숙이 고개를 숙였다. 깔끔한 쑥색 정장 차림으로 얼핏 보면 대기업 CEO 정도로 보이는 평범한 노인이었다. 그러나 눈빛은 쳐다보는 것만으로도 단숨에 사람을 압도했다. 조금 처진 눈꼬리가 날카로운 인상을 다소 희석시켰지만 날카로운 눈빛만은 숨기지 못하는 것 같았다. 노인이 갈라지는 목소리를 냈다.

"오정명이 죽었다고?"

"예, 회장님."

"자네 쪽도 피해가 컸다면서?"

노인의 시선은 다시 창밖으로 돌아갔다. 아담한 정원과 숲이 보이고 그 너머는 석양이 붉게 타오르는 수평선이었다. 김영범은 심호흡을 하면서 긴장을 풀었다.

"제 휘하는 부상자 다섯입니다. 오정명 측 피해가 심각한데 생존한 PMC 대원들은 편입시켜서 당분간 활용할 예정입니다."

"피해는 최소화한 셈이로군. 그나마 다행이야. 배후는 확인했나?"

"그게 확실치가 않습니다."

"확실치 않아? 범인은 그놈 아닌가?"

"맞습니다. 그래서 배후가 블랙위도우 아닐까 생각하고 있습니다."

"현장 정리에 그 아가씨 도움을 받았다면서?"

"그렇습니다."

"그럼 증거가 필요해. 자백이라도 받았나?"

"아닙니다, 지금으로서는 심증뿐입니다."

"확증 없으면 허튼소리 입 밖에 내지 마라."

"죄송합니다. 그러나 두 사람 사이의 불화가 오래된 걸로 알고 있습니다. 어제도 마카오에서 따로 만나 험한 이야기가 오간 걸로 보입니다. 그리고…… 비스트 그놈이 블랙위도우와 몇 번 만난 적이 있습니다. 정황은 그 여자를 가리키고 있습니다."

"됐어, 본인이 인정하지 않으면 그냥 묻어두게. 어쩌면 잘된 일이 될 수도 있으니까."

"예?"

"후속 인사에 대한 뒷이야기가 무성하지만 아직은 현직일세. 현직 기무사령관의 실종은 새 정부에 상당한 부담이 될 게야. 자네는 그놈이나 신경 써, 지금으로서는 최우선 순위에 해당되는 사안이야."

"알겠습니다."

"그리고…… 그 친구들 도착했나?"

"세미나실에서 기다리고 있습니다. 가보시겠습니까?"

"그러지, 가세."

노인은 마지막으로 창밖의 바다에 한 번 더 눈길을 주더니 조용히 돌아서서 휘적휘적 복도로 들어섰다.

"오셨습니까?"

복도 끝에 있는 깔끔한 문을 열자 앉아 있던 세 사람 중 둘이 서둘러 자리에서 일어섰다. 일어나지 않은 사람은 의자를 뒤로 빼놓고 뒤로 물러나 앉은 50대 후반의 사내였다. 노인이 안으로 돌아가며 말했다.

"앉지."

노인이 자리를 잡자 그는 회의 탁자 끝에 서서 좌중의 인물들에게 하나하나 목례를 건넸다. 노인의 왼쪽으로 허벅지를 모두 드러낸 장명신이 요염하게 손을 흔들어 보였고 맞은편의 신임 서울지검장 민용호는 무덤덤하게 고개만 끄덕였다. 떨어져 앉아 팔짱을 낀 신임 국방부 차관 이기수는 여전히 불만스런 표정을 풀지 않고 있었다.

나머지 빈자리는 아직 도착하지 않은 전 국정원장 조남철과 조일신문그룹 회장 방태산, 먼저 1층으로 내려간 맥스인프라 CEO 이철성, 전 금융감독원장 장인수, 그리고 죽은 기무사령관 오정명의 몫이었다. 전원이 말 한마디로 대한민국을 좌지우지할 수 있는 거물들로 모두가 한자리에 모이는 건 이번이 처음인 것 같았다.

"그래 여행들은 어떠셨나? 멀리들 오시느라 수고했어요."

노인이 입을 열자 장명신이 색기 넘치는 미소로 말을 받았다.

"감사합니다."

"세 분을 굳이 멀리서 보자고 한 이유는 이참에 우리 회원들을 모두 만나보는 게 좋을 것 같아서예요, 괜찮겠지요?"

"감사할 따름이죠, 회장님."

노인은 흐뭇한 표정으로 웃었다. 평소 회장이라는 호칭을 좋아해서 김영범 자신도 자주 쓰는 단어였다. 역시 장명신은 여우였다.

'빌어먹을 년.'

내심 욕설을 퍼부으며 이기수에게 눈을 돌렸다. 이기수는 아직도 노인과 눈을 마주치지 않고 있었다. 그가 끼어드는 수밖에 없었다.

"이 차관님, 본인은 물론이고 아이들의 미래까지 보장되는 천재일우의 기회입니다. 다른 생각 하지 말고 그냥 잡으세요."

여전히 대답은 하지 않았다.

'멍청한 놈.'

처세가 저 꼴이면 출세는 물 건너간 이야기였다. 여자 문제로 약점을 잡혀 끌려왔으면 일단 머리를 숙이는 게 정상이건만 저 불쌍한 중생은 계속 뻣뻣했다. 필요에 의해 억지로 끌어들인 작자여서 아무래도 장관 자리 몇 달 차지하는 정도가 한계일 것 같았다. 노인이 애써 미소를 머금으며 말했다.

"이보시게, 이 차관. 자네 군인 아닌가. 그런데도 지금 나라 돌아가는 꼴이 정상이라고 생각하는 겐가?"

"생각하기 나름이겠지요. 한쪽으로 너무 치우치면 리액션은 더 커집니다. 염두에 두십시오."

"그런가? 그럼 이건 어떻게 생각하나? 새 정부가 들어선 지 얼마 되지도 않았는데 벌써 각종 매스컴과 민간단체를 동원해서 우리 사람들을 타깃으로 기획 수사에 들어갔어. 죄가 있건 없건 전부 정치적으로 매장하겠다는 거지. 그러니 어쩌겠나, 나로서도 당하고만 있을 수는 없지 않겠나?"

"무슨 말씀이신지 모르겠군요."

"정치는 씀씀이가 헤픈 직업일세. 약간의 편법도 인정하지 않으면 아무도 버텨낼 수가 없어. 그런데 그걸 빌미로 사람을 매장하려 한다면 아무도 정치를 할 수 없다네. 그건 자네도 인정하지 않나?"

"전 군인입니다. 정치는 모르는 편이 낫습니다."

"하하, 좋은 자세야. 머지않아 크게 성장한 모습으로 내 옆자리에 올라서게 되겠어. 그리 알고 차분하게 기다리시게."

노인이 넉넉한 웃음을 머금었지만 이기수는 외면하고 아예 침묵 모드로 돌아가버렸다. 그가 노인의 눈치를 살피며 다시 끼어들었다.

"향후 세 분이 하셔야 할 일들에 대한 실무 지침은 오프라인 비문으로 전달될 겁니다. 새롭게 발생되는 각종 사안에 대한 지침도 그때마다 비문으로 전달됩니다. 실무 지침은 꼭 필요한 사안만 적시될 것이며 기타 사안은 각자의 판단에 따라 결정, 진행하시면 됩니다."

"허수아비 노릇을 하라는 이야기로 들리는데?"

"그럴 리가 있겠습니까. 비문은 언제나 기본적인 부분만 적시합니다. 기타 사안에 대해서는 각자에게 유리한 방향으로 결정하시면 됩니다. 협회의 입장은 고려하지 않으셔도 된다는 뜻입니다."

"고양이 쥐 생각하시는군."

"오늘은 처음이자 마지막으로 모두가 얼굴을 맞대는 자리이니 골고루 교류하시면서 한 이틀 푹 쉬셨으면 좋겠습니다. 그리고……
1층 연회장에 작은 여흥 자리를 마련했는데 먼저 내려가서 드셔도 됩니다. 아직 시간이 좀 이르니 다른 분들이 도착하실 때까지 연회장과 연결되어 있는 옥외 스파에서 여독을 푸셔도 됩니다. 파티걸은 물론이고 수영복도 사이즈별로 준비되어 있습니다."

이기수는 대답하지 않고 자리를 박차고 일어섰다. 불쾌한 기색도 전혀 숨기지 않았다. 민용호가 조용히 뒤따라 일어나 노인에게 목례만 했고 장명신은 엉덩이까지 터진 치마를 살짝 걷어내며 유혹에 가까운 몸짓을 했다.

"배려 감사드려요, 회장님. 저도 내려갈 건데…… 내려오실 거죠?"

"그래야지. 이런 미인이 초대를 하는데 그냥 있을 재간이 있나, 허허."

"감사합니다, 그럼."

장명신은 목을 옆으로 30도쯤 기울인 채 목례를 하더니 아주 자연스럽게 민용호의 팔쌍을 끼고 방을 나섰다. 불과 한 시간 남짓 한 방에 두었는데도 두 사람은 벌써 많이 가까워진 것 같았다.

가만히 장명신의 뒷모습을 지켜보던 노인은 김영범이 엉거주춤 일어서자 미간을 좁히며 중얼거렸다.

"오래 쓰기 어려운 친구 같군."

"여자관계가 복잡해서 당장 부려먹기는 쉽지만 장기적으로 보면 폭로성 사고의 가능성이 높습니다."

"그래도 청문회 통과는 어렵지 않을 거야. 1년 정도 쓰다가 정리하는 방향으로 가세."

"알겠습니다."

"자네는 별채로 내려가야지?"

"그럴 생각입니다, 마지막 수순을 밟아야죠."

"너무 험하게 다루지는 말게, 필요한 자산이야."

"그래야죠, 연회장으로 가시겠습니까?"

"그러지, 오래간만에 쉬러 나왔으니 허리띠 풀고 마셔봐야겠어."

"약주는 자제하십시오, 건강에 좋지 않습니다."

"이 사람아, 하고 싶은 거 못하면 일찍 죽어. 후후."

"가시죠."

김영범은 노인을 연회장까지 안내한 다음, 지체 없이 별채로 건너갔다. 연회가 시작되기 전에 처리해야 할 일이 태산이었다.

*

호이스트가 매달린 가이드레일 빔은 꽤나 높았다. 얼핏 보기에도 5미터 이상이라 손발 묶인 채 올라가는 건 불가능했다.

'독한 것들.'

차승호는 터진 입술에 침을 바르면서 발을 최대한 뻗어보았다. 발끝만 겨우 바닥에 닿았다. 양손을 가죽 끈으로 묶어 철제 후크에 걸어놓았는데 몸을 완전히 들어 올려 뒤집어도 손을 빼는 건 쉽지 않아 보였다. 그래도 시도는 해볼 생각으로 배에 힘을 줬다가 급히 몸을 늘어트렸다.

'젠장.'

갈비뼈의 통증이 생각보다 심했다. 괜히 무리해서 움직이는 통에 손목과 어깨의 상태만 악화시킨 셈, 더 움직이는 건 포기하고 한희진에게 눈을 돌렸다. 한희진은 3미터 남짓 떨어진 철제 의자에 묶여 있었다. 의자에 발을 대는 것 역시 불가능, 다 포기하고 창고 구석에 앉아있는 놈을 불렀다.

"어이, 물 좀 주겠나?"

죽일 의사가 없다는 점만은 확실하니 가까이 끌어들여 공격할 방법을 찾아볼 생각이었다. 그러나 놈은 대답도 하지 않고 물병을 따더니 자기가 마셔버렸다. 그리고 닫아서 그냥 창가에 내려놓았다.

"거 물 한모금 가지고 비싸게 굴지 말자고, 한 모금 달라니까?"

놈은 아예 외면하고 창가로 돌아서버렸다. 다시 소리를 지르려는데 누군가 창고 문을 열고 안으로 들어왔다. 김영범과 오지연이었다. 그가 하는 말을 들었는지 김영범은 다가오면서 창가의 물병을 챙겨들더니 뚜껑을 열고 그를 올려다보았다.

"견딜 만한가?"

"그럴 리가 없잖아. 안 그래도 갈비뼈 몇 개 나갔는데 팔까지 빠지겠어."

"칭얼대지 마라. 현직 기무사령관을 죽인 살인자에게 그냥 매달아두는 정도의 대우는 사실 너무 과분한 거야. 더구나 우리 애들도 다섯이나 작살냈잖아?"

"정당방위라고 모르나? 그리고 죽자고 총질하는 놈들을 죽이지 않고 부상만 입혔잖아. 그런 게 진짜 배려야. 설마 내 사격 실력이 그것밖에 안 된다고 생각하는 건 아니겠지?"

"정당방위는 계획적으로 사람을 죽이려고 달려든 놈에게는 해당되는 단어가 아냐."

김영범은 혼잣말처럼 중얼거리면서 오지연에게 물병을 넘겼다.

"다시 한 번 말하지만 넌 대한민국 2대 정보기관 중 하나의 수장을 암살한 반역자야. 당장 죽이지 않는 것만으로도 크게 아량을 베푼 거다."

오지연은 먼저 한희진의 입에 몇 모금 흘려준 다음 그의 입에다 물병을 물려놓고 두어 걸음 물러섰다. 김영범이 오지연에게 손을 벌렸다.

"그거."

그를 힐끗 돌아본 오지연은 탄띠에서 손가락만 한 주사기 두 개가 든 케이스를 꺼내 김영범에게 틱 던졌다. 케이스를 공중에서 낚아챈 김영범이 주사기 중에서 붉은 액체가 들어간 하나를 빼면서 말했다.

"이건 말이야, SVR(러시아 대외정보부) 아이들이 나노톡신이라고 부르는 물건인데…… 이거 구하느라고 돈 좀 썼어. 일종의 변형 괴사독인데 외부에 나노 코팅이 도포된 놈이라 혈관에 들어가도 정확하게 200시간 동안은 아무 이상 없이 혈관을 따라 돌아다니게 되지. 그러다가 나노 코팅이 깨지면 갑작스럽게 혈액 괴사가 시작되는데…… 3분이면 숨이 막히기 시작하고 10분이면 깨끗하게 호흡 정지야. 그러니까 주사 맞고 일주일쯤 멀쩡하게 살아 있다가 갑자기 쓰러져 죽는 거지. 아, 잠깐 따끔할 거니까 참아."

김영범은 톡신에 대해 주절주절 설명하면서 뒤로 돌아가더니 그의 목덜미에다 주사기 바늘을 쿡 박아 넣었다. 통증은 참을 만했다. 그러나 기분은 더러웠다.

"지랄이군, 암살용 독극물까지 등장이냐?"

"참고삼아 이야기인데…… 나노 코팅이 깨지고 나면 2분 이내에 해독제를 맞아야 후유증 없이 살 수 있을 거다. 그러니 너에게는 딱 200시간의 여유가 있는 거지. 무슨 짓을 해서든 그 안에 일을 성사시키도록 해야 할 거다. 일의 성사가 확인되면 바로 해독제를 넘겨주지. 어때? 재미있을 거 같지 않나?"

김영범은 빈 주사기를 바닥에 던져버리고 하늘색 액체가 들어간 주사기를 꺼내 그에게 흔들어 보였다.

"이게 해독제야. 일이 끝난 게 확인되면 저 아가씨 손에 들려 보내줄 생각이다."

"잠깐, 내가 이해가 되질 않아서 묻는 말인데…… 내가 죽어주는 게 가장 확실한 마무리일 텐데 왜 해독제를 주지? 이상하잖아."

"믿어도 돼, 난 죽일 생각 없으니까. 여기저기 도망 다니면서 경찰과 매스컴의 눈을 끌어주는 것도 괜찮은 옵션이거든."

"젠장, 황당한 소리만 떠드는군."

"그리고 서울 가서도 엉뚱한 생각은 하지 않는 게 좋아. 남상근에게 사실을 털어놓고 도움을 구하더라도 소용없어. 해독제는 이게 전부니까. 그리고 누나와 동생, 저기 영계 애인까지 모두 무사하기 어렵다는 사실도 염두에 두도록 해."

"제길, 하나 물어봅시다. 도대체 남상근을 죽여서 당신들이 얻는 게 뭐요? 그냥 무기 수입 리베이트나 먹으려고 하는 짓은 아닌 것 같고…… 쿠데타라도 하자는 건가?”

“후후, 요즘 세상에 쿠데타가 되겠나? 답은 모르는 게 좋아.”

혼자 낄낄대고 웃은 김영범은 주사기 케이스를 윗주머니에 쑤셔 넣으면서 가장 고참처럼 보이는 감시 요원을 불렀다.

“어이 캐처, 풀어줘.”

“예.”

캐처라고 불린 요원이 대뜸 허리춤에서 칼을 뽑더니 한희진을 묶은 끈을 잘라내고 이어 호이스트를 내려 그를 바닥에 굴렸다. 풀려난 한희진이 재빨리 달려와 그를 끌어안았다.

“괜찮아?”

한희진은 당장이라도 눈물을 펑펑 쏟을 것 같은 그렁그렁한 눈으로 그의 목에 난 주사 자국을 만지작거렸다. 그는 한희진의 목을 끌어당겨 귓전에다 속삭이듯 나직하게 말했다.

“백업 B.”

평소 만일의 사태를 대비해 비상시 연락 방법과 안가를 숙지시켜 두어서 백업 B라는 단어 하나면 의사 전달은 충분했다. 한희진은 미세하게 고개를 끄덕였다.

캐처가 그의 손에 묶인 줄들을 잘라내는 동안, 김영범은 신이 난 오케스트라 지휘자처럼 손을 크게 휘저으며 말을 이었다.

“그 예쁘장한 아가씨는 당분간 우리가 데리고 있도록 하지. 대우는 괜찮을 거야. 지금부터는 손님으로 대접할 거니까 말이야. 에 또…… 자네 불같은 성격을 알아서 하는 이야기인데…… 쓸데없이 허튼짓

할 생각은 말아. 누나하고 조카 생각도 해야 하지 않겠나? 후후."

차승호는 치열을 모두 드러내며 웃는 김영범을 향해 오만상을 찌푸렸다. 면전에다 욕설이라도 퍼붓고 싶었지만 일단 참았다. 김영범이 돌아서면서 말을 이었다.

"무기를 제외한 소지품은 전부 돌려줄 거다. 외교부에서 정식으로 발급한 깨끗한 여권도 하나 줄 생각이니까 출입국 시에 아무런 문제가 없을 거야. 일단 여길 나가면 곧장 서울로 돌아가도록. 이동하는 동안 끝까지 우리 요원들이 동행하게 될 거야. 도착 즉시 안가로 들어가고 일의 진행은 마님의 지시에 따르도록."

"똘마니들 입회하에 국방부 장관 죽이고 손 흔들어라 이거냐?"

"디데이까지 안가에서 대기하고 일이 끝나도 거기로 돌아와라. 그래야 그 아가씨를 만날 수 있을 거다."

"미친놈들, 무슨 짓을 하고 있는 건지 알기나 하는 거냐?"

"프로답지 않은 대사를 뱉는군. 한 가지만 분명히 하지. 이건 국가의 백년대계를 위한 일이다. 그 도구로 쓰이는 거니 영광스럽게 생각해라."

"백년대계 같은 소리 하네. 몇 놈만 잘 먹고 잘살기 위한 백년대계냐? 이쯤에서 네가 한 말을 그대로 돌려주지. 현직 국방부 장관을 암살하는 것만으로도 국기 문란, 반역, 쿠데타, 살인 교사, 기획 살인, 죄목만 열거해도 열 손가락이 모자라."

오지연이 들을 수 있도록 의도적으로 목소리를 높였는데 오지연의 얼굴에는 표정 변화가 없었다. 오지연도 국방장관이 암살 대상이라는 사실을 알고 있다는 뜻, 대답을 요구하는 눈빛을 보냈으나 오지연은 특유의 차갑고 무심한 표정으로 그를 내려다보기만 했다. 대신 김영범이 낄낄거리며 말을 받았다.

"후후, 자넨 세상을 보는 눈부터 키워야겠어. 국가의 주인이 도대체 누구라고 생각하는 거지? 국민? 시민? 선거권자? 다들 멍멍이 풀 뜯어먹는 소리야. 국민이 주인이네 어쩌네 하는 헛소리는 개나 줘버리라고 해."

"이건 또 무슨 개소리야? 너희들이 주인이라는 거냐?"

"너도 생각이라는 게 있다면 세계사를 한번 돌아봐라. 이른바 민중이라는 것들이 과연 역사의 주인일까?"

김영범은 혼자 자문자답하면서 신나게 말을 이었다.

"그건 절대 아니야. 진짜 역사의 주인은 몇 안 되는 불세출의 천재들이다. 그들이 세상을 지배하고 새로운 역사를 만들어가는 거지. 따라서 국가도 그 주인이 성장해야 성장할 동력을 얻을 수 있어. 대한민국의 성장은 그들의 성장이 전제되어야 가능하다는 이야기가 되겠지. 까놓고 말해서 너희 같은 떨거지들은 그들이 만든 아름다운 세상에 무임승차한 것뿐이야. 그런데 언감생심 권리를 주장해? 웃기지 좀 말아줘."

차승호는 어렵게 상체를 일으키며 웃었다. 말 안 되는 궤변에 말을 섞기는 짜증 나지만 조금이라도 정보를 빼내려면 상대를 해야 했다.

"그러는 넌 노비쯤 되는 건가?"

"멍청한 놈, 노비는 너 같은 밑바닥 인생들을 지칭하는 거야. 나는 두뇌에 가까워."

"착각하지 마라. 일 끝나면 너도 냄비 속에 들어갈 수 있어."

그의 생각을 눈치라도 챘는지 김영범은 그대로 말을 자르고 돌아섰다.

"안타깝게도 그럴 일은 없을 것 같군. 마님, 데려가라. 팩맨은 바로 서울행 비행기에 태우고 꼬마는 알아서 해. 대신 가능한 빨리 귀국시키도록. 여기 안전은 더 신경 쓰지 않아도 돼."

"카피, 너, 너."

오지연은 퉁명스럽게 대답하고 요원들에게 수신호를 보냈다. 지적을 받은 요원 둘이 앞으로 나서자 한희진이 그를 안은 팔에 힘을 주면서 왈칵 눈물을 쏟았다.

"조심해, 오빠. 응?"

그는 한희진의 등을 가볍게 도닥거려 되도록 안정시키면서 무릎을 당겨 일어나 앉았다. 그리고 장난스럽게 허리를 두드렸다.

"으…… 오만 삭신이 다 쑤시네, 흐으…… 내 목은 고래 심줄보다 더 질기니까 걱정 말고 쟤들이 시키는 거 그냥 다 해. 살아 있으면 무조건 이기는 거야. 애인 노릇 하려면 살아 있어야 되는 거 알지?"

한희진은 금방이라도 울 것 같은 얼굴로 고개를 끄덕였다. 오지연이 한희진의 어깨를 짚었다.

"가자."

"놔, 내 발로 갈 거야."

차갑게 중얼거린 한희진은 오지연의 손을 뿌리치고 그의 목을 끌어안으며 키스를 했다. 그런데 평소와 달리 그가 당황할 정도로 과감했다. 느낌상 오지연 앞이라 더한 것 같았다. 그는 눈만 멀뚱하게 뜨고 오지연을 올려다보았다. 오지연은 한심한 놈이라는 표정으로 입술을 비틀고 있었다.

잠깐이지만 격렬하게 키스를 퍼부은 한희진은 시뻘겋게 달아오른 얼굴로 떨어져 나가면서 눈을 떴다. 그리고 손등으로 눈물을 훔쳤다.

"나 갈게요."

언제 울었냐는 듯 씩씩한 목소리, 그는 쓰게 웃으면서 고개만 끄덕였다.

벌떡 일어선 한희진은 오지연과 마주 서서 도전적으로 오지연의 눈을 노려보았다. 그리고 바람 소리가 나도록 돌아서 성큼성큼 문을 향해 걸었다. 오지연은 흐릿하게 웃으면서 수신호로 요원 둘에게 따라가라고 명령했다. 요원 두 사람이 움직이자 날 선 목소리가 정수리를 때렸다.

"멍청한 변태."

그에게 하는 소리였다. 마땅히 대꾸할 말이 없어 그냥 허탈하게 웃었다. 오지연은 그의 반응은 보지도 않고 캐처에게 말했다.

"캐처, 타깃을 인천까지 직접 데리고 가라. 서울에서 보자."

"카피 댓."

캐처는 수신호로 다른 요원 둘에게 명령했고 둘은 양쪽에서 그의 겨드랑이를 잡고 들어 올렸다. 그는 다리에 힘이 들어가지 않는 것처럼 몸에서 아예 힘을 빼버렸다. 최대한 방심하게 할 생각이었다.

그냥 질질 끌려 밖으로 나오자 멀리 바닷가에 선착장이 보였다. 우선 한희진이 어디로 가는지부터 확인했다. 한희진은 정원 사이에 난 보도블록 위에 있었고 반대편은 고색창연한 영국식 석조건물이었다.

'저게 본채인 모양이로군.'

그가 끌려온 선착장에는 고가의 대형 요트 한 척과 소형 보트 몇 척이 접안되어 있었다. 비교적 큰 규모인데도 강어귀의 숲에 가려져 있어서 바다에서는 보이지 않는 절묘한 위치였다. 캐처는 그를 보트에 태우자마자 새 배낭과 옷가지를 던졌다.

"갈아입어."

새삼 옷차림을 내려다보았다. 꼴이 말이 아니었다. 근거리에서 총격을 벌인 탓에 온몸이 핏자국 천지였고 여기저기 찢어진 데다 온통 흙으로 도배를 하고 있었다. 한쪽 손만 내밀어 어렵사리 셔츠와 바지를 갈아입기 시작했다.

"어디로 가는 거지? 바로 공항인가?"

그의 질문에 대답 대신에 젖은 수건 하나가 날아왔다.

"닦아."

최소한 얼굴은 닦아야 출국 심사대를 통과한다는 뜻일 것이었다. 수건을 받아들고 보트 한쪽 구석에 털썩 주저앉았다.

"친절도 하시군."

선착장을 벗어난 보트는 강어귀를 향해 빠르게 가속하고 있었다. 그는 물수건으로 얼굴을 닦아내면서 차근차근 건물의 위치와 구조를 머릿속에 입력했다. 어떻게든 돌아올 생각, 한희진도, 해독제도 김영범의 손에 있으니 무조건 돌아와야 했다.

*

"데이터 믹싱은 끝난 겐가?"

"예, 순조롭게 조합 끝냈고 데이터는 노트북 하나에 몰았습니다. 디스크 세 개는 모두 소각했습니다."

"듣던 중 반가운 소리로군, 크게 도움이 됐어. 수고했네."

김영범의 대답에 노인은 물속에서 느리게 박수 치는 동작을 취하고 다가오라고 손짓을 했다. 노인의 등 뒤로 한 발 다가서자 후끈한 열기가 얼굴로 끼쳐왔다. 대나무 지붕이 있는 옥외 온천탕인데 온도가 상당히 높은 것 같았다.

"감사합니다."

"좀 들여다봤나?"

"분량이 너무 방대해서 자세히 보지는 못했습니다. 소팅된 리스트 파일만 훑어봤는데 디렉토리 120여 개에 음성 파일이 약 90만 건, 사진은 2만 건, 동영상도 2천 건이 넘는 것 같습니다. 디테일은 검토할 시간이 필요합니다."

"그거야 어쩔 수 없지. 급한 대로 작년 8월쯤 대통령과 대통령실장 관련된 건만 우선 챙기게. 내가 본 파일이 하나 있는데 약간의 기획만으로 한 방에 대통령의 입을 다물게 만들 수 있는 건이 있었던 것으로 기억하고 있어. 최선은 아주 주저앉힐 수 있는 건이 나오는 거지만 그건 쉽지 않을 게야. 일단 대통령을 정치적으로 궁지에 몰아넣는 선으로 만족하세."

"알겠습니다."

"노트북은 어디 있나?"

"가지고 내려왔습니다."

김영범은 손에 들린 노트북 가방을 들어 보였다.

"사본은 만들지 않도록 하게. 아이들도 믿지 말고 항상 가까이 둬."

"그래야죠."

"그 짐승인지 뭔지 하는 놈은 단단히 처리했겠지?"

"공항까지 넷이나 따라갔고 둘은 인천까지 같이 갈 겁니다. 어차피 이중 삼중 중복해서 안전장치를 해둬서 다른 마음먹기는 쉽지 않을 겁니다."

"그래도 조심하게. 그런 아이들이 가끔 미친 짓도 하는 법이니까."

"조금 전에 출국 심사장 통과했다는 보고가 들어왔고 비행기 타면 다시 보고할 겁니다. 심려 놓으셔도 됩니다."

"그놈이 기무사령관을 죽인 건 사실이니까 한꺼번에 터트리도록 해봐. 국내에서 벌어진 테러 정도로 유도하면 괜찮을 게야."

"신경 쓰고 있습니다. 오정명의 사체도 서울로 가져가는 방향으로 추진하고 있습니다."

"좋아…… 웬만큼 정리가 된 셈이로군. 그럼 이제부터 진짜 망가져볼까?"

노인은 느릿하게 일어나 온천 밖으로 나왔다. 김영범이 급히 테이블 위에 있는 가운을 집어 입혀주면서 나직하게 말했다.

"저 여자는 항상 조심하십시오. 언제 약점을 파고들지 모릅니다."

그의 시선은 막 수영장 밖으로 나오는 장명신을 향하고 있었다. 가슴 굴곡을 따라 흘러내리는 물방울이 섬뜩하게 빛을 반사했다. 장명신의 벗은 몸은 처음 보는데 파티걸로 데려온 러시아 모델 아이들과도 전혀 뒤지지 않을 정도로 풍만했다. 그의 시선을 따라온 노인이 너털웃음을 터트렸다.

"허허, 이 사람아, 내가 그렇게 만만해 보이나?"

"그럴 리가요, 노파심에 드리는 말씀입니다."

"이 나이에 여자에게 넘어갈 일은 없어. 그저 눈으로 감상하는 것으로 만족하니까 말이야. 허허허."

"죄송합니다."

"그나저나 자넨 젊어서 좋겠어, 하하. 이쯤해서 자네도 모델 아이들 하나나 둘 데리고 올라가게. 비싼 돈 주고 불렀으니 충분히 즐겨야지, 후후."

"감사합니다."

영어가 가능한 미모의 모델 열두 명을 공수하느라 1억 넘는 돈을 지출했으니 본전 뽑으라는 뜻, 나쁠 것은 없었다. 급한 일은 모두 끝났고 안에 있는 인사들에게 자주 얼굴을 내미는 것도 그에게는 크게 도움 되는 일이 아니었다. 제법 거물들이지만 저들 수준으로 만족할 생각은 없었다. 그의 목표는 한참 더 위였다.

'너희들은 사귀어야 할 사람들이 아니라 부려야 할 수족이야.'

그는 느릿하게 걷는 노인에게 깊숙이 머리를 숙이고 유리문을 열었다. 그가 들어서자마자 비키니 차림의 여자 하나가 기다렸다는 듯 다가와 그의 어깨를 짚었다. 그는 여자의 어깨너머에 있는 전면 거울로 여자의 몸매를 훑었다. 꽤나 늘씬하고 볼륨감이 느껴지는 몸매, 간만에 아랫도리가 뿌듯해졌다.

늦은 시간임에도 불구하고 게이트 대기석은 앉을 자리가 별로 눈에 뜨이지 않았다. 차승호는 화장실 앞에 기대서서 바쁘게 키보드를 두드리는 게이트의 승무원들을 물끄러미 바라보았다. 나란히 선 캐처는 미동도 없었다. 다른 하나는 20대 후반의 매서운 인상의 요원인데 대기석 가장 뒷자리에 앉아 신문을 보는 척하고 있었다. 둘이 서울까지 그를 호송할 생각인 것 같았다.

'여기서 끝낸다.'

비행기가 이륙하고 나면 죽도 밥도 안 된다는 생각, 인천공항에서 되짚어 돌아온다고 해도 최소 20시간이 날아가는 판이니 김영범과 한희진 둘 다 놓칠 가능성이 높았다. 무조건 비행기가 뜨기 전에 저 둘을 처리해야 했다. 처리만 할 수 있다면 별장으로 돌아갈 약간의 시간도 벌 수 있었다. 비행기가 공중에 떠 있는 동안은 연락 두절일 테니 여섯 시간은 여유가 생길 것이고 밤 시간에 공항을 벗어나는 정도는 식은 죽 먹기였다.

문제는 둘 모두 강도 높은 훈련을 소화한 현장 요원일 거라는 짐이었다. 20대 후반으로 보이는 젊은 친구의 체격도 만만치 않아 보였고 캐처는 얼핏 보기에도 꾸준한 운동으로 균형을 잡은 단단한 체구였다. 검색대를 통과한 마당이니 당연히 비무장이겠지만 둘 모두를 단숨에 제압하는 건 쉽지 않을 것 같았다.

—대한항공 탑승 안내입니다. 대한항공 015편 승객께서는 지금 4번 게이트로 나오셔서 탑승해주시기 바랍니다. 다시 한 번 탑승 안

내 말씀드립니다. 대한항공 015편 승객께서는 지금 4번 게이트에서……

안내 방송이 나오기가 무섭게 승객들이 어수선하게 일어서면서 게이트 앞에 줄을 서기 시작했다. 1등석과 2등석 승객이 먼저 들어가고 이어 3등석 승객들의 수속이 시작되면서 줄은 빠르게 줄어들었다. 새로 도착하는 승객들까지 속속 게이트를 통과하면서 승객들이 몇 남지 않았을 때쯤 그는 손을 툭툭 털면서 엉덩이 반동으로 자세를 일으켰다.

"화장실 좀 가야겠는데?"

캐처는 힐끗 그의 얼굴을 본 다음 앉아 있는 젊은 요원에게 수신호를 했다. 크게 신경 쓰지 않는 모습, 탈출을 시도할 거라고는 생각하지 않는 것 같았다. 잘하면 여기서 기회를 잡을 수도 있었다.

화장실로 들어가면서 가까이 있는 공항 경비원 두 사람과 CCTV 카메라의 위치를 다시 확인했다. 머리 위에 있는 CCTV는 게이트를 향하고 있어서 상대적으로 위험부담이 적었다. 문제는 무장한 공항 경비원이었다. 거리가 너무 가까워서 시끄러워지면 화장실로 들어올 가능성이 높았다.

이래저래 부담스러운 상황, 더구나 화장실 안에 사람이 셋이나 있었다. 칸막이 안에 둘, 소변기에 하나, 바로 결행은 어려웠다. 손을 씻으면서 잠시 시간을 보냈지만 소변기에 선 사람도, 칸막이 안의 사람들도 움직일 생각을 하지 않았다.

'젠장.'

포기하고 조용히 화장실을 나섰다. 이러면 비행기 안에서 승부를 보는 수밖에 없었다. 다행히 비행기가 대테러 훈련으로 익숙한 보잉 기종이어서 가능성은 충분했다. 곧장 수속을 마치고 앞선 탑승객을 따라 연결 통로를 걸으면서 시간을 확인했다. 21시 13분, 남은 시간은 비행기가 이륙하는 시점까지 17분이 전부였다.

최대한 여유를 부리면서 들어갔는데도 비행기 안은 아직 어수선했다. 가다 서다를 여러 번 반복해야 하는 상황, 통로에서 5분 넘게 시간을 보내고 나서야 겨우 자신의 좌석 번호를 찾을 수 있었다. 몇 사람 뒤에서 따라오는 캐처의 자리가 그보다 세 자리 뒤였고 자신은 창가 자리, 젊은 요원이 통로 측이었다. 자리에 앉자마자 가볍게 심호흡을 하고 캐처가 지나가기를 기다렸다.

캐처는 젊은 요원과 눈만 마주치고 그냥 지나갔다. 이어 요원이 머리 위에 가방을 올리고 그를 힐끗 노려본 뒤 옆자리에 앉았다. 그리고 놈의 시선이 안전벨트를 매기 위해 내려가는 순간, 팔꿈치로 번개같이 목젖을 찍었다. 놈은 비명도 지르지 못하고 머리를 떨어트렸다. 경험이 일천한 현장 요원의 한계를 보여준 셈, 재빨리 안전벨트를 매수고 자신이 쓰던 모자를 깊이 눌러 씌웠다.

얼마 지나지 않아 안전벨트 사인이 들어오고 이륙한다는 방송이 나왔다. 이제 마지막 단계였다. 타이밍을 가늠하는 사이 승무원들이 자리 확인을 하고 지나갔다. 그는 고개만 돌려 캐처의 위치를 확인했다. 고개를 숙이고 있는지 보이지는 않았다.

곧장 기절한 요원의 다리를 넘어 통로로 나왔다. 그리고 신속하게 뒤로 이동했다. 캐처는 그가 바로 옆을 통과할 때까지도 눈치를 채지 못하고 있다가 그가 어깨를 두드리고 나서야 그와 눈을 마주치고 화들짝 놀라 안전벨트로 손을 가져갔다.

"긴장할 거 없어, 따라와."

"뭐?"

그가 1등석 계단 쪽으로 움직이자 캐처는 급히 앞자리를 확인하면서 일어섰다. 그리고 서둘러 그를 따라왔다.

차승호는 화장실 구간을 지나자마자 곧장 1등석 계단에 발을 올렸다. 음식 카트를 고정하던 여승무원이 그를 불렀지만 그는 지갑을 꺼내 신분증이라도 있는 것처럼 승무원의 눈앞에 빠르게 들이대고 그대로 계단을 뛰어 올라갔다. 여승무원은 무언가 말을 하려다 말고 돌아섰다. 가장 바쁜 비행 직전이라 다른 데 신경 쓸 여력이 없는 것 같았다.

2층에 올라서서 계단참으로 다가온 캐처를 내려다보았다. 통로 바닥을 열면 화물칸으로 직접 내려가는 사다리가 나오는 자리였다. 그와 다시 눈을 마주친 캐처는 다급하게 계단에 발을 올렸다. 그는 곧장 뚜껑을 들어 올리고 놈에게 손짓을 하면서 단숨에 미끄러져 내려갔다.

캐처는 몇 초 지나지 않아 화물칸으로 내려왔다. 시끄러워지는 것이 부담스러운지 착실하게 뚜껑까지 닫고 내려와서 마음은 한결 편했다. 차승호는 바닥에 고정된 대형 캐리어에 걸터앉아 손을 흔들었다.

"이코노미 클래스는 너무 좁아서 말이야, 여기 널찍하고 괜찮지 않나?"

"해보자는 거냐?"

"독극물 주사까지 맞은 놈인데 그냥 모른 척 좀 해주면 안 될까? 치사하게 부녀자와 가족까지 인질로 잡고 협박하는 놈들 편에 서고 싶나?"

"나도 썩 내키지는 않아, 하지만 부수적인 피해 때문에 대사를 그르칠 수는 없다."

"부수적인 피해?"

"영어로 컬래트럴 데미지라고 하지 아마? 어쩔 수 없이 발생하는 소소한 피해는 무시할 수밖에 없어."

"네 목숨이 걸려도 소소하다고 말할 수 있을까?"

"난 소소한 사람이 아니야."

"그런가? 후후."

그는 킥킥 웃으면서 폴짝 캐리어 아래로 뛰어내렸다. 엔진 소음이 점점 더 커지고 있었다. 캐처가 목을 가볍게 좌우로 돌려보면서 말했다.

"네 이름은 많이 들었어, 명성만큼 하는지 보지."

"영광이로군."

"쓰러트려봐, 네 몸 상태로 봐서는 별 희망이 없겠지만 만일 그렇게 된다면 조용히 입 닥치고 서울로 돌아가주지. 약간의 불이익은 받겠지만 난 별로 관심 없거든."

"고마운 일이네, 시작할까? 시간이 별로 없어서 말이야, 속전속결로 가자고."

"이하동문이야."

캐처는 말이 끝나자마자 한 발 내디디면서 가볍게 발차기를 날렸다. 무섭게 빠른 타격, 두어 번 연속해서 막으면서 물러섰다. 소나기처럼 쏟아지던 발차기가 한 호흡 멈췄다가 다시 날아왔다.

'윽!'

이번엔 강도가 상당했다. 옆구리와 얼굴을 노린 강력한 타격이었다. 또 물러서면서 연속해서 팔로 걷어냈다. 그런데 가슴의 통증이 생각보다 심하게 신경을 건드렸다. 치고 빠지는 가벼운 타격인데도 팔에 걸리는 충격이 워낙 묵직하다 보니 충격이 고스란히 전해지는 것 같았다.

'기회는 한 번이다.'

어차피 시간을 더 끌어서는 답이 없었다. 자신은 몸 상태가 좋지 않은 반면 놈의 발은 거의 땅에 닿지도 않았다. 단숨에 끝을 봐야 했다. 좌우 연타로 들어온 발차기를 손으로 걷어낸 다음, 관자놀이를 노리고 날아든 발차기를 머리를 숙이면서 가볍게 흘렸다. 순간, 느닷없이 니킥이 날아왔다.

'젠장!'

엄청나게 빨라진 속도, 맞으면 이걸로 끝이었다. 본능적으로 머리와 어깨를 틀어 정타는 피했다. 그러나 돌아오는 반대쪽 발을 피할 여력은 없었다.

"큭!"

내리찍는 발등을 양손으로 막고 주저앉으면서 어렵게 머리 위로 흘려보냈다. 극단적으로 불리한 자세지만 어쩔 수 없었다. 대신 공중에 떠 있는 놈의 반대쪽 발목에 발을 댈 수 있었다. 그냥 건드린 수준이지만 그걸로 충분했다. 일순 중심을 잃은 놈은 공격을 더 이어가지 못하고 착지와 동시에 번개같이 횡으로 물러났다. 그리고 화물 선반을 차고 다시 튀어나왔다.

겨우 자세를 바로잡을 시간은 번 셈, 몸을 일으키자마자 본능적으로 전진하면서 날아오는 발차기의 궤적 안으로 들어갔다. 상대가 원거리 타격전에 능하다면 근거리로 들어가는 게 최선이라는 판단이었다. 그러나 놈도 예상을 했는지 곧바로 반대쪽 무릎이 솟구치면서 그의 턱을 노렸다. 양손을 교차해 놈의 무릎을 찍으면서 그 반동을 이용해 도로 물러섰다. 순간, 비행기가 덜컹하면서 움직였다.

'지금!'

발 기술을 위주로 하는 놈의 최대 약점, 착지하는 중심축 다리가 흔들렸다. 몸이 쏠리는 방향에 있는 캐리어를 차고 순간적으로 전진했다.

"탓!"

당황한 놈의 발이 허리를 노리고 올라오면서 그의 팔에 걸렸다. 그대로 들어 올리면서 어깨로 놈의 가슴을 치고 불문곡직 밀어붙였다. 선반까지 밀려나간 놈의 머리가 선반의 하드케이스 가방에 부딪치고 튕겨져 나왔다. 두 번 다시 없을 절호의 기회, 불문곡직 놈의 턱을 들이받아버렸다.

쩍!

일순 눈앞이 하얗게 변했지만 다리 힘은 풀리지 않았다. 무리한 시도였지만 덕분에 기선을 잡은 셈이었다.

"흐압!"

젖 먹던 힘까지 모조리 끌어내 놈을 들어 올리고 허리 위에서 거꾸로 처박았다. 그러나 놈은 절묘하게 몸을 틀면서 어깨로 바닥을 찍었다. 회심의 일격이 빗나간 셈, 그러나 뭔가 부러지는 소리는 확실히 들렸다.

뻐걱!

'잡았어!'

놈은 순간적으로 움직이지 못했고 그는 떨어지면서 가로놓인 놈의 무릎 관절을 횡으로 찍었다.

"큭!"

다급한 비명을 토해낸 캐처는 누운 채로 얼굴에 발차기를 하면서 떨어져 나갔다. 웅크리면서 급히 양손을 교차시켜 발차기를 가로막고 그 탄력을 이용해 뒤로 굴러 나왔다. 무릎을 꿇으면서 자세를 바로잡았다. 눈은 놈의 상태부터 확인, 놈은 바로 일어나지 못하고 옆으로 한 바퀴 구른 다음 캐리어를 짚으면서 몸을 일으키고 있었다.

왼발은 확실히 힘을 주지 못하는 모양새, 오른팔도 늘어트리고 있지만 그건 의미 없었다. 한쪽 다리를 잡았으니 승부는 난 셈이었다. 튀어나가 가차 없이 좌우 잽을 뻗었다. 역시 놈은 왼팔만으로 방어에 급급했다. 왼쪽 무릎을 가볍게 후리고 동시에 웅크리는 놈의 머리를 무릎으로 툭 걷어 올렸다. 그리고 뒤로 넘어가는 놈의 목 아래에다 강력하게 발끝을 박아 넣었다. 놈은 비명도 지르지 못하고 무너져 내렸다.

'여기서 끝이다!'

떨어져 나오면서 턱에다 전력을 다한 돌려차기를 꽂아 넣었다.

빠각!

다시 뼈가 부러지는 소리, 선반 아래로 처박힌 놈은 쓰러진 채 움직이지 않았다. 그는 널브러진 캐처를 내려다보면서 선반에 등을 기댄 채 가쁜 숨을 몰아쉬었다. 움직이고 싶었지만 당장은 손가락 하나도 까딱할 수 없었다.

'제발 움직이지 마라.'

비행기는 조금씩 속도를 올리고 있었다. 활주로로 나가는 것일 터, 시간이 없었다. 어렵게 등을 떼어내 무릎을 꿇고 놈의 경동맥에 손을 댔다. 맥은 잡히지 않았다.

"미안하게 됐다, 짜샤. 부수적인 피해니까 죽은 니가 이해해라."

수도로 경동맥에 마지막 일격을 가하고 천천히 몸을 일으켰다. 자세를 바꾸는 것만으로도 통증이 느껴지는 형편, 아무래도 금간 갈비뼈에 또 무리가 간 것 같았다. 가슴을 움켜쥔 채 서둘러 화물칸 반대쪽으로 건너갔다. 이제 조용히 비행기에서 나갈 수 있는 길은 개방된 랜딩기어 구역뿐이었다.

폭주 (1)

"가슴이 쬐끔 빈약한 것 빼고는 아주 섹시해, 좋은데?"

한희진은 치를 떨었다. 수십 마리 벌레가 몸을 기어 다니는 느낌, 벌겋게 달아오른 얼굴의 김영범이 게슴츠레한 눈빛으로 그녀의 몸을 아래위로 훑어보고 있었다. 평생 입어보기 어려운 최고급 이브닝 드레스에 고가의 하이힐을 신었지만 기분은 최악이었다. 어깨끈이 하나뿐인 데다 치마 길이도 짧고 하늘하늘해서 마카오 호텔 마사지 걸들의 유니폼이나 별로 다를 것이 없었다. 몇 번 당해본 일이라 남자들의 음흉한 눈빛에 익숙해질 만도 하건만 여전히 적응은 되지 않았다. 김영범이 다시 말했다.

"한희진이라고 했던가? 독기 살짝 빼고 애교 떠는 법만 좀 배우면 요즘 잘나가는 걸그룹 아이들 뺨치겠군, 후후. 그만하면 됐어."

“무슨 뜻이죠?”

날선 목소리로 물었지만 김영범의 시선은 등 뒤에 있는 요원으로 돌아가고 있었다.

“데려가라, 독기 빠지게 한 대 놔줘. 30분쯤 있다가 데려오도록. 어르신 취향에 맞을 것 같다.”

“예.”

뒤에 서 있던 남자 요원이 어깨를 잡았지만 어깨를 틀어 뿌리쳤다. 손이 뒤로 묶여 있어서 저항은 못해도 대답은 들어야 했다.

“무슨 뜻이냐니까요?”

“조금 더 고분고분해져야겠다는 이야기야, 침대에 묶여서 당하는 건 별로 재미없잖아. 너도 즐겨야지.”

“뭐요?”

“팩맨 그놈이랑 몇 달씩이나 붙어먹은 주제에 비싸게 굴지 마라. 노인네 한번 모신다고 달라질 거 없어.”

문맥상 마약 같은 거 먹여놓고 강간이라도 하겠다는 뜻 같았다. 목소리가 저절로 뾰족해졌다.

“이게 무슨 조폭 같은 짓이죠? 손님으로 대접한다고 하지 않았나요?”

“좋은 옷에 좋은 음식, 값비싼 헤로인까지 제공하는데 그만하면 손님 대접 충분하지 않나? 사람 죽여서 피바다 만드는 것보다는 같이 즐기는 섹스 파티가 훨씬 더 깨끗하잖아. 백배는 더 나을 거 같은데?”

“미친 인간.”

“한 대 맞고 나면 네가 먼저 매달리게 될 거다. 남자가 엉덩이에 손만 대도 젖꼭지가 파르르 떨릴 거야."

김영범은 낄낄대면서 엄지와 검지 두 개를 모아 돌리는 시늉을 했다. 욕설이 튀어나가는 걸 억지로 참아내고 입술을 악물었다.

"같은 한국인이라는 게 창피하네, 지금 변태 인증하는 거야?"

"어차피 한강에 돛단배 지나가디. 마음 편하게 받아들여. 어르신 실력이 양에 안 차면 힘 좋은 우리 아이들하고 즐기는 것도 허용해주지. 두어 명 정도는 기꺼이 들여보내주마, 후후."

한희진은 손에 든 술잔을 들이켜는 놈을 노려보면서 다시 이를 악물었다. 시키는 건 고분고분 다 하기로 독하게 마음먹었지만 이건 도저히 참을 수가 없었다.

"쓰레기 같은 인간, 넌 내 손에 죽게 될 거야."

"어이구, 무섭네. 이봐 꼬마 아가씨, 나 죽이는 건 여기서 나가면 그때 가서 생각하시고 오늘은 성심성의껏 대접하고 나와. 개똥밭에 굴러도 이승이 좋다고 했으니 살아야 할 거 아닌가. 벗은 몸매 보여드리는 정도면 만족하실지도 모르니까 너무 걱정하지는 말고, 후후."

입안 가득히 피 냄새가 돌았다.

"개자식."

욕설을 쏟아내면서 팔을 잡아당기는 요원을 따라 물러섰다. 상황은 최악이지만 그래도 김영범의 방에 들어와서 얻은 건 있었다. 해독제의 위치를 확인한 것, 소파 팔걸이에 걸쳐놓은 재킷 안주머니에 주사기 케이스가 비죽이 머리를 내밀고 있었다. 김영범의 방까지 오는 길을 다시 머릿속에 집어넣으면서 처음 감금됐던 방으로 돌아갔다.

귓속말로 간단하게 보고를 받은 오지연이 가장 먼저 토해낸 단어
도 욕설이었다.

"최악이로군, 변태 새끼들."

오지연은 요원이 가져온 주사기를 빼앗아 들고 귀찮다는 표정으
로 손을 휘저었다.

"나가, 내가 데려가겠다."

"회장님 방에 눕혀놓으랍니다."

"알아."

요원들이 방에서 나가자 오지연의 눈길이 돌아왔다. 오지연은 한
희진을 침대 옆의 탁자 테이블 의자에 끌어다 앉히고 뒤에 서서 짧
게 한숨을 내쉬었다.

"후…… 절반만 쓰자, 나머지는 참아봐."

"생각해주는 척 하지 마, 정신 멀쩡하면 영감 죽어버릴 수도 있어."

"이 바닥 생활을 하기로 마음먹었으면 그 정도는 감수해. 토 나오
는 개자식들과의 섹스도 아무렇지 않게 소화해야 하는 게 이 바닥
여자들의 운명이니까. 통과의례라고 생각하면 마음 편할 거다. 만일
네가 정보부에 채용된다면 어차피 그쪽으로 활용될 거니까. 그리고
영감 죽이면 너도 팩맨도 죽는다, 명심해."

"영감이 누군데?"

"너도 아는 사람이야."

"아는 사람?"

"이태성."

얼핏 생각이 나지 않았다. 아는 사람 중에 이태성이라는 이름은

없었다. 그러나 얼마 지나지 않아 화들짝 놀라 고개를 돌렸다. 놀랄 수밖에 없었다.

"그…… 그…… 그 사람……."

"아마 본인이 원하지는 않았을 거다. 김영범이 과잉충성 하는 거 겠지. 그냥 가라고 할 가능성도 높다. 움직이지 마."

한쪽 팔이 따끔했다. 헤로인 주사를 놓는 모양이었다. 이내 주사 기를 빼낸 오지연은 수갑을 풀어 주사기와 함께 테이블 위에 던졌다. 주사기에는 처음 분량의 절반 이상이 남아 있었다. 대략 3분의 1 조 금 넘게 주입한 것 같았다. 오지연이 다시 말했다.

"그래도 일국의 대통령까지 한 사람이다. 그러지 않기를 바라지만 만일 그분이 원하면 그냥 참고 상대해줘. 네가 살아남을 수 있는 유 일한 방법일 수 있으니까."

한희진은 대답하지 않았다. 그저 황당했다. 전직 대통령이 이런 이상한 그룹의 수장이라는 사실 자체가 믿기 어렵고 손녀딸 같은 나 이의 여자를 밝힌다는 것도 상상 초월이었다. 묶였던 손목을 주무르 면서 돌아앉아 다시 날선 목소리를 냈다.

"언니는 뭐야? 왜 저런 인간들 편에서 일하는 거야?"

"모르는 편이 나아, 기다려."

오지연은 주사기를 들고 화장실로 가더니 남은 헤로인을 변기에 버리고 돌아왔다. 그런데 그 잠깐 사이에 벌써 발이 공중에 뜬 기분 이 들었다. 오지연이 말했다.

"혈액에 직접 주사한 거라 효과가 빠를 거다. 대신 오래 가지는 않 을 거야, 일어나."

일어나자마자 핑 도는 느낌, 약의 효과가 벌써 뇌까지 영향을 미치고 있었다. 오지연의 손을 잡고 어렵게 중심을 잡았다. 눈에 초점도 잡히지 않고 팔다리는 엄청나게 무기력했다. 그나마 방이 핑핑 돌 정도는 아니라는 점만 위안거리였다.

"가자."

오지연은 그녀를 부축해 계단 몇 개를 올라가더니 복도 끝에 있는 큰 방으로 들어가 침대에 앉혀놓고 나가버렸다.

'어떻게 해야 하지?'

약 기운에서 빨리 벗어나려면 움직여야 하는지 가만히 있어야 하는지 알 수가 없었다. 아주 잠깐 고민했지만 곧 움직이는 건 포기했다. 이미 눈앞은 흐릿했고 침대 옆에 켜진 스탠드가 클럽의 사이키 조명처럼 정신없이 번쩍이고 있었다. 거기다 지난 몇 달간의 기억과 상념들이 순서도 없이 뒤엉킨 채 멍한 머릿속을 헤집고 돌아다녔다. 그냥 눈을 감아버렸다. 오감이 거의 기능을 상실한 형편이라 이대로 기다리는 수밖에 도리가 없었다.

같은 시간, 차승호는 선착장 북쪽에서부터 해안을 따라 별장으로 접근하고 있었다. 시내에서 필요한 장비를 구입하고 현장에 도착해서는 선착장과 헬기장에 몇 가지 장난을 쳐놓느라 꽤 많은 시간을 허비했지만 시체가 실린 여객기가 인천공항에 도착하는 시점까지는 아직 한 시간 남짓 여유가 있었다. 그럭저럭 시간을 맞춘 셈, 처음 끌려왔을 때 갇혀 있던 창고 건물 동쪽에서 일단 걸음을 멈추고 별장 전체를 다시 훑어보았다.

나올 때 확인했던 경호 요원들의 숫자나 위치는 크게 달라지지 않은 것 같았다. 외부 감시카메라는 정문 방향 진입로에 두 개가 설치됐고 선착장에는 하나, 경호 요원은 본채와 멀리 떨어진 외부에 여섯 명이 배치되어 있었다. 일단 조명이 들어와 있는 본채 건물 뒤쪽의 수영장과 온천에 야시경 초점을 맞췄다.

'저것들 정신 나간 거 아냐?'

가장 먼저 눈에 들어온 건 반라의 남녀 10여 명이었다. 여자들은 속옷이나 다름없는 손바닥만 한 비키니 수영복 차림이었고 남자들은 수영복에다 목욕 가운만 덧입은 채 질펀하게 술판을 벌이고 있었다.

'미친놈들.'

이건 누가 봐도 협의회 미팅이 아니라 원정 섹스 파티였다. 그런데 김영범이 보이지 않았다. 한희진도 역시 마찬가지. 전면 유리로 막아놓은 수영장 바로 옆 파티장과 위층의 불 켜진 창문들을 일일이 훑었지만 원하는 그림은 나오지 않았다.

그래도 파티가 끝날 기미가 보이지 않는다는 점은 고무적이었다. 파티가 끝날 때까지는 경호원들이 돌아오지 않을 터, 운신의 폭은 확실히 넓었다. 물론 좋지 않은 부분도 없지 않았다. 음식을 제법 많이 준비한 파티인데도 분주하게 움직여야 할 웨이터들이 전혀 없었다. 웨이터 복장을 하고 있는 건 1층 끝 방에 멀뚱하게 앉아 있는 여자 두 명뿐인데 그나마 아예 움직일 생각을 하지 않고 있었다. 파티가 끝날 때까지 방에 있으라는 지시를 받은 것 같았다.

일단 창가에서 건장한 남자 두 명의 그림자가 확인된 2층만 피하기로 결정하고 겉옷으로 입은 검은 위장복을 벗었다. 안에 입은 옷도 시커먼 티셔츠지만 밝은 곳에서 위장복은 너무 띌 것 같았다. 1차 목표는 3층의 불 켜진 방 두 개, 숲을 통해 본채 건물 가까이까지 접근했다.

이동은 어렵지 않았다. 너무 쉽다는 생각이 들 정도, 배후지의 숲이 깊고 국경이 가까운 지형적 특성 때문일 것이었다. 숲과의 경계에 세워놓은 가슴 높이의 담장을 단숨에 뛰어넘어 좁은 잔디밭을 일직선으로 달렸다. 마지막으로 건물 바로 옆의 키 작은 정원수 속으로 들어가 무릎을 꿇고 수영장과 온천을 다시 확인했다.

'이거 갈수록 태산이네.'

가까이에서 보니 더 가관이었다. 양팔에 반라의 금발 모델들을 끼고 사타구니와 허벅지를 더듬는 정신 나간 배불뚝이들을 보는 건 결코 기분 좋은 일은 아니었다. 더구나 여자들은 전부 마약이나 최음제에 취했는지 몸도 제대로 가누지 못하고 있었다. 살아오면서 보아온 역겨운 장면들 중 최고를 오늘 경험하는 것 같았다.

'아주 염병들을 하세요.'

야시경의 녹화 기능을 눌러버렸다. 최소한의 보험을 늘어놓을 생각, 잘하면 이 동영상이 무기가 될 수도 있을 것이었다. 초점을 몇 번 조정하면서 얼굴이 잘 나오도록 몇 커트를 만들어냈다. 셋은 그런대로 누군지 알 수는 있을 정도의 영상을 만들 수 있었다. 그러나 하나는 각도가 좋지 않아서 포기했다. 자리를 옮기면 나머지 하나도 화면에 담을 수 있겠지만 시간을 더 허비하는 건 좋지 않았다.

그대로 정원수 사이를 빠져나와 수영장에 붙은 화장실로 들어갔다. 화장실은 곧장 건물 내부의 긴 복도와 연결되어 있었다. 문을 조금 열고 눈만 내밀었다. 쥐 죽은 듯이 조용한 상황, 멀리 보이는 중앙 현관까지 전체의 조명이 아예 꺼져 있었다.

느낌상 웨이터나 경호 요원들은 출입을 금지한 것 같았다. 높은 놈들 하는 짓이 포르노 영화에나 나올 환각 파티 수준이니 어쩔 수 없을 터, 그로서는 감사할 일이었다. 더 생각하지 않고 가까운 비상구를 선택해 계단에 발을 올렸다. 지금부터는 시간 싸움이었다. 해야 할 일이 너무 많았다.

*

한희진은 점멸하는 섬광에 가늘게 눈을 떴다.

'누……구?'

조금 전에 오지연의 얼굴을 본 것 같은데 기억은 희미했다. 침대 끝에 앉았다가 그대로 누운 상태, 누군가 다가왔지만 눈을 감아버렸다. 온몸의 신경세포가 모조리 곤두서서 눈을 뜨는 것도 무서웠다. 누군가 뺨을 쓰다듬었다.

"쯧쯧, 시키지 않은 짓을 했군."

"누구……세요?"

"나? 그냥 이름 없는 늙은이일세."

남자는 한희진의 허벅지를 툭툭 두드리더니 침대 발치에 앉으면서 또 혀를 찼다.

"약까지 먹여놓은 모양이로군, 쯧쯧. 예쁘장한 녀석인데 안됐어."

허벅지에 그저 손을 댔을 뿐인데 발끝이 찌릿했다. 약한 전기가 통하는 느낌, 뒤늦게 헤로인을 맞았다는 생각이 떠올랐다. 손을 댄 사람은 이태성일 것이었다.

"무슨…… 뜻이죠?"

"이왕 왔으니 마사지나 좀 하고 가거라, 옷은 벗고."

"에?"

"요즘은 살짝 흥분한 젊은 아이들의 탄력 넘치는 살결이 좋더구나, 지금 네 피부가 딱 그런 느낌이란다."

흐릿하게 웃은 이태성은 한희진의 팔뚝을 쓰다듬으면서 자신의 가운을 풀어헤쳤다.

'뭐……지?'

지독하게 역겨운 상황인데도 이태성의 손이 닿을 때마다 몸이 저절로 떨었다. 그나마 다행인 것은 떨리는 정도가 견딜 만하다는 점이었다. 차승호의 손길이 몸에 닿을 때만큼은 확실히 아니었다. 헤로인의 약효가 들은 대로라면 이태성의 얼굴이 드라마 속 꽃미남쯤으로 보이고 손이 스치기만 해도 몸이 달아올라야 하는데 거기까지는 확실히 아니었다.

눈이 부신 느낌도 지금은 훨씬 덜해져서 사람의 얼굴을 인지할 정도는 되는 것 같았다. 처음 방에 들어왔을 때 스탠드의 불빛을 보면서 느꼈던 지독한 섬광들은 거의 사라져 있었다. 시간이 얼마나 흘렀는지는 모르지만 헤로인 약효가 많이 가신 모양이었다.

노인의 팔을 뿌리치고 가만히 몸을 돌려보았다. 역시 몸은 아직 정상이 아니었다. 움직일 수는 있지만 머리를 움직이면 어지러웠다.

그래도 일어나야 한다는 생각에 양팔을 모두 짚고 천천히 상체를 일
으켰다.

"그래, 몸이 정말 예쁘구나."

이태성은 기다렸다는 듯 그녀의 어깨끈을 건드려 끌어내렸다. 드
레스는 속절없이 스르르 흘러내렸고 속옷 없는 가슴이 고스란히 드
러났다. 그리고 이태성의 손이 아주 자연스럽게 그녀의 가슴을 쓰다
듬었다.

"이런, 벌써 유두가 딱딱해졌구먼."

'이 빌어먹을 영감쟁이가!'

욕설을 퍼붓고 싶었지만 소리를 내지도, 뿌리치지도 못했다. 팔을
들면 그대로 엎어질 것 같았다. 흐릿하게 미소를 머금은 이태성은 가
볍게 그녀를 끌어안더니 팔에 걸린 드레스 어깨끈을 아예 벗겨 끌어
내렸다.

"잠깐 누워 있다 가거라. 그래야 자리를 만든 친구가 뿌듯해할 게
야, 허허."

드레스는 금방 허리 아래로 사라져버렸다. 옷감이 피부를 스치는
데도 몸이 떨렸다.

'어쩌지?'

꼼짝도 할 수 없는데 이태성은 그녀의 머리를 자신의 어깨에 올리
면서 거침없이 그녀의 몸을 더듬어왔다. 가슴을 거칠게 움켜쥐었다
가 이내 허리를 지나 허벅지까지 내려왔다. 그리고 흘러내린 드레스
속으로 들어와 엉덩이를 만졌다. 고개를 들어보려 기를 썼으나 마음
같이 움직여지지 않았다. 아직도 어지러웠다.

"여기저기 멍이 많구나, 싸움이라도 한 게냐?"

"할……아버지, 이러지…….'

할아버지라는 단어를 입에 담았다. 손녀 뻘밖에 안 되는 아이에게 이럴 수 있느냐는 뜻인데 이태성은 신경 쓰지 않는 것 같았다. 한 술 더 떠서 아래로 당겨 앉더니 그녀의 다리를 들어올렸다. 그리고 하이힐을 차례차례 벗겨내고 종아리를 쓰다듬고 냄새를 맡았다.

'이익!'

이를 악무는데도 이태성의 손이 닿을 때마다 발끝이 움찔움찔 움직이고 있었다. 필사적으로 몸을 비틀었으나 몸은 돌아가지 않았다. 누르는 이태성의 체중을 이기지 못하는 것 같았다.

"허허, 이제야 약효가 도는 게냐?"

흥분해서 몸이 꼬이는 걸로 생각하는 모양이었다. 포기하고 그냥 이태성의 어깨에 기댔다. 이대로 시간을 벌자는 생각, 희망이 아주 없지는 않았다. 이태성이 여기저기 만지는 통에 신경이 곤두서면서 팔에 힘이 조금씩 들어가고 있었다. 계속 심호흡을 했다.

순간, 허벅지를 타고 올라오던 이태성의 손이 불쑥 사타구니로 들이왔다. 정신이 번쩍 들이 빈사적으로 이대성의 이깨를 강하게 밀이 냈다. 그리고 이태성의 다리 사이로 엎어져버렸다. 지지할 곳이 사라진 탓이었다.

남자의 사타구니에 머리를 박은 민망한 자세였지만 수치심 같은 걸 떠올릴 여유는 없었다. 머리가 깨질 듯이 아파왔다.

"허허, 이런 녀석 보게.'

이태성은 뒤로 몸을 젖힌 채, 껄껄 웃더니 그녀의 머릿결을 가만히 쓸어내렸다. 불행인지 다행인지 이태성은 엉뚱한 생각을 하는 것 같았다.

"천천히 하거라, 아이야. 너무 적극적으로 덤벼들면 내가 힘이 부치니까 말이야, 허허."

'조금만 더.'

한희진은 엎드린 채 필사적으로 입술을 깨물었다. 입술이 툭 터지면서 피 맛이 느껴졌다. 흐르는 피 냄새를 맡고 나니 정신이 맑아지는 느낌, 이대로 몇 분만 더 버티면 이태성을 제압하는 것도 가능할 것 같았다. 계속 심호흡을 하면서 몸을 일으켰다.

'몇 분이다, 몇 분.'

아직도 어지럽기는 하지만 몸이 말을 듣기만 하면 여든 살이나 먹은 노인 하나 정도는 감당할 수 있을 것이었다. 흘러내린 머리카락을 귀로 쓸어넘기면서 힘들게 입을 열었다.

"저기…… 대통령 아니세요?"

발음은 자기가 생각해도 조금 어눌했는데 나쁠 건 없었다. 시간만 벌면 그만이었다.

"응?"

이태성은 조금 놀란 것 같았다. 그러나 곧 표정을 수습했다.

"녀석, 쓸데없는 소리 그만하고 마사지나 하거라."

"너……무 똑같아서요. 닮았다는 말 자주 듣지 않으세요?"

다시 껄껄 웃은 이태성은 그녀의 어깨를 끌어당겨 안으며 그냥 얼버무렸다.

"허허, 늙은이 쭈글쭈글한 얼굴은 다들 비슷한 게야, 어떻게 할까?

잠이 깬 것 같으니 엎드려줄까?"

"네? 네."

엉겁결에 대답하고 조금 물러났다. 엎드린 상태라면 제압하기 쉬울 거라는 생각, 마사지하는 법은 마카오 마사지 숍에 들어가기 전에 대충 설명을 들었고 차승호에게 실습도 해봐서 어색하지 않았다.

"그래…… 그러자."

한희진의 몸을 아래위로 훑어본 이태성은 가운을 벗어던지고 속옷 바람으로 침대에 엎드렸다. 체격은 80이라는 나이가 무색할 정도로 단단해 보였다. 쉽지 않을 것 같다는 생각을 하면서 등 뒤로 올라가 거추장스러운 드레스를 벗어버렸다. 남은 옷이라고는 끈처럼 가느다란 팬티 한 장이었다. 짜증스러웠지만 어쩔 수 없었다. 몸싸움이 벌어진다면 허리에 걸린 천 조각은 없는 편이 나았다. 일단 어깨부터 최대한 자연스럽게 주물렀다.

'어떻게 하지?'

갈등했다. 여기서 단번에 목을 꺾어버리면 죽일 수도 있었다. 그러나 이태성을 죽이면 차승호도, 자신도 죽는다는 오지연의 말이 신경 쓰였다. 얼핏 생각해봐도 퇴직한 지 몇 달 되지 않은 진직 대통령을 죽이고 멀쩡할 수 있는 사람은 아무도 없을 것 같았다.

조금 더 위로 올라가 가슴을 압박하면서 양팔을 뒤로 끌어당겼다.

"어…… 좋구나."

이태성의 입에서 달뜬 신음 소리가 흘러나왔다. 고민은 짧았다. 그녀의 인생을 바꿔버린 원흉이 이 늙은이라는 생각, 따지고 보면 그간 차승호와 그녀를 둘러싸고 벌어진 엄청난 음모와 살인극의 주범이 지금 눈앞에 있는 놈이었다. 그리고 이런 기회는 절대 다시 올 것 같지 않았다.

‘죽여버리고 나도 죽으면 오빠는 안전할까?’

안전하지는 않을 것이었다. 애당초 안전이라는 단어는 차승호에게 어울리지도 않았다. 그러나 차승호는 어떻게든 살아남을 수 있을 거라는 확신이 있었다. 인질이 없으면 그 확률은 더 올라갈 것이었다. 등을 더 압박하면서 자연스럽게 목을 끌어당겼다. 그리고 순간적으로 머리를 잡아채고 경동맥을 틀어잡았다.

“흡!”

놀란 이태성이 반사적으로 움직였다. 예상 밖으로 엄청나게 강하고 빠른 움직임, 필사적으로 깔고 앉았지만 몸을 돌리는 것도 막지 못했다. 한희진은 침대 밑으로 나뒹굴었다가 힘겹게 무릎을 꿇고 일어났다.

‘너무 서둘렀나?’

아직 가시지 않은 약 기운이 발목을 잡은 셈, 급히 몸을 일으킨 이태성이 침대 옆 장식장 서랍으로 손을 가져가며 소리쳤다.

“누구냐? 누가 시켰지?”

“김영범, 당신이 죽어야 나라꼴이 제대로 돌아간다고 했어.”

되는대로 중얼거리면서 침대 위로 도약했다. 서랍 속에서 나오는 이태성의 손에 작은 권총이 쥐어져 있었다. 이태성의 턱에다 번개같이 무릎을 박아 넣고 총 든 손을 잡아채 뒤로 꺾었다.

그러나 이태성의 순발력은 만만치 않았다. 턱에 정타가 들어갔으니 정신을 잃었을 거라고 생각했는데 상황은 완전히 반대로 전개되고 있었다. 이태성은 오로지 힘으로 상체를 틀어 한희진을 바닥에 깔고 위로 올라탔다. 그리고 목을 졸랐다.

"요망한 것, 벗은 년 목 조르면서 느끼는 촉감도 괜찮구나, 후후."

"큭."

숨이 턱 막히고 몸에서 순식간에 힘이 빠져나갔다. 이태성은 총을 잡은 그녀의 손을 털어내고 총구를 이마에 댔다. 목을 누른 손은 그대로였다.

"어떠냐? 숨이 막히면 성적으로 더 흥분된다면서?"

정신이 몽롱해지고 눈앞이 하얗게 변했다. 이대로 죽는가 싶은 순간, 목을 누른 손에서 힘이 빠져나갔다. 그리고 이태성의 사나운 눈매가 코앞으로 다가왔다.

"그냥 죽으면 곤란하단다, 아가야. 누가 시켰느냐?"

"콜록!"

바튼 기침을 하면서 거칠게 숨을 들이마셨다. 이태성은 그녀가 한참을 정신없이 기침을 하다가 눈에 초점이 잡힌다 싶어지자 손에 다시 힘을 주면서 치열을 모두 드러냈다.

"너 혼자 덤볐을 리가 없지 않겠나, 배후가 누구지?"

"김……영범이라고 했잖아."

"거짓말은 좋지 않은 버릇이야."

"거짓말 아냐."

"이런, 눈알에 독기부터 빼고 시작해야겠군."

이태성은 전혀 어울릴 것 같지 않은 험악한 단어들을 사용하면서 목을 더 심하게 눌렀다. 그리고 상체를 일으켜 한희진의 배를 깔고 앉더니 권총으로 그녀의 아랫배를 쿡쿡 찔렀다. 기침을 하는 것처럼 쿡쿡대며 웃었다.

"크크큭, 총에 대한 재미있는 이야기를 하나 들려줄까? 사실 남자들은 말이야, 대부분이 이런 총기에 약간의 판타지를 가지고 있지. 이미지만으로 보면 남자의 성기性器가 가장 먼저 떠오르지 않아? 공격적이고, 단단하고, 섹시하고…… 에 또…… 총탄은 정액을 대치하는 이미지 아닌가? 후후. 그래서 이야기인데 말이야, 이걸로 네년 구멍을 청소해주면 어떨까 싶어졌어. 지금처럼 헤로인 잔뜩 먹은 상태라면 아마 자지러지게 될 게야. 심장까지 저릿하고 온몸이 하늘로 떠오르는 진짜 오르가즘을 느끼게 될 거라는 이야기지. 하지만 앞으로는 영원히 섹스에서 즐거움을 얻을 수 없게 될 게다, 흐흐흐."

그러고는 정말 팬티 위에다 총구를 가져다대고 거칠게 찍어댔다. 팬티가 워낙 작은 데다 천도 망사나 마찬가지여서 총구로 누르는 것만으로도 맨살을 찢는 느낌이었다.

"으아아!"

한희진은 결사적으로 몸부림치면서 다급하게 좌우를 더듬었다. 손에 사각형의 물건이 잡혔다. 침대 옆 탁자 위에 있던 탁상시계 아니면 서류를 눌러놓는 장식품인 것 같았다. 무조건 틀어쥐고 더 격렬하게 몸부림을 쳤다. 총구를 치우게 할 생각, 안전장치를 풀 시간적 여유는 분명히 없었지만 위험은 최소화하고 싶었다. 목을 쥔 손에 압력이 더 심해지고 허벅지 사이에서 총구의 감각이 사라졌다. 그대로 팔을 휘둘렀다.

쩍!

뼈가 함몰되는 둔탁한 소리, 이태성의 목이 픽 돌아가면서 헛바람
이 새나왔다.

"컥!"

그러나 목에 가해진 압력은 사라지지 않았다. 다시 한 번 팔을 휘
둘렀다. 이번엔 정확하게 관자놀이, 손에 돌아온 느낌이 묵직했다.
얼굴에 뜨거운 피가 튀었다. 반사적으로 눈을 감았다 뜨는 순간, 목
을 누른 손에서 힘이 빠져나가면서 이태성의 머리가 풀썩 떨어졌다.
그리고 더 움직이지 않았다.

'죽었나?'

어깨를 밀었는데도 반응은 없었다. 완전히 늘어진 상태, 가슴을
누르는 압박감은 더 심해진 것 같았다. 억지로 밀어내고 겨우 침대에
서 빠져나왔다. 바닥에 발을 딛기가 무섭게 떨어진 권총부터 집었다.
그러나 쉽지가 않았다. 손이 사시나무 떨듯 떨려서 도무지 힘이 들어
가지 않았다. 양손으로 총신을 끌어당겨 어렵게 손잡이를 잡았다.

"잘했어, 희진아. 잘했어, 잘했어."

계속 혼잣말을 하면서 이태성의 목에 손을 댔다. 그러나 맥이 잡
히는 건지 아닌지 분간이 되질 않았다. 자신의 심상 뛰는 소리가 너
무 커서 맥을 잡기는커녕 손만 떨다가 주저앉아버렸다. 포기하고 그
냥 침대 옆에 웅크린 채 가쁜 숨을 몰아쉬었다.

'어쩌지?'

일은 이미 저질렀고 이제 나가는 방법만 남았는데 그게 막막했다.
더구나 머릿속이 완전히 백짓장이었다.

'생각해, 생각. 희진아, 생각!'

한참 만에 자신이 감금되어 있던 방이 오지연의 옆방이라는 생각이 떠올랐다. 김영범의 방도 같은 층이었다. 거기서 올라왔으니 현재 위치는 3층, 김영범의 방으로 가려면 2층으로 내려가야 하는데 내려가면 보나마나 경호 요원들과 마주칠 것 같았다.

'씻자! 씻고 옷부터 입어야 돼!'

드디어 머리가 돌아가기 시작했다. 깨끗한 상태로 내려가면 이태성이 그냥 내보냈다고 생각할 수도 있을 것 같았다. 최소한 시간은 벌 수 있었다.

'신중하게 생각해, 그리고 빠르게.'

마음을 독하게 먹어야 할 때였다. 가장 급한 건 차승호에게 필요한 해독제, 이미 사고는 친 마당이니 선택의 여지도 없었다. 어차피 실패하더라도 달라질 건 없었다.

'밑져야 본전이잖아.'

다시 잡혀도 인질이 되면 그만이고 최악의 경우라고 해도 차승호를 압박하는 인질이 사라지는 것뿐이었다.

심호흡을 한 한희진은 곧장 드레스를 집어 들고 화장실로 들어갔다. 얼굴과 손에 튄 피를 신속하게 닦아내고 침대로 돌아와 여기저기 튄 핏자국을 수건으로 지웠다. 이어 이태성을 침대 시트로 덮었다. 누가 들어와도 그냥 잔다고 생각하게 만들 생각, 마지막으로 피 묻은 수건을 뭉쳐 침대 밑에다 던져버리고 드레스를 입었다.

'이러면 된 거지?'

화장실로 돌아가 숨을 몇 번 크게 들이마시고 헝클어진 머리를 대충 정리했다. 목에 시뻘겋게 손자국이 남았지만 특별히 몸싸움의 흔적은 보이지 않는 것 같았다. 권총을 속옷 사이에 끼우고 방을 한 바퀴 돌아본 다음, 문을 열었다. 복도는 들어올 때나 마찬가지로 쥐 죽은 듯이 고요했다. 그저 어둡고 차가운 느낌의 복도만 을씨년스럽게 이어져 있었다.

'넌 할 수 있어, 한희진. 할 수 있어!'

연신 자기최면을 하면서 복도로 나와 중앙 계단을 향해 천천히 걸었다. 대리석에 반사되어 돌아오는 발자국 소리보다 쿵쾅거리며 뛰는 심장 소리가 열 배쯤 더 크게 들리는 느낌, 다행히 계단까지는 아무도 나타나지 않았다. 건물 내부에는 별도로 경호 요원을 배치하지 않은 것 같았다.

'방에서 누가 나오면? 대답은? 생각을 해, 생각!'

걸으면서 머릿속으로는 끊임없이 돌발 상황에 대한 대응 방법을 떠올렸다. 기회는 오로지 한 번, 모든 걸 단숨에 해치워야 했다. 해독제를 손에 쥐고 나서도 첩첩산중이지만 지금은 생각하고 싶지 않았다. 그건 나중 문제였다.

계단 초입에 도착해서는 난간을 잡고 상체만 빼내 아래를 내려다보았다. 계단에도 인적은 없었다. 심호흡을 하면서 느릿하게 계단을 내려갔다. 어디선가 두런두런 이야기하는 소리가 들려왔다. 2층 계단참에서 복도로 눈만 내밀었다. 멀리 비상구 계단참에 사내의 그림자가 눈에 들어왔다. 사내는 전화기를 귀에 대고 무언가 이야기하고 있었다.

'우씨, 짱나네.'

손끝이 저릿할 정도로 긴장했지만 고민은 하지 않았다. 어차피 각오한 일, 무슨 짓을 해서든 김영범의 방에 들어가야 했다. 일단 어깨 끈 한쪽을 가슴이 거의 다 보이도록 끌어내리고 고개를 푹 숙인 채, 벽을 짚으면서 천천히 복도로 나섰다. 마약에 취해 험한 섹스를 치른 여자라면 이 정도는 흐트러져 있을 거라는 생각이었다.

몇 걸음 걷기도 전에 사내의 목소리가 뚝 끊어졌다. 시선이 느껴졌지만 무시하고 그냥 걷기만 했다. 발자국 소리가 들려왔다. 다가오고 있을 터, 복도를 절반쯤 지나고 나서야 사내의 구두가 보였다.

"이봐, 아가씨. 어딜 가시나?"

사내의 팔이 눈앞으로 불쑥 튀어나와 벽을 짚고 앞을 가로막았다. 한희진은 눈을 게슴츠레 뜨고 사내를 올려다보았다. 사내는 입가에 의미심장한 미소를 머금고 있었다. 그리고 손가락 끝으로 그녀의 가슴께를 쿡쿡 찔렀다.

"어딜 가냐니까?"

대뜸 희롱부터 하는 꼴, 근무자는 아닌 것 같았다. 이러면 가능성이 높아진 셈, 양손으로 파리 쫓는 것처럼 가슴을 찌르는 사내의 손을 밀어내며 혀 풀린 목소리를 냈다.

"김……영범 시……실장님 방에 가는데……."

"거긴 왜?"

"끝……나면 오라고 했어, 비켜."

"영감님이 재미있게 해준 모양이지? 맛이 갔는데?"

상황을 대충 아는지 놈의 눈빛이 점점 더 노골적으로 변해가고 있었다. 한희진은 눈을 더 가늘게 뜨면서 아는 욕설을 모조리 쏟아냈다.

"씨발, 너도 함 할래? 변태 같은 새끼들아, 약 아니면 못 덤벼?"

"뭐? 푸하하."

사내는 너털웃음을 터트리더니 턱을 틀어잡고 가슴을 움켜쥐려고 했다.

"씨발, 비켜."

한희진은 한 발 뒤로 물러서면서 다시 양손을 휘저었다. 욕설을 뱉고 나니 기분이 좀 나아지는 느낌, 두 번째부터는 욕설이 입에 착착 감기는 것 같았다. 사내는 낄낄 웃으면서 그녀의 턱을 놓더니 슬그머니 옆으로 비켜섰다.

"병신 같은 게 지랄이야."

또 욕설을 퍼부으면서 벽을 짚고 걸었다. 김영범의 방은 바로 앞이었다.

'후……'

김영범의 문 앞에 서서 짧게 한숨을 내쉬었다. 요행히 위기를 넘겼지만 덕분에 시간은 엄청나게 촉박해진 셈, 시간을 끌다가 자칫 오지연에게 보고라도 들어가는 날이면 상황은 여기서 끝이었다. 서둘러야 했다. 길게 생각하지 않고 바로 문을 두드렸다. 그러나 대답이 없었다. 한 번 더 문을 두드린 다음 손잡이를 돌렸다.

'응?'

문은 열려 있었고 거실에는 아무도 없었다. 대신 욕실에서 부글거리는 소리가 들렸다. 신속하게 거실과 침실을 훑어보고 3분의 1쯤 열린 욕실 벽에 달라붙어 안을 확인했다.

'윽!'

저절로 미간이 좁혀지는 광경, 욕실 중앙의 대형 월풀 욕조 속에 김영범과 두 명의 백인 여자가 뒤엉켜 낯 뜨거운 장면을 연출하고 있었다. 한희진은 바로 돌아섰다. 어찌 됐건 한희진에게는 절호의 기회였다. 그러나 아까 봐두었던 회색 재킷은 소파 위에 없었다. 서둘러 옷장처럼 보이는 문들을 뒤져 그 재킷을 찾아냈지만 이번엔 해독제 케이스가 없었다. 다른 옷가지와 여행 가방 안에도 마찬가지였다.

'어디지?'

중요한 물건들을 넣어두는 장소가 있을 것 같았다. 원래 자신의 아지트가 아니니 금고 같은 건 없을 터, 가까이 있을 것이었다. 거실의 그림들 뒤까지 모두 확인하고 끝으로 침실의 잡동사니를 뒤지다가 침대 매트리스 밑에서 쥐색 하드케이스 가방을 찾아냈다. 하지만 열리지는 않았다. 가방을 옆으로 세워놓고 하이힐 굽을 부러트려 자물쇠 고리에 대고 권총 손잡이로 두들겨 뜯어냈다. 소리가 제법 커서 신경이 쓰였지만 무시해버렸다.

'찾았다!'

가방 안에서 나온 건 노트북 하나와 해독제 케이스였다. 한희진은 해독제만 챙기고 가방은 도로 침대 아래다 던졌다. 노트북도 챙기고 싶었지만 나가려면 몸이 가벼워야 했다. 어차피 다른 건 관심도 없었다.

일단 침실 밖 테라스로 나가 밖의 상황을 살폈다. 가능하다면 뛰어내릴 생각이었다. 그러나 아래는 바로 수영장이었다. 높이는 3미터가 조금 넘는 정도여서 뛸 수는 있지만 가슴도 차지 않는 수영장 속으로 뛰는 꼴이라 부상은 필연 같았다.

이내 포기하고 되짚어 침실 밖으로 나왔다. 순간, 복도로 나가는 방문이 벌컥 열렸다.

'젠장!'

시커먼 사내들 둘이 먼저 방으로 뛰어들었다. 어깨너머로 오지연까지 보였다. 반사적으로 견제사격을 하면서 되짚어 침실로 뛰어들었다.

쾅! 콰쾅!

손바닥만 한 리볼버인데도 귀청을 때리는 굉음은 천둥 치는 소리 같았다.

"사격 중지!"

오지연의 고함 소리, 다급하게 침실 문을 잠그고 의자를 끌어다 손잡이에 기대놓았다. 오지연이 부하들에게 지시하는 소리가 이어졌다.

"욕실 문 닫아! 실장 나오라고 해!"

"예!"

몇 초 시간이 흐르고 문 두드리는 소리와 함께 오지연의 목소리가 들려왔다.

"꼬마! 포기해! 달아날 방법도 없어."

대답은 하지 않았다. 오지연의 목소리가 이어졌다.

"귀찮군, 부숴라."

"네!"

'어쩌지?'

테라스로 나가 다시 아래를 내려다보았다. 상황은 마찬가지였다. 문을 부수는 둔탁한 소리가 이어졌다.

‘그래!’

침대로 눈이 돌아갔다. 차승호가 호텔에서 묵을 때 한 이야기가 생각난 것, 침대에 달라붙어 재빨리 시트를 걷어버리고 매트리스를 끌어냈다. 평소 같으면 한쪽도 들어올리기 어려울 것 같은 무거운 매트리스가 순식간에 끌려나왔다.

“이익!”

필사적으로 끌고나와 테라스 난간에 올리고 무조건 밀어냈다.

철벅!

수영장으로 떨어진 매트리스는 반쯤 물속으로 들어갔다가 튀어나와 물 위에 떴다.

‘됐어!’

난간을 넘어 지체 없이 매트리스 위로 뛰어내렸다. 나름 정확한 안착, 매트리스 중앙에 떨어지지 못하는 바람에 굴러서 등부터 물속에 처박혔지만 충격은 느껴지지 않았다. 수면 위로 얼굴을 내밀자마자 가까운 수영장 데크로 뛰었다. 거리는 잘해야 10미터, 시간은 몇 초 걸리지 않았다. 그러나 물 밖으로 나와 대리석에 발을 올리는 순간, 등 뒤에서 줄줄이 물방울이 튀어 올랐다.

파바박!

“윽!”

그대로 대리석 바닥에 나뒹굴었다. 무시무시한 통증이 정수리까지 솟구치고 있었다.

“사격 중지!”

오지연의 뾰족한 고함 소리가 들리는 것 같았다. 그러나 총성은 그칠 줄 모르고 이어졌다. 총탄이 후벼 판 대리석 돌가루가 연기처럼 뿌옇게 시야를 가리고 있었다. 엎드린 채, 말을 듣지 않는 왼팔로 손을 가져갔다. 얼핏 관통상인 것 같은데 정말 기절할 것처럼 고통스러웠다. 하지만 한가하게 드러누워 부상을 돌볼 형편이 아니었다. 한 손으로 허겁지겁 기어서 가까운 화단 아래로 들어갔다.

'아우…… 아파!'

화단에 기대 총상 부위를 누르면서 고개를 내밀었다. 총구 화염은 방금 뛰어내린 테라스에서 점멸하고 있었다. 일단 총격의 위험에서는 벗어난 셈, 그러나 수영장 좌우에서 우르르 튀어나오는 경호 요원들은 문제였다. 수영장과 온천에 늘어져 술판을 벌이는 VIP들을 먼저 챙기고 있지만 몇 놈의 총구는 한희진이 숨어 있는 화단을 향하고 있었다.

'포기 못 해!'

실린더를 열어 남은 실탄을 확인했다. 남은 총탄은 겨우 세 발인데 상대는 가혹한 훈련을 받은 국정원 요원들, 누가 봐도 승산 없는 싸움이었다. 더구나 자신은 팔에 부상을 입은 상태였다. 심각하지는 않지만 거동이 불편한 것은 어쩔 수 없고 입은 것도 너무 없어서 숲으로 들어가는 것 자체가 부담스러웠다. 그래도 포기할 수는 없었다.

'손에 해독제가 없다면 모를까 지금은 안 돼.'

무슨 짓을 해서든 차승호를 만날 생각, 어차피 보스라고 할 수 있는 이태성의 머리를 박살낸 형편이니 곱게 잡혀도 답이 없었다. 이태성이 살아 있다면 그 인간의 분노에 타 죽을 것이고 죽었으면 김영범이 가만히 있지 않을 것이었다. 테라스 위에서 다시 오지연의 목소리가 들려왔다.

"꼬마! 그만해! 죽이긴 싫다!"

"인질이 필요한 거겠지!"

악을 쓰면서 화단 위로 총만 올려 다가오는 요원을 향해 한 발을 쏴버렸다.

쾅!

이제 남은 총탄은 두 발, 움직여야 했다. 다른 쪽에다 한 발을 더 쏘고 화단을 뛰쳐나갔다. 비좁은 정원을 뚫고 한참을 뛰어 잔디밭 언저리에서 걸음을 멈췄다. 불과 50여 미터밖에 안 되지만 가로지르는 건 무리였다. 화단 오른쪽 끝에 보이는 시커먼 그림자 둘 때문이었다. 같은 선상에 서 있는 꼴이라 그냥 뛰다가는 등판이 예쁘장한 사격 표적지가 될 것 같았다.

'너무 쉽게 생각했어!'

일단 화단을 따라 반대쪽으로 뛰었다. 산지로 이어지는 방향이라 그나마 몸을 숨길 곳이 있을 것 같다는 판단이었다. 경호원이 없으리라고 장담할 수는 없지만 선택의 여지가 없었다. 키 작은 나무 몇 그루를 신속하게 통과해 화단 끝까지 왔지만 화단 구조물 앞에서 다시 멈춰야 했다. 화단과 잔디 경계에 또 그림자 두 개가 나타난 것, 놈들을 통과하지 않고는 숲으로 들어갈 방법이 없었다.

'할 수 있을까?'

입술을 깨물며 권총을 만지작거렸다. 사내들의 자세만으로 보면 시선이 잔디밭에 고정되어 있었다. 잘하면 돌파가 가능할 것 같기도 했지만 바로 움직이지는 못했다. 남은 총탄이 한 발뿐이라 어렵다는 판단이었다. 요행히 총탄 한 발로 하나를 잡는다고 가정해도 나머지 한 사람은 맨손으로 처리해야 한다는 뜻인데 상대는 훈련된 요원이었다. 다시 생각해도 무리였다.

'그래도 간다.'

죽는 건 더 이상 무섭지 않지만 오늘만은 절대 죽을 수 없었다. 크게 심호흡을 하고 일직선으로 뛰어나갈 수 있는 자리로 한 발 옮기면서 권총을 고쳐 잡았다. 다시 심호흡, 침착하게 가까운 사내의 가슴 언저리를 조준했다. 그러나 또 나가지 못했다. 첫발을 떼기도 전에 느닷없는 총탄 세례가 머리 위로 쏟아진 탓이었다.

파바박!

"윽!"

흙무더기와 나뭇잎이 무섭게 비산했다. 한희진은 쏟아지는 흙무더기를 피해 머리를 감싸 쥐고 다리 사이에다 박았다. 총탄은 수영장 방향의 화단에서 날아오는 것 같았다. 한꺼번에 수십 발이 쏟아지는 판이라 머리를 드는 것도 어려운 형편, 느낌상 최소 2정 이상의 자동화기였다. 총만 내밀어 응사를 하고 싶었지만 엄두를 내기도 어려웠다. 그런데 다음 순간, 갑작스러운 단말마의 비명과 함께 총성이 뚝 끊어졌다.

'뭐지?'

고함 소리가 이어지고 화단 끝에 서 있던 사내들이 잔뜩 자세를 낮춘 채, 화단으로 달려들었다. 서둘러 무릎을 꿇고 자세를 바로잡았다. 무의미한 저항이라는 생각도 들었지만 아직은 희망의 끈을 놓고 싶지 않았다. 그런데 방아쇠에 힘을 주려는 순간, 화단으로 들어선 사내들 사이로 시커먼 그림자 하나가 불쑥 끼어들었다.

'어?'

그림자는 유령처럼 부드럽게 도약하면서 가까운 쪽 사내의 안면을 발등으로 후리더니 거의 동시에 다른 하나의 목을 날카롭게 쓸어냈다.

"크어……."

사내는 목에서 분수처럼 피를 뿜어내며 무릎을 꿇었다. 단검인 것 같았다. 그림자는 착지와 동시에 절묘하게 몸을 돌리면서 안면을 얻어맞고 모로 쓰러진 사내의 목에다 가볍게 칼을 꽂았다. 너무 빨라서 눈이 제대로 따라가지 못할 정도로 무시무시한 몸놀림, 그런데 체형도, 움직임도 너무나 익숙했다.

'오빠?'

그림자는 죽은 자들의 몸을 뒤져 권총과 탄창을 챙기면서 그녀를 향해 수신호를 했다. 한희진은 그냥 뛰쳐나갔다. 누군지도, 생각할 필요도 없었다. 나무 그늘 속으로 들어가자마자 결사적으로 차승호의 목을 끌어안았다.

"오빠! 어떻게 온 거야? 괜찮아?"

"이코노미는 영 불편하더라고, 팔은 어떠냐?"

"디게 아픈데 오빠 와서 괜찮아졌어, 히히."

히죽 웃는 그녀의 뺨을 톡 건드린 차승호는 서둘러 그녀에게 위장복을 입히고 손을 잡아끌었다.

"일단 움직이자, 바짝 붙어."

"응!"

차승호는 곧장 숲과 경계를 이루고 있는 담장 쪽으로 뛰었다. 그리고 도착하자마자 담장에 기대 웅크리면서 양손을 잡았다.

"뛰어."

밟고 뛰라는 뜻, 그리 높지 않은 담장이라 한쪽 팔은 쓰지 못해도 손을 밟으면 얼마든지 넘을 수 있었다. 가볍게 담장을 뛰어넘었다. 착지할 때 약간의 통증이 느껴졌지만 심각하지는 않았다. 뒤따라 담장을 넘어온 차승호가 바로 앞장서서 뛰기 시작했다.

그런데 5분 넘게 숲을 헤치고 멈춘 자리가 다시 본채 건물 바로 앞이었다. 숲으로 들어간 것처럼 유도하고 거꾸로 본채로 들어갈 생각인 것 같았다. 그녀가 가쁜 숨을 가다듬는 동안, 잠시 본채 건물을 살핀 차승호가 나뭇가지로 덮어놓은 가방을 꺼내더니 검은 옷가지와 운동화를 그녀 앞에 내려놓았다.

"팔, 지혈부터 하자."

"으…… 아픈데……."

갑자기 통증이 몰려왔다. 아빠가 다친 데를 보자고 하자 아프지 않던 곳이 갑자기 아파지는 느낌, 어렵게 한 팔을 위장복에서 빼내며 울상을 지었다. 엄실을 떨고 싶었지만 차승호는 신경도 쓰지 않았다. 그저 총상 부위를 확인하고 미간을 잔뜩 좁힐 뿐이었다.

"개자식들, 아파도 참아. 소리 내지 마."

그녀가 고개를 끄덕이자 차승호는 먼저 피를 대충 닦아낸 다음, 근처에서 부러진 나뭇가지를 집어 한희진의 입에다 물렸다. 그리고 엄청나게 쓰라린 가루약을 앞뒤에 잔뜩 뿌리더니 느닷없이 총상 부위를 압박했다.

'으아…… 윽.'

입에 문 나뭇가지를 부러트리면서 뒤로 넘어갔다. 그래도 소리는 내지 않았다. 기절이라도 하고 싶을 만큼 지독하게 아팠지만 이를 악물었다. 손끝의 감각은 아예 사라진 느낌이었다. 차승호는 덜덜 떨며 일어나는 그녀를 부축하면서 나무라는 투로 말했다.

"얌전히 있으라고 했잖아, 인마. 불행 중 다행이다. 동맥 건드리지 않았고 관통상이야. 출혈 걱정은 안 해도 될 것 같다. 다른 데는? 괜찮니?"

"괜찮아, 근데 이거."

한희진은 치마 속에서 해독제 주사기를 꺼내 얼른 그의 손에 쥐여 주었다. 주사기를 확인한 차승호가 미간을 좁히며 다시 물었다.

"어떻게 구했니?"

"김영범 그 자식 방에서 훔쳤어."

"무모한 놈, 그래서 이 난리가 난 거냐? 얌전히 있으라는 내 말은 어디로 들은 거야?"

"그런 거 아냐, 나한테 마약 주사 놓고 강간하려고 해서 어쩔 수 없었어. 약 땜에 완전 정신없었는데 종이 눌러놓는 크리스털 장식품 같은 걸로 막 때리고 겨우 도망쳤어."

"마약? 누가? 김영범이?"

"주사를 놓은 건 김영범인데 달려든 사람은 이태성이야."

"이태성? 이태성이 여기 있어?"

차승호의 눈이 커졌다. 확실히 놀란 표정이었다. 그러나 이내 차분하게 가라앉았다. 그리고 혈관을 찾아 해독제 주사를 놓으며 중얼거렸다.

"여기 다 모였다는 이야기네."

"응?"

"이태성 그 늙은이 어떻게 됐니? 죽었어?"

"몰라, 그땐 마약 맞은 지 얼마 안 된 데다 너무 당황해서 목에 손을 대봤는데도 죽었는지 살았는지 모르겠더라고. 미안해."

"아냐, 니가 미안할 일 아니다, 잘했어. 어차피 지금부터 돌아가는 꼴 보면 죽었는지 살았는지 알게 될 거다. 그나저나 찾아다니면서 하나씩 암살하는 쪽을 생각했는데 상황이 달라졌네, 후후."

얼음장처럼 차갑게 웃은 차승호는 빈 주사기를 던져버리고 그녀의 턱을 들어 올려 목을 좌우로 돌려보면서 물었다.

"이것도 그 늙다리 작품이냐?"

"빨개?"

차승호는 대답은 안 하고 이를 빠드득 갈아붙이더니 소음기 달린 권총 한 자루와 여유분 탄창 하나를 내밀었다.

"가자, 저것들이 그간 베풀어준 은혜에 보답하는 시간을 가져야겠다."

권총을 받아든 한희진은 익숙한 동작으로 탄창을 뽑아 남은 실탄 숫자를 확인하고 다시 조립하면서 반문했다.

"어쩌려고? 여기 사람들 너무 많아."

"머리만 자르면 나머지는 오합지졸이야. 다 죽인다고 생각하면 그리 어렵지도 않고."

"다…… 죽여?"

“너 고생하는 동안 놀기만 한 거 아니다. 바짝 붙어서 따라와, 절대 떨어지지 말고.”

“응.”

한희진은 두말없이 따라나섰다. 차승호가 그렇다면 그런 거였다.

기무사 요원들에게 추격을 맡긴 오지연은 수영장으로 들어서면서 본채 안팎을 둘러보았다. 여전히 어수선했다. 한바탕 소동은 지나갔지만 경호 요원들은 아직도 정신없이 움직이고 있었다. 여자들은 2층의 작은 방 하나에 다 몰았고 VIP들은 방어가 쉬운 1층에 모인 상태여서 큰 부담은 없었다.

―VVIP 부상이 심각하다, 출혈 심하고 의식도 없다. ASAP 후송 필요.

3층으로 올라간 요원의 보고였다. 짜증이 폭발했다.

“제기랄! 응급조치하고 헬기 준비시켜!”

―카피, 댓.

잠깐의 방심이 최악의 결과를 가져온 셈, 전부 자신의 탓이었다. 제대로 훈련도 받지 못한 꼬마 하나가 이 정도까지 일을 망가트릴 거라고는 전혀 예상하지 못했으니 누굴 탓할 수도 없었다.

‘돌겠군, 이걸 칭찬이라도 해줘야 하나?’

헤로인 분량을 절반 이하로 줄이기는 했지만 약 기운이 남은 상태로 이태성을 의식불명까지 몰아갔고 국정원 요원을 무려 넷이나 제거하면서 깔끔하게 탈출에 성공한 셈, 막판에 미련하게 숲으로 들어가는 통에 추격하는 요원들에 의해 사살될 가능성이 높지만 현재까지만 해도 정말 상상 초월이었다.

'역시 나하고 과科가 같은 건가?'

맨 처음 한희진의 사격 자세와 표적지를 보았을 때 자신에게 던졌던 질문, 오지연 자신도 처음 입문 단계부터 재능을 타고났다는 이야기를 들었고 지금 봐서는 한희진도 별반 다를 것이 없어 보였다. 정확하고, 냉정하고, 치명적이었다.

'물러 터진 지금의 나보다는 어디로 튈지 모르는 이 녀석이 더 위험할 수도 있겠네, 후후.'

쓰게 웃었다. 김영범은 자신의 강요 때문에 그녀가 은퇴를 미룬 것으로 알고 있지만 사실은 호기심이 더 컸다. 차승호와 한희진 두 사람이 어디까지 갈 수 있을까, 마지막은 어떻게 될까, 솔직히 너무나 궁금했다. 때문에 한희진을 다루는 데 아주 약간의 사정을 둔 셈인데 덕분에 일이 산으로 가고 있었다.

'꼴이 우습게 됐군.'

본채 건물로 들어서기가 무섭게 김영범의 고함 소리가 귀청을 때렸다.

"멍청한 것들! 약에 해롱거리는 계집년 하나를 처리하지 못해서 중요한 행사를 망쳐! 도대체 이게 뭐야? 이게 말이 돼! 너!"

'너'라는 단어는 그녀를 지칭하는 것 같았다. 김영범의 시선은 들어서는 그녀에게 고정되어 있었다. 그녀가 눈을 돌리자 김영범이 다시 악다구니를 쳤다.

"그 미친년이 해독제를 가져갔단 말이다! 어떻게든 잡아! 홍콩 공항에 감시조 붙이고!"

"카피."

무덤덤하게 대답하고 바로 돌아섰다. 이대로 몇 초만 더 얼굴을 맞대고 있으면 놈의 역겨운 면상에다 총알을 박아버리게 될 것 같았다. 되돌아 밖으로 나온 오지연은 본채 3층을 올려다보면서 현관에 서서 상황 파악에 여념이 없는 선임 요원을 불렀다.

"블랙위도우가 보이지 않는데 봤나?"

"자기 방에서 나오지 않았습니다, 확인하죠."

오지연은 고개를 가로저었다. 어차피 어딘가 숨어 있다거나 이상한 낌새를 채고 몰래 빠져나갔다고 해도 하등 이상할 것이 없는 여자였다. 굳이 신경 쓸 이유는 없었다.

"급한 일 아냐, 나중에 해. 배치 상황은?"

"기무사 대원 다섯이 추격에 들어갔고 우리 요원은 여섯 명이 출입구 양측, 옥상에 저격수 하나 포함 관측 둘, 실내에 넷입니다. 선착장 인원도 둘만 남기고 들어왔습니다. 외부 배치 요원 중 세 명 사망, 한 명 중상입니다."

"얼척이 없군, 민간인 꼬마 하나에게 베테랑 요원 넷이 당해? 저 인간 말대로 나가 죽는 게 정답이야, 빌어먹을. 일단 사체 수습한다. 안가로 운구할 수 있도록 조치해."

"처리하겠습니다."

"그런데 이상한 냄새 나지 않나?"

"네?"

분명 휘발유 냄새인데 심했다. 오지연은 급히 주변을 둘러보았다. 느낌이 좋지 않았다. 밤공기가 낮게 가라앉아 있지만 냄새가 느껴질 정도면 거리는 가까웠다. 주변에 휘발유가 있을 만한 곳은 보트 선착장과 헬기장, 그리고 별채에 있는 휘발유 탱크뿐인데 보트 선착장이나 헬기장은 거리가 상당히 멀고 요원도 배치해둔 상태였다. 이상이 있다면 벌써 보고가 들어왔을 터, 남은 가능성은 휘발유 탱크 하나뿐이었다.

"사람 보내서 별채 연료 탱크 확인해라. 느낌이 별로 좋지 않다."

"알겠습니다. 라이너 식스, 별채 연료 탱크 확인해라."

―라이너 식스, 카피. 이동한다.

무전기로 간단하게 명령을 내린 요원이 별채 방향으로 도는 순간, 별채에서 시뻘건 화염이 솟구쳤다. 그리고 묵직한 진동이 발밑을 울렸다.

쿵!

시커먼 연기를 버섯구름처럼 뿜어낸 화염은 삽시간에 별채를 집어삼키고 일직선으로 잔디밭을 가로질러 본채로 향했다.

"젠장!"

반사적으로 자세를 낮춘 오지연은 잔디밭을 가로지르는 불길을 보자마자 권총을 뽑아들었다. 본채의 지대가 조금 낮기는 하지만 의도적으로 길을 만들어놓지 않았다면 절대 있을 수 없는 상황, 누군가 연료 탱크에 손을 대고 본채 방향으로 흘려놓았다는 뜻이었다.

'누가?'

한희진이 혼자서 할 수 있는 일은 아니었다. 경험도 부족하고 시간도 없어서 이런 임기응변이 가능할 리 없었다. 더구나 요원 네 사람이 당한 것도 설명이 어려웠다. 어디가 됐든 다른 세력의 공격이라고 보는 것이 합리적이었다.

"전 대원 주목! 방어플랜 가동! 공격당하고 있다!"

전체 채널을 열고 명령을 내리는 순간, 본채 건물의 전기가 일제히 나가버렸다.

─라이너 원, 카피! 건물 전체가 정전이다!

갑작스러운 정전에 적잖이 당황한 목소리지만 그래도 차례차례 보고가 돌아왔다.

─울프 원, 카피!

─재규어 원, 카피!

"저격수! 상황 보고!"

─병력 이동 관측 불가! 특별한 움직임 없다! 선착장에도 병력 이동은 없음!

'제기랄, 뭐지?'

바짝 긴장한 채, 불길이 치솟는 별채 주변을 훑어보았다. 역시 특별한 움직임은 없었다.

─화재가 본채로 번진다! 반복한다! 화재가 본채 주변으로 번진다!

몇 발 자리를 옮겨 잔디밭을 확인했다. 이미 잔디밭 대부분을 집어삼킨 불길은 고속으로 질주하는 바이크처럼 삽시간에 본채 건물 주변을 달리고 있었다. 그러나 석조 건물이라 불이 옮겨 붙지는 않을 것 같았다. 연기와 유해 가스만 조심하면 그만일 것 같았다.

"재규어 팀, 일단 현관 근처라도 번지지 못하게 소화기를 써봐. 지금부터 철수플랜 B로 전환한다, 각자 맡은 VIP 준비 들어가고 VVIP

는 지금 1층으로 옮겨라!”

—카피 댓.

대원들에게 세부적인 철수 명령을 신속하게 전달하면서 건물 안으로 들어가 김영범을 찾았다. 꼴 보기 싫은 인간이지만 국정원 고위급 인사라 일단 탈출은 시켜야 했다. 비상구 사인을 따라 VIP들이 모인 방에 들어서자 김영범이 도끼눈을 뜨고 또 고함을 질렀다.

“씨발! 또 뭐야? 불은 왜 나간 거야?”

“공격받는 것 같다. 철수 명령 내렸어.”

“뭐가 어째? 니 멋대로 철수를 명령해? 그 계집이 한 짓 아냐?”

“시간적으로나 물리적으로나 불가능해. 쓸데없는 망상 집어치우고 귀중품이나 챙겨. 바로 움직일 거니까.”

“망상이라니? 이게 무슨 개 같은 말버릇이야? 어르신까지 의식불명을 만들어놓고 잘했다는 거냐?”

“그건 요원들 탓이 아냐. 엄밀하게 말하면 당신 욕심 때문이지.”

“이런 건방진 년을 봤나. 이젠 막 나가는 거냐?”

김영범이 길길이 뛰었지만 무시해버렸다. 일일이 상대해줄 시간이 없었다.

“바로 헬기 띄울 거니까 VIP 몇 사람만 먼저 보내. VVIP와 경호팀 두 사람 타면 자리가 셋뿐이다.”

김영범은 한참 동안이나 씩씩거리더니 포기한 듯 목소리를 깔았다.

“좋아. 상황이 이 모양이니 이 건에 대해서는 일 끝나고 다시 이야기하지. 일단 조 국장, 방 회장, 장 원장, 이렇게 세 사람 먼저 보내라. 나머지는 요트로 간다. 헬기장으로 청와대 경호팀 나오라고 해.”

오지연은 고개만 까딱하고 반쯤 돌아서서 선착장을 호출했다.

"라이너 포, 상황은?"

―클리어, 조용하다.

"제길, 애매하군. 일단 VVIP 헬기 출발하면 포인트 넷으로 이동한다. 10분 이내 도착 예정, 대기."

―로저, 대기.

"울프 팀이 남아서 기무사 팀 흡수하고 현장 수습하도록. 나머지는 철수한다. 지금 이 시간부터 총기 사용을 허가한다. 철수 작전 개시."

―울프 원, 카피.

오지연은 신속하게 명령을 내리면서 옥상으로 뛰어 올라왔다. 옥상인데도 얼굴이 후끈하게 느껴질 정도로 불길은 여전히 기세등등한 상황, 연기와 휘발유 냄새가 뒤섞여 매캐하게 코끝을 괴롭혔다.

―VVIP 이동한다!

"카피."

―라이너 투, 잔디밭에 착륙한다.

선착장 부근에서 떠오른 헬기가 강풍을 일으키며 잔디밭으로 내려앉고 요원 네 사람이 신속하게 잔디밭으로 뛰어나갔다. 오지연은 주변을 날카로운 시선으로 훑어본 뒤 저격수의 어깨를 가볍게 짚었다. 저격수가 야시경에서 눈을 떼지 않은 채 짧게 말했다.

"병력 이동 보이지 않습니다."

'이게 뭐지? 꼬마 혼자 할 수 있는 일이 절대 아닌데……'

―VVIP 포인트 하나에 대기, 헬기 안전 확보, 이동 승인 대기.

"승인한다, 이동."

─카피.

간이 들것에 실린 이태성이 요원들에게 둘러싸여 헬기로 뛰었다. 들것이 헬기 뒤쪽으로 들어가고 잇달아 뚱보 세 놈이 허겁지겁 올라 탔다.

─VVIP 시큐어, 이륙 대기.

"이륙해라, 가장 큰 병원이 퀸메리 대학병원이니 거기로 직행하도록."

─로저, 행운을 빈다. 아웃.

굉음을 뿜어낸 헬기가 천천히 고도를 높이면서 방향을 틀었다. 이것으로 일단 큰 불은 끈 셈, 이제 나머지 VIP 몇 사람만 데리고 선착장으로 나가면 상황 종료였다. 모델들은 그냥 남겨두었다가 울프 팀과 함께 철수시켜도 큰 위험은 없을 것이었다. 한숨을 돌리고 돌아서려는데 느닷없는 폭음이 귀청을 때렸다.

쩡!

크지는 않지만 날카로운 폭음, 섬뜩한 섬광이 머리 위에서 작렬했다.

'이런 제기랄!'

섬광의 진원지는 50미터 이상 상승했던 헬기였다. 순간석으로 기우뚱한 헬기는 비스듬히 기울며 머리를 숙이더니 그대로 지면으로 추락하기 시작했다.

─라이너 투, 추락한다! 추락!

무전기 안에서 파일럿이 비명을 질렀다. 그러나 속수무책, 오지연이 할 수 있는 일은 없었다.

"착륙시켜! 수평 유지해!"

─씨발! 통제 불능! 통제 불능!

완전히 통제를 잃어버린 헬기는 기체를 거의 수직으로 세운 채, 무서운 속도로 고도를 떨어트리더니 이내 불길 치솟는 별채 바로 옆에 머리를 처박았다.

콰직!

무시무시한 파열음이 터지고 눈부신 섬광이 불꽃놀이처럼 폭발했다. 그리고 묵직한 폭음이 귀청을 때렸다.

콰쾅!

헤드셋을 황급히 빼내버린 오지연은 멍하니 헬기에서 치솟는 불길을 쳐다보다가 그대로 고개를 떨어트렸다. 머릿속이 완전히 비어버린 느낌, 아무것도 생각나지 않았다. 개인적으로 연이 닿아 있는 사람이지만 이태성이 죽었다고 해서 딱히 안타깝지는 않았다. 그로 인해 이득을 본 적도 없고 도움을 받아본 적도 없었다. 인연은 그저 인연일 뿐, 당장은 사태가 최악으로 치닫고 있다는 짜증스러움만 곤두선 신경세포를 건드리고 있었다.

─VVIP 헬기 추락! 추락!

헤드셋에서 나오는 작은 고함 소리에 퍼뜩 정신을 차렸다. 수습이 급했다. 이태성의 사망은 생각할 수 있는 최악의 사태였다. 그것도 전직 대통령이 해외에서 섹스 파티를 하는 와중에 죽은 꼴이라 문제가 더 심각했다.

'우선순위는?'

이태성의 생존을 기대할 수 없으니 지금으로선 벗은 여자들이 최우선이었다. 어떻게든 여자들을 현장에서 치우고 휴양지 헬기 사고의 모양새를 갖추어놓아야 최소한의 계산이 뽑혔다. 그건 공격한 세력의 색출보다도 우선적으로 해결해야 할 문제였다. 급히 헤드셋을 귀에 끼우고 울프 팀을 호출했다.

"울프 팀! 추락 지점 확보해라! 생존자 있으면 구조해!"

—울프 원, 카피!

"라이너 팀! 지금 즉시 여자들부터 내보낸다! 움직이지 못하면 업고서라도 요트로 데려가!"

—라이너 원, 카피!

"재규어 팀은 VIP 후송한다! 전 대원 전투태세! 얼쩡거리는 건 무조건 사살한다!"

—재규어 원, 카피!

오지연은 급히 1층으로 내려와 VIP들이 모인 방을 찾았다. 그런데 방으로 들어서는 그녀의 얼굴로 모여든 눈동자는 하나같이 불안했다. 새파랗게 질린 불안한 얼굴들, 명색이 한 나라를 좌지우지하는 거물들인데 거물다운 의연한 얼굴로 앉아 있는 사람은 하나도 없었다. 이런 작자들이 대한민국을 지휘했다는 것 자체가 창피할 정도로 허탈했다. 그나마 좀 나은 건 김영범뿐이었다. 김영범이 구석으로 그녀를 데리고 가며 물었다.

"어르신은? 어르신은 괜찮은 거냐?"

"아직 몰라, 지금 나가서 확인할 거야. 안전해지면 이동할 거니까 기다려."

"병신 새끼들, 도대체 뭘 한 거야? 어르신 돌아가셨으면 전부 옷 벗을 각오해! 모조리 깜빵에 처박아버릴 테니까 그런 줄 알아!"

"지랄하고 자빠졌네. 책임은 목소리 크고 월급 많이 받는 윗대가리가 지는 거야, 애들이 아니고."

"뭐라고?"

김영범의 얼굴은 순식간에 시뻘겋게 변해버렸다. 심하다 싶을 정도로 쏘아붙였으니 정신이 번쩍 났을 것이었다. 그대로 돌아서서 방을 나섰다. 그런데 김영범이 뒤따라 뛰어나왔다. 말없이 따라오기만 하는 걸로 봐서는 이태성의 안위가 걱정되는 모양이었다. 곧장 뛰기 시작했다.

"추락 지점이 어디야!"

김영범이 뒤에서 소리를 질렀지만 무시해버렸다. 말을 섞는 것 자체가 무의미했다.

추락 현장은 참혹했다. 불길이 치솟는 동체를 중심으로 반경 20미터는 완전히 불붙은 잔해들 천지였고 팔다리가 기괴하게 꺾인 채 불에 탄 시체도 몇 구 눈에 뜨였다. 떨어져 나간 메인 프로펠러 일부가 별채 근처까지 날아가 꽂혔고 동체는 아직도 화염에 휩싸여 있었다. 불길이 워낙 거세서 소화기를 들고도 접근이 어려운 형편이었다. 20초쯤 늦게 도착한 김영범이 헐떡거리며 그녀의 어깨를 짚었다.

"어르신은? 찾았나?"

"보면 몰라? 생존자는 없을 것 같다. 노인네 죽었다는 이야기야, 당신 때문에."

김영범은 대답하지 못했다. 아마 머릿속이 복잡할 터, 그 자리에 털썩 주저앉아 입만 벙긋거리고 있었다. 오지연은 가까운 시체로 다가갔다. 시체에서 아직도 연기가 올라오는 형편이라 얼굴을 알아보기는 어렵지만 신원을 확인할 만한 물건은 있을 것 같았다. 그런데 시체 앞에 서는 순간, 등 뒤에서 날카로운 폭음이 터졌다.

쾅!

반사적으로 무릎을 꿇고 총구를 돌렸다. 폭발의 진원지는 본채 1층이었다. 건물 한쪽으로 회색 연기가 폭발적으로 밀려나오고 대형 유리창 수십 장이 한꺼번에 내려앉고 있었다. 폭발의 규모는 크지 않았다. 그러나 폭발이 실내에서 일어난 만큼 가까이 있던 사람들은 전원 치명상일 가능성이 높았다.

'제기랄! 말려 죽일 생각인 거냐?'

공격 의도는 어렵지 않게 읽혔다. 공포를 극대화하면서 공황 상태를 유도하고 지속적인 전투력 약화를 강요하는 전형적인 게릴라전이었다.

'게릴라전?'

다수의 병력을 동원한 공격이 아니라는 뜻, 저격수가 병력의 이동을 감지하지 못한 이유가 간단하게 설명이 됐다. 상대의 숫자는 서넛 이하였다.

'개자식들! 모조리 죽인다!'

이를 빠드득 갈며 다시 본채로 뛰었다. VIP가 생존했다면 철수를 생각하겠지만 가능성은 희박했다. 이러면 공격을 감행한 놈들을 찾아내는 것이 최우선이었다. 누가 됐든 배후는 대가를 치러야 했다.

"저격수! 위치는?"

―2층 계단! 내려가는 중이다!

"다시 올라가! 적은 몇 놈 되지 않는다! 위치 확보하고 찾아내!"

―연기 때문에 아무것도 보이지 않는다! 위치 변경이 필요하다!

"제길, 일단 나와! 재규어 원, 상황 보고!"

―여기! 피해 상황 확인하고 있다! 팀원 네 명이 VIP와 같은 방에 있었는데 응답 없음! 현재 진입 불가! 연기 때문에 진입 어렵다!

"레드 팀! 추격 중단하고 철수해! 본채 지원해라!"

―레드 팀 카피, 철수한다.

각 팀의 상황을 파악하면서 일직선으로 잔디밭을 가로질렀다. 피해는 눈덩이처럼 커지고 있었다.

*

차승호는 건물 남쪽 벽에 기대서서 폭발의 후폭풍이 가라앉기를 기다렸다가 슬쩍 벽을 벗어나 현관 앞에 어정쩡하게 서 있는 경호요원 둘에게 조준사격을 했다.

퍼버벅!

연속해서 3점사 세 번, 하나는 첫번째 3점사에 쓰러졌고 다른 한 놈은 응사를 시도하다가 가슴팍과 머리에 직격탄을 맞고 허공에다 예광탄을 쏘아 올리며 뒤로 넘어갔다. 이것으로 1차 목표는 달성한 셈, 여기서 시간을 더 허비할 이유는 없었다.

조악한 사제 수류탄 단 한 발을 까 넣은 것뿐인데도 폭발력이 기대 이상으로 강력해서 폭심 주변은 거의 초토화였고 연기 때문에 보이는 것도 별로 없었다. 방에 있던 작자들은 대부분 중상을 면하기 어려울 것이었다. 그걸로 충분했다.

건물 남쪽의 정원 속으로 나란히 엎드리자 한희진이 야시경에서 눈을 떼지 않은 채 물었다.

"괜찮아?"

"괜찮아, 이제 남은 건 김영범 하나다."

중요한 목표는 운 좋게 빠져나간 김영범 하나만 남았다는 생각, 장명신이 보이지 않는 점이 다소 신경에 거슬렸지만 지금으로서는 어쩔 수 없었다.

"선착장으로 갈 거야?"

"가야지, 오늘 아니면 기회 없다. 저 자식 한국 들어가면 찾아내기도 어려울 거야. 오늘 저것들이 죽든 내가 죽든 결판을 내야 돼. 힘들어도 조금만 더 버텨라. 선착장에 도착하면 쉬게 해줄게. 가자."

"버틸 수 있어, 걱정 마요."

큰소리는 쳤지만 한희진은 일어서면서 '끙' 하고 신음 소리를 냈다. 부축해서 일으킨 다음, 곧장 숲으로 들어가 숲 경계를 따라 우회하기 시작했다. 최대한 시간을 단축할 생각, 오지연이 선착장으로 나오기 선에 도착해야 준비할 시간을 만들 수 있었다.

그런데 숲에 들어서고 몇 분 지나지도 않았는데 나뭇가지 부러지는 소리가 귀청을 때렸다. 바로 코앞의 능선, 자세를 낮추자마자 시커먼 그림자 두 개가 갑자기 튀어나왔다. 반사적으로 그림자의 가슴으로 파고들면서 방아쇠를 당겼다.

퍽! 퍼벅!

연속해서 세 발, 총탄은 모조리 놈의 가슴과 허벅지에 틀어박혔다.

"윽!"

늘어지는 놈의 몸을 나머지 하나에게 그대로 밀어붙였다. 상대도 누군가와 마주치리라고는 생각하지 못한 것 같았다. 놈은 당황한 듯 동료의 시체를 피해 횡으로 몸을 날렸다. 총구는 그의 옆구리를 노렸지만 한희진의 권총이 먼저 불을 뿜었다.

파박!

놈은 소총을 놓치면서 사면을 굴러 떨어졌다. 발밑으로 구른 놈의 뒤통수에 마지막으로 한 발을 쏘고 놈의 MP-5와 탄창을 챙겼다.

"받아!"

한희진에게 MP-5를 던져주고 다른 놈의 총기를 챙기는 순간, 능선 너머에서 또 발자국 소리가 들려왔다. 주먹을 쥐어 보이고 무릎을 꿇은 다음, 능선을 기어올라 소리가 난 쪽을 훑었다. 다급한 발걸음 소리, 서두르는 기색이 역력했다. 전력으로 뛰는 와중이라 앞에서 벌어진 상황은 아직 인지하지 못한 것 같았다. 느낌상 처음 한희진을 데리고 숲으로 들어갈 때 추격해왔던 놈들이었다.

'타이밍 더럽네.'

하필 다가오는 경로가 코앞이고 주변은 그리 굵지 않은 나무들이라 은폐하기도 애매했다. 얼핏 보이는 숫자는 셋, 야시경이 가리키는 선두와의 거리는 50미터였다. 그냥 지나가주면 좋겠지만 이미 시체가 나온 판이라 그런 일은 어려울 것이었다. 위치를 조금 옮겨 잡풀들이 뒤덮은 좁은 개활지를 목표로 자리를 잡았다.

"처리하고 가자."

타이밍은 별로지만 각개격파도 나쁘지 않다는 생각, 뒤따라 능선으로 올라온 한희진이 제법 자연스런 동작으로 알았다는 수신호를 하고는 침착하게 능선에 자동소총을 올려놓았다. 거리는 금방 가까워졌다. 20미터 안쪽, 선두가 개활지로 뛰어나오고 잇달아 두 놈이 어둠을 벗어났다. 조준선 위에 선두로 나온 놈의 얼굴을 올려놓고 잠시 숨을 참았다. 그리고 방아쇠를 당겼다.

타탓!

정확한 3점사, 놈은 이마와 목에서 피보라를 뿜어내며 조준선 밖으로 사라져버렸다. 사라진 자리에 거짓말처럼 다른 얼굴이 떠올랐다. 카지노에서 잠깐 마주친 것 같은 얼굴이었다. 놈의 얼굴에 의문부호가 떠올랐다가 이마 한쪽이 터져나가면서 사라졌다.

가장 뒤에 처져 있던 놈은 마구잡이로 소총을 난사하며 몸을 날렸다. 그러나 이번에도 한희진의 조준사격이 빛을 발했다. 제법 먼 거리의 야간 사격인데도 놈의 몸통에서 두 번이나 먼지가 튀었다.

"크악!"

놈은 외미다 비명을 지르면서 잡초 속으로 굴렀다.

"호흡이 제법 맞는데?"

"크크, 살했어?"

"그래, 최고다."

그의 칭찬에 한희진이 배시시 웃으며 능선에 기대 돌아앉았다. 그는 뭉개진 잡초 속에다 3점사 두 번을 더 날리고 한희진을 일으켜 세웠다. 확인사살까지 할 시간은 없었다. 발목을 잡아둔 것으로 충분했다.

"가자."

김영범은 완전히 패닉 상태였다. 심혈을 기울여 추진한 모임이 악몽으로 변해버린 판이니 심중은 이해가 갔다. 그러나 넋 놓고 앉아 입만 뻥끗거리는 건 그냥 봐주기 어려웠다.

"이건 꿈이야, 꿈이지? 맞지?"

김영범의 혼잣말을 무시해버린 오지연은 아직도 연기가 뭉클뭉클 피어오르는 본채 건물 현관에서 쓰게 입맛을 다셨다.

'누굴까?'

VIP들은 이미 전원 사망이고 요원들도 열 명 이상이 죽어나갔는데 적은 그림자도 보지 못했다. 이 정도 용의주도한 공격을 가할 수 있는 조직은 많지 않았다.

'양선직인가?'

신임 국정원장 양선직이 국정원 외부 조직이나 직할 조직을 동원했다면 얼마든지 가능한 시나리오였다. 그러나 양선직은 국정원장이기 앞서 노련한 정치인이었다. 통일부 대북 정보계통에서 잔뼈가 굵은 정보통이긴 하지만 엄연히 정치인이고 전직 대통령을 암살할 만큼 무모한 인물도 아니었다. 가능성은 많이 떨어졌다.

다른 시나리오는 남상근이 국방부 장관 직할부대를 동원했을 경우였다. 대한민국 최대 무력 조직의 수장이니 능력은 당연히 있고 아직 젊었다. 협회의 존재에 대해서도 어렴풋이 알고 있을 것이었다. 다소 억지스럽기는 해도 가능한 시나리오였다.

마지막은 정말 어디로 튈지 알 수 없는 차승호였다. 한국행 비행기를 탔다는 보고는 받았지만 인천공항 도착을 확인하기 전에는 절대 안심할 수 없었다.

'젠장, 그래도 수습은 해야 할 것 같은데…….'

어디부터 손을 대야 할지 엄두가 나지 않았다. 당장 할 수 있는 일은 김영범과 여자들을 빼돌리고 현장을 최대한 헬기 사고와 화재로 위장하는 작업이었다. 워낙 외진 지역이라 시간적으로 여유는 있었다. 경찰은 아침이나 되어야 얼굴이라도 내밀 것이었다. 그러나 현장의 상황이 워낙 엉망이어서 위장하는 작업도 만만치는 않았다.

공격한 놈들을 찾아내는 부분도 어렵기는 마찬가지였다. 공격은 다시 잠잠해졌고 움직이는 놈은 전혀 보이지 않았다. 총질이든 폭탄이든 모습을 드러내야 대응을 할 텐데 또 쥐 죽은 듯이 조용하니 미칠 지경이었다.

"제기랄, 기무사 이것들은 어디까지 갔길래 이렇게 오래 걸려? 레드 팀!"

다시 기무사를 호출하자 신음에 가까운 응답이 돌아왔다.

—기……습당했다.

"뭐? 다시 보고해!"

—레드 팀 기……동 불능, 지원…….

"누구 짓이냐? 숫자는? 위치는?"

—두……둘 내지 셋, 그 이상의 자동화기였다. 현……재 위치는 남……서쪽 숲 경계, 지금은 보이지 않는다.

"언제? 얼마나 지났지?"

—모르겠다, 2분? 3분쯤?

"제기랄, 현장으로 간다. 기다려. 너! 너! 따라와!"

오지연은 가까이 있는 대원 둘을 데리고 급히 잔디밭을 가로질렀다. 드디어 종적을 드러냈다는 생각에 마음이 급했다. 그러나 상황은 여전히 어려웠다. 10분 가까운 시간을 허비하고 레드 원과 서너 번 더 교신을 한 뒤에야 겨우 현장을 찾아냈지만 얻은 건 막연한 대답뿐이었다.

"확실치 않습니다. 교전 당시에는 능선 위에 있었는데 이후는 보지 못했습니다. 발자국 소리 이동 방향은 해안 같았습니다. 죄송합니다."

"그거면 됐어. 응급치료해라."

첫번째 시체들 주변에서 발자국을 찾았으니 일단 방향은 잡은 셈이었다. 데려온 요원 하나를 현장에 남겨두고 곧장 발자국을 추격하기 시작했다.

"라이너 팀, 포인트 스리로 이동해서 숲을 수색한다. 남서 해안 방향, 숫자는 둘 이상이다. 교전 승인한다. 발견 즉시 사살, 이상."

—라이너 원 로저, 이동합니다.

폭주 (2)

선착장은 의외로 조용했다. 배와 선착장에 남아 있는 요원의 숫자도 둘에 불과한 것 같았다. 약에 취한 모델들을 요트에 데려다놓고 대부분 본채로 돌아간 때문일 것이었다. 보이는 인원은 요트 갑판 위에 하나, 선착장에 하나였다. 요트 내부에 하나쯤 더 있을 수도 있지만 신경 쓰지 않기로 했다.

"여기서 기다려, 금방 돌아올 거야."

"조심해, 오빠."

한희진을 나무에 기대 앉혀놓은 차승호는 지친 기색이 역력한 한희진의 등을 가볍게 두드려주고 바다에 발을 들여놓았다. 그리고 바로 잠수했다. 해안을 통해 접근하려면 선착장 구조물 위를 100미터 이상 뛰어야 했지만 직선거리로는 선착장 아래까지 80미터 정도에 불과했다. 조금 무리하면 잠수만으로도 갈 수 있는 거리였다.

중간에 한 번 수면으로 나와 방향을 가늠하고 다시 잠수, 도착과 동시에 기둥에 달라붙었다. 일단 선착장 아래를 통해 반대쪽으로 건너가 위치를 다시 확인했다. 요트는 바로 옆이고 선착장에 선 경호원은 10미터쯤 해안 쪽이었다. 시선은 별채에 고정한 채 기둥을 의자 삼아 앉아 있어서 비교적 쉬운 목표였다. 조용히 아래로 들어가 선착장 끝을 잡고 가볍게 도약해서 놈의 머리채를 틀어잡았다.

"어?"

떨어지면서 놈의 목에다 단검을 찔러 넣었다. 놈은 비명도 지르지 못했다.

철벅!

물에 빠지는 소리가 커서 요트 위에 있는 놈이 눈치채지 않을까 걱정했지만 선착장 아래 물 밖으로 다시 나왔을 때 처음 들려온 건 웃음 소리였다.

"얼빵한 놈, 정신 안 차려! 빨리 나와!"

놈은 요트 난간 너머로 상체를 빼낸 채 소리를 지르고 있었다. 실수로 빠졌다는 생각을 하는 모양이었다. 다시 물속으로 들어가 선착장을 가로지른 다음 물속에서 권총을 뽑아들었다. 그리고 수면으로 불쑥 솟아오르면서 방아쇠를 당겼다.

파박!

"윽!"

가슴 한복판에 연속 세 발을 얻어맞은 놈은 난간 너머로 거꾸로 떨어져 선착장 모서리에 머리를 박고 요트 사이로 처박혔다. 시체를 끌어다 선착장 아래로 밀어 넣고 요트 선미로 달라붙었다.

"클리어, 갑판에 사람 없지?"

—응, 선착장에도 없어.

"오케이, 대기."

—카피.

선미로 올라서자 내부 도크에 고정시킨 제트스키 두 대가 눈에 들어왔다. 두 대 모두 연료 탱크를 열고 쓰러트린 뒤, 벽에 걸린 도끼를 뜯어내 요트의 연료 배관 몇 군데를 내리쳐버렸다. 증기와 연료가 사방에서 쏟아져 나오고 가솔린 냄새가 역하게 코를 찔렀다. 마지막으로 뒤쪽에 접안된 모터보트 두 대 중 한 대의 연료 배관을 잘라버렸다.

'으쌰! 이러면 모터보트 한 척 남은 거지?'

이제 고속으로 움직일 수 있는 배는 모터보트 하나가 전부, 허술한 배 두 척이 더 있지만 근해 관광용으로 개조한 어선이라 속도를 내기는 어려울 것이었다. 연료 배관을 자른 모터보트를 바다 쪽으로 가볍게 밀어내고 조명탄을 쏴버렸다. 불길은 마치 폭발하는 것처럼 무섭게 타올랐다.

'불구경들 와라. 머리가 있는지 함 보자.'

곧장 모터보트에 시동을 걸고 한희진이 있는 해안으로 선수를 돌렸다. 그런데 해안에 도착해서 속도를 줄이는 순간, 한희진의 다급한 목소리가 들려왔다.

—오빠, 배 돌려! 빨리!

흠칫 놀라 조타 핸들을 틀었다. 그러나 가속레버를 잡을 시간은 없었다. 뱃전에서 불똥이 튀고 날카로운 소닉붐과 함께 수십 발의 총탄이 한꺼번에 쏟아지고 있었다.

퍼버벅!

총구 화염은 한희진이 숨은 곳에서 20미터도 떨어지지 않은 어둠 속에서 무섭게 점멸했다.

'제기랄!'

핸들을 놓고 보트 바닥에 납작 엎드렸다. 그러나 가벼운 파이버 재질은 총탄을 버텨내지 못했다. 한마디로 역부족, 보트 옆구리는 총탄이 박히는 대로 산산이 터져나갔고 파편이 눈을 뜰 수도 없이 머리 위로 비산했다. 보트 전체를 벌집으로 만들 기세, 굴러서 돌아눕는 것조차 부담스러웠다.

한희진은 무조건 숲 안쪽으로 뛰었다. 옆에서 공격하는 건 승산이 없었다. 필사적으로 30여 미터를 달려 겨우 꼬리를 잡았다. 보트에 일제사격을 가하는 놈들은 전부 셋, 차승호가 탄 보트는 동력을 잃었는지 아주 천천히 북쪽으로 흘러가고 있었다.

'할 수 있을까?'

방아쇠를 잡은 손가락에 힘을 주면서 자문했다. 자신은 별로 없었다. 그러나 지금 쏘지 않으면 차승호는 죽은 목숨이었다. 생각하고 자시고 할 여유도 없었다.

'해야 돼!'

굵은 나무 뒤에 무릎을 꿇고 놈들의 등을 조준했다. 좁은 백사장 기슭에 한 줄로 서서 사격에 열중한 형국이라 등은 완전히 무방비 상태였다. 그대로 방아쇠를 당겨버렸다.

타타타탓!

총격에 여념 없던 오른쪽 놈이 가장 먼저 고꾸라지듯 백사장 쪽으로 넘어갔다.

"으헉!"

가운데 놈은 갈아 끼우려던 탄창도 놓치고 가까운 둔덕으로 몸을 날리다가 둔덕에 머리를 박고 널브러졌다. 마지막 한 놈이 백사장 아래로 뛰어내리면서 응사를 시작했다. 그러나 총탄은 전부 엉뚱한 방향으로 향하고 있었다. 등에서 비산하는 피보라를 본 것 같았다.

손아귀가 얼얼해질 때쯤 노리쇠가 우뚝 멈춰섰다. 즉시 공탄창을 떨어트리고 하나 남은 새 탄창을 끼웠다. 그리고 다시 노리쇠가 멈출 때까지 줄기차게 방아쇠를 당겼다.

"끄륵!"

놈의 머리 한쪽이 퍽 터져나가고 심한 가래 끓는 소리가 들렸다. 그리고 총구가 스르르 옆으로 넘어갔다.

'성공인가?'

노리쇠가 멈춘 MP-5를 던져버리고 권총을 뽑으면서 차승호를 호출했다.

"오빠! 괜찮아?"

─네 솜씨냐? 덕분에 멀쩡한 것 같다, 넌!

"괜찮아!"

─나오지 말고 북쪽으로 이동해, 배 움직이면 돌린다.

"카피!"

곧장 일어서려는데 갑자기 뒷덜미가 서늘했다.

"총 버려."

얼음장처럼 차가운 목소리, 오지연이었다. 권총을 떨어트리자 오지연은 간단하게 몸수색을 하더니 이어셋을 뽑아 자신의 귀에 끼우며 말했다.

"널 너무 우습게 본 것 같군, 미안하게 됐어. 그런데 보트에 있는 건 누구지?"

한희진은 입을 다물어버렸다. 어차피 대충 눈치는 챘을 것이었다. 아니나 다를까 오지연은 아주 자연스럽게 이어셋을 개방하고 말했다.

"팩맨, 너냐?"

대답은 없었다. 오지연이 비릿하게 웃으며 말을 이었다.

"우리 아이들 어떻게 따돌렸는지는 모르지만 일단 칭찬해주지. 요트에 손대는 시도도 괜찮았어. 선착장으로 경호팀 빼돌리고 돌아가서 김영범을 노리겠다는 뜻 같은데…… 어쩌지? 김영범도 선착장으로 나왔거든. 꼬마도 내 손에 들어왔으니 그만 포기해."

차승호가 탄 보트는 여전히 해안을 따라 3시 방향으로 조금씩 흘러가고 있었다. 엔진에 문제가 생긴 건 확실해 보였다. 오지연이 다시 말했다.

"보트 돌려서 선착장으로 와라."

―내가 거길 왜 가지? 살려줄 것도 아닌데 말이야.

"아, 너는 물론 해당 없어. 대신 꼬마는 살려줄 수 있지."

두 사람의 적의에 찬 대화가 오가는 사이, 한희진은 고개를 슬쩍 돌려 뒤를 확인했다. 오지연 말고도 시커먼 그림자가 둘이나 더 있었다. 싸우는 건 무리였다.

─혹하는 제안이긴 한데…… 이놈의 보트가 총을 엄청 맞아서 시간 좀 걸릴 것 같은데?

"잔머리 굴리지 마라, 이미 꼭지 돌아갔으니까. 서울에 전화부터 날리는 수가 있어."

─나도 전화는 해뒀어. 전화는 니 전유물 아니야.

"허튼짓이야. 국방부 경호팀이 그렇게 유능할까?"

─이판사판인데 할 수 있는 건 다 해봐야지, 안 그래? 그나저나 이쯤 되면 너야말로 포기하는 게 어때? 노인네들 대충 다 죽은 것 같고…… 부하도 이제 열 명이 채 안 남은 것 같던데 혼자 뭘 어쩌겠다는 거야? 김영범은 모든 걸 수습해줄 위치가 아냐.

"배짱은 그만 튕겨, 네 용도는 이미 끝났으니까."

이태성이 죽는 순간, 남상근에 대한 암살 계획도 사실상 없어진 것이나 마찬가지였다. 최종 결정은 김영범이 내리겠지만 이런 상황이라면 답이 나와 있었다.

─이야기가 벌써 그렇게 변했나?

"짜증스럽게 하는군, 이해력 달리는 모양인데…… 국가의 한 축을 무너트린 반역자에게 돌아가는 건 하나야. 라이너 원, 사살해라."

오지연의 말이 떨어지기가 무섭게 보트 바로 옆 해안에서 탁한 총성이 터졌다. 최소 네 명 이상이 한꺼번에 쏘는 총성, 거리가 가까운데다 워낙 집중적인 사격이라 총탄으로 배를 부수는 느낌이었다.

"오빠!"

해안으로 뛰어나가려 했지만 오지연의 손이 더 빨랐다.

"윽!"

뒤통수를 심하게 얻어맞은 그녀는 풀썩 무릎을 꿇었다. 눈앞이 흐릿해지고 있었다. 그러나 보트를 휘감는 검붉은 화염과 섬광은 똑똑히 보였다.

*

김영범은 요트로 돌아오자마자 기가 되살아났는지 목소리를 키웠다.

"개망신, 개망신, 이런 개망신이 없어! 요인 여섯 명 사망에 두 명 중상, 현장 요원 열셋 순직에 셋 중상? 겨우 여덟 명만 멀쩡하다고? 그걸 말이라고 하는 거야? 이 빌어먹을 놈의 배는 언제 움직일 수 있는 거야!"

오지연은 점점 더 요란하게 게거품을 무는 김영범을 무시해버리고 갑판으로 나와 라이너 원을 호출했다.

"라이너 원, 찾았나?"

―폭발 때문에 남은 게 별로 없고 잔해가 너무 넓게 퍼졌습니다. 단시간 내에 시체를 찾기는 어려울 것 같습니다.

"계속 수색해라. 시체를 보기 전에는 살아 있다는 전제로 작전을 진행한다."

―카피 댓.

무전을 끊은 오지연은 한숨을 내쉬면서 하늘을 올려다보았다. 몇 시간 전까지만 해도 멀쩡하던 하늘은 빗방울을 조금씩 내비치고 있었다.

‘갈수록 태산이네.’

난간에 기대 선착장에 눕혀놓은 부상자들을 물끄러미 내려다보았다. 부상자들의 상태는 얼핏 보기에도 심각했다. 급한 대로 응급조치는 했지만 즉시 병원으로 가지 않으면 생존을 장담하기 어려웠다. 특히 이기수 차관과 원위태의 상태는 더 좋지 않았다. 체력적으로 젊은 요원들과 비교가 되지 않고 실내에서 유독가스까지 마신 상태라 이미 살아 있다고 이야기하기 어려웠다.

‘제기랄, 입이 열 개라도 할 말 없네.’

경호 작전에서 VIP들을 전부 잃었으니 비난이 아니라 목을 매도 시원치 않을 판, 꼴이 말이 아니었다. 갑자기 목이 말랐다. 처음 추격을 시작할 때부터 따지면 겨우 한 시간 남짓한 시간을 뛰어다녔는데도 입에서 단내가 지독했다. 일단 갑판 한쪽에 쌓인 박스에서 이온음료수를 따서 단숨에 들이켰다. 그래도 갈증은 가라앉지 않았다.

‘돌겠군.’

장시간 공 들였던 일이 하루아침에 풍비박산이 된 꼴, 화려했던 국정원에서의 그녀의 경력도 오늘로 끝인 것 같았다. 음료수 캔을 바다에 던져버리고 입술을 지그시 깨물었다. 순긴, 선착장 끝에 있던 요원의 다급한 목소리가 들려왔다.

―선박이 접근한다! 선박 접근! 해양경찰 같다!

“벌써?”

서둘러 선미로 건너갔다. 막 섬 그늘을 돌아 나오는 배는 진짜 해경 경비함이었다. 그것도 소구경 함포까지 장착한 1천 톤 이상의 대형 함이었다. 경찰은 아침이나 되어야 나타날 거라는 예상이 보기 좋게 빗나간 셈, 상황은 점점 더 수습 불가능한 국면으로 치닫고 있었다.

"제기랄! 재규어 팀! 즉시 본채로 돌아가라! 총상 입은 사체는 전부 숲에 은닉하고 별도 명령이 없으면 그대로 잠적해서 대사관으로 귀환해라! 서둘러!"

—카피!

머릿속에서 시뻘건 경광등이 정신없이 돌아가고 있었다. 죽을 각오로 덤빈다면 해경 정도는 얼마든지 따돌릴 수 있겠지만 그에 따른 위험부담이 너무 컸다. 상대는 함포까지 보유한 대형 함이었다.

"나머지는 총기 은닉! 저항하지 않는다!"

신속하게 움직인 재규어 팀 네 명이 선착장을 벗어나고 얼마 지나지 않아 경비함이 요트 근처까지 진입해 속도를 줄였다. 헌데 전투복 차림의 경찰관 10여 명이 완전무장한 채 갑판에 서 있었다. 그리고 스피커에서 경고 방송이 흘러나왔다.

"퀸 엘리 호, 본함은 홍콩 해경 1202함이다. 우리 경찰관들이 승선하겠다. 무장해제하고 대기하라. 저항하면 발포하겠다. 반복한다, 본함은 홍콩 해경 1202함이다. 퀸 엘리 호, 우리 경찰관들이 승선하겠다. 무장해제하고 대기하라."

무장 경찰관이 갑판에 대기하고 무장해제까지 거론하는 것으로 보아 총격전이 벌어졌다는 사실을 인지한 것 같았다. 김영범이 허겁지겁 선미로 나와 불안한 목소리를 냈다.

"뭐야 이거? 경찰이라니?"

"나도 몰라, 일단은 상황을 지켜보는 수밖에 없어."

"무슨 상황을 봐? 볼 것도 없어. 이거 백발백중 외교 문제로 비화한다. 무조건 떠야지!"

"뭘 어쩌라는 거야? 무장 경찰관 50명하고 한판 붙으라는 거냐? 맨몸으로 중국 해군과 싸울 생각 없어."

"젠장, 그럼 나만이라도 벗어나야겠다. 내 가방에 뭐가 들었는지 알잖아. 움직여."

"당신 외교관 여권이야. 경찰이라면 얼마든지 버틸 수도 있어. 물론 위험부담을 생각하면 바다에 던지는 편이 백번 낫겠지. 나라면 당장 던질 거다."

"이…… 이익! 이 빌어먹을 년이!"

"높은 놈이면 높은 놈답게 굴어. 당신 하나 살리려고 모두를 위험에 몰아넣을 수는 없다. 저기 아래 부상자 중에는 현직 국방부 차관도 있어."

경찰과 마주치는 상황은 어떻게든 피하고 싶지만 지금으로서는 대안이 없었다. 저항은 무의미했다. 그런데 경비함이 코앞에 다가올 때까지도 김영범은 손만 부들부들 떨면서 가방을 부여잡고 있었다.

'멍청한 자식!'

국가보다 자신의 영달이 더 중요한 놈이란 점은 확실해진 셈이었다. 고개를 가로저으면서 권총을 바다에 던져버렸다.

곧이어 경비함에서 검은색 고무보트 두 대가 빠져나와 요트 앞에 접안하고 무장 경찰관 10여 명이 일사분란하게 뛰어내렸다. 곧장 요트로 올라온 경찰관들은 요트 내부를 간단하게 수색하더니 두 사람에게 다가와 대뜸 김영범의 손에서 가방부터 빼앗아 들었다. 김영범은 뒤늦게 길길이 뛰면서 악을 썼다.

"이거 놔! 난 외교관이야! 면책특권이 있단 말이다!"

경찰관은 대답 대신 총구로 등을 쿡 찔렀다. 닥치고 내려가라는 의미일 것이었다. 오지연은 미는 대로 선선히 몇 걸음 걷다가 계단참에서 우뚝 서버렸다. 선착장에서 낯익은 얼굴이 손을 흔들고 있었다.

"다시 뵙네요, 두 분."

김영범의 얼굴이 삽시간에 험하게 일그러졌다. 장명신이었다. 평범한 탱크 톱 위에 하얀 블라우스를 걸치고 허리에 질끈 묶었는데 특유의 요염함은 고스란히 살아 있었다. 경찰관에 밀려 선착장으로 내려서자 장명신이 지독하게 뇌쇄적인 웃음을 흘리며 다시 말했다.

"섹스 파티에 끼어 있기가 부담스러워서 잠시 자리를 비웠는데 큰일이 벌어졌더군요. 그래서 도와드리러 왔답니다."

"고맙군, 그럼 가방부터 돌려주겠나?"

김영범은 언제 당황했나 싶을 정도의 무심한 얼굴로 돌아가 있었다. 그나마 다른 인간들보다는 조금이나마 나은 부분이었다. 장명신이 경찰관에게서 가방을 넘겨받으며 말을 받았다.

"이 가방…… 이제 주인이 없는 거 아닌가요?"

"뭐?"

"그래서 이야기인데…… 여기 다치신 분들한테 의사와 의료 장비를 제공하고 입을 닫아주는 조건으로 제가 딱 1시간만 쓰고 돌려드리죠. 이의…… 없으시겠죠?"

"함부로 내돌리면 안 되는 물건이야."

"알아요, 그래서 저도 꼭 필요할 때만 꺼내 쓸 거랍니다."

오지연은 총을 겨누고 있는 좌우의 경찰관들을 힐끗 돌아보았다. 선택의 여지는 없는 것 같았다. 김영범이 이를 갈아붙이며 말했다.

"그냥 가져가도 그만인데 왜 복사를 하는 거지?"

"위치추적 장치라도 달려 있으면 곤란하잖아요, 그리고 국정원과 척을 지는 건 별로 달갑지 않답니다. 물론 폭주해버린 그쪽 요원에게 전부 덮어씌울 수도 있지만 그건 믿는 사람이 별로 없을 것 같네요. 어차피 그쪽도 좀 망신스럽지 않나요? 저로서는 우호적인 상태의 결별이 최선인 것 같거든요. 동의하신 걸로 간주해도 되겠죠? 후후."

입을 가리고 다시 요염하게 웃은 장명신은 경찰관 하나에게 중국어로 의사를 부르라고 명령하더니 그 자리에서 가방을 열어 노트북을 꺼내 뒤에 선 사복의 사내에게 넘겼다. 사내는 다른 노트북과 바로 케이블을 연결하고 전원을 올린 다음, 장명신의 얼굴을 올려다보았다. 패스워드를 요구하는 것일 터, 가볍게 고개를 끄덕인 장명신의 시선이 김영범에게 돌아갔다.

"패스워드가 뭐죠? 크래킹은 시간 낭비 같은데."

"최소한의 자존심은 지켜주지?"

사신해서 입에 남기는 싫은 모양이었다. 그런데 장명신의 입에서 의외로 험악한 단어들이 튀어나왔다.

"주인 잃은 개가 알량한 자존심 타령이라…… 우습지 않나요?"

"뭐라고?"

"주인 노릇은 혼자 있을 때 하고 오늘은 주인 잃은 개다운 행동을 하지? 피 보는 건 별로 선호하지 않지만 필요할 때는 가차 없어. 같은 질문 두 번 하지 않아, 패스워드."

단어를 나열하면서 차츰 강경해진 장명신의 말투는 급기야 반말로 변해갔다. 더 건방을 떨면 죽이겠다는 선언이나 마찬가지였다. 김영범은 한참을 노려보더니 마지못해 입을 열었다.

"영문으로 스페이스 없이 '우리들만의 대한민국'."

사내는 무서운 속도로 키보드를 두드리고 일어섰다.

"12분 걸립니다."

"함장에게 철수 준비하라고 하세요."

"예, 보스."

사내가 무전기로 함장과 통화하는 사이, 장명신은 처음의 요염한 얼굴로 다시 돌아왔다.

"기다리는 동안 차라도 한잔 주시겠습니까?"

"그럴 상황 같아 보이나?"

"그런가요? 그럼 서울에서 제가 대접해야겠네요."

두 사람이 적의만 가득한 대화를 나누는 사이, 오지연은 노트북의 진행 상황을 일별했다. 아직 2퍼센트 미만의 시작 단계, 당장 뛰쳐나가 바다로 차내고 싶지만 앞을 가로막은 서슬 퍼런 총구들을 피해 갈 방법은 없었다. 지옥 같은 12분이 시작되고 있었다.

*

차가운 빗방울 하나가 툭 이마를 때렸다. 한희진은 가늘게 눈을 떴다. 그러나 초점은 맞지 않았다.

'어……디지?'

머리를 돌려보려고 했지만 꼼짝도 하지 않고 머리만 깨질 듯이 아파왔다. 포기하고 몸을 틀다가 이번에도 그냥 누워버렸다. 팔의 총상역시 만만치가 않았다. 힘을 주자마자 마치 달궈진 쇠꼬챙이로 찌르는 듯한 지독한 통증이 척추를 타고 정수리까지 솟구쳤다. 눈물이 핑돌았다. 그래도 통증 덕분에 정신은 돌아온 것 같았다.

다시 빗방울 하나가 뺨을 때렸다. 머리가 조금 맑아지자 정신을 잃기 직전의 마지막 장면이 동영상처럼 생생하게 다시 떠올랐다. 눈을 질끈 감았다.

'아냐, 오빠는 살아 있어.'

엄청난 총탄이 쏟아졌고 폭발까지 일어났지만 차승호는 그 정도로 죽을 사람이 아니었다. 군대와 마약상들의 살벌한 추격을 받으면서도 정글 속을 멀쩡하게 빠져나온 사람이었다. 살아 있을 것이었다.

다시 빗방울 하나가 뺨을 때리고 눈물이 주르륵 관자놀이로 흘러내렸다. 이를 악물고 고개를 돌렸다. 가장 먼저 눈에 들어온 건 피범벅이 된 남자의 얼굴이었다. 흠칫 놀랐지만 눈을 감지도 고개를 돌리지도 않았다. 상황 파악이 급했다.

좌우는 전부 부상자들이었다. 대략 일곱 명쯤 되는 것 같았는데 그녀도 그 틈에 끼어 요트 바로 옆 선착장에 누운 것 같았다. 그런데 부상자에 신경을 쓰는 사람이 하나도 없었다. 근처에는 사람이 아예 없고 피범벅이 된 남자의 얼굴 너머로 국정원 요원으로 보이는 두 사람이 맨손으로 서 있었다.

'뭐가 어떻게 된 거지?'

20미터쯤 떨어진 선착장 위에 나란히 선 김영범과 오지연의 뒷모습이 보이고 두 사람 사이로 장명신의 사나운 얼굴이 보였다. 기묘한 긴장감이 흐르는 상황, '무찰武察' 로고가 찍힌 방탄복을 입은 사내 네 명이 세 사람을 둘러쌌고 요트 너머 큰 배에서 쏘는 서치라이트가 세 사람을 비추고 있었다.

'저 왕재수가 홍콩 경찰을 데리고 나타난 건가?'

일단은 희소식, 최악의 상황에 변수가 생겼으니 그것만으로도 대환영이었다. 서치라이트를 비추고 있는 배는 아무래도 홍콩 해양경찰 같았다. 그리고 장명신의 영향력 아래 있다는 뜻이었다.

'뭐가 됐든 상관없나?'

운이 좋다면 그냥 풀려날 수도 있고 그렇지 않아도 상관없었다. 이대로 홍콩 경찰에 끌려간다고 해도 명색이 공공기관이니 목숨만은 건질 가능성이 높았다. 감옥으로 직행해야 하는 단점이 있지만 기회는 남아 있었다.

그러나 세 사람이 기묘하게 대치하고 있는 상황을 생각하면 움직여야 했다. 무기력하게 누워 있어서는 답이 나오지 않는다는 생각, 느낌상 장명신과 김영범 사이에 모종의 합의가 이루어진 것 같았다.

아픈 팔을 부여잡고 어렵게 모로 굴러 일단 요트 쪽으로 기었다. 어수선한 상황이니 물속으로 들어가면 아무도 모르게 빠져나갈 수도 있을 것 같았다. 그런데 선착장 끝에 도착하는 순간, 요트 위에서 귀청을 찢는 것 같은 무시무시한 굉음이 밤하늘을 뒤흔들었다.

콰쾅!

삽시간에 선착장 전체가 환해지고 요트가 거세게 밀려나와 선착장을 들이받았다.

콰직!

선착장 일부가 폭발하듯 터져나갔다. 다급하게 몸을 날려 요트와 선착장 사이에 끼이는 최악의 불상사는 겨우 피했지만 계속 밀려 들어오는 요트를 다 피하지는 못했다. 그대로 밀려나 부상자들과 함께 선착장 반대편 물속으로 처박혀버렸다.

'으앗!'

바다에 빠져서도 물살에 한참을 쓸려나가다가 어렵게 수면 위로 머리를 내밀었다. 요트는 선착장을 반쯤 부수고 멈췄다가 삐걱거리면서 아래위로 출렁이고 있었다. 그리고 콩 볶는 듯한 총성이 터져나왔다.

*

온 사방이 넘실거리는 불길 천지였다. 오지연은 주저앉은 선착장 모서리에 한 손으로 매달린 채, 황당한 얼굴로 주변을 돌아보았다.

'이게 뭐지?'

총성은 줄기차게 들려왔다. 폭발의 충격파 때문에 귀가 먹먹했지만 AK소총 특유의 총성은 확연히 구분할 수 있었다. 해경 함정이 대폭발을 일으켰는데 누구 짓인지 알 수가 없었다. 휘하 대원들은 분명히 아니었다. 지시한 적도 없고 보고도 없었다.

'차승호가?'

시체를 보지 못했으니 가능성은 충분했다. 그러나 생각하지 않기로 했다. 지금 누가 해경 함정을 폭파했는지는 중요하지 않았다.

‘노트북이 먼저야!’

상황이 어떻게 전개되든 노트북이 장명신의 손에 들어가는 불상사는 무조건 피해야 했다. 외국 로비스트의 손에 무소불위의 권력을 쥐여줄 수는 없었다. 김영범의 안위 같은 건 아예 관심 밖이었다.

일단 주저앉은 선착장 한쪽을 신속하게 기어올라 장명신과 경찰관들의 위치부터 확인했다. 장명신은 30미터쯤 떨어진 선착장 기둥에 매달린 상태, 경찰관 몇 명이 장명신을 끌어올리는 데 정신을 팔고 있었다. 데이터를 주고받는 노트북 두 대의 모니터는 장명신과 그녀의 중간쯤에서 흐릿하게 빛을 내고 있었다. 선착장 끝에 위태롭게 걸려서 건드리기만 해도 물속으로 직행시킬 수 있을 것 같았다. 손을 대려면 지금이었다.

마음을 정하자마자 재빨리 선착장 위로 올라섰다. 그러나 첫발을 내딛기도 전에 총구 화염이 작렬했다. 이미 선착장으로 올라온 장명신의 손가락이 그녀를 가리키고 있었다.

카카캉!

‘젠장!’

다급하게 바다로 몸을 날렸다. 선착장 아래가 차라리 쉬울 거라는 판단, 입수하자마자 잠수로 놀려 노트북 아래까지 들어가 돌아누우면서 위치를 확인하고 가볍게 점프해서 손을 뻗었다. 모서리에 걸려 있던 하나가 손에 잡혔다. 그대로 끌어당겼다. 그러나 바다로 떨어진 건 하나뿐이었다.

‘이런!’

물속으로 떨어진 노트북은 무시하고 다시 손을 뻗었다. 그러나 잡히지 않았다. 대신 총탄이 날아들었다.

퍼벅!

바로 머리 위에서 선착장 바닥에 쏘는 것 같았다. 제법 두꺼운 송판이라 관통까지는 못했지만 쪼개져 나오는 나무 조각만으로도 충분히 위협적이었다. 그대로 잠수해서 해안 방향으로 몇 미터 이동하고 고개를 내밀었다. 해안 방향으로 물러서는 발자국 소리가 들리는 것 같았다. 그러나 선착장 위로 고개를 내밀기가 무섭게 다시 총탄이 날아왔다.

'윽!'

다시 물속으로 떨어졌다. 장명신은 여유롭게 해안 방향으로 걷고 그 뒤를 경찰관들이 뒷걸음질 치는 형국, 노트북은 장명신의 손에 들어가 있었다. 그것도 김영범이 가지고 있던 원본이었다.

'김영범 이 병신 같은 새끼!'

선착장 기둥을 차고 가까이 떠 있는 경찰관의 시체로 다가가 소총을 빼앗아 들고 되짚어 선착장 위로 올라섰다. 난무하던 총성은 사라졌지만 불길은 점점 더 거세지는 것 같았다. 어느새 요트 뒤쪽까지 번진 불길은 데크 안쪽에서 시커번 연기를 폭죽 터트리듯 뿜어내며 세를 불리고 있었다.

최대한 신속하게 해안 쪽으로 뛰었다. 그러나 장명신의 모습은 찾아내기가 쉽지 않았다. 어두운 데다 연기 때문에 시계도 좋지 않아서 몇 미터 앞도 제대로 보이지 않았다. 뛰면서 본채로 건너간 재규어 팀을 호출했다. 이미 총질이 오갔으니 숨겨둘 이유는 없었다. 몇 안 되는 손이라도 지금은 아쉬웠다.

“재규어 원! 위치는?”

―본채 뒤다, 무슨 일인가? 폭음이 들렸다.

“해경 함정과 요트에 폭발로 인한 화재가 발생했다. VIP는 실종 상태, 즉시 지원하라. 교전 승인한다.”

―카피 댓, 이동한다.

해안에 발을 올리자 서쪽 백사장 위로 장명신의 흰 블라우스가 보였다. 장명신은 경찰관 10여 명과 함께 해안으로 밀려온 고무보트로 다가가고 있었다. 여전히 여유로운 걸음걸이였다.

‘빌어먹을!’

숫자상 계란으로 바위 치기지만 그냥 달아나게 놔둘 수는 없었다. 즉시 백사장으로 뛰어내려 방아쇠를 당겼다.

카카캉!

목표는 장명신이었는데 총탄은 아쉽게도 뒤에서 뛰는 경찰관들의 등을 두들겼다. 두 놈이 한꺼번에 나뒹굴고 일부가 재빨리 돌아서서 응사를 시작했다. 그런데 장명신은 그냥 한 번 돌아보기만 하고 계속 제 갈 길을 갔다. 총탄이 난무하는데도 서두르는 기색은 전혀 없었다.

‘배짱 하나는 지구 최강이네.’

몇 발 쏘지도 못하고 일단 둔덕 뒤로 몸을 날렸다. 순식간에 총구화염의 숫자가 늘어나서 승산이 없었다.

‘제길!’

일단 벌집이 되는 상황은 면했지만 더 앞으로 나갈 수는 없었다. 모래들이 엄청나게 비산하는 통에 눈을 뜨기도 부담스러웠다. 총구만 내밀어 어림잡아 몇 발 쏘면서 라이너 팀을 호출했다.

"라이너 원, 어디냐?"

—선착장 서쪽! 해안으로 올라가고 있다!

"대원들은?"

—확인 불가! 응답 없다!

"제길, 고무보트 보이나? 근처에 있을 거다."

—보인다, 해안까지 거리 약 40미터.

"블랙위도우가 경찰관 대여섯 명의 엄호를 받으면서 그쪽으로 도주 중이다. 보트를 타려고 하는 것 같은데 차단 가능하겠나? 난 고착됐다."

—어렵지만 시도는 가능하다, 목표는?

"블랙위도우가 들고 있는 노트북, 탈취가 아니라 파기다. 재규어 팀이 도착할 때까지 시간이라도 끌어!"

—카피, 이동한다!

"행운을 빈다, 아웃."

한 바퀴 몸을 굴려 둔덕 반대편으로 자리를 옮겼다. 어떻게든 한 놈이라도 더 발복을 잡아야 했다.

장명신은 해안을 향해 걸음을 재촉했다. 그러나 서두르지는 않았다. 지휘 체계가 엉망이 되기는 했지만 주변에 깔린 경찰관만 수십 명이라 상대가 아무리 강도 높은 훈련을 소화한 현장 요원들이라도 함부로 움직이기는 어려울 것이었다. 게다가 좌우에 붙은 건장한 체격의 용병 두 사람은 허접한 경찰특공대 대여섯 명 정도는 간단히 무력화시킬 수 있는 베테랑이었다. 급하게 움직일 이유가 없었다.

백사장으로 들어서 몇 걸음 더 걷자 시커먼 연기 사이로 해안에 밀려온 보트가 보였다. 그런데 앞선 두 사람이 고함을 지르면서 바다로 뛰어들었다.

"저 새끼 뭐야?"

"쏴버려!"

카카캉!

잇달아 총성이 터졌다. 가까운 대원들의 발걸음도 덩달아 급해졌고 총구 화염이 보트를 향해 작렬했다. 걸음을 멈추고 가까이서 소리를 지르는 경찰특공대 팀장에게 눈을 돌렸다.

"무슨 일이죠?"

"웬 놈이 보트에 접근했는데 엔진에다 총을 쏜 것 같답니다."

"저 사람들 너무 무리해서 덤비는 것 같은데…… 일단 처리하세요."

"예."

이래저래 상당히 당황스러웠다. 상대가 불여우 김영범과 베테랑 현장 요원 오지연의 조합인데도 너무 막무가내로 달려드는 느낌, 노트북의 중요성은 인정하지만 아무리 그래도 이런 과격한 반응은 이해가 가지 않았다. 가벼운 총격전 정도라면 몰라도 해양경찰 순시선을 폭파해버리는 건 정말 무모한 짓이었다. 이러면 무조건 외교 문제로 비화한다고 보아야 했다. 이미 지도층 인사들 상당수가 사망했고 그 와중에 해경 순시선까지 침몰한 꼴이라 한동안은 꽤나 시끄러울 것 같았다.

'귀찮게 됐네.'

현장을 벗어나면 당장 수습 방법을 고민해야 할 형편, 헬기 사고를 인지한 해경 순시선이 구조를 위해 진입했다가 사고가 난 정도로 방향을 잡으면 될 것 같은데 선을 대야 할 곳이 너무 많았다. 이래저래 골치 아팠다.

잠시 이어지던 총성은 곧 사라졌고 팀장이 무전기로 무언가 이야기를 하다가 돌아섰다.

"곤란하게 됐습니다, 접근한 적은 사살한 것 같은데…… 보트가 사용 불능입니다. 엔진이 죽은 것 같답니다."

"다른 보트는 어디 있죠?"

"선착장 반대쪽입니다. 쓸 수 있을 것 같습니다."

"가져오라고 하세요."

"지시해뒀습니다. 일단 방어가 용이한 곳으로 잠깐 피하시죠."

팀장의 시선은 백사장에 인접한 둔덕을 가리켰다. 고개를 끄덕인 장명신은 발길을 돌리며 조금 전 총탄이 날아온 백사장에다 시선을 던졌다. 총성은 아직도 간간이 들려왔다. 그러나 이쪽도 저쪽도 상대를 맞출 의사는 없는 것 같았다. 그저 공허한 총질일 뿐이었다. 그런데 둔덕을 돌아서는 순간, 비명이 들려왔다.

"크억!"

백사장 끝에서 총격을 주고받던 경찰관 서넛이 순식간에 쓰러졌고 나머지는 허겁지겁 물러서기 시작했다.

"또 뭐야?"

둔덕 위로 올라서서 머리만 내밀고 상황을 살폈다. 백사장 너머 숲 속에서 총구 화염 몇 개가 보이고 물러서던 경찰관 둘이 더 쓰러졌다. 팀장이 둔덕 위로 소총을 올려놓으며 목소리를 높였다.

"2팀 엄호! 물러서!"

퇴각하는 대원들이 속속 둔덕 좌우에 자리를 잡았다. 그래도 숫자는 삽시간에 10여 명으로 줄어든 모습, 차츰 신경이 쓰이고 있었다. 하지만 그뿐이었다. 상황은 이대로 고착될 것 같았다. 중간에 제법 넓은 백사장이 존재하는 지형이라 상대의 전력이 많이 우세해도 쉽게 공격하기는 어려웠다. 우회하려면 최소 10분 이상 시간을 허비해야 답이 나오는데 그 시간이면 보트가 도착할 것이었다.

"해안의 안전을 확보하세요. 자칫하면 귀찮아집니다."

"네."

짧게 대답한 팀장이 무전으로 몇 마디 떠들자 대원 셋이 즉시 바다로 뛰어들어 엔진이 고장 난 보트 뒤로 들어갔다. 보트에 의지해서 버틸 생각인 모양이었다. 경찰치고는 꽤나 임기응변에 능한 모습, 돈값은 하는 친구였다. 잠시 백사장 건너편의 반응을 살피는 사이, 팀장이 해변을 가리켰다.

"보트 들어옵니다. 준비하시죠."

가벼운 엔진 소리가 들리고 검은 보트 한 대가 물보라를 날리며 가까운 해안으로 진입했다.

"갑시다."

대원 셋이 먼저 해안으로 뛰고 이어 몇 사람이 백사장에 무릎을 꿇고 백사장 건너편에 엄호사격을 했다. 장명신은 팀장을 따라 해안으로 뛰었다. 그런데 그녀가 물에 발을 들여놓기도 전에 바다 쪽에서 날카로운 총성이 터졌다.

카카카캉!

"크악!"

막 진입한 보트 위에서 무차별 난사하는 총구 화염이 보였다. 물에 뛰어든 경찰관들은 순식간에 물속에 처박혀버렸다.

"제기랄! 퇴각! 퇴각! 물러서라!"

되짚어 뛴 그녀가 다시 둔덕 뒤로 들어가자 보트는 그 자리에서 선회하더니 더 먼 바다로 나가는 것 같았다. 모터보트를 사용하는 건 불가능해진 셈, 우선 안전한 장소에 자리를 잡고 흩어진 경찰관들을 모으는 것이 답이었다. 그녀가 부지런히 머리를 굴리는 사이 팀장이 다가와 불쑥 무전기를 건넸다.

"웬 놈이 바꾸랍니다."

"놈?"

죽거나 부상당한 경찰관의 무전기를 빼앗았을 터, 장명신은 두말없이 무전기를 받아들었다. 무전기 건너편의 상대는 누군지도 대충 감이 왔다.

"누군지 알 것 같군요."

―이 난리통에도 안 보여서 그럴 것 같았어. 공항에 감시라도 심었나?

차승호의 목소리였다. 시끄러운 바람 소리가 섞여 들어오는 품이 모터보트에 탄 것도 역시 차승호인 것 같았다. 최대한 표정 관리를 하면서 말을 받았다.

"내 눈은 숫자가 좀 많아요."

―그나저나 형편이 많이 좋지 않은 거 같은데…… 몸은 멀쩡한 모

양이지?

"몸도 멀쩡하고 딱히 형편이 나쁘다고 이야기하기는 어려운데
요?"

―지휘 체계 엉망인 경찰특공대 20명 남짓으로 독 오른 국정원 일
급 요원 열 명을 당해낼 수 있을까? 난 불가능하다고 보는데?

"그래서요? 손이라도 빌려주시게?"

―남의 머리 꼭대기에 앉으려는 버릇은 여전하군. 아까 국정원 아
이들 무전을 새치기해서 듣다 보니 당신이 가지고 있는 노트북이 꽤
중요한 모양인데 그거 넘기쇼. 그럼 안전하게 항구까지 데려다주지.

"모터보트에 탄 모양이로군요."

―그런 것 같군.

"경비함도 그쪽 작품인가요?"

―곤란한 질문은 하는 거 아냐, 대답은?

"즐거운 항해 되세요."

국정원이 마음먹고 달려드는 판에 차승호까지 적으로 돌리는 꼴
이라 신경이 쓰였지만 현장을 고착시키고 방어에 치중한다면 몇십
분 버티는 건 얼마든지 가능할 것 같았다.

―가슴 아프군. 나 차인 거요?

"그런 것 같네요."

―그럼 기다려야겠군. 행운을 빌어주지.

"고맙군요."

무덤덤하게 대화를 끝낸 장명신은 애써 차분한 얼굴로 무전기를
팀장에게 넘겼다. 진짜 프로들과 싸워본 경험이 없는 경찰관들을 불

안하게 만들지 않겠다는 생각이었다. 아니나 다를까 무전기를 받아 든 팀장이 불안한 얼굴로 물었다.

"아는 사람입니까?"

"아는 사람인데 아군이 될 것 같지는 같네요. 우선 상황부터 파악하죠. 통제할 수 있는 인원이 얼마나 되죠?"

팀장이 잠깐 생각하고 말을 받았다.

"선착장 근처에 남은 네 명 포함해서 전력이 될 수 있는 병력은 저까지 열세 명이라고 생각하면 맞을 겁니다. 경비함에서 생존한 인원이 상당수 될 텐데…… 통제는 어렵습니다. 어차피 비전투원이라 무장은 잘해야 권총 수준일 겁니다."

"제가 데려온 두 사람까지 열다섯이라…… 우리 아이들이 도착할 때까지 버티는 건 가능할 것 같군요. 일단 선착장의 대원에게 해안의 용병들을 견제하도록 해보세요."

"그러죠, 그리고…… 본부에 지원 요청할까요?"

"요청은 하셔야죠, 하지만 조금 기다리세요. 해경의 지원이 도착할 때쯤에는 이미 상황 끝났을 거니까 큰 의미 없어요. 일단 방어망부터 구축하세요. 급한 건 저쪽이니까 곧 공격해올 겁니다."

"알겠습니다."

돌아선 팀장이 지시를 내리는 동안 장명신은 둔덕 위로 올라가 백사장과 선착장의 상황을 살폈다. 여기저기서 타오르는 불길과 연기 때문에 선착장 주변의 시계는 아직도 좋지 않았다. 선미의 절반 이상을 물속에 담근 경비함과 불타는 요트 이외에는 보이는 것이 별로 없었다. 그리고 해안에는 기분 나쁜 정적이 흘렀다. 너무 조용해서 이상할 정도였다. 갑자기 신경이 곤두서서 뒤를 돌아보았다. 바로 그 순간, 배후지 숲 안쪽에서 탁한 총성이 터졌다.

타타탓!

"크아……."

삽시간에 경찰관 대여섯이 쓰러지고 나머지는 허둥지둥 은폐물을 찾아 사방으로 뛰었다.

'멍청한!'

백사장을 중심으로 병력을 배치하느라 배후에 대해서는 전혀 신경 쓰지 않은 모습, 범죄자나 테러 집단에 대한 포위 공격에 특화된 부대의 약점이 그대로 노출된 꼴이었다. 장명신은 곧장 능선을 넘어 버렸다. 배후를 얻어맞은 이상, 현장에 남아 버티는 건 자살행위나 마찬가지라는 판단이었다. 신속하게 따라붙은 용병들을 향해 수신호로 북쪽을 가리켰다.

"7부 능선을 따라서 이동한다. 우리 아이들은 어디쯤이지?"

"15분 이내 도착입니다."

"역시 방심했어. 일단 우리 위치하고 현재 해안의 상황 전달해. 저 상태라면 경찰은 5분 버티기도 어려울 거다."

"알겠습니다."

장명신은 앞장서서 신속하게 숲을 헤쳤다. 경찰이 시간을 끄는 동안 야산을 넘어가면 얼마든지 활로를 찾을 수 있을 것 같았다.

*

　차승호는 마지막으로 선착장을 한 바퀴 더 돌면서 한희진의 종적을 찾았다. 그러나 어디에도 한희진의 모습은 보이지 않았다.
'젠장!'
　싸구려 이어셋이 물속에 들어가는 바람에 연락할 방법은 마땅치 않고 이대로 찾아만 다닐 수도 없었다. 게다가 그가 홍콩 경찰의 옷을 입고 있어서 보트를 보았다고 해도 나오지 않을 것 같았다. 일단 포기하기로 했다. 걱정은 됐지만 한희진의 강단을 믿어보는 수밖에 없었다. 보트를 돌려 오지연과 장명신이 대치하고 있는 백사장에서 보이지 않는 뒤쪽 해안으로 들어갔다. 위치만으로 보면 장명신의 뒤쪽 300미터쯤이지만 바로 야산과 이어진 비탈이어서 능선으로 올라가면 백사장이 내려다보일 것 같았다.
　보트를 고정해놓고 신속하게 비탈을 올라갔다. 능선에 도착해서는 비교적 높은 바위를 찾아 백사장의 상황부터 확인했다. 그런데 생각보다 훨씬 더 격렬한 총격전이 장명신이 숨은 둔덕을 중심으로 벌어지고 있었다. 아직도 10여 개의 총구 화염이 보였는데 대부분 둔덕 뒤여서 기습을 당한 장명신 측이 일방적으로 몰리는 분위기였다.
'결국 전면전인가?'
　둘 사이의 충돌은 반가운 일이었다. 혼란을 야기하고 쌍방 간의 우발적인 충돌을 유도하겠다는 의도대로는 이루어진 셈, 이제부터가 문제였다. 우선 지형지물과 총구 화염의 위치를 머릿속에 집어넣고 총기를 점검하면서 남은 총탄을 확인했다. 소총 탄환은 스물다섯 발 남짓, 권총은 열한 발에 새 탄창 하나, 적의 숫자를 생각하면 많이 부족하지만 신경 쓰지 않았다. 어차피 각개격파밖에 답이 없었다.

그런데 일어서려는 순간, 바로 등 뒤에서 발자국 소리가 들렸다. 바람 소리와 총성에 덮여 미약했지만 분명 무언가 밟히는 소리였다. 그대로 힘을 빼면서 몸을 굴려 바위 아래로 떨어져버렸다.

퍼벅!

금방 떠난 자리에서 불똥이 튀었다. 총성은 바로 뒤에서 들렸다. 잘해야 10미터 남짓, 높은 곳에 엎드린 자세였기에 망정이지 아니었다면 벌써 죽은 목숨일 것 같았다.

'젠장!'

떨어지면서 몸을 뒤집어 총성이 들렸던 자리에다 자동소총을 난사했다.

카카캉!

"윽!"

나직한 신음 소리와 함께 누군가 구르는 소리가 들렸다. 옆구리를 움켜쥐고 반대편으로 몸을 날렸다. 떨어지면서 나무등치에 옆구리를 받혔는데 통증이 만만치 않았다. 순간, 바로 옆에서 또다시 총성이 터졌다.

타탓!

비명도 나오지 않을 만큼 극심한 통증이 아랫배를 때렸다. 마치 망치로 두들기는 것 같은 느낌, 방탄복 위지만 총을 맞는 느낌은 확실히 더러웠다.

'제기랄!'

구르면서 반사적으로 총탄이 날아온 방향에다 소총을 난사해버
렸다. 총성은 금방 사라졌다. 허겁지겁 몇 미터를 더 굴러 내려와 움
푹 들어간 나무 밑 구덩이 속으로 기어 들어갔다.

'끄응…… 둘인가?'

후두둑!

빗방울이 나뭇잎 두드리는 소리를 냈다. 그리고 이내 굵어지면서
물보라를 피워 올리기 시작했다. 소총을 던져버리고 권총을 빼면서
오감을 총동원해서 주변에 신경을 곤두세웠다. 들리는 건 오로지 빗
방울 소리, 자욱한 물보라와 함께 번져오는 매캐한 화약 냄새, 그리
고 자신의 거친 호흡 소리뿐이었다.

한참을 더 기다리다가 총구 화염을 봤던 곳 근처에다 큼직한 돌
하나를 던졌다. 그러나 반응은 없었다.

'젠장!'

조용히 사면을 미끄러져 내려가 굵은 나무들이 들어선 반대쪽으
로 우회했다. 그런데 몇 발 떼놓기도 전에 새카만 어둠 속에서 무언
가 움직였다. 반사적으로 무릎을 꿇으면서 방아쇠를 당겼다.

타탓!

"큭!"

나직한 비명이 터지고 허연 그림자 하나가 횡으로 움직였다. 총구
는 자연스럽게 그림자를 따라갔다. 슬라이드가 멈출 때까지 연사, 누
군가 뾰족한 비명과 함께 비탈 아래로 굴렀다.

'여자? 장명신?'

나무에 기대 탄창부터 갈아 끼우고 신속하게 주변을 돌아보았다.

다른 움직임은 보이지 않았다. 낙엽 속으로 처박힌 여자에게 시선을 돌렸다. 엎어진 채 몸을 비트는 여자의 블라우스 위로 빠르게 검은 기운이 번지고 있었다. 피일 것이었다. 재빨리 다가가 손 옆에 떨어진 권총을 던져버리고 여자의 상체를 뒤집었다.

"콜록……."

역시 장명신이었다. 등 한복판에 한 발을 맞았는데 총탄이 폐로 들어간 것 같았다. 장명신이 피를 게워내며 어렵게 소리를 냈다.

"역시 악……연이 맞나 보네요."

"악연?"

"콜록, 원……래 그쪽 같은 부류는 주변에 있는 모두를 죽이게 되거든요."

아주 틀린 이야기는 아니었다. 지나온 발자국마다 시체가 쌓인 판국이니 사신의 그림자가 머리 위를 맴도는 거나 마찬가지였다. 그는 쓰게 웃었다. 장명신의 옆구리 아래로 반쯤 삐져나온 노트북이 보였다.

"이번엔 당신 운이 나쁜 거야."

하필 그가 있는 능선으로 올라왔으니 운이 나쁜 건 맞았다. 장명신은 그를 빤히 올려다보더니 어렵게 입술을 비틀었다. 웃고 싶은 모양이었다. 그가 다시 말했다.

"당신도 별로 다를 거 없는 사람이야, 항상 사람이 죽어나가잖아."

"흐으…… 그런가요? 그런데…… 콜록!"

장명신은 말하다 말고 또 피를 한 움큼 토해냈다. 그리고 장난처럼 말을 던졌다.

"나…… 도와주지 않을 거예요? 숙녀가 어려움에 처했잖아요."

"대한민국이 당신 같은 여자 치마폭 안에서 노는 거 도통 마음에 안 들어. 쪽 팔려서 얼굴 들고 다니기 어렵거든."

"아닌 모양이군요."

그는 대답 대신 조용히 노트북을 빼내 배낭에 넣었다. 그리고 입술을 비트는 장명신의 미간을 조준했다가 그냥 총구를 내렸다. 고통 없이 편안하게 죽는 호사는 이 흡혈귀 같은 여자에게 어울리지 않았다. 거머리처럼 대한민국의 발목에 달라붙어 국민의 피를 빨아먹고 살았으니 그만큼은 고통스러워야 했다.

"지옥에서 보지, 행운을 빌어."

장명신은 당연하고 차승호 자신도 지옥 아니면 갈 곳이 별로 없을 것이었다. 그가 배낭을 메자 장명신이 비틀린 미소를 머금으며 말을 받았다.

"그래요. 지옥에서 보게 될 것 같네요, 후후."

마지막으로 창백해져가는 장명신의 얼굴을 물끄러미 내려다보았다. 이것으로 지난 몇 달간 두 사람 사이에 지독하게 뒤엉켜 있던 실타래가 끊어진 셈, 기분이 묘했다. 그런데 배낭을 추스르며 돌아서려는 순간, 장명신의 관자놀이에서 고속으로 피가 튀었다.

'윽!'

퍼버벅!

바로 옆의 나무와 낙엽들이 터져나가고 둔탁한 충격이 등판을 두드렸다. 본능적으로 사면을 굴러버렸다. 등에 두 발 정도가 박힌 느낌, 배낭 위를 맞는 바람에 통증은 심하지 않았지만 정신이 번쩍 나기는 마찬가지였다. 무차별 총격이 한참 더 이어지고 나서야 누군가 소리를 질렀다.

"사격 중지! 사격 중지!"

오지연의 목소리 같았다.

'제기랄, 이 동네 성질 더러운 여자는 다 모이는군.'

허겁지겁 가까운 나무 뒤로 기어 들어가 방탄복 벨크로(찍찍이)를 뜯어내 배낭과 방탄복을 한꺼번에 벗었다. 등이 너무 답답했다.

'으……'

아마 시커먼 멍 자국 몇 개는 더 생겼을 것이었다. 숨을 몰아쉬면서 나무에 기대 방탄복 벨크로를 다시 조였다. 오지연의 목소리가 이어졌다.

"팩맨! 아직도 안 죽었어?"

그는 국정원 요원들이 쓰던 이어셋을 개방하고 말을 받았다.

"내 모가지가 워낙 질기잖아. 당장 죽을 거 같지는 않아."

오지연은 금방 무선으로 들어왔다.

―데자뷰 느낌이 나는데?

아마 폐공장 부지 뒤쪽 야산에서 포위되었을 때를 말하는 것일 터였다. 서둘러 주변을 둘러보며 반문했다.

"어떻게 날 찾았지?"

너무 시간을 끌었다는 생각, 십중팔구 장명신을 따라왔을 것이었다.

―내가 누군지 잊었나? 경찰 몇 놈에 발목 잡힐 전력이 아니야.

"원하는 게 뭐야?"

―무전 들었으면 알 텐데?

“노트북?”

─그래.

“그럼 싸울 필요 없지 않나? 폐기하면 그만 아냐?”

─내 손으로 직접 해야겠어.

“어이, 여기서 빠져나가는 게 더 급해. 곧 블랙위도우 쪽 지원군이 도착할 거다. 잘해야 5분 남았어.”

─저쪽 무전까지 감청했나? 바쁘셨군.

“덕분에.”

─그럼 나와, 처리하고 뜨자.

“죽이지 않을 거라는 보장부터 하지?”

─말장난하지 말고 나와. 어디 숨기고 죽으면 찾는 시간 아까워서 하는 제안이니까.

“내가 가지고 있다고 확신해? 난 노트북 보지도 못했어. 그럴 시간도 없었고.”

─또 귀찮게 하는군. 아직도 승산이 있다고 생각하는 거냐? 한참 열 받은 저격수가 니 머리를 조준하고 있는데? 프로답게 주변부터 확인해.

다시 주변을 살폈다. 폭우 속의 숲이라 비교적 안전하고 생각했는데 착각이었다. 4시 방향 사면은 가까운 능선 쪽으로 완전히 열려 있었다. 그것도 저격수가 올라앉으면 최고인 자리였다. 허풍이 아닐 가능성이 높았다.

‘젠장!’

─위치 잡았으면 머리 바로 위에다 한 발.

픽!

오지연의 말이 떨어지기가 무섭게 머리 위에서 나뭇조각이 비산했다. 목을 움츠리자 오지연이 다시 말했다.

―빗속이지만 저격수에겐 장난처럼 쏠 수 있는 가까운 거리야. 허튼짓하면 그 자리에서 머리통이 날아갈 거다. 총 버리고 무릎 꿇어, 천천히.

"지랄이로군."

권총을 멀리 던지면서 천천히 무릎을 꿇었다.

―배낭 풀고 손 머리 뒤로.

시키는 대로 배낭을 내려놓고 손을 머리 뒤로 올리자 가까운 나무 뒤에서 시커먼 그림자 둘이 튀어나왔다. 생각보다 훨씬 더 가까이 접근한 셈, 빗소리가 움직임을 깨끗이 숨겨준 모양이었다. 놈들은 케이블타이로 손을 묶고 단검과 백업 권총까지 찾아내 멀리 던져버렸다. 뒤따라 나온 오지연이 배낭 속을 확인하면서 중얼거렸다.

"꼬마하고 넌 꼭 내 손에 죽어야 할 것 같다."

"꼬마? 꼬마는 왜? 팀을 전부 사지로 몰아넣은 걸로도 부족하냐?"

"핏줄은 어쩔 수 없으니까."

"핏줄? 뭔 개소리야?"

완전히 동문서답이었다. 다시 반문했지만 오지연은 대답하지 않고 대원들에게 수신호를 했다.

"이동."

뒤로 묶인 손 때문에 몇 번이나 넘어지면서 거의 끌려오다시피 해안으로 내려왔다. 그런데 해안에 발을 올리면서 가장 먼저 본 얼굴이 요원 세 명에 둘러싸인 김영범이었다. 물에 빠진 생쥐 꼴이지만 목소리는 기세등등했다.

"찾았나? 노트북 찾았어?"

오지연은 배낭은 풀어놓지 않고 미간을 좁혔다. 김영범이 나타난 게 달갑지 않은 모양이었다.

"위험한 물건이야, 폐기해."

"뭐?"

"외부에 노출되면 국익에 심각한 위해를 끼치게 될 거다."

"건방진 년, 생각은 내가 한다. 넌 시키는 거나 해. 그리고 지금은 네가 설칠 때가 아니야. 노인네는 이미 죽었어."

"어르신은 왜 끌어다 대는 거지?"

"노인네에 대해서는 내가 너보다 더 잘 알아."

"무슨 소리가 하고 싶은 거냐?"

김영범은 잠시 오지연을 노려보다가 비릿하게 웃으며 엉뚱한 질문을 던졌다.

"아버지라고 불러본 적은 있나?"

그런데 오지연의 안색이 갑사기 굳어졌다. 멀쩡히 걷다가 뒤통수를 맞은 얼굴, 오지연의 당황한 표정은 처음 보는 것 같았다. 들리는 뉘앙스만으로 보면 이태성이 오지연의 아버지라는 뜻인 것 같은데, 알려진 이태성의 자녀는 아들 셋에 딸 하나였다. 그리고 그들은 전부 40대 이상이었다. 따라서 오지연은 첩이나 내연녀의 딸이라는 결론이 나왔다. 여성 편력이 워낙 화려했던 인물이라 돌아가는 스토리는 전혀 어색하지 않지만 오지연은 정말 의외였다. 김영범이 정색을 하면서 다시 말했다.

"네가 비빌 언덕이 없어졌다는 뜻이야. 그러니 시키는 거나 해, 까불지 말고."

오지연은 잡아먹을 듯이 김영범을 노려보다가 배낭을 내려놓았다.

"곧 장명신을 지원하러 용병들이 들이닥칠 거다. 그놈들 손에 들어가면 나라가 풍비박산 날 수도 있어."

"네가 언제부터 머리 없는 졸개들 신경 썼지? 그보다는 옆에 있는 아이들에게 먼저 물어봐. 그 노트북이 여기 남은 모든 사람의 목숨을 건질 수 있는 유일한 카드인데 그걸 버리자고? 말이 된다고 생각하나?"

"다들 임용될 때 국가를 위해 목숨을 바치겠다고 선서했어, 아닌가?"

"씨발! 같잖은 헛소리 떠들지 말고 가져와! 명령이다!"

급기야 김영범의 입에서 험악한 단어들이 튀어나오기 시작했지만 오지연은 눈썹 하나 까딱하지 않았다. 대신 둔덕에 올라간 요원이 다급하게 소리쳤다.

"고속정이 선착장으로 접근합니다, 두 척! 무장 병력 탑승! 최소 15명 이상!"

벌써 엔진 소리가 들리는 것 같았다. 요원을 힐끗 올려다본 오지연은 말없이 노트북을 꺼내 들고 해안으로 나가면서 허리춤의 단검을 뽑았다. 느낌상 바다에 던지려는 것 같았다. 김영범이 고함을 질렀다.

"마지막 경고다, 내려놔."

오지연은 뒤도 돌아보지 않고 백사장에 발을 내려놓았다. 순간, 등 뒤에서 탁한 총성이 터졌다.

퍼퍽!

"윽!"

연속해서 세 번, 오지연의 등과 목에서 자욱하게 피보라가 날렸다. 오지연은 털썩 무릎을 꿇으면서 비스듬히 넘어갔다.

'이건 또 뭐야?'

폭우가 쏟아지는 판인데도 사방이 쥐 죽은 듯이 조용해진 느낌, 삽시간에 모두가 얼어붙고 시선이 총성이 터진 자리로 돌아갔다. 총을 쏜 건 김영범 옆에 서 있던 키 큰 사내였다. 김영범이 사내의 어깨를 가볍게 두드리고 쓰러진 오지연을 향해 걸어갔다. 그리고 모로 누운 오지연의 어깨를 툭 차서 눕혀버리고 노트북을 집었다.

"버르장머리 없는 년, 설칠 때가 아니라고 했잖아."

오지연은 살아 있었다. 그러나 입술만 달싹거릴 뿐 손가락 하나도 까딱하지 못했다. 김영범은 오지연의 손에서 단검을 차내고 홀스터의 권총을 뽑았다. 그리고 오지연의 목을 지그시 밟으며 오지연을 쏜 사내를 놀아보았다.

"라이너 원, 저 새끼 타고 다니던 모터보트가 어디 있을 거다, 찾아."

사내의 콜사인이 라이너 원인 모양이었다. 놈은 곧장 총구를 그에게 돌렸다.

"어디냐?"

"설명해도 몰라, 나도 근처에 가야 아니까."

"안내해라."

"그럼 이거 좀 풀지? 이러고 미끄러운 경사 올라가려면 몇 시간 걸려."

그가 뒤로 묶인 손을 까딱거리자 김영범이 귀찮다는 듯 손을 휘저었다.

"앞으로 묶어."

요원 하나가 달려들어 케이블타이를 자르고 앞으로 다시 묶는 동안, 오지연의 목을 밟고 있는 김영범의 얼굴을 돌아보았다.

'변태 같은 새끼.'

멀리서도 광기가 느껴졌다. 치켜뜬 눈동자는 흰자위가 거의 반이 되어버렸고 살짝 벌어진 입가에는 기괴한 미소가 맺혀 있었다. 손까지 살짝 떠는 걸로 보아서는 오지연이 질식하는 과정을 즐기는 것 같았다.

'저 새끼 진짜 미친 거 아냐?'

기가 막힌다는 표정으로 한숨을 토해내자 라이너 원이 언덕 위에다 수신호를 하면서 그의 등을 밀었다.

"이동한다, 어디로 가야 하지? 아까 그 능선 너머인가?"

"맞아, 해안을 따라 가면 더 쉽겠지만 거리도 멀고 저놈들에게 발각될 위험도 있어."

"그건 인정하지. 재규어 스리 선두, 교전 장소까지 이동한다. 길을 열어라."

"카피."

단단한 체구의 갈색 머리가 앞장서서 숲으로 들어간 뒤, 둔덕에서 내려온 대원이 경직된 표정으로 말했다.

"선착장으로 상륙합니다. 자동소총으로 무장했고 인원은 20명 넘습니다. 용병 같습니다.”

“골치 아프군, 가시죠! 시간 없습니다!”

라이너 원이 소리를 지르자 김영범은 퍼뜩 이쪽을 노려보더니 허리를 굽혀 오지연의 머리에 총구를 가져다댔다. 그리고 주저 없이 방아쇠를 당겼다.

펙!

얼굴로 피가 튀는데도 놈은 이빨을 모두 드러내며 웃었다. 입안으로 흘러내린 빗물과 피를 혀로 닦아 뱉더니 한 발 물러서면서 다시 방아쇠를 당겼다. 오지연의 가슴에서 물인지 피인지 모르는 액체가 다시 비산했다.

“자초한 거야, 이 빌어먹을 년아. 물에 던져!”

요원 두 사람이 달려들어 오지연의 시체를 끌어다 바다에 밀어 넣는 동안, 김영범은 목을 좌우로 꺾으면서 성큼성큼 다가왔다. 아직도 흥분이 가라앉지 않았는지 숨소리는 엄청나게 거칠었다.

“가자.”

대원들이 라이너 원의 수신호를 따라 속속 숲으로 들어섰다. 그는 김영범의 뒤를 따라가다가 슬쩍 말을 붙였다.

“너무 심한 거 아냐? 부하 아니었나?”

“여기서 죽고 싶나?”

놈은 사나운 눈초리로 그를 노려보았다. 그는 히죽 웃으며 눈을 마주쳤다.

“그것도 나쁘지 않지. 죽기 좋은 날이잖아, 후후.”

“미친 자식.”

"죽이고 싶어도 당장 쏟아지는 소나기는 피하고 나서 생각하는 게 좋을 테니까…… 지금은 당신 계획이나 들어보지? 한국 들어가면 이 난장판을 어떻게 수습할 건데? 전직 대통령을 비롯해 현직 국방 차관까지 죽었는데 어쩔 거야?"

"살인자는 너야. 국방 장관을 죽인 테러리스트도 네가 될 거다."

"아직도 그 소리야? 그거 물 건너간 이야기 아닌가?"

"국가 안보에 끝은 없어. 한없이 긴 장거리 레이스니까. 하루 이틀에 끝나는 게 아닌 만큼 얼마든지 써먹을 수 있는 이슈야."

"놀고 자빠졌네. 급하면 안보냐? 그만 팔아먹어."

"그러니까 넌 노비 계급인 거야. 이제 그만 떠들어라. 여기서 쏘고 싶지는 않으니까."

김영범은 매섭게 쏘아붙이더니 걷는 속도를 높여 앞으로 나갔다. 상대하지 않겠다는 뜻인 모양이었다. 그는 실실 웃으면서 따라갔다. 최대한 신경을 건드려 무리하게 할 생각, 그런데 악천후와 김영범의 저질 체력이 그가 할 일을 대신해버렸다.

"씨발! 저 새끼 일부러 이런 길로 가는 거 아냐?"

김영범은 몇십 미터 올라가기도 전에 헉헉거리면서 욕설만 쏟아내고 있었다. 사실 발 디딜 자리도 제대로 보이지 않는 악천후 속의 산악 행군은 차승호에게도 만만치 않은 일이었다. 당연히 김영범에게는 악몽이나 마찬가지였다. 일부러 험한 길로 유도한 탓도 없지 않지만 강도 높은 훈련을 소화한 현장 요원과 일반인의 차이는 극명했다.

요원 둘이 달라붙어 부축을 하는데도 거의 기어가는 느낌, 차승호로서는 나쁠 것이 전혀 없었다. 용병들의 추격이 걱정되기는 하지만 덕분에 체력을 비축할 시간적 여유는 생긴 셈이었다.

일단 장명신의 시체가 있는 능선까지는 김영범보다 10미터쯤 앞선 자리를 꾸준히 유지하다가 내리막에서는 의도적으로 치진 기색을 보이면서 속도를 늦췄다. 그리고 해안으로 이어지는 마지막 사면에 도착한 뒤에는 아예 멈춰버렸다. 악천후지만 이 사면을 내려가면 바로 모터보트가 보이는 위치였다. 보트가 확인되면 더는 살려둘 이유가 없을 터, 기회는 지금뿐이었다.

"헉…… 헉."

옆구리를 부여잡고 숨을 거칠게 몰아쉬었다. 해안까지의 거리는 불과 50미터 남짓이지만 경사가 상당히 급하고 중요한 지형지물도 전부 머릿속에 있어서 타이밍만 잘 잡으면 몸을 뺄 수 있을 것이었다. 그가 한동안 움직이지 않자 라이너 원이 의심의 눈초리를 보냈다.

"뭐냐? 계속 움직여."

"어이, 영감 상태를 봐. 움직일 수 있을 것 같나?"

차승호는 뒤쪽에 거의 널브러지다시피 주저앉은 김영범에게 고개를 돌렸다. 그의 시신을 따라온 라이너 원은 김영범의 상태를 보고는 말없이 뺨으로 흘러내리는 빗물을 쓸어냈다. 잠시나마 고민하는 것 같았다.

"나도 옆구리 부상 심해서 걷기 힘들어, 좀 쉬자고."

"실장 상태는 네가 신경 쓸 일 아냐."

"젠장, 그럼 가든지."

툴툴거리며 일어난 그는 천천히 몸을 일으키면서 요원들의 위치를 다시 확인했다. 김영범을 제외한 실질적인 전력은 전부 여섯, 하나는 혹시 있을지도 모르는 추격에 대비해 뒤에 처졌고 라이너 원을 포함해서 다섯 명이 따라붙은 상태였다. 하지만 그중 둘은 김영범을 챙기느라 여유가 없었다. 결국 그가 실제로 상대해야 할 전력은 셋이었다.

"으……."

최대한 엄살을 떨면서 느릿하게 사면으로 내려섰다. 하나가 앞장서고 뒤에는 라이너 원이 바짝 따라붙은 상태지만 경사가 심하고 미끄러워서 그에게 온전히 신경을 쓰기는 어려웠다. 몇 발 더 내려가 폭포수처럼 빗물이 흘러내리는 나무 밑에서 자연스럽게 발을 헛짚으면서 주저앉았다.

"윽!"

그대로 미끄러지면서 앞선 놈의 다리를 잡고 사면을 굴러버렸다. 다리를 잡혀 거꾸로 박힌 데다 거의 45도에 가까운 경사여서 놈은 정신을 차리지 못했다. 몇 바퀴 구르면서 놈의 머리채를 잡았다. 그리고 주변을 스치는 바위에다 놈의 머리를 처박아버렸다.

쩍!

두개골이 깨지는 소리, 놈은 비명도 지르지 못했다. 등에 올라타면서 목을 비틀어버리고 시체를 방패삼아 가까운 나무들을 연속해서 들이받아 속도를 줄였다.

'원 다운.'

바다로 떨어지는 절벽 끝에서 나무를 잡고 아슬아슬하게 정지했다. 근육이 여기저기서 비명을 질러댔지만 무시했다. 놈의 다리에서 단검부터 뽑아 케이블타이를 잘라내고 놈의 등에 있는 홀스터에서 권총을 뽑았다. 놈이 들고 있던 자동소총은 어디로 갔는지 보이지 않았다. 마지막으로 시체를 뒤집어 눕혀놓고 소리를 질렀다.

"젠장! 여기 도와줘!"

라이너 원과 뒤에 있던 놈이 급히 사면을 내려오기 시작했다. 그러나 시간은 꽤 걸렸다. 나무들을 징검다리처럼 밟고 내려오는 형편, 잘하면 하나는 잡을 수 있을 것 같았다. 나무에 기대앉아 시체로 앞을 막은 다음 겨드랑이 사이로 총구를 내밀었다. 몇 초가 더 흐르고 한 놈이 미끄러져 내려와 절벽 앞에서 속도를 줄였다.

체격이 다소 작은 걸로 보아 라이너 원은 아니었다. 아쉽지만 상관없었다. 그대로 방아쇠를 당겼다.

파박!

"크악!"

놈은 속도를 이기지 못하고 그대로 그의 위치를 지나쳐 절벽 아래로 떨어졌다. 그런데 거의 동시에 인정사정없이 총탄이 쏟아졌다.

'여우같은 자식!'

시체에 틀어막히는 총탄의 감각이 고스란히 느껴졌다. 한 발 늦게 내려온 라이너 원일 터, 총구 화염은 무서운 속도로 접근하면서 점멸했다. 시체를 가능한 들어 올려 머리를 보호하면서 총구 화염을 향해 탄창을 비운다는 생각으로 끈질기게 응사했다. 그런데 총구 화염이 멈추지를 않았다. 일직선으로 그를 향해 쇄도했고 삽시간에 정면으로 충돌했다.

픽!

‘윽!’

일순 숨을 쉴 수가 없었다. 시체를 통해 전해진 충격이 금간 갈비뼈를 건드린 것 같았다. 일단 시체에 뒤엉킨 그림자에 남은 총탄을 전부 쏴버리고 시체와 함께 밀어냈다. 다행히 놈은 움직이지 않았다.

다친 부위를 움켜쥐고 몇 초 버티다가 겨우 숨을 몰아쉬고 무릎을 꿇었다. 한 발 늦게 종아리에서 통증이 느껴졌다. 스친 정도여서 통증은 쓰라린 정도에 불과했다. 죽은 놈을 뒤져 새 탄창을 찾아냈다. 그런데 체격이 라이너 원이 아니었다.

‘제기랄!’

그대로 나무를 차고 절벽 아래로 몸을 던졌다. 순간, 탁한 총성이 귓전을 때렸다.

타탓! 핑!

매서운 소닉붐이 머리를 스치고 터져나간 나뭇조각들이 머리 위로 쏟아졌다. 일단 총에 맞는 불상사는 피한 셈, 그러나 문제는 남아 있었다. 착지였다. 얼마나 높은 절벽인지 감이 없었다. 다행히 고개를 수면으로 돌리기도 전에 하얀 포말이 보였다.

픽!

몇 미터에 불과한 높이여서 크게 다치지는 않을 것 같았다. 그러나 바위들 천지인 해변이었다. 어렵게 바위에 발을 댔지만 미끄러지면서 머리부터 바위틈에 처박혀버렸다.

‘으……’

정신을 차리는 데까지 한참이나 걸린 것 같았다. 파도가 대량의 바닷물을 머리에 퍼붓는데도 멍한 상태였다. 우선 손발부터 움직였다.

‘미치겠군.’

왼발에 힘이 전혀 들어가지 않았다. 무엇보다 무릎의 통증이 심각해서 걷기 어려울 것 같았다. 일단 움직여야 한다는 생각에 바위틈에서 몸을 뺐다. 그리고 덜덜 떨리는 다리를 필사적으로 끌어올려 절벽 방향으로 기었다. 언제 라이너 원이 나타날지 모르니 어떻게든 사각을 줄여볼 생각이었다. 그러나 라이너 원의 총구는 예상보다 훨씬 더 가까이 있었다.

“포기하지, 팩맨.”

라이너 원의 목소리였다. 바로 머리 위, 놈은 이미 절벽 아래로 내려와 있었다. 김영범의 흉물스런 얼굴도 함께였다.

“없애버려!”

김영범의 목소리, 놈의 시선은 불과 몇십 미터 앞에 있는 모터보트에 고정되어 있었다. 맨 처음 선두에 섰던 갈색 머리도 나란히 보였다. 라이너 원이 말했다.

“대단했어, 이 말은 꼭 해주고 싶었다.”

“내가 오래 정신을 잃있나 보지?”

시간을 끌까 싶어 동문서답을 했지만 라이너 원은 대답하지 않았다.

“잘 가라.”

그는 웃었다. 떨어트린 권총은 멀지 않은 바위틈에 끼어 있지만 전력으로 몸을 날려야 겨우 손이 닿을 거리였다. 다리가 멀쩡해도 쉽지 않을 거리, 대안이 없다는 생각이 들자 도리어 마음이 편해지는 것 같았다. 잠시 한희진의 안위가 걱정됐지만 눈을 감아버렸다. 당장

내 코가 석자였다. 그간 보아온 한희진의 능력이라면 탈출 정도는 얼마든지 가능할 것이었다. 그런데 느닷없이 절벽 아래에서 탁한 총성이 터졌다.

타타탓!

"윽!"

무쇠처럼 단단해 보이던 라이너 원의 몸이 모래성처럼 무너져 내리고 갈색 머리의 총구가 총구 화염이 보이는 절벽 아래로 돌아갔다. 그는 본능적으로 바위틈에 상체를 떨어트렸다. 뭐가 어떻게 돌아가는 건지는 모르지만 다시없는 기회였다. 필사적으로 바위틈을 기어 권총을 집어 들고 즉시 몸을 뒤집었다. 그리고 고개를 들자마자 갈색 머리를 조준했다.

놈은 절벽 아래에 집중하느라 그가 있는 쪽은 쳐다보지도 않았다. 측면이 고스란히 노출된 상태에 거리도 10미터 안쪽, 실수할 일은 없었다. 조준과 동시에 방아쇠를 당겼다.

퍼벅!

갈색 머리의 목 언저리와 등에서 시커먼 액체가 비산하고 실루엣이 천천히 넘어갔다. 바위 너머로 쓰러지는 놈에게 두 발을 더 쏘고 눈을 돌렸다. 그런데 김영범의 모습이 해변에 없었다.

'제기랄, 저 자식 뭐야?'

김영범은 벌써 물속에 있었다. 겨우 무릎까지 오는 물속에서 노트북을 머리 위에 이고 허둥지둥 보트로 뛰는 모습, 어이가 없었다. 양손으로 말아 쥔 권총을 바위 위에 고정하고 차분하게 놈의 등을 조준했다. 여기서 끝내야 했다.

‘끝이다, 이 개자식아.’

발아래 무릎을 꿇리고 제대로 된 욕이라도 한마디 날려주고 싶지만 이래저래 형편이 허락하지 않았다. 그대로 숨을 멈췄다. 그리고 방아쇠를 당겼다.

퍼퍽!

조금 전까지는 인지하지 못했던 묵직한 반동이 손아귀를 때렸다. 연속해서 세 발, 등 한복판에서 물보라를 날린 김영범은 그대로 엎어져 물속에 머리를 박았다. 수면에 팅겨 떠오른 놈의 등판에다 몇 번 더 총탄을 박았다. 슬라이드는 이내 멈춰버렸다. 탄창에 몇 발 남지 않았던 모양이었다.

‘젠장!’

총을 떨어트리고 바위에 기대 그냥 누웠다. 놈의 시체는 파도에 밀려 조금씩 멀어지고 있었다.

‘끝……인가?’

아주 멀리서 한희진의 목소리가 들리는 것 같았다.

"여기서 만날 줄은 몰랐군."

"노인네들 접대는 즐거우십니까?"

"그걸 농담이라고 하나?"

남상근은 아이언으로 잔디를 툭툭 치며 인상을 썼다. 골프는 잘 치지도 못하는 데다 일요일 아침 라운딩이어서 춥고 피곤하기만 했다. 대형 국방포럼의 회장이 주선한 자리인데 기분부터 별로였다. 내년에 진행될 새 탄도미사일 개발에 참여할 기업들의 로비가 벌써 시작된 꼴이었다. 이유는 뻔히 알지만 거절할 수도 없었다. 별을 네 개씩이나 달던 사람들을 홀대하다가는 자칫 새로운 프로젝트마다 국방포럼들에게 집중포화를 맞으며 발목을 잡힐 수 있었다.

남상근은 경호원에게 물러서라고 손짓을 하면서 말을 이었다.

"여긴 눈이 많은 곳이야, 자네와 내가 한 프레임 안에 들어가는 그림은 모양이 좋지 않아."

차승호는 선글라스를 살짝 내리고 선물처럼 깔끔하게 포장한 작은 박스를 건넸다. 김영범의 노트북에서 빼낸 하드디스크였다.

"이게 뭔가?"

"바닷물 속에 들어갔다 나온 물건이라 저도 상태는 자신할 수 없습니다. 전문가들은 일부라도 살릴 수 있을 겁니다."

가능한 빨리 깨끗한 물에 씻어서 말렸지만 상태는 분명 좋지 않을 것이었다. 그런데 박스를 받아 드는 남상근의 반응이 영 미적지근했다.

"그건가?"

"예."

"굳이 가져올 필요는 없었어."

의외의 대답이었다. 사회적으로 엄청난 파장을 일으킬 물건이라 부담스럽겠지만 이 손바닥만 한 물건을 차지하기 위해 수많은 사람이 죽어나간 걸 생각하면 묻어버린다는 생각은 쉽게 떠올리기 어려웠다. 각종 비리에 연루된 자들을 찾아내는 긍정적인 효과를 생각하면서 가져왔는데 남상근은 아예 없앨 생각을 하는 것 같았다.

"휘발성이 클 거라고 생각하십니까?"

"내용물이 우리가 생각한 대로라면 당연히 그럴 걸세. 지난 정권 지나오면서 기관에 의한 도청, 감청 문제가 워낙 심각했으니까…… 보나마나 현 정부 요인들에게 불리한 내용들만 득시글할 가능성이 높아, 차라리 없는 게 낫겠지."

"불만스럽지만 판단은 맡기겠습니다. 제가 참견할 일이 아닌 것 같군요."

"고맙군, 소각은 내가 직접 하지. 그나저나 몸은 좀 어떤가? 많이 다친 것 같은데?"

남상근의 시선은 불편한 그의 왼발에 내려가 있었다. 아직도 걷는 것이 조금 불편해서 티가 난 모양이었다.

"한동안은 병원 신세를 자주 져야 할 것 같습니다."

"필요하면 내 경호팀을 붙여주겠네."

"그림이 좋지 않다고 하시지 않았나요? 후후, 괜한 말씀은 그만두십시오. 어차피 혼자가 편합니다."

"후후, 한 대 맞았군. 어쨌거나 크게 신세를 졌어."

"이제부터라도 조용히 살 수 있으면 만족입니다. 그런데…… 매스컴이 너무 잠잠하더군요. 어떻게 돌아가는 겁니까?"

"양선직 원장이 급거 홍콩으로 날아갔다네. 그런대로 조용히 정리가 될 것 같다더군."

"'조용히'가 가능합니까? 전직 대통령에 현직 국방 차관까지 죽었는데?"

"원래 작은 거짓말보다 큰 거짓말이 훨씬 쉽다네. 충격이 너무 크면 의심할 엄두가 잘 안 나거든. 기억해두게나. 그리고…… 중국 정부도 조용히 처리하고 싶었던 것 같네. 새로 출범한 우리 정부에 빚을 하나 안겨두는 것도 나쁘지 않다고 판단한 것 같아."

"진짜 사고로 처리되는 겁니까?"

"이태성, 조남철, 원위태 세 사람은 헬기 추락으로 인한 사고사로 처리하고 나머지 떨거지들은 공해상에서 요트 여행 중에 실종되는 걸로 정리가 될 게야. 국방 차관 이기수의 유해만 비밀리에 국내로 운구할 것으로 보이더군. 신문지상에는 내일쯤 헬기 사고 건만 우선 공개될 걸세."

"히유…… 대단하군요."

차승호는 낮게 휘파람을 불었다. 기대와는 많이 다른 전개였다. 중국이니까 가능한 일이겠지만 무려 열흘 동안 매스컴의 입을 막아 놓고 깔끔하게 은폐해버린 셈, 열흘이면 시간은 충분하고도 남았다. 남상근이 능선에 걸린 아침 해를 올려다보며 말을 이었다.

"상호 공감대가 형성되면 그리 어렵지만도 않아. 그리고 그 정도 능력은 돼야 국정원장도 해먹는 거야. 조남철이처럼 제 식구 잡아먹 는 작자가 앉아 있을 자리는 아니지."

"장관께서도 인정하시는 모양이네요?"

"능력만큼은 확실한 양반일세. 그런데…… 자네한테는 나쁜 소식 이 있어."

"나쁜 소식이요?"

"일은 조용한 정리로 가닥을 잡았지만 자네에 대해서는 알 만한 사람은 다 알게 됐어. 급한 대로 몇 군데 손을 써봤는데…… 그래도 블랙리스트에 이름이 올라가는 것까지는 막을 수가 없었네. 명색이 정보기관인데 알면서도 모른 척할 수는 없었겠지. 백 가지 사정을 끌 어다 대도 그 사람들 눈에는 전직 국가원수와 현 국방부 차관, 그리 고 상당수 사회 지도층 인사까지 한꺼번에 살해한 테러리스트일 수 밖에 없어. 대신 기관 수배는 하지 않기로 했네. 허니 당분간 기관의 눈에 띄지 않도록 조심하도록 하게."

차승호는 무덤덤하게 고개를 끄덕였다. 정보기관의 수배를 막은 것만 해도 남상근이 엄청나게 신경을 쓴 결과일 것이었다.

"감사합니다."

"그 꼬마 아가씨는 어떻게 할 생각인가?"

"일단은 같이 잠수해야죠. 한두 해 지나고 조용해지면 상황 봐서 복학시킬 생각입니다."

"잘 생각했어. 필요한 거 있으면 이야기하게. 내 보안회선 번호 알지?"

그는 대답을 생략하고 불쑥 손을 내밀었다. 눈이 많은 곳에서 오래 얼쩡거리는 건 바람직하지 못하다는 생각, 남상근이 손을 맞잡으며 싱긋이 웃었다.

"다시 만나기는 어렵겠지?"

"그래야죠, 몸조심하십쇼."

"자네도."

쓸쓸하게 웃는 남상근을 남겨두고 휘적휘적 골프장 사면을 내려가면서 높은 구름이 점점이 깔린 하늘을 올려다보았다. 홀가분했다. 수십 년 메고 다니던 산더미 같은 짐을 내려놓은 기분, 한국을 떠나는 마지막 순간까지 긴장의 끈을 놓을 수 없지만 디스크를 넘긴 것만으로도 묵은 체증이 가신 것 같았다.

골프장 외곽을 도는 카트 도로로 내려와 남상근의 경호원이 보이지 않자 야구 모자와 점퍼를 벗어 길가에 던져버렸다. 그리고 이어셋을 가볍게 두드렸다.

―가요, 갑니다요.

한희진의 장난스러운 대답, 몇 걸음 더 걷자 반대편 경사에서 카트 한 대가 빠져나와 나란히 달리며 속도를 줄였다. 한희진은 프로골퍼 뺨치는 세련된 옷차림으로 운전대를 잡고 있었다.

"끝났어?"

움직이는 카트에 가볍게 올라타 새 모자와 점퍼로 갈아입자 한희진이 다시 물었다.

"그거 있으면 6인회인가 하는 괴상한 사람들 잡을 수 있을까?"

"아마 어려울 거다."

"왜?"

"이놈이든 저놈이든 정치하는 놈들은 늘 같거든. 호수에 돌 하나 던진 꼴이라 당장 달라지는 건 없을 거야. 그래도 수면에 작은 동심원 하나는 만들어놨으니까 얼마나 퍼져 나가는지는 지켜봐야지."

"에? 뭔 소리?"

그는 동그랗게 뜬 한희진의 눈을 돌아보면서 피식 웃었다. 마땅한 대답이 없다 보니 되도 않은 선문답을 한 것 같았다.

"괜히 머리 쥐나게 하지 말자는 이야기다, 후후. 바로 공항으로 가자. 렌터카는 공항에서 반납하면 되니까."

"인숙 언니한테 연락했어?"

"아니, 행선지는 모르는 게 나아. 한 달쯤 지난 다음에 전화 한 통 넣자."

"좋았어, 흐흐. 그럼 드디어 밀월여행 가는 거임?"

한희진은 잔뜩 기대에 부푼 얼굴이었다. 소원대로 작은 요트 한 척 빌려서 남태평양 일대를 돌며 몇 달 시간을 보낼 계획이라 들뜨는 건 어쩔 수 없을 것이었다. 밝게 웃는 한희진의 머리를 헝클어트리며 기분 좋게 기지개를 켰다.

"앞이나 똑바로 보고 가, 인마."

"칫, 또 애들 취급이야."

서늘한 바람이 옷깃을 파고들었다. 눈부시게 싱그러운 한희진의 미소가 돋보이는 날, 정말 오래간만에 시리도록 푸른 하늘이 눈에 들어왔다.

- 끝 -

이야기를 끝내면서

언제나 글을 마무리할 때쯤에는 짙은 아쉬움만 남는다. 처음 키보드에 손을 올렸을 때 이야기하고 싶었던 그 많은 생각들은 온데간데 없고 쓸모없는 자책만 남는다. 무겁지 않으려고 무진 애를 썼는데 역시나 무거워졌다. 단순하게 가자고 몇 번이나 다짐했는데 또 복잡해졌다. 마무리는 이게 뭐지? 빠트린 선 없나? 자문하고 또 자문해보지만 머릿속은 문자 그대로 하얀 백지다. 결국 이번에도 부족한 글재주만 탓하는 악순환을 반복하는 것 같아 뒷맛이 개운치 않다.

간만에 비좁은 서재를 벗어나 담배 물고 소파에 길게 누워 여기저기 채널을 돌렸다. 세상은 여전했다. 무려 1년을 파묻혀 있던 글에서 겨우 빠져나왔는데 변한 건 없다. 정치 하는 작자들은 국민들을 모조리 고혈압으로 몰살시키려고 작정을 했는지 오늘도 내일도 오로지 밥그릇 싸움에 몰두하고 그 와중에 비리공화국의 위엄을 보여주는 어이없는 군상들도 부지기수로 신문지상을 채운다.

젠장, 내가 아는 정치는 타협이다. 모두를 만족시키는 정책이란 있을 수 없고 따라서 이해가 상충되는 중간쯤에서 절충안을 만드는 작업이 정치다. 그런데 모두들 자신만이 옳다. 자신이 아니면 안 되고 같은 편이 아니면 모두 적이다. 서민을 위해? 국가의 백년대계를 위해? 정치적 소신? 원칙? 어휴…… 지나가는 멍멍이가 웃겠다. 더 험악한 욕설 입에 담지 않으려면 다시 글 속으로 돌아가는 수밖에 없을 것 같다.

그래도 돌아가기 전에 하나는 꼭 이야기하고 싶다. 오늘도 어둠 속에서 국가와 민족의 미래를 위해 목숨 걸고 뛰는 '진짜' 국가정보원과 기무사 현장 요원들에게 전하는 감사의 말이다. 일부 타락한 자들의 추태로 인해 대다수 요원들의 노력이 폄하되는 일이 없기를 바란다. 또한 이 글에 인용된 모든 기관과 인물은 허구이며 사실과 다르다는 점을 기억해주었으면 한다.

2013년 9월
유호

야수 5

© 유호, 2013

초판 1쇄 인쇄일 | 2013년 9월 25일
초판 1쇄 발행일 | 2013년 10월 10일

지은이 | 유호
펴낸이 | 정은영
책임편집 | 최민석
편 집 | 박소이 이수지
마케팅 | 박제연 전연교
제 작 | 이재욱

펴낸곳 | 네오북스
출판등록 | 2013년 04월 19일 제2013-000123호
주 소 | 121-840 서울시 마포구 서교동 396-33
전 화 | 편집부 (02)324-2347, 경영지원부 (02)325-6047
팩 스 | 편집부 (02)324-2348, 경영지원부 (02)2648-1311
E-mail | neofiction@jamobook.com
Home page | www.jamo21.net

ISBN 979-11-85327-01-3 (04810)
      979-11-950379-0-2 (set)

이 도서의 국립중앙도서관 출판시도서목록(CIP)은 서지정보유통지원시스템 홈페이지
(http://seoji.nl.go.kr)와 국가자료공동목록시스템(http://www.nl.go.kr/kolisnet)에서 이용하실 수 있습니다.
(CIP제어번호: CIP2013017469)